Marie Force
Verlockend

AF202235

Das Buch

Eine unvergessliche Nacht ändert Ellies Leben für immer ...

Ellie ist sexy, talentiert und wunderschön – aber als Schwester von Hollywoodstar Finn Godfrey tabu für die Männer bei der Produktionsfirma Quantum. Doch als der Kameramann Jasper hört, dass Ellie sich ein Kind wünscht, bietet er ihr nur zu gern seine »Hilfe« an. Sie akzeptiert, auch wenn die Bedingungen, die Jasper stellt, sie in nie gekannte Abgründe des Begehrens führen. Nach dem heißesten Sex ihres Lebens wird Ellie klar, dass sie einen Pakt mit dem Teufel geschlossen hat. Denn plötzlich will sie so viel mehr von Jasper ...

Die Autorin

Marie Force ist Autorin von zahlreichen zeitgenössischen Liebesromanen, von denen etliche sich auf den Bestsellerlisten der New York Times, der USA Today und des Wall Street Journal platziert haben. Neben der erfolgreichen »Gansett Island«-Reihe ist in deutscher Sprache bisher die Erotikserie »Quantum« erschienen.

Marie Force wurde in Rhode Island geboren, wo sie auch heute wieder mit ihrem Mann, ihren beiden fast erwachsenen Töchtern und zwei Hunden lebt.

MARIE FORCE

VERLOCKEND

Quantum-Serie Band 5

Aus dem Amerikanischen
von Alexandra Oks

Die amerikanische Ausgabe erschien 2016 unter dem Titel »Ravenous« bei
HTJB, Inc., Portsmouth.

Deutsche Erstveröffentlichung bei
Montlake Romance, Amazon Media EU S.à r.l.
5 Rue Plaetis, L-2338 Luxembourg
Februar 2018
Copyright © der Originalausgabe 2016
By HTJB, Inc.
All rights reserved.
Copyright © der deutschsprachigen Ausgabe 2018
By Alexandra Oks

Die Übersetzung dieses Buches wurde durch AmazonCrossing ermöglicht.

Umschlaggestaltung: bürosüd⁰ München, www.buerosued.de
Umschlagmotiv: © Ellen Denuto / Getty
Lektorat und Korrektorat: Verlag Lutz Garnies, Haar bei München,
www.vlg.de
Printed in Germany
By Amazon Distribution GmbH
Amazonstraße 1
04347 Leipzig, Germany

ISBN 978-1-503-90171-1

www.montlake-romance.de

KAPITEL 1

ELLIE

Während alle die Verlobung von Hayden und Addie feiern, schleiche ich mich durch eine Nebentür hinaus, weil ich nach der emotionalen Versöhnung von Addie mit ihrem Vater und seiner Annäherung an Hayden – endlich! – etwas Luft brauche. Ich freue mich sehr für die beiden. Sie geben ein fantastisches Paar ab, und Hayden braucht jemanden wie Addie, damit er geerdet bleibt und nicht verrückt wird. Ganz zu schweigen davon, dass er es nach seiner schrecklichen Kindheit verdient, aufrichtig geliebt zu werden.

Ich schlendere von dem wunderschönen Haus meines Bruders in Mexiko bis ans äußerste Ende der Poolterrasse, und als ich auf das Meer hinunterschaue, bedrängt mich die Frage, ob ich es nicht auch verdiene. Nachdem sich mein Bruder Flynn und Natalie Hals über Kopf ineinander verliebten und jetzt auch noch Hayden und Addie, die sich erst vor einigen Wochen unerwartet bei der Oscarverleihung geküsst haben, sogar verlobt sind, beginne ich allmählich daran zu zweifeln, ob ich jemals an der Reihe sein werde. Meine zwei Schwestern sind bereits seit Jahren mit wundervollen Männern verheiratet, wie ich sie mir nicht besser für die beiden vorstellen könnte. Eine halbe Ewigkeit waren Flynn und ich dann die Langzeitsingles der Godfrey-Familie – bis auch er auf die dunkle Seite wechselte.

Wobei ich einräumen muss, dass es nicht wirklich die dunkle Seite zu sein scheint, wenn sein dauerhaft glückliches, dämliches Grinsen seine wahren Gefühle und seine Einstellung zur Ehe widerspiegelt. Natalie ist die perfekte Frau für ihn, und ich freue mich riesig für die beiden. Früher machte ich mir Sorgen, dass er in dem Hollywood-Fischglas, in dem er lebt, niemals eine ungekünstelte, aufrichtige Person finden würde. Doch eine Aufrichtigere als Natalie gibt es nicht, und ich vergöttere sie. Meine gesamte Familie vergöttert sie.

Alle sind glücklich.

Damit bin ich die einzige Godfrey, die noch Single ist. Bei Flynns Hochzeit habe ich meine Mutter zu jemandem sagen hören, sie sei stolz darauf, dass ich mich so auf meine Karriere konzentriere. Auch meine beiden Schwestern sind beruflich sehr erfolgreich – Aimee gehört ein Tanzstudio, und Annie ist Anwältin – *und* sie haben außerdem noch wunderbare Familien. Bei ihnen sieht alles so leicht aus, aber ich weiß, dass es alles andere als das ist.

Annie und Hugh sind seit der Highschool ein Paar, und Aimee hat Trent auf dem College kennengelernt. Flynn war mit Anfang zwanzig kurz mit »Valerie, der Hexe« verheiratet, wie meine Schwestern und ich sie nannten, nachdem sie das Leben unseres geliebten »kleinen« Bruders mit ihren Schikanen beinahe ruiniert hätte.

Und ich? Ich war einer Ehe noch nie besonders nah gewesen. Um ehrlich zu sein, war ich auch noch nie so richtig verliebt gewesen.

Aus Kerlen werde ich einfach nicht schlau. Wie toll sie auf den ersten Blick auch sein mögen, gibt es immer einen Haken. Ich habe Typen gedatet, die gut aussahen, charmant waren und auch immer das Richtige gesagt haben, nur dass sie genau das vielen anderen Frauen sagten – gleichzeitig. Dann gibt es da noch das Alter Ego der Social Guys, die nicht weniger frustrierend sind. Man kennt sie – man muss ihnen alles aus der Nase ziehen, weil sie um nichts in der Welt ihre Gedanken freiwillig mit jemandem teilen.

Ich habe die bösen Jungs gedatet, diejenigen, die den weiblichen Motor auf Hochtouren bringen, bevor ihre »Bösartigkeit« regelmäßig in schlechtes Benehmen ausartet, das mich sofort abtörnt. Dann hat man es noch mit den typischen Bindungsphobikern zu tun, die einem schon am Anfang mitteilen, dass sie nichts Ernstes suchen – weder jetzt noch später. Warum sollten sie auch, wenn sie jede Nacht eine andere haben können?

Vor Kurzem hatte ich das Pech, mich auf einen komplett neuen Typus eingelassen zu haben, gerade als ich dachte, ich hätte schon alles erlebt. Der Kerl war, abgesehen vom Offensichtlichen, doch tatsächlich darauf aus, meinem berühmten Bruder vorgestellt zu werden. Tja, ausgenutzt zu werden, um an meinen Bruder ranzukommen, war echt der Knaller, und offen gestanden hat er mir die Lust am Daten generell vermiest. Lieber bleibe ich für den Rest meines Lebens allein, als benutzt zu werden, damit andere sich an meine berühmten Familienmitglieder heranmachen können.

Zumindest rede ich mir das ein ... Bis ich meine bezaubernden Nichten und Neffen sehe und meine Eierstöcke explodieren mit dem Wunsch nach einem eigenen Kind, denn ich muss daran denken, dass ich nicht jünger werde. Bald werde ich sechsunddreißig, was natürlich auf keinen Fall steinalt ist, aber meine Eizellen haben definitiv ein Ablaufdatum.

Das ist nicht unbedingt tröstlich.

Ich trage mich mit dem Gedanken, allein ein Baby zu bekommen. Warum nicht? Wir leben schließlich im 21. Jahrhundert, und ein paar von meinen Freundinnen haben das schon getan. Eine meiner Collegefreundinnen hat auf diese Weise Zwillinge auf die Welt gebracht und dann zwei Jahre später einen alleinerziehenden Vater kennengelernt. Jetzt sind sie verheiratet und glücklich mit ihrer Patchwork-Familie.

Nicht, dass ich glaubte, ein Baby würde meine Chancen auf der Datingfront verbessern, aber ich habe es satt, auf etwas zu warten, was vermutlich nie passieren wird. Ich will nicht eines Tages aufwachen und feststellen müssen, dass ich nicht mehr Mutter werden kann.

Ich habe mich bereits mit dem Prozedere auseinandergesetzt, und meine Ärztin ist bereit, mich bei meinem Vorhaben zu unterstützen. Wenn ich aus Mexiko zurück bin, habe ich einen Termin bei ihr, und der Gedanke, den Plan wirklich in die Tat umzusetzen, verursacht ein Prickeln auf meiner Haut vor Aufregung, Angst und einer Million anderer Gefühle. Ich habe es niemandem verraten, noch nicht einmal meinen Schwestern, die normalerweise alles von mir wissen, aber vermutlich werde ich meine Eltern vor dem Eingriff einweihen müssen.

Ich kichere bei der Vorstellung, zu meinen Eltern in ihr Haus nach Beverly Hills zu fahren, sechsunddreißig Jahre alt, Single und schwanger.

»Was ist so lustig, Darling?«, fragt eine Stimme hinter mir. Und nicht nur irgendeine Stimme, sondern die mit dem britischen Akzent, die mein Höschen jedes Mal zum Schmelzen bringt und mich beinahe ohnmächtig werden lässt, wenn ich in der Nähe des Mannes bin, zu dem sie gehört. Einmal gelang es mir, ihn zu überreden, meiner Familie die Geschichte *Als der Nikolaus kam* vorzulesen, nur damit ich hören konnte, wie er die mir seit meiner Kindheit vertrauten Worte ausspricht. Ich bereue bis heute, dass ich es nicht aufgenommen habe.

Ich drehe mich zu Jasper um, einem engen Freund und Geschäftspartner meines Bruders, der in meiner Zeit als

Produktionsmanagerin bei Quantum auch für mich zu einem guten Freund wurde. Jasper … groß, blond, muskulös und schlaksig zugleich, schön wie die Sünde, äußerst talentiert und ein erstklassiger Womanizer. Er ist der sprichwörtliche Honigtopf, wenn es um Frauen geht, weil er sie so mühelos anzieht, wie er atmet. Apropos Männer, die sich nie auf eine Frau festlegen, weil sie alle haben können – diese Beschreibung passt zu Jasper Autry wie die Faust aufs Auge.

»Ich musste nur gerade an etwas Lustiges zu Hause denken«, antworte ich auf seine Frage, weil ich ihm nicht wirklich verraten kann, dass ich gerade an das Ablaufdatum von Eizellen und Ovulationszyklen dachte.

»Magst du es mir erzählen?«

»Das war eine dieser Geschichten mit den Kindern, bei der man dabei gewesen sein muss.«

»Ah, verstehe.« Er reicht mir einen der beiden Mimosas, die er mit nach draußen genommen hat.

»Danke.«

»Ist mir ein Vergnügen.« In seinen goldbraunen Augen spiegelt sich immer viel Schabernack, als hätte er ein Riesengeheimnis, das er mir wahnsinnig gern verraten will, zumindest sieht das so aus. Auch jetzt ist es so. Diese erstaunlichen Augen tanzen vor Frohsinn. »Was denkst du über unseren Jungen Hayden und unsere entzückende Addie? Ich muss schon zugeben, dass ich niemals damit gerechnet hätte, ihn so … gezähmt zu erleben.«

»Er ist glücklich«, sage ich schärfer als beabsichtigt. »Daran ist nichts auszusetzen.«

Jaspers Braue hebt sich als Reaktion auf meinen Ton. Er ist scharfzüngige Antworten von Frauen nicht gewohnt. Für gewöhnlich lassen sie vor ihm ihre Höschen hinunter, anstatt ihm Paroli zu bieten. »In der Tat, nichts daran auszusetzen.«

»Entschuldige. Ich meine ja nur, dass es ein schöner Anblick ist. Mehr nicht.«

»Ob du es glaubst oder nicht: Da stimme ich dir zu, auch wenn meine Kumpels neuerdings wie Dominosteine umfallen.«

»Du musst das Pferdewasser in der sprichwörtlichen Tränke ja auch nicht trinken.«

»In Mexiko Wasser zu trinken, ist nie eine gute Idee.«

Ich lache mich scheckig, was keine Überraschung ist. Er bringt mich oft zum Lachen. Seine endlos humorvolle Lebenseinstellung ist eine der Eigenschaften, die ich an ihm sehr schätze.

»Ich konnte nicht umhin zu bemerken, dass du hier draußen ganz allein so schrecklich nachdenklich auf das tiefblaue Meer gestarrt hast. Was geht in deinem Kopf vor, Darling?«

Gott, ich will es ihm erzählen. Ich will es irgendjemandem erzählen, und warum nicht Jasper, meinem guten Freund, der meine Geheimnisse für sich behalten wird? Er ist kein Mitglied meiner Familie. Er ist keine meiner Freundinnen, die versuchen würden, mich davon abzubringen, in der Überzeugung, dass der Richtige hinter der nächsten Straßenecke lauert. Eigentlich ist er die perfekte Versuchsperson, um zu testen, wie diese Idee ankommt.

»Wenn ich es dir verrate, versprichst du mir dann, kein Sterbenswörtchen weiterzusagen, ganz besonders nicht Flynn?«

»Natürlich werde ich nichts verraten. Vergiss nicht, dass du seit Jahren Geheimnisse über mich weißt, mit denen du mich ziemlich ruinieren könntest.«

»Das stimmt.«

Er fasst mich am Arm und führt mich zu einem der Zweierliegestühle auf der Poolterrasse. »Hereinspaziert in mein Büro. Die Erstberatung ist kostenlos, aber nur für die engsten Freunde.«

»Du bist viel charmanter, als dir guttut.«

»Das behauptet meine Mutter auch. Ich entgegne immer, dass ich charmant genug für mich bin.«

Ich rolle mit den Augen wegen seiner Unverschämtheit, mache es mir auf dem Liegestuhl gemütlich und nehme gierig einen Schluck von dem Cocktail, weil ich mir jetzt unbedingt Mut antrinken muss.

»Und jetzt eröffne mir dieses sagenumwobene tiefe Geheimnis, bevor ich vor Neugier platze.«

Da die Stunde der Wahrheit nun gekommen ist, spielen meine Nerven völlig verrückt. Zum ersten Mal werde ich es gleich vor jemandem laut aussprechen, von dessen Meinung ich einiges halte. »Ich denke darüber nach … Nein, warte, das stimmt nicht. Ich denke nicht mehr darüber nach. Ich werde es tatsächlich tun.«

Seine Augenbrauen gehen hoch, und ich schwöre, er hat aufgehört zu atmen.

»Ich bekomme ein Baby.«

»Du …« Sein Blick fällt auf meinen flachen Bauch. »Also … Bist du schon … Oh. Tja. Okay, dann.«

Ich muss unweigerlich über seine stotternde Reaktion lachen. »Nein, ich bin im Moment nicht schwanger, werde es aber hoffentlich. Bald.«

»Verzeih mir die dumme Frage, aber du scheinst ja chronisch Single zu sein. Wer ist also der Glückliche, den du als Vater für dein Kind auserkoren hast?«

»Das weiß ich noch nicht. Das muss noch entschieden werden, wenn ich wieder in L.A. bin. Ich kann aus Tausenden von Männern auswählen und muss mich festlegen, ob mir Aussehen wichtiger ist als Köpfchen, aber vielleicht habe ich auch Glück und finde beides in einem Spender.«

Er schließt die Augen und seufzt. »Ellie …« Er öffnet sie wieder, schaut mich direkt an und sagt: »Um Gottes willen, du musst doch nicht auf die Dienste einer Samenbank zurückgreifen, um einen Vater für dein Kind zu finden.«

Das verärgert mich. »Wenn man eine alleinstehende Frau mit Kinderwunsch ist, muss man sehr wohl auf eine Samenbank ›zurückgreifen‹.«

»Du, meine Liebe, könntest jeden Mann haben.«

»Das stimmt nicht. Bei Frauen ist es anders. Wir können uns nicht so wie ihr Kerle herumtreiben, ohne einen üblen Ruf zu bekommen, besonders, wenn unsere Eltern und der Bruder bekannte Nachnamen haben. Es ist nicht so einfach, wie du denkst.«

»Aus diesem Blickwinkel habe ich es noch nie betrachtet. Aber ich verstehe schon, dass dieser Osmoseruhm eine Herausforderung darstellen kann. Und übrigens, wir ›treiben uns nicht herum‹, wie du das bezeichnest.«

»Und wie würdest du es dann nennen?«, frage ich in meinem lustigsten Ton.

Ein bezauberndes Lächeln erhellt sein umwerfendes Gesicht. »Spaß haben?«

»Das habe ich bereits ausprobiert. War gar nicht so spaßig. Ich habe es satt, auf den einen richtigen Moment zu warten. Ich will ein Kind, und dafür rennt mir die Zeit davon. Ich ziehe es durch.« Irgendwann während des Mexikotrips ist mein Plan von der Phase *vielleicht* zu *definitiv* übergegangen.

»Und du bist dir sicher, dass das der richtige Weg ist?«

»Ich bin mir sicher, dass dies der einzig mögliche Weg ist angesichts meines Dauersingle-Status.«

»Es ist nicht der einzig mögliche Weg.«

Ich habe fast schon Angst, ihn anzuschauen, und als ich es dann doch tue, wird meine Haut von seinem berechnenden Blick ganz heiß. »Was meinst du?«

»Du könntest einen alten Freund fragen, der sowohl gut aussehend als auch klug ist, ganz zu schweigen von unglaublich charmant, um an das ›Startkapital‹ für dein Projekt zu kommen.«

Von seinem Vorschlag bin ich verblüfft, darf ihm das aber nicht zeigen. Ich kann es nicht riskieren, falls er nur einen Scherz macht. »Wenn ich doch nur jemanden kennen würde, auf den diese Beschreibung zutrifft.«

Sein leises Lachen ist sowohl sexy als auch aufregend. »Das tust du. Du kennst genau den richtigen Kerl.«

Mein Herz schlägt so wild und schnell, dass ich befürchte zu hyperventilieren. »Und dieser Kerl wäre bereit, sein ›Kapital‹ in ein solches Projekt zu investieren?«

»Wenn die Bedingungen stimmen.«

Nach einer langen Pause frage ich: »Was sind das für Bedingungen?«

»Es soll auf die altmodische Art und Weise passieren. Keine Labors, keine künstliche Befruchtung oder Reagenzgläser, nur eine heiße, verschwitzte, vorbehaltlose Kapitalspritze.«

Mein Körper wird von den Bildern, die in Sekundenschnelle in meinem Kopf entstehen, ganz heiß. Heilige Scheiße. Bin ich gerade blind, taub und stumm geworden oder schlägt mir Jasper Autry tatsächlich vor, Sex mit ihm zu haben – und dabei ein Kind zu zeugen? »Meinst du es gerade ernst?«

»Meine liebe Ellie, in meinem ganzen Leben habe ich es noch nie so ›ernst gemeint‹ wie jetzt.« Er lehnt sich näher zu mir, so nah, dass ich aufhöre zu atmen. »Sag Ja.«

Ich muss schlucken. »Gibt es noch weitere Bedingungen?«

»Nur ein paar.«

»Ich bin ganz Ohr.«

»Wenn du mit mir zusammen bist, gibt es keinen anderen.«

»Gleichfalls.«

Nickend wiederholt er: »Gleichfalls. Und wir machen es entweder auf meine Weise oder gar nicht.«

»Was heißt das?«, frage ich mit quietschender Stimme.

»Im Bett habe ich das Sagen.«

Auf einmal bin ich so angeturnt, dass ich befürchte, auf dem Liegestuhl einen feuchten Fleck zu hinterlassen. »Was, wenn mir das nicht gefällt?«

»Dann haben wir keinen Deal.«

Ich nehme mir einen Moment lang Zeit, um seine Worte zu verarbeiten. Er ist dominant im Bett. Oh – mein – Gott. Ich räuspere mich und frage: »Was ist mit dem Sorgerecht für das Ergebnis deiner Unterstützung?«

Mit einem Lächeln antwortet er: »Liegt ganz bei dir, bis auf ein gelegentliches Besuchsrecht für den Kapitalgeber.«

»Würde er oder sie wissen, dass du der Geber bist?«

»Wenn du das möchtest.«

»Und du wärst bereit, im Voraus entsprechende rechtlich bindende Dokumente zu unterschreiben, die das regeln?«

Mit dem Finger an meinem Kinn zwingt er mich, ihm direkt in die Augen zu schauen. »Ich wäre zu allem bereit, solange es die äußerst sexy und unendlich unerreichbare Ellie Godfrey in mein Bett bringt.«

Und jetzt muss man sich diesen Satz vorstellen, ausgesprochen mit dem verdammt erotischsten britischen Akzent, den man jemals gehört hat. Ja, nicht wahr?! Was zum Teufel bleibt mir da noch übrig, als »Okay« zu entgegnen?

»Okay, was?«

»Wir haben einen Deal.«

Er schenkt mir das sexy Lächeln, das einen Kameramann zur Berühmtheit gemacht hat. »Plötzlich kann ich die Heimreise kaum erwarten.«

Kapitel 2

Zwei Tage, nachdem Jasper und ich unsere »Vereinbarung« getroffen haben, wird mir klar, dass ich einen Pakt mit dem Teufel höchstpersönlich geschlossen habe. Er beobachtet mich ständig und vermittelt mir damit das Gefühl, eine Beute zu sein, aber nicht unbedingt auf eine unangenehme Art und Weise. Eher in die Richtung von Kurz-vor-dem-Verschlungenwerden, wie es eine Antilope bestimmt in den Fängen eines Gepards haben muss. Und ja, ich habe mich soeben mit einer Antilope verglichen. Diese Tiere werden schließlich immer in den Tiersendungen aufgefressen, deswegen passt der Vergleich.

Glücklicherweise ist niemandem unserer Freunde und Familienmitglieder, die mit uns Urlaub machen, aufgefallen, dass ich die nervöse Antilope für den hungrigen Gepard Jasper spiele. Ich gebe zu, aufgrund seines neu entdeckten Interesses an mir einen inneren Konflikt zu verspüren, aber vermutlich ist das überflüssig. Wenn eine einigermaßen attraktive Frau einem Mann freien Zugang zu ihrer Vagina zwecks Fortpflanzung anbietet, darf sie auch ein gewisses Maß an Interesse erwarten.

Es gibt jedoch sowohl Interesse als auch ein Interesse wie bei einem Gepard, daher mein Dilemma. In all den Jahren, die ich Jasper kenne und insgeheim nach seinem sexy britischen Akzent giere, bin ich nicht ein einziges Mal auf die Idee gekommen, dass er meine Bewunderung erwidern könnte. Klar mag er mich als Kumpel, Kollegin, Schwester seines engen Freundes und die Frau, bei der er sich über andere Frauen auslassen kann. Aber als romantische Partnerin? Nicht wirklich.

Seit unserer Unterhaltung neulich früh jedoch hat sich dies alles geändert, und sein Interesse ist derart ausgeprägt, dass ich in einem Zustand steter Erregung und gesteigerter Vorfreude bin und mir wünsche, wir könnten unserer Pläne sofort in die Tat umsetzen. Bei der Vorstellung davon, meinen lang gehegten Traum vom Muttersein zu erfüllen, spielen meine Gefühle verrückt – Aufregung, Nervosität, Freude und Angst. Das sind allerhand Emotionen, die ich vor der aufmerksamen Gruppe, die mich an unserem letzten vollen Tag in Mexiko auf Liegestühlen am Pool umgibt, verstecken muss.

Alle sind immer noch überglücklich wegen der Verlobung von Hayden und Addie, und achtundvierzig Stunden nach der großen Bekanntgabe werden die Hochzeitspläne mit unverminderter Begeisterung besprochen. Addie strahlt vor Glück, und Hayden hat nicht eine Minute lang aufgehört zu lächeln. Ich habe den besten Freund meines Bruders noch nie so gelassen erlebt. Normalerweise ist er wie eine Gewitterwolke auf der Suche nach einem Ort zum Explodieren. Diese Heftigkeit war seiner Karriere sehr nützlich, bescherte ihm jedoch auch ein ziemlich chaotisches Privatleben.

Sich in Addie zu verlieben, hat ihn geerdet und ihm geholfen, seine Mitte zu finden, und ich könnte mich für die beiden nicht mehr freuen. Hayden wagt als Zweiter in unserer Gruppe den Sprung in die Ehe, der Erste war mein Bruder Flynn, der die Finger nicht von seiner schönen Frau lassen kann. Sie sind während dieser Reise schon so oft zusammen irgendwohin verschwunden, dass Witze über Suchtrupps bereits zur täglichen Routine gehören.

Ich genieße es, die wenigen Stunden, die Flynn und Natalie täglich zum Verschnaufen brauchen, in ihrer Gesellschaft zu sein. Seit mein Bruder erwachsen ist, steht er im Licht der Öffentlichkeit, sein Leben vor Natalie war eine Aneinanderreihung von prominenten Filmrollen, ihm zujubelnden Fans und einer kurzen, desaströsen Ehe, die in ihm den festen Entschluss hervorrief, nicht wieder zu heiraten – bis er Natalie begegnete, die ihn bei vielen Dingen umstimmte.

Ich gebe zu, ein klein wenig neidisch auf meinen Bruder zu sein, der wie unsere beiden Schwestern wahre Liebe und einen Lebenspartner gefunden hat. Erst vor Kurzem habe ich eine Inventur meines Lebens gemacht und festgestellt, dass ich allein bleiben werde, wenn ich nicht von meinen hohen Standards in Bezug auf Männer abrücken und jemanden finden kann, mit dem ich es ein Leben lang aushalte.

Das ist eine ziemlich niedrige Messlatte, was? Jemand, mit dem ich es ein Leben lang *aushalte*. Und das ist mein großes Geheimnis – ich bin realistisch ohne einen Hauch von Romantik, und nachdem ich bereits alle der Menschheit bekannten Ekeltypen gedatet habe, bin ich bereit, mich mit jemandem zufriedenzugeben, der mich nicht anwidert. Ich mache mir keine Illusionen darüber, dass mein Zeugungsunterfangen mit Jasper nicht mehr als nur ein DNA-Transfer mit möglicherweise einigen befriedigenden sexuellen Erlebnissen währenddessen sein wird.

In der Zwischenzeit muss ich mich auf die Suche nach einem echten Vater für mein noch zu zeugendes Kind machen. Ich sehe mich zwar gern als eine moderne, unabhängige Frau, doch unter meiner zeitgemäßen Fassade schlägt das Herz einer Traditionalistin. Ich bin in einer Familie mit zwei Elternteilen groß geworden, meine Nichten und Neffen wachsen in Familien mit zwei Elternteilen auf, und das will ich auch für mein Kind.

Ich will einen Mann, der bereit ist, sich zu binden, der reif ist, sich in seiner Haut wohlfühlt, selbstbewusst, aber nicht arrogant ist. Jemanden, der sich seinen Lebensunterhalt selbst verdient und nicht darauf aus ist, sich bei mir oder meinen berühmten Familienmitgliedern durchzuschnorren. Es wäre schön, wenn er gut aussehend und höflich ist. Wie man sieht, bin ich nicht unzumutbar wählerisch. Ich kenne Frauen, die nicht mit einem Mann ausgehen würden, wenn er auch nur einen schiefen Zahn hat, selbst wenn er der netteste, erotischste, charmanteste Mann ihres Lebens wäre. Der Zahn entscheidet alles.

So bin ich nicht. Niemand ist perfekt, ich am allerwenigsten, wieso sollte ich das dann von einem anderen Menschen erwarten? Ich suche nicht nach Perfektion, aber es wäre schön, jemanden zu finden, mit dem ich über Dinge reden kann, die mich interessieren, der sich über das Weltgeschehen auf dem Laufenden hält, dem all das wichtig ist, was für mich eine große Rolle spielt – Familie, Freunde, meine Nachbarschaft und die größere Welt um uns herum.

Nichts davon klingt doch zu ehrgeizig, oder? Dennoch trifft man nur schwer auf einen Mann in Los Angeles oder sogar dem größeren südlichen Kalifornien, der auch nur die Hälfte meiner vernünftigen Kriterien erfüllt. Ich habe herausgefunden, dass diejenigen, die gut aussehen und ziemlich intelligent sind, bestimmt schon drei Mal verheiratet waren und einige Ex-Frauen an ihnen hängen, nicht zu vergessen mehrere Kinder von den unterschiedlichen Frauen. Mit anderen Worten: Drama. Nein, danke. Ich habe genug Drama bei der Arbeit, nämlich das, was wir im Namen von Quantum Productions herstellen.

Und ich habe genug Drama durch die Verbindung zu meinem berühmten Bruder und unseren berühmten Freunden. Ich brauche das nicht auch noch in einer Beziehung.

Vielleicht stößt man aber auch auf einen Kerl, der reif ist, nie verheiratet war, selbstbewusst, aber nicht arrogant ist. Nur gibt es bei so einem nicht selten einen Haken, zum Beispiel, dass er keinen existenzsichernden Job behalten kann oder nicht mit seiner Mutter spricht, oder es tritt irgendeine andere hochunerfreuliche Eigenschaft zutage, die sämtliche guten zunichtemacht.

Es ist *anstrengend.* Wenn es nur um mich ginge, würde ich darauf pfeifen, einen netten, normalen Kerl fürs Leben zu finden. Aber ich kann meinem Kind nicht eine tägliche Vaterfigur verwehren, nur weil ich es leid bin. Das wäre ihm gegenüber nicht fair, deswegen steht mein Entschluss fest, *irgendjemanden* zu finden.

Wenn ich wieder zu Hause in Los Angeles bin, werde ich etwas tun, wovon ich mir geschworen habe, es *niemals* in meinem Leben zu tun, egal, wie verzweifelt ich auch sein möge. Ich werde mich bei einem exklusiven Datingdienst registrieren, den mir meine gute Freundin Marlowe Sloane empfohlen hat. Die Agentur hat den Ruf, Menschen zu verpartnern, die aus irgendeinem Grund nicht online gelistet werden dürfen. Ich werde trotzdem einen Decknamen benutzen, um ganz sicherzugehen, dass meine berühmte Familie außen vor bleibt. Wenn ich einen Mann finde, der sich in *mich*, Ellie, verliebt und nicht in den Nachnamen Godfrey, wird das ein Grund zum Feiern sein. Wenn ich einen finde, der auch noch bereit ist, mein ungeborenes Kind als sein eigenes großzuziehen, kommt das einem totalen Wunder gleich. Ich hoffe auf ein Wunder.

Addie breitet ein Handtuch auf dem Liegestuhl neben mir aus und lässt sich darauf nieder, um ihre auch so schon beeindruckende Sonnenbräune zu vertiefen. Ich bleibe zusammengekauert unter dem Sonnenschirm, mit der Stimme von Estelle Flynn im Ohr, die mich ermahnt, dass ich mit vierzig Falten haben werde, wenn ich weiterhin so die Sonne anbete. Meine umwerfend schöne Mutter mit ihrer Porzellanhaut erweist sich in einem Mexikourlaub als wahre Spielverderberin.

»Du arbeitest doch nicht, oder?«, fragt sie mich mit einem Blick auf mein iPad.

»Nee, checke nur schnell meine Mails.« Als Leiterin des Produktionslogistikteams bei Quantum sind wir der restlichen Gruppe immer zwei oder drei Filme voraus, suchen nach Drehorten und holen Genehmigungen ein, die für einen Dreh an weiter entfernten Orten notwendig sind. Wir kümmern uns außerdem um die Reisen, Unterkunft und Verpflegung für die Darsteller und die Crew. »Meine Leute haben alles im Griff, zumindest sieht es so aus.«

»Das Beste am gemeinsamen Urlaub mit meinem Chef ist die Tatsache, dass meine Leute ebenfalls im Urlaub sind«, entgegnet Addie. »Aah, das ist so entspannend.«

»Und so unfair«, ergänze ich. »Ich mache auch Urlaub mit den Chefs und werde trotzdem zugeballert.«

»Das ist wirklich total unfair, besonders, weil du doch die Schwester eines der großen Chefs bist.«

»Stimmt, nicht wahr? Ich brauche einen Termin bei meinem Bruder.«

»Frag aber erst nächste Woche an. Seine Assistentin ist gerade in ihrem wohlverdienten Urlaub.«

Mein Lachen verwandelt sich in Sorge, als ich an der Innenseite von Addies Handgelenk einen großen Bluterguss entdecke. »Was ist denn da passiert?«

Addie schirmt sich die Augen von der Sonne ab. »Wo?«

»Dein Handgelenk ist ja ganz blau. Ist das noch von deinem Sturz neulich?« Sie war während eines Gewitters gestolpert und beinahe eine steile Böschung hinuntergefallen. Glücklicherweise waren Hayden und Flynn direkt hinter ihr und konnten sie so retten.

Addie dreht den Arm nach innen und begutachtet die Stelle, als würde sie sie zum ersten Mal sehen. »Oh ja, muss wohl so sein.« Mit der anderen Hand über den Augen fügt sie hinzu:

»Du kannst mich ruhig für verrückt erklären, aber in unserer Gesellschaft scheint es einen Engländer zu geben, der dich so anschaut, als würde er dich gern zum Abendessen verspeisen.«

Ich weiß nicht, wohin ich schauen soll – zu Jasper, der auf der anderen Seite des Pools bei den Jungs sitzt, oder eben gerade nicht dorthin. »Ich ... ich habe keine Ahnung, was du meinst.« Das Einzige, was ich ganz sicher weiß, ist, dass mein Bruder und die anderen Quantum-Partner *nie* etwas über meine Abmachung mit Jasper erfahren dürfen. Das ist unsere Privatangelegenheit, und das Letzte, was ich will, ist, es zu einem Gruppenprojekt zu machen, bei dem mich alle mit Fragen löchern. Der Gedanke daran lässt mich schaudern.

»Du und Jasper ... Das kann ich mir richtig gut vorstellen.«

Grunzend lache ich. »Freut mich, dass du das kannst, denn ich kann das nicht von mir behaupten. Ich und der Playboy? Ja, genau.«

»Du weißt doch besser als andere, dass man nicht alles glauben sollte, was über ihn erzählt wird. Du solltest *ihn* doch besser kennen.«

»Ich weiß, dass er Frauen wechselt wie wir beide Socken.«

Da sie diese Tatsache nicht bestreiten kann, entgegnet Addie: »Hayden und Flynn halten sehr viel von ihm. Das sollte doch etwas zählen.«

»Natürlich tut es das, und ich halte ebenfalls sehr viel von ihm, kenne ihn aber auch zu gut, um mir jemals das auszumalen, was dir vorschwebt.« Ich halte zwar genug von ihm, um ein Kind mit ihm zu zeugen, aber keiner unserer gemeinsamen Freunde und Kollegen darf *jemals* etwas darüber erfahren. Die Vorstellung, tatsächlich mit Jasper »ein Baby zu machen«, verursacht bei mir ein Gefühl der Überhitzung. »Ich gehe in den Pool. Kommst du mit?«

»Danke, aber ich bleibe lieber hier und mache ein Nickerchen, solange Hayden, Flynn und Nat im Meeting sind.«

Ich erhebe mich, lege meine Verhüllung ab und zeige mich damit im Bikini, der mir immer recht züchtig vorkam, bis ich ihn jetzt vor Jasper trage. Auf einmal fühle ich mich zu exponiert, und zwar auf eine ungute Weise. »Sie haben ein Meeting? Im Urlaub?«

»Es ist ein informelles Meeting, deswegen bin ich auch lieber hier draußen als dort drinnen. Sie besprechen das Drehbuch für Nats Geschichte. Flynn hat einen Typen, der es gern schreiben möchte, und er wollte zuerst Haydens Meinung dazu hören, bevor sie weitermachen.«

»Sie machen den Film also wirklich, ja?«

»Flynn ist außerordentlich fest entschlossen, und du weißt ja, was das heißt.«

Ich lache, weil es stimmt, ich weiß, wie besessen mein kleiner Bruder sein kann, wenn er sich etwas in den Kopf setzt. In dieser Hinsicht ähneln wir uns. Ich habe mir zum Ziel gesetzt, ein Kind zu bekommen, und weniger als zwei Wochen nach dem letztendlichen Beschluss habe ich den Vater meines Kindes gefunden und verfüge über einen Plan. Das ist ein Charakterzug der Godfrey-Familie. Wir sind alle aktive, unternehmungsfreudige Menschen, und als ich die Stufen in den Pool hinuntersteige, spüre ich, wie mein Baby-Daddy mich beobachtet. Er beobachtet mich sehr aufmerksam.

JASPER

Sie bringt mich um mit diesem winzigen Bikini, der meiner blühenden Vorstellungskraft *nichts* überlässt. Wenn ich die perfekte südkalifornische Frau erschaffen müsste, wäre es Ellie Godfrey – lange Beine, volle Brüste, ein flacher, straffer Bauch und naturblondes Haar, das ihren Rücken hinunterfällt und ihr fast bis zum geschmeidigen Arsch reicht.

Ich muss mich hart zusammenreißen, um bei dem Anblick von ihr im pfirsichfarbenen Bikini nicht zu sabbern, während sie unter der Wasseroberfläche verschwindet und dann wieder wie eine Meeresnymphe auftaucht. Sie ist wahrlich ein feuchter Traum, und die Vorstellung, mit ihr ein Kind zu haben, erweckt die Aufmerksamkeit meines Johannes, was das verflucht Letzte ist, was ich jetzt gebrauchen kann, da ich zwischen Emmett und Sebastian sitze und Kristian neben Seb sitzt. Sie lesen, schlafen, hören Musik und bemerken glücklicherweise nicht meinen erregten Zustand.

Wäre das nicht etwas, wenn sie Flynn erzählten, wie ich beim Beobachten seiner Schwester im Pool eine Erektion bekam? Gott sei Dank gibt es Sonnenbrillen. Wenn sie also zufällig die Latte bemerken – doch wieso sollten sie ausgerechnet dorthin schauen? –, dann wüssten sie wenigstens nicht, was – oder *wer* – besagte Latte verursachte.

Seit meiner Unterhaltung mit Ellie Godfrey neulich kann ich nur noch an den Sex mit ihr denken. Vor diesen lebensverändernden zwanzig Minuten war die Möglichkeit jeglicher Art von Sex mit ihr so weit weg, dass man allenfalls flüchtig daran hätte denken können. Wie beispielsweise *Verdammt, Ellie sieht heute heiß aus* oder *Ich frage mich, wie sie wohl im Bett ist* oder *Mann, ich wüsste gern, ob ihre Brüste auch so fantastisch sind, wie sie aussehen.* Letzteres kann ich bereits von der Liste streichen. Der Bikini bestätigt, dass sie genauso spektakulär sind, wie sie unter der Kleidung erscheinen – ein Gedanke, der die Qual in meiner Leiste nicht im Geringsten mindert.

Zum Teufel. Ich begehre die Schwester meines Freundes und Geschäftspartners. Wenn ich von der Sonne und dem Tequila nicht so erledigt wäre, könnte ich mich dazu bringen, damit aufzuhören. Doch ich bin nicht mehr bei Verstand, seit sie mir ihren Kinderwunsch beichtete und ich ihr meine Deckdienste anbot. Da ich seitdem nicht mehr allein mit ihr war, habe ich mich sogar ein paarmal gefragt, ob ich mir das Ganze nicht vielleicht erträumt hatte.

Aber ich habe nicht geträumt, als die herrliche Ellie Godfrey mir gestand, ein Baby zu wollen. Ich habe nicht geträumt, als ich ihr entgegnete, sehr gern der Vater ihres Kindes zu werden, aber nur, wenn wir das Kind auf die altmodische Tour machten. In Wahrheit habe ich nie damit gerechnet, dass sie mein Angebot annimmt, und die Tatsache, dass sie so bereitwillig darauf einging, verrät mir einiges darüber, wie sehr sie dieses Kind will, das wir miteinander haben werden.

In den Tagen nach unserer bedeutsamen Unterhaltung sind mir noch ein paar weitere Gedanken gekommen. Zuallererst darf niemand, und ganz besonders nicht meine Familie zu Hause in England, aus Ellie unbekannten Gründen jemals erfahren, dass ich Vater werde. Zweitens muss ich mich mit Emmett über die rechtlichen Aspekte unterhalten, und Ellie muss einen eigenen Anwalt engagieren. Wir müssen das ganz offiziell machen.

Das Letzte auf Gottes grüner Erde, was ich brauche, sind rechtliche Probleme mit irgendeinem Mitglied der Godfrey-Familie. Meine Zusammenarbeit mit Flynn war bislang erfolgreich, rentabel und hat all meine Erwartungen übertroffen, ganz zu schweigen davon, dass ich seine Freundschaft schätze. Das werde ich nicht aufs Spiel setzen, selbst wenn ich dafür die wunderschöne Ellie berühren darf. Ungeachtet dieser Bedenken wird mich meine Beziehung zu Flynn nicht davon abhalten, meine Pläne weiterzuverfolgen und mit seiner Schwester ein Baby zu machen.

Sie ist eine erwachsene Frau, fähig, ihre eigenen Entscheidungen zu treffen, und sie hat beschlossen, mir die außerordentliche Ehre zu erweisen, der Vater ihres Kindes zu werden. Ich kann und werde mein Angebot nicht zurücknehmen und werde sie auch nicht dem unpersönlichen Prozedere in der Samenbank aussetzen, und Gott weiß, was dafür noch alles notwendig ist. Die Vorstellung davon lässt mich schaudern.

Nein, ich bin mehr als froh, es so zu tun, wie es von Gott selbst vorgesehen ist, und sie anschließend unseren Nachwuchs so erziehen lassen, wie sie es für richtig hält. Sie wird eine wunderbare Mutter sein. Da habe ich keine Zweifel. Sie hat selbst eine wunderbare Mutter. Ich bin fast in Stella Flynn verliebt, wie übrigens die meisten von Flynns Freunden. Ich will, dass Ellies Wunsch in Erfüllung geht, und gehe davon aus, dass ich es in vollen Zügen genießen werde, sie zu schwängern. Doch obwohl ich Ellie sehr mag und bewundere, können sie und ich niemals ein echtes Paar werden. Sie ist zu süß – und viel zu vanillig – für meinesgleichen.

Um ein Baby zu machen, kann ich süß und vanillig sein. Aber dauerhaft? Auf keinen Fall. Ich bin fast siebenunddreißig und habe vor langer Zeit herausgefunden, dass ich grundsätzlich nicht nett und süß sein kann. Nein, ich will heißen, schmutzigen, geilen Sex. Ich brauche ihn so, wie andere Menschen Koffein brauchen, um durch den Tag zu kommen. Ein Mann erreicht irgendwann einen Punkt in seinem Leben, an dem er bei bestimmten Dingen nicht zu Kompromissen bereit ist. Meine Vorlieben sind nicht verhandelbar, und so wurde mir vor Jahren klar, dass ich vermutlich eher Single bleiben werde, als mir eine nette, mustergültige Frau auszusuchen, die sich lieber unter Strom setzen ließe als gefesselt, ausgepeitscht, gespankt und auf jede denkbare Art gefickt zu werden.

Sosehr ich es auch versuche, kann ich mir nicht vorstellen, wie Ellie Godfrey sich mir oder einem anderen Mann unterwirft. Sie ist keine Sub, aber ich *bin* ein Dom. Ich lege Wert darauf, meinen nächsten Geburtstag zu erleben, deswegen werde ich Flynns Schwester nicht dominieren, auch wenn ich mein Biest verdammt gern auf sie loslassen möchte. Das Biest soll aber an der Kette und verborgen bleiben, während wir das Baby machen, das sie so dringend will.

Wie lange würde es denn auch dauern? Einen Monat, vielleicht zwei? Sobald sie einen Braten im Ofen hat, kann ich weitermachen wie bisher, und dies impliziert viele verschiedene Frauen, die meine sexuellen Vorlieben teilen und vielleicht sogar noch abgefahrener sind als ich. Langfristig bedeutet es weitaus weniger Komplikationen, auch wenn mir in den letzten Tagen ein paarmal der Gedanke gekommen ist, mehr zu wollen, als nur ein Baby mit Ellie zu zeugen. Es ist einfach nicht möglich, und das macht mich irrsinnig traurig.

Ich blicke zur Seite und bemerke, dass Emmett sein Buch weggelegt, Seb die Augen geschlossen und seine Kopfhörer aufgesetzt hat und Kristian so laut schnarcht, dass er Tote aufwecken könnte, so wie er das immer tut, wenn er vom Whiskey besoffen ist. »Kann ich am Montagmorgen fünfzehn Minuten haben?«, frage ich Emmett.

»Klar, was liegt an?«

»Eine Privatangelegenheit.« Obwohl es vermutlich mehr Sinn ergeben würde, bei dieser Privatangelegenheit externen Rat zu suchen, will ich es nicht riskieren, da die Mutter dieses Kindes Flynn Godfreys Schwester ist. Ich kann es nicht riskieren, wenn irgendein externer Anwalt beschließen würde, dass es sich mehr lohnt, diese Geschichte an die Schundblätter zu verticken, als mein Rechtsbeistand zu sein. Einen anderen Anwalt zu finden, würde außerdem Zeit kosten, die ich nicht verschwenden will. Ich habe Angst, dass Ellie es sich noch mal anders überlegen könnte. Als Quantum-Partner zahle ich einen Teil von Emmetts Gehalt, und er wird die Anwalt-Mandanten-Beziehung unserer Unterhaltung berücksichtigen. Ich mache mir keine Sorgen, dass er es irgendjemandem verraten könnte, auch wenn ich befürchte, dass er unsere Pläne nicht gutheißen wird.

»Ist alles okay?«, fragt er als mein Freund und nicht als Anwalt.

»Ja, alles gut, Kumpel. Es ist nur ein Detail, um das ich mich kümmern muss.«

»Ich bin dein Mann für Details.«

Ellie kommt aus dem Pool, Wassertropfen glänzen auf ihrer sonnengebräunten Haut, und ihre Nippel haben sich zu Knospen zusammengezogen, die ich klar unter ihrem knappen Oberteil erkennen kann. Ich muss die Zähne zusammenbeißen, um das Verlangen zu unterdrücken, sie hier und jetzt anzufallen. Da es keine Option ist, kümmere ich mich um die rechtlichen Aspekte, und dann machen wir uns so schnell wie nur möglich ans Geschäft.

KAPITEL 3

ELLIE

Eine glückliche, entspannte, sonnengebräunte Gruppe fliegt am Sonntagabend zurück nach Los Angeles. Wir haben uns darauf geeinigt, so lange zu bleiben, wie wir nur können, und deswegen kommen wir um zehn nach zehn am Los Angeles International Airport an. Flynn und Hayden haben am nächsten Morgen um neun Uhr Termine, aber ich werde schon um sieben im Büro sein, um die zwei Millionen Mails zu checken, die sich während unserer Abwesenheit angesammelt haben. Um halb zehn treffe ich mich mit meinem Team für ein Briefing über die anstehenden Aufgaben.

Ich sammele meine Sachen zusammen, als ich bemerke, wie Jasper mich anstarrt. In den letzten paar Tagen hat er das öfter getan, und ich rechne schon damit, wenn ich in seine Richtung blicke, dass er mich so anschaut, als könnte er es kaum erwarten, mich nackt zu sehen. Antilope, das ist dein Gepard. Mein Körper vibriert beim Gedanken an ihn, ganz besonders die weiblichen Teile. Wenn er mich schon mit einem Blick zum Vibrieren bringt, was wird dann erst los sein, wenn wir uns tatsächlich daran machen, ein Kind zu zeugen?

»El?« Kristian bedeutet mir vorauszugehen, damit er nach mir das Flugzeug verlassen kann.

»Oh. Sorry.«

»Hast du immer noch einen Tagtraum von Mexiko?«, fragt er mit einem leisen Lachen.

»So etwas in der Art.« Ich kann nicht wirklich zugeben, über feuchtheißen Zeugungssex mit Jasper zu fantasieren. Mann, ich bin deswegen schon ganz aufgelöst, dabei ist noch gar nichts passiert. Er muss nur mit diesem köstlich knackigen britischen Akzent sprechen, und schon schmilzt mein Höschen.

Er könnte mir mit diesem Akzent eine chinesische Speisekarte vorlesen, und ich wäre erledigt. Meine Familie redet immer noch darüber, wie ich ihn dazu brachte, uns *Als der Nikolaus kam* vorzulesen, nur weil ich es mit diesem Akzent hören wollte. Was sie nicht wissen, ist, dass ich nach Hause fuhr und mich mit Pete, meinem größten Vibrator, vergnügt habe, immer noch diese verlockende Stimme im Kopf, mit der er die unschuldigsten Worte vorlas.

Bis zum heutigen Tag machen mich die Worte »In der Nacht vor dem Christfest« feucht, wenn ich daran denke, wie er sie ausspricht.

Apropos Pete, ich versuche, mich an den Ladezustand seiner Batterien zu erinnern und daran, ob sie noch ausreichend Energie liefern. Das hoffe ich stark, denn ich muss dieses verrückte Verlangen befriedigen, das sich seit unserer Abmachung in mir aufgetürmt hatte. Jeder Teil von mir prickelt vor Erwartung, und während wir in die Autos steigen, um heimzufahren, frage ich mich einen kurzen Augenblick, ob ich Jasper vielleicht schon heute Abend wiedersehe.

Sofort macht sich Panik in mir breit bei dem Gedanken, dass er auftauchen könnte, bevor ich bereit bin. Ich muss mich rasieren und wachsen und … polieren. Ich kann nicht einfach das Tor aufreißen und ihn hereinrollen lassen. Ich muss mich vorbereiten, und ich brauche einen Beweis, dass er sauber ist, bevor sich die Ladentür öffnet.

Er muss meine Panikattacke spüren, denn als ich das nächste Mal in seine Richtung blicke, hat er seine rechte Augenbraue fragend angehoben. Er nimmt auf dem Beifahrersitz von Kristians neuem silbernen Tesla Platz, während ich mein rotes BMW-M6-Coupé aufschließe. Jasper zeigt auf sein Telefon, und ich nicke, bevor ich in mein Auto steige.

Rufe dich in einer Stunde an, lautet seine Nachricht.

Ok.

Mit einem Anruf kann ich leben. Ich bin nicht bereit, ihn persönlich zu empfangen. Noch nicht zumindest. Ich verlasse den Flughafen in nördlicher Richtung und nehme die Route 1 zu meinem Haus in Venice. Ich bin mir nicht sicher, ob Jasper zu sich in die Stadt oder in sein Strandhaus in Malibu fährt, aber welche Rolle spielt es schon? Wenn er in siebenundfünfzig Minuten anruft, teile ich ihm mit, dass ich heute Abend nicht frei bin und wir morgen reden können.

Meine Haut fühlt sich eng an, als wäre sie in unserer Abwesenheit geschrumpft. Vermutlich zu viel Sonne. Aber wenn das stimmt, wie erkläre ich mir meine perlenförmigen Nippel und das Prickeln zwischen den Beinen, das jedes Mal anfängt, wenn ich an meine Pläne mit Jasper denke. Zu behaupten, seine Bereitschaft, der Vater meines Kindes zu sein, käme unerwartet, würde dem Tatbestand nicht annähernd gerecht werden. Niemals, nicht in einer Million Jahre, hätte ich damit gerechnet, ihm meinen Kinderwunsch anzuvertrauen, geschweige denn, sein Angebot anzunehmen, der Vater meines zukünftigen Kindes zu sein.

»Es soll auf die altmodische Art und Weise passieren. Keine Labors, keine künstliche Befruchtung oder Reagenzgläser, nur eine heiße, verschwitzte, vorbehaltlose Kapitalspritze.«

Grundgütiger, allein daran zu denken, wie er das gesagt hat, bringt mich dazu, aufs Gaspedal zu drücken, und ich kann nicht schnell genug nach Hause zu Pete kommen. Ich erreiche Venice Beach, fahre hinein und entlang der berühmten Strandpromenade, die sogar am späten Sonntagabend sehr belebt ist. Während mein Bruder und seine Freunde die stilvolle Eleganz Malibus vorziehen, stehe ich auf die kantigere, künstlerische Atmosphäre von Venice. Ich wohne einen Block vom Strand entfernt in einem Bungalow mit zwei Schlafzimmern, den ich komplett selbst renoviert habe. Von der Klempnerei über elektrische Neuverkabelung bis hin zur Bearbeitung von Fußböden und Wandverputz habe ich mir das Know-how in entsprechenden Kursen angeeignet.

Jeder Quadratzentimeter meines strahlend schönen Zuhauses trägt meine Handschrift, und die Arbeit hat mir so sehr gefallen, dass ich auf der Suche nach einem weiteren renovierungsbedürftigen Haus bin. Man wundert sich vielleicht, was so eine Hollywood-Prinzessin wie ich in Venice Beach macht und warum sie ihr Haus eigenhändig renoviert, wenn sie es sich doch leisten könnte, Handwerker dafür anzuheuern. Das stimmt, das könnte ich. Meine Eltern sind unglaublich reich dank ihrer gigantischen Karrieren im Showgeschäft. Die ganze Welt kennt Max Godfrey und Estelle Flynn, und ihr Kronprinz Flynn Godfrey ist ein internationaler Superstar.

Aber ich bin nur Ellie, die Tochter von Stars, Schwester eines Superstars, und lebe davon, was ich mit meinem gut bezahlten Job verdiene. Meine Eltern haben für jeden von uns Treuhandfonds eingerichtet, die an unseren fünfundzwanzigsten Geburtstagen ausbezahlt wurden. Meine Schwestern haben von einem Teil des Geldes prachtvolle Häuser für ihre Familien gekauft, aber ich habe meines nie angerührt, und ich glaube, dass auch Flynn seines nie benutzt hat. Er braucht es nicht, und ich ebenso wenig.

In diesem gemütlichen Zuhause in fußläufiger Entfernung zur Strandpromenade von Venice Beach und dem Strand selbst habe ich alles, was ich brauche. Ich kann den Ozean von meiner Veranda aus riechen wie auch den Duft von gebratenem Essen, Sonnenschutzmittel und gelegentlich die Abgase von zu vielen Autos und Motorrädern.

Meine Eltern »babysitten« meinen Hund Randolph, und morgen hole ich ihn bei »Omi und Opi« in Beverly Hills ab – ja, so bezeichnen sie sich selbst, wenn sie über sich und ihren »Enkelhund« Randy sprechen. Ich denke, sie befürchten, nie echte Enkelkinder von mir zu bekommen, und schenken daher ihre ganze Zuneigung meinem pelzigen Baby. Habe ich vielleicht bald eine Überraschung für sie parat?

Das Haus ist sonderbar ruhig ohne Randys Begrüßung und muffelt moderig, weil es eine ganze Woche lang nicht gelüftet wurde. Ich reiße die Fenster auf, um die kühle Meerluft hereinzulassen, die sofort die Vorhänge kräuselt. Und nein, ich habe sie nicht selbst genäht, obwohl Nähen zu den Künsten gehört, die ich noch lernen möchte. An der Türschwelle zum Zimmer schalte ich das Licht ein und betrachte den leeren Raum. Ich hoffe sehr, ihn bald mit einer Wiege, einem Wickeltisch und allen anderen Utensilien für mein so sehr gewolltes Baby ausstatten zu können.

Mein Herz schlägt schneller vor Aufregung, da ich ja jetzt einen Plan habe, wie ich meinen Traum verwirklichen kann. Jasper und ich werden ein wunderschönes Baby machen. Daran hege ich nicht den geringsten Zweifel. Ich habe nur noch keine Vorstellung, wie ich es schaffe, fast ein ganzes Jahr auszuhalten, bis ich das Kleine in den Armen halten kann. Ich seufze ungeduldig, schalte das Licht aus und gehe in mein Zimmer.

Obwohl ich auf dem gesamten Heimweg an Pete gedacht habe, warte ich mit unserer Wiedervereinigung, da ich weiß, dass Jasper anrufen wird. Ich packe die Kleidung aus, die ich vor der Abreise aus Mexiko gewaschen habe, ziehe einen bequemen Pyjama an, wasche mir das Gesicht und putze die Zähne, bevor ich mit meinem Telefon, angeschlossen an das Ladegerät, ins Bett steige. Meine Haut ist empfindlich und kribbelt, als würde bald etwas passieren. Wenn er mich bereits mit dem Warten auf seinen Anruf derart auf Hochtouren bringen kann ...

Das Telefon klingelt, zehn Minuten vor der von ihm angekündigten Zeit, und ich fahre fast aus meiner kribbelnden Haut.

»Um Gottes willen«, murmele ich, bevor ich den Anruf entgegennehme und einen Das-ist-keine-große-Sache-obwohl-sie-es-in-Wirklichkeit-doch-ist-Ton aufsetze. »Hallo.«

»Hallo, Darling.« Das Wort klingt wie *dahling* mit seinem köstlichen Akzent, und allein vom Kosenamen schmelze ich auf den Kissen.

»Hi.« Wow, wie aufregend klingt mein *hi* wohl nach seinem ach so erotischen *dahling*?

»Also«, eröffnet er, »du hast mich in den letzten paar Tagen ganz schön auf Trab gehalten. Ich hoffe, das weißt du.«

»Warte. Was? Was habe ich denn getan?«

»Ähm, sollen wir mit der Show im Pool gestern anfangen?«

»Was für eine Show im Pool?«, frage ich aufrichtig verblüfft.

»Der pfirsichfarbene Bikini, die nasse Haut, die harten Nippel, die endlosen Beine, das Haar. Soll ich weitermachen?«

»Ich ... Du ...«

Sein tiefes, schweres Lachen macht mich wieder ganz heiß. »Das Einzige, woran ich seit neulich früh denken kann, ist, wie lange ich darauf warten muss, unseren Plan wahr zu machen.«

»Oh. Du ... Tust du das?« Diese letzte Frage klingt eher wie ein Quietschen als die Worte einer normalerweise sprachgewandten Frau. Es liegt am Akzent. Das ist mein Kryptonit. Ich könnte glücklich sterben, wenn ich ihm dabei zuhören dürfte.

»Das tue ich in der Tat. Was ist mit dir?«

»Ich habe daran gedacht. Ein- oder zehntausendmal.«

Dieses Lachen wird schnell zu meiner zweitliebsten Eigenschaft von ihm.

»Du bist also aufgeregt, ja?«, fragt er in einem tiefen, intimen Ton, den ich noch nie von ihm gehört habe. Natürlich nicht. Ich war bis jetzt ja auch noch nie intim mit ihm gewesen.

Ich presse die Beine zusammen, als könnte dies das beharrliche Pulsieren in meinem Schritt aufhalten. »Wegen des Babys? Sehr.«

»Und was ist mit dem Babymachen? Deswegen auch?«

»Ähm, ja, deswegen auch.«

»Autsch.«

»Oh nein! So habe ich das nicht gemeint! Du ahnst ja gar nicht, wie erleichtert ich bin, dass ich für meinen Kinderwunsch nicht in die Klinik muss. Du erweist mir einen riesigen Gefallen, und ich schätze es sehr.«

»Tja, ich bin mir sicher, es wird eine schwere Zumutung werden«, entgegnet er und klingt dabei so schrecklich britisch, dass ich zu Boden gegangen wäre, würde ich nicht bereits im Bett liegen, »aber irgendwie werde ich das schon schaffen.«

»Du machst doch Witze, oder?«

»Ja, Darling. Ich mache Witze.«

»Oh.« Mir entwischt ein nervöses Zwitschern, das meinem üblichen Lachen überhaupt nicht ähnelt. »Gut.«

»Ich mache allerdings keine Witze, wenn ich darauf hinweise, dass wir uns zuerst um die Modalitäten kümmern müssen, bevor wir zur Tat schreiten.«

»Welche Modalitäten meinst du?« Denkt er dabei daran, ob wir es bei mir oder bei ihm machen?

»Zunächst einmal die rechtlichen Aspekte. Angesichts unserer Freundschaft wie auch meiner Freundschaft und Partnerschaft mit deinem Bruder sollten wir uns zuerst um die rechtlichen Angelegenheiten kümmern, bevor wir zum Spaß übergehen. Nur, damit es später keine Missverständnisse gibt.«

»Damit kann ich leben.«

»Hast du einen Anwalt, der dich vertreten kann?«

Ich denke sofort an meine Freundin aus Kindertagen, Cecily St. James, die in einer Privatkanzlei in L.A. arbeitet. »Ja, habe ich.«

»Wenn du mir seine oder ihre Kontaktdaten weiterleitest, bitte ich Emmett, einen Termin zu vereinbaren.«

»Emmett? Der *Emmett Burke*, der für uns *arbeitet*?«

»Der Emmett Burke, der als Leiter unserer Rechtsabteilung auch für mich als einen der Quantum-Geschäftsführer arbeitet.«

»Aber … Er ist ein Freund von Flynn, sein Anwalt, sein …«

»Ellie, entspann dich. Ich vertraue ihm stillschweigend und nutze seine Dienste genauso für deine wie auch für meine Absicherung.«

»Wie soll er mich absichern, wenn er dein Anwalt ist?«

»Er kümmert sich um uns alle. Er würde niemals auch nur ein Sterbenswörtchen über unsere Pläne zu irgendjemandem verlieren. Bei einem anderen Anwalt könnte ich mir da nie so sicher sein, und das will ich aber. Du etwa nicht?«

Na ja, wenn er das so formuliert … »Doch, natürlich tue ich das. Ich schicke dir die Kontaktdaten meiner Anwältin.«

»Hervorragend. Wir erledigen das schnell und machen dann weiter. Ja?«

»Du sagtest *zunächst einmal*. Was sind die anderen Dinge?«

»Ich halte es für möglich, dass auch du Bedingungen stellen könntest.«

»Das könnte dich jetzt vielleicht kränken, aber ich habe mich gefragt, woher ich wissen soll, ob du, du weißt schon … sauber bist.«

»Das ist eine kluge Frage. Ich zeige dir gern mein Attest. Ich vermute, du machst das auch?«

35

Ich habe mir vorher eingeredet, nicht beleidigt zu sein, wenn er fragt, spüre den Stich aber trotzdem. »Selbstverständlich.« Ich habe am Dienstag einen Termin bei Dr. Breslow und kann mich dann darum kümmern. Und da ich seit meiner letzten Untersuchung keinen Sex hatte, werde ich mit Leichtigkeit beweisen können, dass ich keine Geschlechtskrankheiten habe.

»Dann ist ja alles wunderbar. Sehr bald werden wir schon alles geklärt haben und können dann zur Sache kommen.«

»Ist das in deinem Land ein Euphemismus?«

»Ich glaube, das ist überall ein Euphemismus für das, was ich meine.«

Sein schmutziges Lachen verursacht ein Lauffeuer, das mich von innen erhitzt und mein Gesicht – zusammen mit anderen wichtigen Körperteilen – zum Glühen bringt. »Sehen wir uns morgen?«

»Ja, bis dann.« Ich drücke auf den großen roten Button auf meinem Telefon, um den Anruf zu beenden, lege es beiseite und strecke die Hand zum Nachttisch aus, wo Pete darauf wartet, mein Verlangen zu stillen. Da fällt mir ein, dass ich die Batterien vergessen habe. Hoffentlich hat er noch etwas Ladung, denn heute Abend brauche ich ihn.

JASPER

Obwohl ich früh im Büro ankomme, um mich um die Details meiner Abmachung mit Ellie zu kümmern, kann mich Emmett erst um elf Uhr einschieben. Ich habe nichts zu tun, sodass mein Vormittag ungewohnt unproduktiv vorbeigeht. Ich kann nur noch daran denken, Ellie ins Bett zu kriegen, was vor allem paradox ist. Ich kenne sie seit Jahren, habe eng mit ihr zusammengearbeitet und hing regelmäßig mit ihr in unserer engen Clique herum. Im Laufe der Zeit wurde sie zu einer Art

Testperson für meine Versuche bei anderen Frauen. Natürlich nur verbal. Denn bis zu dem einen Morgen in Mexiko habe ich meiner überaus aktiven Fantasie nie erlaubt, sie mir ernsthaft *so* vorzustellen, vor allem wegen ihres Verwandtschaftsgrades mit Flynn. Jetzt denke ich nur noch an sie. Wie konnte sich das so schnell ändern?

Ich will mich so rasch wie möglich um die Details kümmern, damit wir starten können. Mit diesem Ziel im Kopf mache ich bei meinem Arzt für morgen einen Termin aus. Rechtlich, medizinisch, logistisch. Zwei davon sind erledigt, eins fehlt noch. Wo werden wir unser Kind zeugen? Bei ihr, bei mir oder an einem neutralen Ort wie in einem Hotelzimmer? Ich muss sie fragen, was ihr lieber ist.

Ich habe noch haufenweise Dinge, die ich an diesem ersten Arbeitstag erledigen muss, aber da das meiste Blut zu meinem Johannes fließt, gelingt es mir nicht, mich auf den Job zu konzentrieren. Um elf Uhr bin ich nur noch ein nutzloses Bündel aus Nerven und Hormonen, ganz zu schweigen von der Angst. Was für eine starke Kombination.

Jetzt sollte ich vermutlich etwas gestehen. Auch wenn ich meiner Fantasie niemals erlaubt habe, in Ellies Richtung abzudriften, wünschte ich mir mehr als nur einmal, sie wäre nicht so unerreichbar für mich. Ich habe eine leise schwelende, hypothetische Schwärmerei für sie gehegt, in der Art von Wäre-es-nicht-schön-wenn-wir-könnten-aber-wir-werden-es-nie. Nicht, dass ich jemals irgendetwas dafür unternommen hätte, aus inzwischen bekannten Gründen. Aber sie fasziniert mich. Ich kann nicht abstreiten, dass sie mich dazu bewegen könnte, meinen Lebensstil zu überdenken, wäre ich auf der Suche nach einer festen Beziehung.

Aus Gründen, die ich all die Jahre für mich behalten habe, führe ich mein Leben aber nun mal so, wie es ist, und es steht mir nicht frei, irgendetwas zu überdenken. Deswegen muss ich *äußerste* Vorsicht dabei walten lassen, wie ich an dieses Babyzeugungsprojekt herangehe, damit niemand, ganz besonders nicht Ellie, verletzt wird.

Emmett klingelt kurz bei mir durch, um mir mitzuteilen, dass er nun Zeit hat. Als ich mich erhebe, wird mir kurz schwindelig, was mich daran erinnert, wo in meinem Körper sich gerade das meiste Blut befindet. »Gib mir fünf Minuten«, antworte ich ihm.

»Bis gleich dann.«

Er legt auf, und ich zwinge mich, an die unerotischsten Dinge auf der Welt zu denken – den Geruch von gekochter Leber bei meiner Oma am Sonntag, Rauchen, Gesichtstattoos, Menschen, die zu Restaurantkellnern unhöflich sind. Das Letzte zeigt Wirkung. Ich verabscheue Unhöflichkeit.

Da ich meinen besten Freund nun unter Kontrolle habe – zumindest für den Moment –, überquere ich den Flur zu Emmetts Büro und betrete es nach einem kurzen Klopfen. Er steckt mitten in einem angespannt klingenden Telefonat, also nehme ich Platz und täusche ein Interesse an meinem Handy vor, um ihm etwas Privatsphäre zu gönnen.

Er beendet das Gespräch und knallt den Hörer auf die Ladestation.

Fragend hebe ich eine Augenbraue.

»Ich hasse den ersten Arbeitstag nach dem Urlaub.«

»So schlimm, ja?«

Emmett winkt den Ärger beiseite und zwingt sich zu lächeln. »Wie kann ich dir weiterhelfen?«

Ich entscheide mich für die Schockwirkung, da sein Tag bis jetzt offensichtlich beschissen genug war. »Es sieht ganz so aus, als hätte ich beschlossen, ein Kind zu haben.«

Emmetts Kinnlade klappt hinunter. »Du ... Könntest du das noch mal wiederholen?«

»Du hast mich schon beim ersten Mal richtig verstanden.«

»Und du … Hast du …« Er räuspert sich. »Ist schon ein Baby unterwegs?«

»Noch nicht.« Meine Absicht, dass er über meine abrupte Mitteilung seinen Ärger vergisst, hat wohl Erfolg. Sein für ihn untypisches Stottern amüsiert mich. Er gibt sich normalerweise kühl und gefasst. Es ist lustig zu erleben, dass es Emmett vor Schock fast die Sprache verschlagen hat.

»Oh, also …«

»Ich habe zugestimmt, mit einer Freundin ein Kind zu zeugen.« Ich sehe förmlich, wie sein Gehirn auf Hochtouren läuft, um meine Worte zu begreifen.

»Diese Freundin … Kennst du sie gut?«

»Wir alle kennen sie gut.«

Emmett starrt mich an und wartet darauf, dass ich für ihn die Lücke fülle.

»Es ist Ellie.«

Seine Augen springen ihm beinahe aus dem Kopf. Jep, er denkt definitiv nicht mehr an das, was ihn vorhin so gestresst hat. »Die *Ellie Godfrey*?«, fragt er erbleichend.

»Die einzig wahre.«

»Verzeih mir die Frage, aber *hast du deinen Scheißverstand verloren?*«

Ich kann nicht anders. Ich lache. Und zwar heftig.

Nicht annähernd so amüsiert wie ich, lehnt Emmett sich mit verschränkten Armen auf seinem Stuhl zurück und starrt mich mit einem stechenden Blick an.

Als ich mich wieder im Griff habe, erkläre ich: »Zunächst einmal ist sie diejenige, die ein Kind will. Zweitens habe ich ihr meine Hilfe angeboten, damit sie sich nicht mit einer Samenbank herumschlagen muss. Drittens wird das Baby ihr gehören, und zwar ihr allein. Und viertens – da kommst du ins Spiel – soll das alles sauber, legal und ordnungsgemäß ablaufen.«

»Also du und Ellie werdet …«

»… ein Baby machen. Genau.« Ich halte zur Bekräftigung den Kopf hoch. »Ich kann mir gut vorstellen, dass er ein süßer kleiner Fratz wird, meinst du nicht auch?«

»Ich, ähm, ja, natürlich. Aber um Himmels willen, Jasper, es ist doch *Ellie*.«

»Ja, ich weiß.«

»Und weißt du auch, dass Flynn dich verdammt noch mal umbringen wird, wenn du seine Schwestern anfasst?«

»Nein, das wird er nicht. Sie wird es nicht zulassen. Sie will es schließlich so, Em. Sie will das mehr als alles andere, und wenn es nach uns geht, wird niemand bis auf unsere Anwälte wissen müssen, wer der Vater des Kindes ist.«

»Du denkst wirklich, dass du so etwas geheim halten kannst?«

»Wir werden es niemandem verraten. Was ist mit dir?«

Emmett sieht mich böse an. »Bitte mich nicht darum. Du solltest es doch besser wissen.«

»Das tue ich, und deswegen vertraue ich dir diese Angelegenheit an. Ich gebe ihr das volle Sorgerecht und alles, was dazugehört, damit das Baby komplett ihr gehört.«

Er nimmt einen Stift in die Hand und balanciert ihn zwischen den Fingern, während er mich beklommen beäugt. »Als dein Freund und Anwalt muss ich dich davor warnen, deine Rechte abzutreten, noch bevor das Kind gezeugt oder geboren ist. Du könntest es dir anders überlegen, wenn du erst mal deinen Sohn oder deine Tochter siehst.«

»Ich werde es mir nicht anders überlegen, außerdem erlaubt Ellie uneingeschränkten Umgang, und mehr will ich gar nicht. Ich habe keine Lust aufs Windelnwechseln und darauf, dass mein Schönheitsschlaf monatelang gestört wird.« Ein Schmerz in meiner Brustmitte entlarvt mich als einen großen, fetten Lügner, doch meine Wirklichkeit ist nun mal so, wie sie ist, und kein Kind von mir soll die lästigen Pflichten am Hals haben, die mich geprägt haben. Das würde ich nicht einmal meinem schlimmsten Feind antun, geschweige denn meinem eigenen Kind.

»Jasper, ich kann dir das nicht guten Gewissens erlauben.«

»Muss ich mir einen anderen Anwalt suchen?«

»Natürlich nicht. Ich will nur, dass du darüber nachdenkst – *gründlich nachdenkst* –, bevor du etwas Unumkehrbares tust.«

»Du bist einer meiner besten Kumpels, Em, wie du sicher weißt. Und Ellie auch. Ich glaube nicht, dass sich zwischen uns irgendetwas ändern wird, wenn wir das Kind zeugen. Wir werden Freunde bleiben, und sie bekommt, was sie sich sehnlichst wünscht. Ich werde im Gegenzug heißen Sex mit einer wunderschönen Frau haben. Es ist eine Win-win-Situation.« Und ich … ich werde aus sicherer Entfernung mein Kind aufwachsen und gedeihen sehen ohne die Last auf seinen Schultern, die seit meiner Geburt schwer auf mir wiegt.

Emmett klopft mit seinem Kugelschreiber auf die Tischplatte, während er mich weiterhin anstarrt. »Dieser heiße Sex, den du mit der Schwester unseres Freundes haben wirst …«

»Was ist damit?«

Er lehnt sich vor, stützt die Ellbogen auf den Tisch und schaut mich intensiv und konzentriert an, jetzt, da der anfängliche Schock verflogen ist. »Sie pflegt nicht unseren Lebensstil, Jasper.«

»Das weiß ich. Ich habe nicht vor, sie zu dominieren, zumindest nicht auf die herkömmliche Weise. Das würde sie nicht zulassen.« Ich halte kurz inne und versuche, seine Einstellung abzuschätzen. »Du wirst mich also vertreten, ja?«

»Ja, ich vertrete dich«, sagt er mit offensichtlichem Widerwillen. »Ich hoffe nur, du weißt, was du da tust.«

»Du sagst das so, als würde ich des Öfteren auf die schiefe Bahn geraten und wäre außer Rand und Band.«

»Das bist du nie, und deswegen mache ich mir ja Sorgen. So bist du nicht.«

»Manchmal müssen wir unsere Komfortzone verlassen, um zu sehen, was sonst noch in der Welt um uns herum passiert.«

»Darum geht es hier also?«

»Es geht hier darum, dass ich einer guten Freundin einen Dienst erweise. Nicht mehr und nicht weniger.«

»Es gibt Wege, ihr diesen Dienst zu erweisen, ohne sie jemals berühren zu müssen.«

»Dessen bin ich mir voll bewusst, und sie auch. Wir haben uns darauf geeinigt, dass wir die bewährte körperliche Methode der Laborprozedur vorziehen.«

Emmett schweigt sehr lange, bevor er fragt: »Vertritt sie jemand?«

»Darum kümmert sie sich heute. Soll ihr Anwalt sich bei dir melden?«

»Ähm, klar, das wäre gut.«

»Du haust mich mit deinem Enthusiasmus aber nicht gerade um.«

Nach einer weiteren langen Pause entgegnet Emmett: »Trotz unserer engen Freundschaft bist du immer noch einer meiner Chefs, Jasper, und meine Aufgabe besteht darin, dich, die anderen Geschäftsführer und Quantum selbst vor schlechter Publicity zu schützen. Ich würde meinen Job nicht richtig machen, wenn ich es unterließe, darauf hinzuweisen, dass es eine schlechte Idee sein könnte. Als dein Freund fürchte ich, dass es nicht so einfach sein wird, wie du dir das vorstellst, und ich mache mir Sorgen, dass du in etwas hineingerätst, das sich in mehrfacher Hinsicht desaströs auf dich auswirken könnte, nicht zuletzt, weil Flynn dich umbringen wird, sollte er jemals davon erfahren – und die Menschen, die du für enge Freunde hältst, könnten ihm ihre Hilfe anbieten.«

Ich höre, was er zu sagen hat, und obwohl ich ihm nicht zustimme, schätze ich seine Bemühung. Wir bezahlen ihn in der Tat dafür, dass er stets in unserem besten Interesse handelt, und genau das tut er gerade. Doch seine Warnungen werden mich nicht dazu bewegen, mein Angebot zurückzunehmen. Das würde ich Ellie niemals antun – und außerdem freue ich mich zu sehr darauf, um einen Rückzieher auch nur zu erwägen.

»Ich verstehe, was und weshalb du es mir sagst, aber ich habe mich bereits entschieden. Wenn du dir Sorgen machst, dass du Flynn gegenüber in einen Gewissenskonflikt geraten könntest, kann ich einen anderen Anwalt konsultieren ...«

»Nein. Du wendest dich an keinen anderen Anwalt.«

»Dann ist ja alles gut. Wir würden gern noch diese Woche alles klären. Ich weiß, dass du nach dem Urlaub mit Arbeit überhäuft bist, aber ich würde mich über eine zeitnahe Erledigung sehr freuen.«

»Kein Problem«, antwortet er, obwohl ich sehen kann, dass er damit nicht glücklich ist.

Egal. Er muss ja auch nicht darüber glücklich sein. Er muss nur dafür sorgen, dass alles so festgezurrt ist, wie wir das wollen.

»Sobald ich von ihrem Anwalt höre, mache ich die Papiere fertig und vereinbare für Donnerstag ein Treffen für uns alle. Passt dir das?«

Drei Tage. Ich nehme an, dass ich noch weitere drei Tage warten kann, wenn ich muss. »Das passt. Danke.« Ich erhebe mich zum Gehen, spüre aber unterwegs seinen Blick auf mir. Wenn ich ehrlich bin, hätte ich ihm vermutlich das Gleiche gesagt, wenn die Rollen vertauscht wären.

Der Flur ist menschenleer, also wage ich es, an Ellies geschlossene Tür zu klopfen, und als sie »Herein!« ruft, schlüpfe ich hinein, bevor mich jemand sieht. Ja, ich bin mir bewusst, dass ich mich schon ein wenig albern aufführe, aber unser Plan steht noch auf tönernen Füßen. Die Möglichkeit, dass

43

irgendetwas – wie zum Beispiel ihr Bruder, der Wind davon bekommt und ausrastet, bevor wir es vollziehen können – ihn zunichtemacht, erfüllt mich mit Schrecken.

»Hi«, begrüßt sie mich und sieht mich auf eine hinreißende Art neugierig an. »Schaust du nur kurz vorbei?«

Mir wird klar, dass ich mich gegen die Tür lehne, so als wäre ich jemandem entkommen. Ich greife nach meinem Revers, richte mein maßgeschneidertes Anzugsjackett zurecht und versuche, meine legendäre Fassung wiederzuerlangen. Ich bin so selten durch den Wind, dass die Emotion mich kalt erwischt. »Ich war bei Emmett.«

»Und?«

Ich lasse mich auf ihren Besucherstuhl sinken, und mein Blick wird von einem Foto von ihr und ihren Eltern angezogen, das auf dem Schrankboard hinter ihrem Tisch steht. Heute trägt Ellie eine hübsche Seidenbluse mit Blumenprint und hat die Haare offen. Von der Reise ist sie leicht gebräunt, und die auf ihrer Nase verteilten Sommersprossen sind wahnsinnig süß.

»Jasper? Geht es dir gut?«

»Tut mir leid. Ich wollte nicht starren. Du siehst heute ganz bezaubernd aus. Na ja, eigentlich jeden Tag, aber heute ganz besonders.« Ich klinge wie ein Piesepampel. Als sie mich fragt, was ein Piesepampel sei, wird mir klar, dass ich es laut gesagt habe. »Das ist umgangssprachlich für Idiot.«

»Aah, okay, du bist kein Idiot, benimmst dich aber schon irgendwie komisch.«

Ich fahre mir mit den Fingern durch das Haar und versuche, einen Teil der Energie, die mich umtreibt, abzulassen. »Emmett hat mich etwas fertiggemacht.«

»Warum? Findet er es nicht gut?«

»So hat er es nicht direkt ausgedrückt, aber im Wesentlichen meinte er, dass ich es bereuen könnte, auf das volle Sorgerecht für ein Kind verzichtet zu haben, das noch nicht einmal gezeugt ist.«

»Oh.«

»Mach dir keine Sorgen, ich habe es mir nicht anders überlegt.«

»Das war nicht der Teil, bei dem ich mit seinen Bedenken gerechnet hätte.«

»Na ja, er erwähnte schon die Möglichkeit, dass Flynn und andere, die ich für enge Kumpels halte, sich verschwören, um mich umzubringen.«

Das bringt sie zum Lachen, und der raue, sexy Klang erregt sofort die Aufmerksamkeit von meinem besten Stück. Ich lege die Beine übereinander in der Hoffnung, die Blutzufuhr zu kappen, doch mein Johannes ist ein hartnäckiger Scheißkerl, wenn er sich auf etwas – oder jemanden – versteift.

»Dein Anwalt soll ihn kontaktieren. Er hat versprochen, es noch diese Woche fertig zu bekommen.«

»Ich bitte sie, ihn heute anzurufen.«

»Ich würde dich heute gern zum Abendessen einladen.« Das hatte ich nicht geplant, als ich zu ihr kam, aber ich muss sie abseits des Minenfeldes im Büro sehen. Ich brauche mehr von ihr, und dieses Bedürfnis kommt nicht nur von meinem kleinen Spannemann. Es geht darüber hinaus, ein Gedanke, der mein Herz ein wenig schneller schlagen lässt als sonst. Was zum Teufel stimmt denn nicht mit mir?

»Oh, ähm, klar. Das kann ich einrichten. Ich muss Randy von meinen Eltern abholen, aber danach habe ich Zeit.«

Ich beschließe zu gehen, bevor mein Johannes sich zu einer ausgewachsenen Erektion entwickelt, die sie sicherlich bemerken wird. »Wunderbar. Ich hole dich um acht bei dir ab.« Ich bin zur Tür hinaus, noch bevor sie antworten oder sehen kann, was ihre Gesellschaft mit mir anstellt. Herrgott, ich bin ein Wrack, und habe sie noch nicht einmal berührt.

KAPITEL 4

ELLIE

Sofort, als Jasper mein Büro verlässt, greife ich zum Telefon und rufe die Frau an, die sich um alle meine Waxingangelegenheiten kümmert. Ich gehe bereits seit Jahren zu ihr, aber für gewöhnlich ist sie Wochen im Voraus komplett ausgebucht. Dies ist einer der Momente, in denen der Nachname Godfrey ganz nützlich ist. Sie macht um halb sechs Feierabend, hat aber zugestimmt, mich danach zu empfangen. Ich habe keine Ahnung, ob »Abendessen« ein weiterer von Jaspers Euphemismen ist, und muss auf alles vorbereitet sein.

Seine Einladung macht für den Rest des Tages meine Konzentration zunichte. Ich nehme an unterschiedlichen Meetings mit meinem Team teil und bespreche die Einzelheiten, die mir an meiner Arbeit normalerweise sehr wichtig sind. Heute könnten sie mich nicht weniger interessieren. Ich kann nur noch daran denken, wie er heute Morgen in seinem offenbar maßgeschneiderten Navy-Anzugsjackett aussah, mit den aus der Stirn zurückgekämmten Haaren, wie er sie zur Arbeit trägt, seinen markanten Wangenknochen, der vom Urlaub gebräunten Haut und den goldbraunen Augen …

»Ellie?« Mein Assistent Dax schaut mich mit angehobenen Augenbrauen an. Er ist von Kopf bis Fuß ein Hipster, angefangen bei seinen lockigen Haaren über seine Brille mit schwarzer Fassung bis hin zum Ohrstecker, einem figurbetonten T-Shirt mit einer mir unbekannten Band drauf und seiner schlaksigen Gestalt. Er ist außerdem erschreckend effizient, und ohne ihn wäre ich verloren. »Bist du noch bei uns?«

»Ja, entschuldige, was war die Frage?«

»Wir besprechen den Drehort in Helsinki. Kristian und Hayden hatten ein paar Fragen, die wir noch beantworten müssen.«

»Richtig, Helsinki. Okay, was hast du?«

Das Meeting geht eine kurze Zeit später zu Ende, mein Team verlässt den Raum, und ich bleibe allein mit Dax zurück.

»Wo bist du heute, Chefin?«, fragt er. »Immer noch im Urlaub?«

»Vielleicht«, antworte ich mit einem schüchternen Lächeln. »Es war ein guter Urlaub. Ich muss heute um vier gehen. Ich arbeite später noch von zu Hause aus.«

»Klar, kein Problem. Ich bleibe länger.«

»Ich schätze es sehr, dass du neuerdings so lange Überstunden schiebst. Das ist nicht an mir vorübergegangen.«

»Machst du Witze? Meine Freunde beneiden mich um meinen Job hier, und er macht mir so viel Spaß, dass er sich kaum wie Arbeit anfühlt.«

Ich habe ihn eingestellt, nachdem er während seines Studiums an der UCLA-Filmakademie ein Praktikum bei mir gemacht hatte, und in den letzten zwei Jahren hat er sich als komplett unverzichtbar für mich erwiesen. Ich muss mit den Geschäftsführern über seine Gehaltserhöhung sprechen. »Ich weiß es zu schätzen.«

Ich kehre in mein Büro zurück, kämpfe mich durch die Flut an Mails und stelle fest, dass Jasper es geschafft hat, mich für den Rest des Tages komplett aus der Bahn zu werfen. Um drei teile ich Dax mit, dass ich gehe, und mache mich zu meinen Eltern auf, um Randy abzuholen.

Auf der Fahrt nach Beverly Hills wird mir klar, dass ich mich zusammenreißen muss. Ich kann es mir nicht erlauben, die Arbeit zu vernachlässigen, um mich aufs Babymachen und heiße Briten zu konzentrieren. Ich habe viel zu viel zu tun und zu viele Menschen, die sich auf mich verlassen, um unzuverlässig zu sein. Außerdem werde ich dieses noch zu zeugende Kind versorgen müssen, also ist ein Versagen bei der Arbeit keine Option.

Nun, morgen werde ich mit neuem Schwung zurückkehren und meinem Job die übliche Aufmerksamkeit widmen. Aber heute … Heute kann ich abhaken. Ich komme bei meinen Eltern an und sehe den Mercedes-SUV meiner Schwester Annie draußen stehen. Ich hoffe, sie hat die Jungs dabei. Im Haus begrüßt Ada, unsere langjährige Haushälterin, mich mit einem Kuss.

»Schön, dich zu sehen«, sagt Ada. »Wie war die Reise?«

»Fantastisch. Die Rückkehr in die Normalität ist hingegen nicht so toll.«

»Ah, lass dir etwas Zeit. Du findest schon wieder hinein. Hast du Hunger?«

»Einen kleinen Snack könnte ich schon vertragen.«

»Kommt sofort, Schatz.«

»Du bist die Beste, Ada.« Sie arbeitet seit unserer Kindheit für unsere Familie, und wir vergöttern sie.

»Das sagt ihr alle, wenn ihr hungrig hier ankommt«, antwortet sie, lacht auf dem Weg in die Küche und ruft über die Schulter: »Sie sind draußen hinter dem Haus.«

Obwohl es heute nur um die zwanzig Grad sind, befinden sich meine Neffen im Pool, den mein Vater das ganze Jahr über für seine Enkel heizt. Connor, mit seinen sieben Jahren Annies

Ältester, springt mit seiner Mutter in das tiefe Ende, und mein Vater passt auf, während Mason, vier, und Garrett, zwei, in der Nähe der Treppenstufen am seichten Ende planschen und von meiner Mutter beobachtet werden.

Bei meinem Anblick stößt Connor einen Schrei aus. »Tante El, schau dir das an!« Er vollführt eine perfekte Arschbombe und spritzt meinen lachenden Vater nass.

»Das war eine Zehn«, teile ich meinem grinsenden Neffen mit, als er wieder auftaucht. Sein blondes Haar klebt ihm am Kopf, und seine vordere Zahnlücke ist bezaubernd.

»Schau mal, wie ich durch das Loch spucken kann!«

»Ich sehe zu.« Ich lache, als er das Wasser durch die Lücke schießen lässt. »Genieß es, solange sie noch da ist.«

Meine Mutter streckt mir eine Hand entgegen. »Willkommen zu Hause, Liebling.«

Ich greife nach ihrer Hand und beuge mich hinunter, um sie auf die Wange zu küssen, die unter einem riesigen Strohhut versteckt ist. Der Duft von Joy, dem Parfüm, das sie trägt, seit ich denken kann, vermittelt mir ein Gefühl von Zuhause. Ich streife die Schuhe ab und setze mich mit den Füßen ins Wasser neben sie.

»Wie war die Reise?«, fragt mein Vater.

»Schrecklich. Wir haben es alle gehasst.«

»Sag nicht ›hassen‹, Tante El«, ermahnt mich Mason. »Das ist ein schlimmes Wort.«

»Du hast absolut recht, und ich mache nur Spaß. Es hat uns sehr gut gefallen.«

»Ich bin so neidisch«, kommentiert Annie von ihrem Hochsitz in der Mitte des Pools aus, mit den Füßen im Wasser. »Unsere unbeschwerte Schwester fliegt schön in die Sonne, während Aimee und ich zu Hause festhängen. Das ist unfair.«

Ein stechender Schmerz in Herznähe überrascht mich. Wenn meine Schwester doch nur wüsste, wie gern ich unbeschwert wäre. »Komm mir bloß nicht mit diesem Müll. Flynn erzählte, dass du und Aimee das Haus in den Frühjahrsferien habt.«

»Bis dahin sind es noch mehr als anderthalb Monate«, seufzt Annie.

»Das hast du nun von der Einschulung deiner Kinder«, sagt mein Vater mit einem neckenden Grinsen. »Ich prophezeite dir doch, du würdest das bereuen.«

»Stimmt, du hattest uns Hausunterricht empfohlen, aber das wird nie passieren«, antwortet Annie.

»Hast du heute frei?«, frage ich sie.

»Ich habe heute am Vormittag gearbeitet, während die Äffchen in der Schule und Vorschule waren. Ich habe es aufgegeben, am Nachmittag zu arbeiten.« Sie betreibt eine kleine Anwaltskanzlei von zu Hause aus und passt ihre Arbeitszeiten den Plänen der Jungs an.

»Sie hat sie hergebracht, damit sie sich austoben können«, fügt meine Mutter hinzu. »Was uns sehr gut passt.« Garrett steigt die Treppenstufen auf seinen molligen Kleinkindbeinchen hinauf, in die ich am liebsten hineinbeißen würde. Er ist so verdammt niedlich. Meine Mutter zieht ihm seine Schwimmweste aus, hüllt ihn in ein großes Strandtuch und schert sich nicht darum, dass er sie vermutlich nass machen wird. Meine Eltern sind großartig, packen als Großeltern mit an, und ich kann es kaum erwarten, sie mit meinem Kind zu erleben.

Garrett steckt sich den Daumen in den Mund und starrt mich mit einem schweren Blick an.

Ich beuge mich zu ihm, küsse ihn auf seine weiche Wange, und er kichert.

»Bist du Samstagabend immer noch dabei?«, fragt Annie mich.

»Kann es kaum erwarten.« Die Jungs übernachten bei mir, weil ihre Eltern auf einer Hochzeit in Santa Barbara sind.

»Du bist die beste Tante der Welt«, meint Annie.

Obwohl ich weiß, dass sie sich nur bei mir einschleimt, weil ich auf ihre Kinder aufpasse, geht mir das Kompliment direkt ins Herz. Die beste Tante der Welt für alle meine Nichten und Neffen zu sein, ist mir sehr wichtig. »Ich habe Ivy und India eingeladen, damit sie mir helfen«, sage ich über Aimees Töchter, die sieben und neun sind.

»Gute Entscheidung«, kommentiert Annie. »Du wirst ein Absperrgitter brauchen.«

»Erzähl den Mädchen von deinen Neuigkeiten, Stel«, fordert mein Vater sie auf. Er hat die Arme hinten verschränkt, seine Haltung ist lässig, aber ich spüre eine ungewohnte Spannung zwischen meinen Eltern, die zweifellos das glücklichste Ehepaar sind, das ich kenne.

»Was für Neuigkeiten?«, fragt Annie. Obwohl sie eine Sonnenbrille trägt, sehe ich, wie sich ihre Augenbrauen zu ihrem Anwaltsmodus, wie wir das nennen, zusammenziehen.

Meine Mutter zupft das Handtuch zurecht, um Garrett vor der späten Nachmittagssonne zu schützen. »Man hat mir eine Residenz im Caesars Palace in Las Vegas angeboten.«

»Was heißt das?«, fragt Annie für uns beide.

»Deine Mutter bekäme für zwei Jahre eine eigene Show an fünf Abenden in der Woche«, antwortet mein Vater. »Das ist eine Riesenehre.«

»*Du ziehst nach Vegas um?*« Die Worte rutschen mir heraus, noch bevor ich überlegen kann, wie oder was ich darauf entgegne. Wie können meine Eltern umziehen, wenn ich ein Kind bekommen will?

»Es wurde noch nichts entschieden«, beschwichtigt meine Mutter. »Ich habe das Angebot bekommen, und dein Vater und ich besprechen das. Es muss viel berücksichtigt werden.« Sie drückt Garrett enger an sich, während Mason auch noch zu ihr auf den Schoß klettert. Selbst Connor ist beim Schwimmen am seichten Ende still geworden. Ein Leben ohne Omi und Opi bei uns, wenn wir sie brauchen? Unvorstellbar! »Ich kann mir nicht vorstellen, sechs Monate im Jahr von meiner Familie getrennt zu sein.«

Sechs Monate im Jahr? Ich sehe Annies Was-zum-Teufel-Ausdruck auch trotz ihrer Sonnenbrille vor den Augen. Sie können doch nicht sechs Monate im Jahr in Vegas leben! Auf keinen Fall. Und ja, mir wird klar, dass ich fast sechsunddrei-ßig bin, aber ich sehe meine Eltern mehrmals in der Woche. Die Mitglieder unserer Familie stehen sich sehr nah. Das haben wir schon immer. Die Vorstellung, dass sie das halbe Jahr über in einem anderen Bundesstaat leben sollen, verursacht bei mir eine leichte Übelkeit, insbesondere angesichts meiner Pläne. Wie kann ich ein Kind bekommen, ohne dass meine Mutter bei mir ist und mir alle Aspekte der Schwangerschaft, Geburt und Mutterschaft erläutert?

»Was meinst du dazu, Dad?«, fragt Annie.

»Für Mom ist das eine unglaubliche Chance, und sie hat wegen der Kindererziehung und zur Unterstützung meiner Karriere auf viele Chancen verzichtet. Obwohl niemand von uns so scharf darauf ist, in Vegas zu leben, überlasse ich die Entscheidung ganz ihr. Ich folge ihr überallhin.«

Hinter der Antwort eines perfekten Ehemannes spüre ich seine Anspannung. Er will nicht umziehen, und ich kann es ihm nicht übelnehmen. Seine Kinder und Enkel sind in L.A. Er will nicht von uns getrennt sein, unterstützt aber seine Frau.

»Wann musst du dich entscheiden?«, will ich wissen.

»Erst in ein paar Wochen, also kein Grund zur Panik. Wir werden es schon hinkriegen.«

Kein Grund zur Panik. Genau. Wie soll ich an irgendetwas anderes denken können, solange sie sich nicht entschieden hat?

Die Schiebetür geht auf, und Ada kommt mit Snacks und Randy heraus, der sofort auf mich zustürmt und mich mit sei-ner Hundeliebe und den nassen Schlabberküssen überhäuft, die ich so liebe. Er ist ein Mischling unbekannten Alters und Herkunft, den ich aus einem lokalen Tierheim gerettet habe. Er hat einen weißen Kopf, einen schwarzbraunen Rumpf, und seine Pfoten sind fast so riesig wie sein Herz, das komplett mir gehört – und meinem Vater, der ihn in meiner Abwesenheit nach Strich und Faden verwöhnt.

»Hey, mein Süßer.« Ich drücke ihn an mich und küsse ihn auf seine niedliche Schnauze. »Hast du deine Mama vermisst?«

Er antwortet mit einem scharfen Bellen, das die Jungs zum Lachen bringt. Wir schwören, dass er jedes einzelne Wort von mir versteht.

Mit der schweren Last der Neuigkeiten von meiner Mutter helfe ich Annie, die Jungs umzuziehen, und wir lassen uns den Käse, Cracker, Obst und vor allem Adas besondere hausgemachte Limonade schmecken, die ich seit Kindesbeinen liebe. Sie gibt mir immer etwas davon mit, und ich mische sie mit Wodka, aber das erfährt sie von mir nicht. Dennoch könnte ich wetten, dass sie es vermutet. Der heiß geliebten Haushälterin, die bei der Erziehung der Godfrey-Kinder mitgeholfen hatte, entgeht kaum etwas. Sie ist gerade erst von einer ausgedehnten Reise nach Puerto Rico zu ihrer Familie zurückgekehrt. Es war der erste echte Urlaub, den sie sich seit Jahren gegönnt hat. Meine Eltern bestanden auf zwei Monaten, und deswegen hat sie Flynns Hochzeit verpasst.

Randy und ich machen uns am späten Nachmittag auf den Heimweg durch den Verkehr in Los Angeles, und meine Gedanken kreisen um die Möglichkeit meiner Eltern, zwischen L.A. und Vegas zu pendeln. Ich hätte nicht gedacht, dass mich irgendetwas von meinen Babyplänen mit Jasper abbringen könnte, doch die Neuigkeit von meiner Mutter lässt mich schwanken. Was in mir wiederum das Gefühl hervorruft, ich sei egoistisch. Mein Vater hat recht. Meine Mutter musste viel opfern, um uns großzuziehen und ihm bei seiner Karriere zur Seite zu stehen. Sie hatte mit Annies Geburt ihre eigene erfolgreiche Karriere als Sängerin auf Eis gelegt und nahm die Auftritte erst wieder auf, als Flynn auf die Highschool kam.

Ganz bestimmt verdient sie diese Chance, als Hauptact ihrer eigenen Show aufzutreten. Ich verspreche mir, jede ihrer Entscheidungen zu unterstützen, ungeachtet ihres Einflusses auf mich, doch der Gedanke daran, dass sie monatelang so weit weg von uns wären, hinterlässt ein miserables Gefühl in meiner Magengrube.

Randy stürmt ins Haus und stürzt sich sofort auf seinen Wassernapf, und da er auf der ganzen Heimfahrt den Kopf aus dem Fenster gestreckt hat, ist er offenbar fast ausgetrocknet. Ich versorge ihn und mache mich dann zu Fuß zu meinem Termin auf, der nur ein paar Blocks von meinem Haus entfernt ist.

Man kennt mich im Spasalon, den ich seit Jahren besuche, und die Empfangsdame winkt mich in den Waxingbereich, wo Bryn, meine langjährige Freundin, mich mit einer Umarmung begrüßt. Sie ist Mitte zwanzig, zierlich, hat pinke Haare, mehrere Ohrringe in Ohr und Nase und Tattoos auf beiden Armen. Sie ist eines der coolsten Mädchen, das ich kenne.

»Schau sich mal einer deine Sonnenbräune an!«

»Ich bin nicht braun, sondern habe nur ein paar Sommersprossen mehr bekommen.«

»Na ja, die Wirkung ist bei dir die gleiche. Komm herein.«

Bryn redet mit mir, als säßen wir zusammen in einer Bar, während sie mir die Beine und die Bikinizone wachst. Aufgrund meiner Pläne entscheide ich mich für eine komplette Bikinienthaarung.

»Hast du ein heißes Date?«, fragt sie, als wir fertig sind.

»So etwas in der Art.« Ich bin mir nicht sicher, wie man meine Pläne mit Jasper bezeichnen soll, aber ein »Date« scheint hier nicht das richtige Wort zu sein.

»Die Klatschblätter berichten, Flynns Frau soll bereits schwanger sein. Ich zitiere nur.«

»Tja, sie ist es nicht. Sie warten noch mit den Kindern.«

»Du weißt ja, wie sehr ich Insiderinfos *liebe*. Warst du bei Haydens Verlobung dabei?«

»Ich war nicht die ganze Zeit im Raum, aber zusammen mit den beiden in Mexiko. Es war sehr aufregend.«

»Ich kann nicht fassen, dass er sich verlobt hat«, sagt Bryn über einen Mann, den sie nie persönlich kennengelernt hat. Als jemand am Rande des Ruhms amüsiert es mich unendlich, wie Menschen meinen, Berühmtheiten zu kennen, wenn sie doch nur das wissen, was über sie berichtet wird. Und das meiste davon ist reinster Müll. »Ich dachte schon, er sei mit fünfzig immer noch ein lediger Playboy.«

»Er und Addie sind ein wundervolles Paar. Er ist sehr glücklich.«

»Das ist unglaublich süß«, seufzt sie. »Er ist *sooooo* heiß. Ich meine wahnsinnig, wild, sexy heiß.«

»Das war ganz schön viel auf einmal«, entgegne ich trocken.

Sie lacht und entlässt mich zu meinem »Date« mit Jasper, vorbereitet auf alle Eventualitäten.

* * *

Um acht Uhr bin ich ein aufgelöstes, angsterfülltes und gestresstes Nervenbündel. Wenn ich könnte, würde ich am liebsten die Zeit bis zum Morgen von Haydens und Addies Verlobung zurückdrehen und Jasper nicht anvertraut haben, wie sehr ich mir ein Kind wünsche. Ich will unsere mündliche Vereinbarung ungeschehen machen und die Sache beenden, bevor wir etwas Unumkehrbares tun.

Mein Telefon erklingt mit einer Nachricht von Marlowe Sloane, Filmstar, Quantum-Geschäftsführerin und eine meiner engsten Freundinnen.

Ich habe einen Namen für diesen exklusiven Datingdienst, von dem ich dir in Mexiko erzählt habe.

In einem weiteren Moment der Schwäche beichtete ich Marlowe meinen Plan, mich bei einer Agentur registrieren zu lassen, um den Richtigen zu finden. Ich schwöre hoch und heilig, nie wieder Tequila anzufassen. Das ist die einzige Entschuldigung, die ich dafür habe, alle meine Geheimnisse in Mexiko ausgeplaudert zu haben – Geheimnisse, die, einmal draußen, jetzt nicht mehr zurück in die Flasche gedrängt werden können.

Ich schicke dir Serenitys Kontaktdaten. Sie erwartet deinen Anruf.

Danke. Wie heißt die Agentur?

Sie hat keinen Namen. Serenity hält alles sehr bedeckt und leise, um die Privatsphäre ihrer Kunden zu schützen. Bei ihr bist du in guten Händen.

Hast du ihre Dienste genutzt?

Nee. Du kennst mich. Kein Interesse am Daten. Überhaupt gar keines. Sag Bescheid, was du von ihr hältst.

Werde ich, danke noch mal.

Keine Ursache.

Ich finde es lustig, dass Marlowe, die jeden Mann haben kann, sich so überhaupt gar nicht fürs Daten interessiert. Nicht, dass ich es ihr übel nehmen würde. Woher soll sie auch wissen, ob ein Mann sie oder den Zugang zum Lebensstil der Reichen und Schönen will? Für mich als die Tochter, Schwester und Freundin von Stars ist es viel leichter, ein Leben jenseits des Rampenlichts zu führen, das immer in der Nähe scheint, mich aber nie ganz erreicht. So gefällt es mir, insbesondere nachdem ich mitbekommen habe, wie die Paparazzi unaufhörlich meinen Bruder stalken. Sie haben fast seine Beziehung zu Natalie zerstört, noch bevor sie überhaupt richtig angefangen hat. So würde ich niemals leben wollen.

Nein, ich bin mit meinem selbstgenügsamen Leben in Venice Beach ganz zufrieden. Ich möchte nur einen netten Kerl finden, der dieses selbstgenügsame Leben gern mit mir teilt. Morgen früh kontaktiere ich Marlowes Freundin, um den Ball ins Rollen zu bringen. Einstweilen kann ich mich auf ein Abendessen mit einem sexy Briten freuen.

Ich inspiziere meinen Kleiderschrank auf der Suche nach etwas Passendem für das Abendessen mit dem Freund, der mein Kind zeugen wird. Ich habe dieses spezielle Szenario noch in keinem Modemagazin entdeckt. Also wähle ich ein Outfit, in dem ich mich sexy und feminin fühle – einen koketten Rock und ein passendes Oberteil, das meine Brüste mehr als gewöhnlich zur Schau stellt.

Ich möchte für ihn hübsch sein und fühle mich deswegen dumm. Aber das ist egal. Ich will ihn umhauen. Während ich meine Haare in lange Spirallocken lege, kommt mir in den Sinn, dass er noch nie bei mir war und ich ihm meine Adresse nicht mitgeteilt habe. Panisch schaue ich aufs Telefon, doch seit Marlowes letzter Nachricht ist nichts mehr gekommen.

Hoffentlich findet er mich. Wir hängen nie bei mir ab, weil alle anderen viel größere Häuser haben als ich. Ich trage Mascara auf, als ich Randy bellen höre. Ein Blick auf mein Telefon verrät mir, dass Jasper auf die Minute pünktlich ist. Ich atme tief durch, schaue ein letztes Mal in den Spiegel, mache mich zur Tür auf und befehle meinem Mitbewohner, mal die Klappe zu halten.

Ich öffne die Tür, und da steht er, gut aussehend, sexy, amüsiert. Habe ich sexy erwähnt? Er trägt ein Anzughemd mit bis zu den Unterarmen hochgerollten Ärmeln und eine schwarze Hose. Keine Jeans und kein T-Shirt bei diesem Kerl. Nein, er sieht immer so aus, als wäre er gerade von den Seiten eines Modemagazins für Männer gestiegen.

»Komm herein. Du hast mich gefunden. Ich habe mich schon gefragt, ob du meine Adresse hast.«

»Ich musste ein paar Nachforschungen anstellen, habe dich aber gefunden.«

Die Stimme, der Akzent, das ganze betörende Paket zeigt die übliche Wirkung auf mich. Er wird nicht viel Mühe haben, um mich in die richtige Stimmung fürs Babymachen zu bringen, wenn die Zeit dafür gekommen ist. Ich muss nur daran *denken*, mit Jasper nackt zu sein, und mein Körper steht sofort vor Verlangen unter Strom. Ich kann mir gar nicht vorstellen, wie es in Wirklichkeit sein wird.

KAPITEL 5

ELLIE

»Du siehst umwerfend aus, Darling.«

»Danke.« Ich schätze es, dass es ihm gefällt und er es auch laut ausspricht. Die meisten Kerle, mit denen ich ausging, bemerkten die Mühe nicht, die man in die Vorbereitung steckt, und es ist immer eine Enttäuschung, wenn sie nicht einmal schätzen, dass ich es zumindest versucht habe.

»Und dein Zuhause ist auch wunderschön. Was für ein Juwel.«

»Ich habe jeden Zentimeter selbst renoviert.«

»Wirklich? Ich muss noch mehr von deinen geheimen Talenten erfahren.«

Die alltäglichsten Aussagen bekommen mit diesem Akzent einen schmutzigen Touch, doch die Worte »geheime Talente« sind ganz besonders unanständig. »Wo gehen wir hin? Brauche ich einen Sweater?«

»Würde nicht schaden. Nach dem Sonnenuntergang ist es kühl geworden.«

Auf dem Weg ins Schlafzimmer, um einen Sweater zu holen, wird mir klar, dass er meine Frage nach dem Ort nicht beantwortet hat. Als ich wiederkomme, ist er in die Knie gegangen und schenkt Randy heiß begehrte Aufmerksamkeit.

»Was für ein feiner Junge.« Ja, selbst das – ein Kompliment an meinen Hund – klingt aus seinem Mund sexy.

»Das ist Randolph, auch bekannt als Randy.«

»Freut mich, dich kennenzulernen, Randolph.« Randy suhlt sich in der Aufmerksamkeit und kuschelt sich an Jaspers Hals. Dieser lacht über die Direktheit des Hundes. »In der Not frisst der Teufel Fliegen, was, Kumpel?«

»Er schenkt sein Herz jedem, der es haben will.«

Jasper schaut mich voller Freude mit seinen hinreißenden goldbraunen Augen an. »Willst du ihn mitnehmen?«

»Oh, ähm, wäre das okay?«

»Auf jeden Fall.« Er tätschelt Randy noch einmal am Kopf und erhebt sich dann wieder. »Ich dachte mir, dass wir für unsere Besprechung ein bisschen Privatsphäre bräuchten, also lasse ich zu mir nach Hause in Malibu ein Abendessen kommen. Ich hoffe, das ist okay.«

Sein Haus. Nur wir allein. Na ja, mit Randy, wenn ich ihn mitnehme, und wieso sollte ich es auch nicht tun, wenn wir sowieso nicht ausgehen? »Klar, das ist in Ordnung.«

»Sollen wir dann?« Er führt Randy an der Leine und mich zur Tür hinaus und zu einem niedrigen Sportcoupé in metallischem Blaugrau, das ich noch nicht kenne.

»Das Auto ist viel zu schön für Randy«, bewundere ich die schnittige Silhouette.

»Das ist in Ordnung.« Jasper holt eine Decke aus dem Kofferraum, die er auf der Absenke hinter den beiden Sitzen für Randy ausbreitet. »Hinein mit dir, Randolph.«

Mein Hund gehorcht Jasper, als würde dieser ihn füttern. Sobald Randy es sich bequem gemacht hat, hält Jasper mir die Tür auf und wartet dann, bis ich angeschnallt bin, bevor er die Tür wieder schließt. Es riecht nach Leder, Rasierwasser und

Mann. Ich will diesen Duft einatmen, bis ich ihn im Gedächtnis gespeichert habe. Der Geruch wird noch besser, als der Mann selbst sich auf den Fahrersitz niederlässt und den Motor startet.

»Was ist das für ein Auto?«

»Dein Bruder wäre entsetzt darüber, dass du danach fragen musst.«

»Glaub mir, das weiß ich, aber trotz seiner wiederholten Versuche, mich dahin gehend zu erhellen, verstehe ich von Autos rein gar nichts.«

Jasper lacht leise: »Es ist ein Jaguar.« Mit seinem Akzent klingt das wie Jag-y-ar.

»Es ist entzückend.«

»Ich mag es.«

»Ist es neu? Ich habe es noch nie gesehen.«

»Ein frischer Kauf, ein kleines Geschenk an mich selbst nach dem Oscar.«

»Schön für dich. Du hast allen Grund, den Oscargewinn zu feiern. Es ist ein erstaunlicher Erfolg.«

»Das habe ich alles deinem Bruder und Hayden zu verdanken. Sie hatten für *Camouflage* eine unglaubliche Vision, und es war mir eine Ehre, mitwirken zu dürfen.«

»Er ist mein absoluter Lieblingsfilm – und nicht nur, weil mein Bruder mitgespielt hat. Alles daran war Perfektion, ganz besonders die Kameraführung.«

»Du Schmeichlerin«, lacht er.

»Nein, ich meine es ernst. Die Kameraarbeit ist bemerkenswert, und du verdienst jede Auszeichnung, die du bekommen hast.«

»Danke, Darling. Das weiß ich zu schätzen.«

Mein Herz macht lustige flatterige Dinge, wenn er mich so nennt. »Wie bist du eigentlich zum Film gekommen?«

Er hält einen Augenblick lang inne, bevor er antwortet: »Ich kann mich an keine Zeit erinnern, in der ich nicht fotografiert oder Filme gedreht habe, anfangs mit einem Fotoapparat, den mein Großvater mir geschenkt, und einer Acht-Millimeter-Kamera, die mein Vater von irgendjemandem einmal zu Weihnachten bekommen hat. Er hat sie nie angefasst, aber ich habe alles gefilmt. Ich habe meine Familie damit in den Wahnsinn getrieben. Habe ein paar Dinge festgehalten, die wir am liebsten vergessen würden.« Mir fällt auf, dass er seinen Griff um das Lenkrad verstärkt und sein Kiefer sich ungewohnt stark anspannt. »Aber es war definitiv meine Berufung. Trotz des vehementen Protestes meines Vaters schrieb ich mich an der Filmschule der University of Southern California ein, habe ein paar gut platzierte Praktika gemacht, lernte deinen Bruder und Hayden bei einem meiner ersten Filme kennen, und der Rest ist, wie man so schön sagt, Geschichte.«

»Warum war dein Vater dagegen, wenn es doch so offensichtlich deine Berufung war?«

»Er hält alles, was mit Hollywood und dem Filmgeschäft zu tun hat, für vulgär, was ja auch stimmt und der Grund dafür ist, aus dem wir alle es so sehr lieben.« Jasper sagt es mit dem bestimmten Humor, den ich nun von ihm kenne, aber der bittere Unterton in seiner Stimme entgeht mir nicht.

»Wie hat er sich zu deinem Oscarsieg geäußert? Daran ist doch nichts vulgär.«

»Es ist der Inbegriff von ›vulgär‹. Hast du die Statue gesehen? Im Haus meines Vaters würde sie ganz hinten in einem Schrank versteckt werden.«

Plötzlich werde ich seinetwegen wütend. »Hat er sich nicht für dich gefreut?«

»Darling«, antwortet er nachsichtig und tätschelt mein Knie, »es ist mir völlig egal, ob er sich für mich gefreut hat oder nicht. Seine Meinung interessiert mich schon seit Jahren nicht mehr. Er ist einfach nur der Mann, der mich hervorgebracht hat. Meine Mutter und Schwestern haben sich riesig gefreut. Das ist mehr als genug für mich. Und meine Familie, meine *echte* Familie heutzutage, seid ihr alle. Meine Quantum-Familie.«

Es macht mich unfassbar traurig, dass er den höchsten Preis in seiner Berufsgruppe gewonnen hat und sein Vater nicht vor Stolz auf ihn platzt, wie meiner es tun würde.

»Nicht jeder bekommt einen Max Godfrey«, sagt er leise.

Ich lächle ihn reuevoll an. »Du liest meine Gedanken.« Nach einer Pause frage ich: »Stehst du irgendjemandem von ihnen nahe?«

»Ich spreche ziemlich regelmäßig mit meiner Mutter und meinen Schwestern. Eine von ihnen lebt in New York, und die anderen sind in England, ziehen Kinder groß und erfüllen alle Erwartungen an sie.«

»Du bist also das schwarze Schaf?«

»So etwas in der Art.« Wie immer kommt sein ironischer Humor durch, selbst wenn er über die anscheinende Entfremdung von seinem Vater spricht. Ich würde wahnsinnig gern mehr erfahren, könnte aber niemals mehr erfragen, als er mir mitzuteilen bereit ist – und ich spüre, dass er mir bereits mehr anvertraut hat, als er normalerweise anderen Menschen von sich erzählt. Im Laufe der Jahre habe ich von ihm urkomische Geschichten aus seiner Zeit im Internat gehört, aber mir fällt auf, dass er dabei nie seinen Vater erwähnt hat. Jetzt kenne ich den Grund.

»Und ich habe den ganzen Nachmittag über geschmollt, weil meine Mutter mir mitteilte, sie habe eine Residenz im Caesars Palace in Las Vegas angeboten bekommen.«

»Wow, schön für sie.«

»Auf jeden Fall, aber was sagt es über mich aus, dass ich mit fast sechsunddreißig Jahren nicht den Gedanken daran ertrage, das halbe Jahr über weit weg von meinen Eltern zu sein?«

»Dass du sie liebst und ihnen extrem nah stehst.«

»Ja«, entgegne ich leise und spüre einen Anflug von Tränen. »Und wie soll ich ein Kind bekommen, wenn sie mich nicht an beiden Händen halten?«

»*Ooh*, armes Schätzchen. Deine Mami lässt dich allein zurück.«

Ich versuche, nicht zu lachen, was mir misslingt. »Mach dich nicht über mich lustig. Ich bin ziemlich verzweifelt wegen dieser unerwarteten Wendung.«

»Korrigier mich, wenn ich falsch liege, aber so wie ich Stella kenne, würde sie doch dieses ausgezeichnete Angebot in Vegas ausschlagen, wenn sie erführe, dass ein weiteres Kleines unterwegs ist?«

»Ich vermute, dass sie es tatsächlich tun würde, aber das macht mich zu einer Egoistin. Es ist so eine wunderbare Chance für sie. Ich will nicht, dass sie es meinetwegen absagt.«

»Ja, was denn nun?«, lacht er. »Willst du, dass sie bleibt oder dass sie geht?«

»Ich weiß es nicht! Ich bin eine schreckliche Tochter.«

»Das stimmt wohl kaum. Du und deine Geschwister seid euren Eltern sehr ergeben, und ich beneide den Zusammenhalt der Godfrey-Familie. Das tue ich wirklich.«

»Na ja, du gehörst ja selbst zur Godfrey-Familie. Das weißt du doch.«

»Danke, Schatz. Das zu sagen ist lieb von dir.«

Mich fröstelt auf meinem Sitz, und zwar nicht, weil die Luft so kühl ist. Nein, es ist die Art und Weise, wie er mich »Schatz« und »Darling« nennt. Es ist leicht, mit ihm zu reden, auch wenn er sich über mein Dilemma lustig macht. »Es stimmt. Jeder bei Quantum gehört für uns zur Familie. So waren meine Eltern schon immer. Sie versammeln Menschen um sich herum. Ihre Freunde, unsere Freunde sind jederzeit willkommen. Mit meinem Kind will ich auch so sein. Ich möchte, dass sich alle seine Freunde bei uns versammeln, weil es bei uns die besten Snacks und eine Mutter gibt, die sich aufrichtig für sie interessiert, so wie meine Mutter das tat.«

»Das klingt reizend«, seufzt er wehmütig.

»Es tut mir leid. Du hast mir soeben von der schwierigen Zeit mit deinem Vater erzählt, und was mache ich, ich …«

Seine warme, feste und einfach herrliche Hand legt sich über meine. »Du brauchst dich nicht zu entschuldigen. Deine Einstellung zur Mutterschaft ist wirklich wunderbar, und unser Kind wird sich glücklich schätzen können, dich als Mutter zu haben.«

Ich glaube, meine Eileiter sind soeben geschmolzen. Bei der Geschwindigkeit, mit der er wichtige Teile von mir zum Schmelzen bringt, werden meine Fortpflanzungsorgane zu nichts zu gebrauchen sein, wenn die Zeit gekommen ist. Ich drehe meine Hand so, dass unsere beiden Handflächen nach innen zeigen, und drücke seine.

»In meinem Inneren beginnt alles zu flattern, wenn du von unserem Kind sprichst«, gestehe ich ihm. »Ich kann immer noch nicht fassen, dass es wirklich passiert.«

»Keine Reue nach dem Urlaub?«

Beunruhigt schaue ich ihn an und sehe, dass er ohne ein Anzeichen von Schalk auf die Straße blickt. »N-nein. Du? Also, ich meine, bereust du irgendetwas?« Ich sterbe Zehntausende Tode, während ich auf seine Antwort warte.

Er drückt meine Hand und entfacht ein Feuerwerk in meinem Blutkreislauf. »Ich bereue nichts und kann es kaum erwarten loszulegen.«

Mein Seufzer der Erleichterung ist deutlich hörbar.

Er schaut mich an und runzelt leicht die Stirn. »Du hast doch nicht wirklich gedacht, ich würde einen Rückzieher machen, oder?«

»Ich weiß nicht. Ich war deswegen tagelang ganz durcheinander. Ich bin emotional gesehen ein Katastrophengebiet, und deswegen traf mich die Nachricht von meiner Mutter heute auch so heftig.«

»Das würde ich dir nie antun, Ellie. Nie.«

»Danke, dass du verstehst, wie viel mir das bedeutet.«

»Ich verstehe es wirklich und stehe immer noch voll dahinter, mein Kapital beizusteuern.«

Ich lache, aber nur, weil Selbstentzündung keine Option ist. Ich würde nur allzu ungern Unordnung in sein neues Auto bringen. Jeder Körperteil von mir ist zum Leben erwacht und voller Vorfreude.

Wir kommen bei seinem prachtvollen, aber gemütlichen und modernen Haus in Malibu an, in dem ich schon oft zu Besuch war. Randy stürmt vor uns hinein und beschnüffelt das unbekannte Terrain gründlich. Er ist gut erzogen, deswegen habe ich keine Angst, dass er irgendwo das Bein heben könnte, behalte ihn aber zur Sicherheit im Auge.

»Mach dir keine Sorgen«, höre ich Jasper hinter mir. »Er kann hier nichts kaputt machen. Soll er ruhig seinen Spaß haben.«

Seine Hand landet auf meiner Schulter, und ich fahre von der unerwarteten Berührung hoch.

»Langsam.« Jetzt liegen beide Hände auf meinen Schultern. »Was ist mit dir?«

»Ich bin nervös.« Es laut zuzugeben, scheint einen Teil der Anspannung in meinem Bauch zu lösen.

»Weil du bei mir bist?«, fragt er ungläubig. Das Flüstern seines Atems an meinem Nacken tritt eine Kettenreaktion von Empfindungen los, die in ein Pulsieren zwischen meinen Beinen mündet. Ich war den ganzen Tag lang zappelig und habe Pete die Schuld daran gegeben, weil seine Batterien den Geist aufgegeben hatten, noch bevor er seinen Job letzte Nacht zu Ende bringen konnte. Doch jetzt weiß ich, dass es nicht Petes Schuld war. Es war Jaspers Schuld.

»Nein, das ist es nicht.« Ich bin sehr froh, dass er hinter mir steht und nicht sieht, wie ich rot werde.

Doch natürlich dreht er mich um und zwingt mich so, ihm meine Scham zu offenbaren. »Was dann?« Er fährt mit dem Finger über meine rechte Wange. »Was ist los?«

Ich bringe mich dazu, ihn anzuschauen. »Hast du Angst, dass es komisch wird?«

»Was wird komisch?«

Gott, will er wirklich, dass ich es ausspreche? »Das. Du, ich, *wir*.«

»Der Sexteil, meinst du?«

»Ah, ja«, lache ich nervös.

Mit beiden Händen an meinem Gesicht schüttelt er langsam den Kopf. Erst nach einer Sekunde wird mir klar, dass er näher kommt, und die Luft bleibt mir im Hals stecken, kurz bevor seine Lippen meine streifen. »Ich glaube nicht, dass es komisch wird.« Seine Stimme ist ein schroffes Flüstern, das noch mehr Feuerwerkskörper in mir entzündet. »Ich glaube überhaupt nicht, dass es komisch wird.« Er zieht mich näher zu sich, bis unsere Körper aneinandergepresst sind. Die unzweideutige Form seiner Erektion an meinem Bauch verrät mir, dass es ihm genauso nahegeht.

Ich sollte etwas unternehmen, kann mich aber anscheinend nicht rühren, noch nicht einmal, um die Arme um ihn zu legen, damit er den Kuss nicht löst. Ein leichtes Wimmern kommt mir über die Lippen, was ihm ein Stöhnen entlockt. Als hätte jemand einen Schalter umgelegt, verwandelt sich der Kuss innerhalb von einer Sekunde von unschuldig zu schmutzig. Seine Zunge kriecht zwischen meinen geöffneten Lippen hinein, und plötzlich bin ich nicht mehr vor Unentschlossenheit gelähmt.

Meine Hände wandern von seinem Oberkörper zu den Schultern und dann zu seinem Hinterkopf, wo meine Finger sich in seinem Haar vergraben, um ihn nicht entwischen zu lassen.

Mit einer Hand fährt er von meinem Gesicht zum Rücken und gleitet hinunter, bis er mich am Arsch packt und mich noch dichter an sich drückt. Das ist zweifellos der sexuell geladenste Kuss meines Lebens, und ich bekomme von seiner Zunge, seinen Lippen und dem Duft von teurem, sexy Rasierwasser nicht genug.

Das alles wird jäh und urplötzlich unterbrochen, als Randy hochspringt, uns fast umhaut und auseinanderbringt. Nur Jaspers Hand an meinem Arm verhindert einen Sturz. Meine Beine knicken unter mir ein, und Randy schaut mit seiner niedlichen, lächelnden Hundeschnauze zu mir hoch. Er ist verdammt stolz auf sich, weil er mich beschützt hat.

»Nein, Randy, nein«, tadele ich ihn, als ich wieder sprechen kann. »Nicht springen.«

Er nimmt eine verspielte Welpenpose ein und bellt.

Jasper lacht über seine Eskapaden. »Wessen Idee war es, dich einzuladen, Spielverderber?«

»Deine. Ganz allein deine.«

Randy bellt noch einmal auf der Suche nach einem Spielkameraden.

Jasper fährt mit der Fingerspitze über meine Wange und hat wieder meine volle Aufmerksamkeit. »Siehst du? Nicht komisch. Überhaupt nicht komisch. Sogar heißer als die Hölle, so wie ich das immer vermutet habe.«

Moment mal, was? Wie er das immer vermutet hat? »Du … du hast vor Mexiko mir gegenüber so empfunden?«

»Darling, das habe ich dir gegenüber empfunden, seit wir uns kennen.«

Kapitel 6

Jasper

Ich bin so steif, dass ich kaum denken kann. Dieser Kuss, dieser verdammte Kuss ... Er hat mir glatt den Kopf weggepustet, und ich will mehr. Das nächste Mal bleibt diese »Stimmungskanone« Randy zu Hause. Wenn ich daran denke, was hätte passieren können, wären wir nicht so abrupt unterbrochen worden, werde ich noch steifer, wenn das überhaupt noch möglich ist.

»Wie wäre es mit einem Drink?«, frage ich, weil ich jetzt eine Ablenkung brauche, irgendetwas, das den in mir tobenden Flächenbrand beruhigen kann. Ein Vorgeschmack. Das allein war ausreichend, um meine Welt auf den Kopf zu stellen. Seit ich gestanden habe, schon seit einer Weile etwas für sie übrig zu haben, sagte sie nicht viel. Und warum hatte ich überhaupt das Bedürfnis, damit herauszurücken?

Schuld ist das viele Testosteron, das im Moment mein Gehirn behindert.

»Ähm, klar. Ich könnte einen gebrauchen.«

Mit einem Lächeln nehme ich sie an die Hand und ziehe sie hinter mir in die Küche. »Was möchtest du gern trinken?«

»Wodka könnte helfen.«

Ich schenke ihr einen Grey Goose mit etwas Sprudel und einem Schuss Limette ein, wie sie es mag.

»Jemand hat aufgepasst.«

Mit einem Schulterzucken schenke ich mir selbst einen Bushmills Irish Whiskey pur ein. »Wir haben mehr als nur ein paar Cocktails zusammen getrunken. Cheers.« Als sie mit ihrem Glas meines berührt, bemerke ich das rosige Glühen ihrer Haut und ihre geschwollenen Lippen. Ich kann nicht widerstehen und lehne mich für einen weiteren Vorgeschmack zu ihr.

»Immer noch nicht komisch.«

Ihr schüchternes Lächeln bringt mich überraschenderweise aus dem Gleichgewicht.

»Mir ist in den Sinn gekommen«, teile ich ihr zwischen zwei Schlucken vom flüssigen Mut mit, »dass es uns helfen könnte, einen Trockenlauf zu machen. Also, es nicht *trocken* zu machen, was für eine schreckliche Wortwahl, sondern eher in der Art einer Probe, wenn du willst.«

Mein Johannes richtet sich auf und spricht sich voll für »jetzt« aus. Sofort. »Vielleicht nach dem Abendessen?« Ich strecke die Hand über die lästige Breite der uns nun trennenden Küchentheke aus und nehme ihre Hand in meine. »Wir könnten die unbequemen Vorbereitungen, sollte es welche geben, aus dem Weg räumen, bevor wir uns dem Geschäft widmen.« Ich befürchte, schamlos opportunistisch zu erscheinen, aber das ist mir egal. Nach dem verdammt heißesten Kuss meines Lebens will ich mehr und kann nicht noch Tage darauf warten. Oder darauf, sie zu haben.

»Unbequeme Vorbereitungen«, wiederholt sie und berührt ihre Unterlippe so, dass ich gebannt auf ihren Mund schaue. »Nennen wir das so?«

»Nach diesem Kuss können wir mit Sicherheit den komischen oder unbequemen Teil weglassen und es nur als Vorbereitungen bezeichnen. Oder als Probe für die Hauptveranstaltung.«

Bevor sie antworten kann, läutet es an der Tür, und der magische Moment zwischen uns ist unterbrochen. »Das ist unser Abendessen«, vermute ich und verfluche den Zeitpunkt der Zustellung. Jetzt muss ich das Abendessen ohne die Antwort auf meine Frage überstehen. Mit Randy dicht auf den Fersen gehe ich zur Tür, um die Lieferung entgegenzunehmen, und drücke dem jungen Liefermann einen Zwanziger in die Hand.

»Danke, Mann.«

Weil alle wissen, wie sehr Ellie alles Mexikanische liebt, habe ich etwas von einem der besten Restaurants in Malibu bestellt, in der Hoffnung, dass sie sich nach dem Urlaub immer noch für mexikanische Küche begeistern kann. Vielleicht hätte ich etwas anderes bestellen sollen, da wir doch eine volle Woche echtes mexikanisches Essen genossen haben. Ich bin bei Frauen sehr selten unsicher, aber bei ihr schon wieder aus dem Gleichgewicht gebracht.

»Das riecht köstlich«, meint sie und beruhigt mich sofort.

»Ich weiß, dass du das am liebsten isst. Ich hoffe nur, dass du in der letzten Zeit nicht zu viel davon hattest.«

»Ich werde niemals in meinem ganzen Leben genug von der mexikanischen Küche haben.«

»Oh, gut.« Ich bin maßlos erleichtert, es richtig gemacht zu haben.

Sie hilft mir beim Auspacken und erfreut sich an meiner Auswahl. »Flynn liebt dieses Restaurant.«

»Er war derjenige, der mir davon erzählte.«

Ich hatte eigentlich vorgehabt, den Esszimmertisch zu decken, aber wir setzen uns auf Barhocker in der Küche, was absolut perfekt ist. Trotz des Kusses, der uns beide umgehauen hat, verläuft die Unterhaltung leicht und nicht durch Erwartungen – oder Vorfreude – belastet. Ich habe beides zur Genüge, gebe mir aber Mühe, es locker anzugehen, während wir Fischtacos, Garnelenceviche, Tortillasalat und köstlichen Reis verzehren.

»Das ist so lecker«, sagt Ellie zwischen den Bissen. »Ich habe schon seit unserer Ankunft Entzugserscheinungen.«

»Freut mich, dass es dir schmeckt.« Ich gebe Randy, der mittlerweile herausgefunden hat, dass ich leicht herumzukriegen bin, heimlich einige Maischips. Wenn der Weg zum Herzen einer Frau über ihren Hund führt, bin ich gut dabei. Wie eine Nadel, die über eine Vinylschallplatte gezogen wird, wühlt mich dieser Gedanke auf. Versuche ich, Ellies Herz zu erobern? Natürlich nicht. Hier geht es um Sex und ein Baby. Mehr nicht.

Bloß dieser Kuss ...

War nur ein Kuss. Ihn zu etwas mehr aufzublasen, wäre ein Fehler epischen Ausmaßes.

»Ich habe mich entschieden«, kündigt Ellie nach dem Verzehr des zweiten Tacos an.

»In Bezug auf was?«

»Ich werde mich bei einem Elite-Dating-Dienst registrieren lassen, um jemanden zu finden, der der soziale Vater meines Kindes sein kann.«

Und wieder kratzt die Nadel über das Vinyl. W-was hat sie gerade gesagt? »Du willst ...«

»Einen Mann für eine langfristige Beziehung finden. Wird langsam Zeit, meinst du nicht auch?«

»Oh. Tja, vermutlich schon.« Für diese Unterhaltung werde ich definitiv mehr Whiskey brauchen. Ich stehe auf, um mir nachzuschenken, und bemerke einen dumpfen Schmerz im Oberkörper, der vor einer Minute noch nicht da war. Die Vorstellung von Ellie, der wunderschönen, süßen, lebhaften Ellie, mit einem anderen Mann entsetzt mich plötzlich. Ja, ich bin mir bewusst, dass ich kein Recht habe, über irgendeine ihrer Taten entsetzt zu sein, bin es aber trotzdem.

»Ich brauche jemanden, der die Frösche für mich aussortiert«, fährt sie fort, sich offensichtlich der Tatsache völlig unbewusst, dass sie mir mit dieser Neuigkeit ein Messer in die Brust gerammt hat. »Marlowe kennt jemanden mit einer Agentur für Personen des öffentlichen Lebens. Nicht, dass ich eine Person des öffentlichen Lebens wäre, bin aber mit solchen Leuten verwandt. Ich versuche, mir einen anderen Nachnamen einfallen zu lassen, damit niemand meine wahre Identität erfährt. Vielleicht Ellie Flynn? Damit würde man mich nicht in Verbindung zu meinem Bruder bringen, weil dies sein Vorname ist. Was meinst du?«

Was meine ich denn? Zunächst einmal will ich Marlowe, meine enge Freundin und Partnerin, dafür erwürgen, dass sie Ellie auf die Idee einer Datingagentur gebracht hat. Zweitens will ich jeden Mann umbringen, mit dem sie ausgeht, und wenn ich schon dabei bin, knöpfe ich mir vielleicht auch gleich Marlowes Bekanntschaft vor, die diesen verdammten Dienst betreibt.

»Du glaubst doch nicht, dass es anmaßend von mir wäre, mich selbst als öffentliche Person zu bezeichnen, oder?«

»Ohm, nein, natürlich nicht.« Warum zittern meine Hände so beim Schließen der Flasche?

»Der letzte Kerl, mit dem ich aus war, wollte, dass ich ihn Flynn vorstelle. Seitdem bin ich ein gebranntes Kind. Ich will nicht, dass irgendjemand erfährt, wer ich wirklich bin, bis ich mich nicht entschieden habe, ihn zu behalten, weißt du?«

Die Flasche landet etwas fester auf der Theke als erwartet, und das Geräusch bringt Randy zum Bellen, der unter dem Küchentisch geschlafen hat.

»Jasper? Geht es dir gut?«

Nein, es geht mir nicht gut. Ich ringe mir eine ausdrucksleere Miene ab, als ich zu meinem Sitz zurückkehre.

»Ich, ähm, ich dachte, wir würden, du weißt, während des Kapitalübertragungsteils des Programms exklusiv fahren.«

Ihr Gesicht erhellt sich unter Gelächter und Scham. »Ich werde doch nicht mit denen *schlafen*! Für wen hältst du mich denn?«

»Oh, ähm, ah …« Herrgott, sie hat mich zu einer Quasselstrippe gemacht!

»Nein, da soll es ausschließlich ums Daten gehen und nicht um Sex. Zumindest nicht jetzt.«

»Und wie willst du das Kind erklären, das du hoffentlich bald erwarten wirst?«

Sie denkt einen Augenblick lang darüber nach. »Ich werde behaupten, das Baby gehöre meinem Ex, der kein Interesse am Vatersein hat. Das stimmt ja auch ein bisschen, oder?«

Jede Faser von mir sträubt sich gegen diese Aussage. Mehr als jede. Ich will vor Wut und Zorn ausrasten, weil das alles absolut unfair ist. In jedem anderen Leben, abgesehen von meinem, würde ich eine Frau wie Ellie heiraten wollen und ihr so viele Kinder bescheren, wie sie es sich wünscht. Aber in dem Leben, in das ich hineingeboren wurde, ist das einfach nicht möglich, und ich hasse diese Scheißwirklichkeit.

»Jasper? Ist alles in Ordnung? Warum schwitzt du so? Oh, das sind die Peperoni!« Sie springt hoch, findet die Gläser, schenkt mir ein großes Glas mit Eiswasser ein und stellt es direkt vor mich. »Trink das. Es hilft.«

Ich will etwas Zeit schinden, um mir meine seltsame Reaktion zu erklären, damit ich sie ihr dann erklären kann, und nehme fast das ganze Wasser in einem großen Schluck.

»Besser?«, fragt sie und beobachtet mich aufmerksam.

»Ja, danke.« Ich sage, was sie hören will, aber nichts ist besser. Nein, alles ist ernsthaft im Arsch, und ich kann die Schuld dafür nur mir selbst geben. Ich habe ihr doch bereitwillig angeboten, ein Kind mit ihr zu zeugen, damit sie unseren

Nachwuchs komplett für sich haben und ihn so erziehen kann, wie sie es für richtig hält. Wie kann ich ihren Plan also missbilligen, einen echten Vater für das Baby zu finden, jemanden, der für sie oder ihn jeden Tag da sein wird, wenn ich es nicht kann?

Wenn ich weiß, dass es das Beste für sie und unser Kind ist, warum fühlt sich dann mein Herz so an, als wäre es durch einen Aktenvernichter gegangen? Mein Magen dreht sich um, und statt des Wohlbefindens nach einer erfüllenden Mahlzeit übersäuert mein Bauch.

»Möchtest du hinausgehen und ein bisschen Luft schnappen?«, fragt sie und schaut mich besorgt an.

Das klingt nach einer verdammt guten Idee. Vielleicht werde ich draußen ausatmen können. »Ja, lass uns das machen.«

Randy folgt uns, als wir auf die Terrasse über dem Pazifik hinausgehen. Normalerweise ist das mein Lieblingsort auf der ganzen weiten Welt, aber heute Abend bin ich zu verstimmt, um den atemberaubenden Ausblick richtig genießen zu können. Wir lassen uns auf einen Zweierliegestuhl nieder und teilen uns eine Decke. Es ist kühl, also kuschelt sie sich an mich, während Randy sich auf ihrer anderen Seite hinlegt. Die kühle Luft beruhigt mich etwas, aber dass sie an mich geschmiegt ist, weckt meinen Spannemann.

»Hilfst du mir, einen guten Kerl für mich und das Kind auszusuchen?«

Diese Frage treibt den Dolch noch tiefer in meine Brust und erschwert mir das Atmen enorm.

»Ich meine, es wird ja auch dein Kind sein, und du solltest mitentscheiden dürfen, wer ihn großzieht. Oder sie. Ich weiß nicht, warum ich mich immer mit einem Jungen sehe«, lacht sie.

Ich sehe ihn klar vor mir – einen blonden kleinen Jungen, der genauso aussieht wie seine Mutter. Der Schmerz ist kaum zu ertragen. Was stimmt nur nicht mit mir? Warum verursacht die

Vorstellung davon, dass sie sich einen anderen Mann aussucht, um mein Kind großzuziehen, das Gefühl eines Herzanfalls bei mir? Das wollte ich doch, als wir unsere Abmachung getroffen hatten, aber jetzt …

Scheiße. Scheiße, scheiße, scheiße, *scheiße*.

»Du bist so still. Fühlst du dich gut?« Sie schaut zu mir hoch mit diesen klaren blauen Augen, die immer so offen und ehrlich sind.

Ich will nicht über die anderen Kerle reden, mit denen sie ausgehen wird. Ich will sie mir mit niemandem außer mir vorstellen müssen. Zumindest nicht, solange sie sich an mich kuschelt, warm, weich und unendlich attraktiv. »Ich denke über diesen Kuss nach.«

»Oh.«

»Denkst du auch daran?«

»Er ist mir ein- oder vielleicht zweimal in den Sinn gekommen.« Sie schaut mich in dem Moment an, in dem ich auf sie hinunterschaue, und alles wird still. Ich nehme nicht mehr die Brise oder den Klang der tosenden Wellen am Ufer wahr. Ich kann den Ozean nicht riechen. Ich sehe nur noch sie. Ich höre nur noch sie. Ich rieche nur noch ihren unverwechselbaren Duft. Und dann küsse ich sie wieder, überspringe dieses Mal die Vorbereitungen und widme mich gleich dem zungenverdrehenden guten Zeug zu. Ich will den Gedanken an andere Männer aus ihr herausficken, und ja, mir ist bewusst, dass ich wie ein Wilder klinge, weil ich so etwas auch nur denke. Aber es ist unausweichlich.

Ohne den Kuss zu lösen, ziehe ich sie auf mich und lasse die Stuhllehne auf die passende Stellung hinunter.

Randy jault im Schlaf, wacht aber nicht auf. Soll mir auch recht sein, denn er würde mir vermutlich die Kehle aufreißen, wenn er wüsste, was ich seinem Frauchen antun möchte. Aber was genau habe ich denn eigentlich vor?

Alles.

Ich bin über Jasper, der mich wild küsst, mit einem Anflug von Verzweiflung, die ich nicht von ihm erwartet habe. Er legt die Hände auf meine Brüste, fährt mit den Daumen über die Nippel und bringt mich vor Verlangen nach mehr zum Winden. Etwas ist vorhin passiert, als ich ihm meine Pläne von einem Vollzeitvater für unser Kind mitgeteilt habe. Hat er das ungern gehört? Hätte ich es verschweigen sollen?

Wir haben immer über unsere Dating-Heldentaten gesprochen. Ist jetzt alles anders, weil wir rummachen?

»Lass uns hineingehen«, schlägt er in einem rauen Ton zwischen zwei Küssen vor.

Mit den Händen auf meinen Hüften hilft er mir hoch und nimmt mich an die Hand. Wir lassen Randy auf dem Liegestuhl weiterschnarchen. Ich rechne damit, dass er mich zum Sofa führt, aber wir gehen direkt auf die Treppe zu. Bin ich dafür bereit? Bin ich wirklich dazu bereit, Sex mit Jasper zu haben? Beim Anblick seines festen, muskulösen Arsches, als er die Stufen hochsteigt, beschließe ich, dass ich auf jeden Fall verdammt noch mal dafür bereit bin.

Meine Beine fühlen sich gummiartig an und wollen nicht gehorchen, während ich versuche, mit ihm Schritt zu halten. Plötzlich hat er es sehr eilig.

»Jasper …«

»Ja?«

»Was, ich meine … Du … du hast es eilig.«

»Eilig«, lacht er trocken und ironisch. »Du hast mir tagelang den Kopf verdreht und behauptest jetzt, ich hätte es eilig.« Er nimmt mich an die Hand und legt sie auf das harte Fleisch seines Schwanzes, der lang, dick und sehr steif ist. Aus Vorfreude läuft mir das Wasser im Mund zusammen. »Ich musste seit dem

Morgen in Mexiko gegen *ihn* ankämpfen, verzeih mir also, wenn es sich für *uns* nicht so schnell anfühlt.«

Bezieht er sich wirklich auf seinen Schwanz, als wäre er eine Person? Der Gedanke daran bringt mich zum Kichern.

Seine Augenbrauen ziehen sich genervt zusammen. »Hältst du das für witzig?«

»Ein bisschen.«

»Ich muss dich ficken.«

Die unverfrorene Aussage überrascht mich komplett und katapultiert meinen ohnehin schon überhitzten Körper in den roten Bereich.

»Ist das okay?«

Ich bin so erregt und erstaunt über diese unerwartete Alphaseite von ihm, dass ich kaum denken kann, geschweige denn, eine Antwort geben.

»Ellie, konzentrier dich«, befiehlt er streng. »Ich werde dich nicht anrühren, wenn du es mir nicht erlaubst.«

»Es ist … Es ist okay.«

Er missachtet die Knöpfe auf meiner Bluse und zieht sie mir gleich über den Kopf. Stöhnend gräbt er das Gesicht in den Spalt meiner Brüste, deren Ansatz er küsst, leckt und anknabbert.

Ich halte mich an seinen Schultern fest, um nicht hinzufallen. Mein BH verschwindet, mein Rock gleitet zu Boden, und schließlich stehe ich nur noch in einem knappen Bikinihöschen und Schuhen mit Keilabsätzen vor ihm.

»So verdammt sexy«, knurrt er tief, was wegen seines Akzents noch heißer klingt. »Ich bin neulich fast in meiner Hose gekommen, als ich dich beim Schwimmen beobachtet habe. Ich wollte dich direkt vor den Augen aller sofort anfassen. Es hat mich fast umgebracht, dass ich es nicht durfte.«

Bevor ich seine Worte verarbeiten kann, nimmt er meinen linken Nippel in den Mund, streichelt ihn mit der Zunge und saugt gleichzeitig daran. Ich schreie überrascht auf, während ein scharfes Verlangen zwischen meinen Beinen aufflammt.

»Du hast ja keine Ahnung, wie oft ich mir gewünscht habe, dich an die Hand nehmen und davonzerren zu können, um das mit dir zu tun.« Er legt seine Hand auf meinen Venushügel und presst zwei Finger in mein Innerstes, nur die Seide meines Höschens versperrt ihm noch den Weg.

»Während wir in Mexiko waren?«, frage ich atemlos und reibe mich an seinen Fingern auf der Suche nach Erlösung.

»Solange ich dich kenne.« Er würdigt meine andere Brust, während er weiterhin meine Muschi streichelt.

Das unbefriedigte Verlangen, das Pete gestern Abend bei mir hinterließ, kann nicht mit demjenigen verglichen werden, das ich jetzt bei Jasper verspüre, während Jahre voller Fantasien auf einen Schlag Realität werden. Gott, er bringt mich zum Orgasmus und hat mich kaum berührt. Ich komme fast, als er seine Strategie ändert, die Finger aus meinem Heiligsten herauszieht und mich mit dem Rücken auf sein Bett legt.

»Setz dich an die Kante.« Er wendet den Blick nicht eine Sekunde von mir ab, während er sein Hemd aufknöpft, es abstreift und zusammen mit den Schuhen achtlos fallen lässt. »Leg dich auf den Rücken.« Er macht seinen Gürtel auf, zieht die Hose aus und wirft sie beiseite auf die Schuhe.

Ich tue, wie mir befohlen, und stütze mich auf die Ellbogen, damit mir nichts entgeht. Ich habe seinen Oberkörper schon hundert Mal gesehen, am Strand, im Urlaub, bei Poolpartys hier und in Mexiko, aber ich durfte noch nie so starren wie jetzt. Er ist schlank, muskulös, gut gebaut und hat goldenes Oberkörperhaar, das sich von der Brust über seinen wohlgeformten Bauch zieht und in den seidenen Boxershorts verschwindet, deren Stoff im Moment ziemlich gespannt ist.

Er fasst mich an den Knien an und spreizt meine Beine.

Meine Oberschenkelmuskeln bieten keinerlei Widerstand und zittern vor Erwartung und Verlangen, wie ich es noch nie erlebt habe. Das ist der zukünftige Vater meines Kindes. Er bestand darauf, dass wir es auf die altmodische Art und Weise tun, wofür ich jetzt unfassbar dankbar bin, da ich noch nie so heißen Sex hatte wie diesen.

Er beugt sich über mich, mit weichen Lippen auf meinem Bauch, während seine Finger gegen meine Klitoris pressen.

Ich kann nicht anders und rutsche hin und her, um den richtigen Winkel zu finden.

»Nicht bewegen«, befiehlt er in diesem autoritären Ton, der mich von innen versengt. »Erinnerst du dich an meine Worte an dem Morgen in Mexiko? Darüber, wer im Bett das Sagen hat?«

Mit angehaltenem Atem nicke ich.

»Ich beherrsche deine Lust, süße Ellie. Du kommst, wenn ich es dir erlaube, verstanden?«

Herrgott. Habe ich es denn verstanden?

»Ellie? Ich muss es hören. Sag mir, dass du es verstanden hast.« Er nimmt meinen Nippel zwischen die Zähne und beißt gerade so fest drauf, dass ich scharf aufschreie.

»Ja«, sage ich während eines Atemzugs, »ich habe verstanden.«

»Wenn du kommst, bevor ich dir die Erlaubnis dafür erteilt habe, werde ich dir den Hintern versohlen. Hast du das auch verstanden?«

»Du willst …«

»Dich spanken, und zwar schmerzhaft. Sag mir, dass du es verstanden hast.«

Ich muss schlucken, beschämt davon, dass ich vom Gedanken an seine Hand, die auf meinen Arsch klatscht, fast komme. »J-ja, ich verstehe.«

»Wenn ich aufhören soll, musst du mir das nur sagen, okay?«

»Okay.« An diesem Punkt will ich nichts als ihn anflehen weiterzumachen, um das schreckliche Verlangen doch bitte zu lindern, das mich erfasst hat.

Sein Ausdruck ändert sich augenblicklich von angespannt zu erleichtert. Er ist erleichtert, weil ich seine Bedingungen akzeptiert habe. »Entspann dich. Ich beiße nicht. Zumindest nicht fest.«

Kapitel 7

Ellie

Ich bin ein zitterndes, bebendes Wrack, als seine Lippen über meinen Bauch wandern und sich hinunter zu meiner Muschi vorarbeiten.

Er greift unter mich, zieht an meinem Höschen, und ich hebe das Becken, um ihm beim Ausziehen zu helfen.

»Oh Gott«, murmelt er. »Du bist so glatt und nackt.«

Seine Reaktion weckt in mir das Gefühl der Dankbarkeit darüber, dass ich mir vorhin die Zeit nahm und bei Bryn war.

Meine Beine werden von seinen breiten Schultern noch weiter gespreizt, als er mit dem Gesicht voran ins Innerste meiner Lust vortaucht. Er weiß genau, wo ich ihn brauche, konzentriert sich auf meine Klitoris, leckt, saugt und macht mich wahnsinnig. Ich stehe bereits kurz vor einer explosiven Erlösung, als er zwei Finger in mich einführt und sie krümmt, bis er den Punkt findet, der mich hochgehen lässt.

Ich verliere mich ganz im erdbebenartigen Orgasmus, als mir einfällt, dass ich ja gar nicht ohne seine Erlaubnis kommen durfte.

»Mmm«, sagt er mit den Lippen und der Zunge weich an meinem empfindlichen Fleisch, »jemand steckt in großen Schwierigkeiten.«

Das reicht bereits aus, um die Spirale von Neuem in Gang zu setzen.

»Hast du die Regeln vergessen, auf die du dich vor fünf Minuten eingelassen hast?«

»Ich … ich … du … Das war deine Schuld!«

»So läuft das nicht. Du musst lernen, dich zu beherrschen.«

Ich höre Vergnügen in seiner Stimme, als er mich weiterhin streichelt und das Feuer wieder entfacht. »Nein. Ich kann das nicht. Ich kann es nicht aufhalten.«

»Doch, du kannst. Konzentrier dich.«

»Ich brauche etwas, worauf ich mich konzentrieren kann, was nichts damit zu tun hat, was du mir antust.«

»Da kann ich helfen.« Er zieht sich von mir zurück, steigt aufs Bett und entledigt sich dabei seiner Boxershorts. Dann beugt er sich über mich, mit seinem steifen, dicken Schwanz über meinem Gesicht, und seine Absichten sind sehr deutlich.

Gott. Ich habe es seit meinen Zwanzigern nicht mehr getan, als ich alles ausprobiert habe. Ich umfasse seinen harten, langen Schwanz und streichele ihn, während er sich nach vorn lehnt und dort weitermacht, wo er aufgehört hat, nun aus einem anderen Winkel. Ich entdecke schnell, dass er von dieser Seite nicht weniger effizient ist, und beschließe, ihn abzulenken, bevor er mir einen weiteren Orgasmus abringt.

Ich umfasse mit den Lippen die breite Eichel, nehme ihn in den Mund, sauge und lecke.

Sein tiefes Knurren vibriert gegen meine Klitoris und erschreckt mich.

Sechs Tage, nachdem ich Jasper erlaubt habe, mein Kind zu zeugen, befinden wir uns in einer intensiven Stellung 69, und ich versuche, einen weiteren Orgasmus zu unterdrücken, damit ich nicht zweimal bestraft werden muss. Das Unterdrücken ist leichter gesagt als getan, ganz besonders, wenn der Gebieter über deine Lust ein listiger Teufel ist.

Sein Finger gleitet von meiner Muschi hinunter und presst gegen meinen After, während er an meiner Klitoris saugt. Die Kombination ist überwältigend, und selbst der Druck seines Schwanzes gegen meinen Rachen kann mich nicht vom eindringenden Finger ablenken.

Und wieder explodiere ich mit einem Orgasmus, der aus dem tiefsten Winkel von mir kommt. Ich komme so heftig, dass es konzertierter Mühe bedarf, um nicht auf den Schwanz in meinem Mund zu beißen. Ich schwebe vom unglaublichen Hoch hinunter und spüre, wie seine Zunge mich streichelt und sein Finger tief in mir ist.

Wir hatten noch keinen richtigen Sex, und trotzdem ist das jetzt schon der beste Sex meines Lebens. Das hätte ich eigentlich ahnen müssen, wo mich dieser Mann doch schon fast zum Orgasmus bringt, wenn er *Als der Nikolaus kam* vorliest.

»Große, *sehr große* Schwierigkeiten«, flüstert er gegen mein immer noch zitterndes Fleisch. Er zieht den Finger heraus, wischt sich den Mund mit dem Handrücken ab und hebt den Oberkörper. »Lass mich los.«

Ich lockere den Griff um seinen Schwanz, und er zieht sich aus meinem Mund heraus.

»Stell dich auf alle viere und spreiz die Beine.« Nach diesem Befehl steht er auf und geht in das angrenzende Badezimmer. Ich höre Wasser laufen, bevor er zurückkommt und etwas aus seinem Nachttischschrank nimmt. Er dreht sich zu mir, und ich sehe, dass er sich ein Kondom überstreift.

Dann ist er wieder auf dem Bett hinter mir, mit den Händen auf meinen Pobacken, die er drückt und formt. »Ich liebe deinen süßen Arsch, Darling. Ich hatte so viele Fantasien über diesen prallen, geschmeidigen Hintern.« Seine Hand landet auf meiner rechten Pobacke, der Klang hallt durch den Raum, und der angenehme Schmerz strahlt über meine Hinterseite bis zu meiner überstimulierten Klitoris. Er lässt dem Klaps ein beruhigendes Streicheln folgen, das die Flammen wegfächelt.

»Sag mir, dass ich aufhören soll.«

»Nein.«

»Nein? Heißt das, dass du gern gespankt wirst?«

Bevor ich antworten kann, landet seine Hand auf der linken Seite, unter der Rundung knapp über dem Beinansatz. Mir wurde noch nie der Hintern versohlt. Ich hatte keine Ahnung, dass es mir so gefallen würde.

»Hast du genug?«

»Nein.«

Sein tiefes Knurren ist voller Zustimmung und anscheinend auch Verlangen. Die Schläge prasseln auf meinen Hintern hinunter, bis ich nur noch in Lust, Schmerz und unerträglicher Hitze aufgelöst bin. »Dein Arsch sieht mit meinen Handabdrücken drauf so heiß aus.« Er presst wieder gegen meinen After. »Hat dich jemand hier gefickt, Liebes?«

»N-nein. Ich wollte es nie.«

»Ich will, dass du es lieben lernst. Ich will, dass du mich darum anflehst.« Er spielt mit den Fingern an meinem Hintereingang, drückt mit dem Schwanz jedoch langsam, aber beständig gegen meine Muschi, packt mich mit der freien Hand an der Hüfte und hält mich besitzergreifend an Ort und Stelle.

Ich verspüre ein leichtes Brennen, als mein Fleisch sich dehnt, um ihn aufzunehmen, doch dann gleitet er weiter hinein, füllt mich komplett aus und bringt mich fast wieder zum Orgasmus. »Jasper ...«

»Was ist?«

»Ich muss ... Ich *komme* gleich wieder.«

»Noch nicht.« Er zieht sich plötzlich heraus und hinterlässt mich flehend und spitz. »Dreh dich um, Darling. Ich will dein entzückendes Gesicht sehen.«

Behutsam mache ich, was er sagt, und keuche auf, als mein Hintern das Bett berührt. Die Empfindung fließt direkt in meine Klitoris, als wäre sie mit einem unter Spannung stehenden Draht mit meinen Pobacken verbunden.

»Na bitte«, flüstert er, streift mir das Haar aus dem Gesicht und beugt sich für einen Kuss zu mir hinunter. »So süß und gleichzeitig so sexy, und ständig so unerreichbar.«

»Hast du das gedacht? Dass ich unerreichbar war?«

»Vollkommen unerreichbar aus so vielen Gründen.«

»Flynn wäre es egal. So ist er nicht.«

»Glaub mir, Darling, die Dinge, die ich mit dir tun will, wären deinem Bruder nicht egal.«

»Er muss es ja nie erfahren. Ich werde es ihm nicht verraten. Du etwa?«

»Oh nein, aber irgendwann wird deine Familie vielleicht wissen wollen, wer der Vater deines Kindes ist. Was willst du ihnen sagen?«

Während er spricht, drückt er mit dem Schwanz gegen meine Klitoris, ohne in mich einzudringen. Meine Hände bewegen sich seinen Rücken hinunter, um seinen festen Arsch zu umfassen, in der Hoffnung, ihn in die richtige Richtung navigieren zu können.

»Ich sage ihnen, dass ich in einer Klinik war.«

»Wir können also das und noch vieles mehr so oft miteinander treiben, wie wir wollen, und ich muss mir niemals Gedanken darüber machen, den Respekt der Godfrey-Familie zu verlieren?« Er stößt hart und schnell in mich, raubt mir den Atem und löst fast den Orgasmus aus, der kurz vorm Ausbruch ist.

Ich kann nicht an die Godfrey-Familie denken, wenn er sich gerade in mir bewegt und mich so perfekt ausfüllt. Gott, diese ganze Zeit über hätte ich das mit Jasper tun können anstatt mit den vielen Fröschen, die mir begegnet sind. Ich habe so viel Zeit mit Männern vergeudet, die selbst mit einer Karte und Lupe die Klitoris einer Frau nicht gefunden hätten. Eine Welle von Lust trägt mich davon, als er aufhört, sich herauszieht und mich leer zurücklässt.

Er packt mich an den Beinen, legt sie sich auf die Schultern und dringt nun in einem komplett neuen Winkel in mich. Er berührt mich an Stellen, die noch nie zuvor von jemandem angefasst wurden, und stellt meine Welt mit jedem weiteren Zug auf den Kopf. Wie werde ich das jemals wieder machen können, ohne daran zu denken, wie *er* es getan hat?

»Sprich mit mir«, raunt er mir mit diesem verdammt heißen Akzent zu. »Sag mir, wie sich das anfühlt.«

»Wunderbar.« Ich greife nach seinen Armen und halte mich an ihm fest, als er in mich donnert. »Ich muss …«

»Was? Sag mir, was du willst.«

»Ich will kommen.«

»Noch nicht.« Er wird langsamer und hört komplett auf, während er weiterhin tief in mir ist. »Atme ein paarmal tief durch. Mach langsamer.«

»Ich will nicht langsamer machen!«

Ein Lächeln macht sich auf seinem Gesicht breit. »Erinnerst du dich an deine Erlaubnis, mir im Bett das Kommando zu überlassen?«

»Vage.«

»Soll ich deine Erinnerung auffrischen?«

»Es wäre mir lieber, wenn du mich kommen lassen könntest.«

Sein grunzendes Lachen lässt ihn noch tiefer in mich vordringen, wenn das überhaupt möglich ist. »Leg die Arme über den Kopf und halt dich an den Bettstangen fest.«

»Muss ich das?«

»Wenn du kommen willst.«

Stöhnend tue ich wie mir befohlen, während mir in den Sinn kommt, dass ich so eine Unterhaltung noch nie mit einem Mann geführt habe, geschweige denn mitten im bewusstseinsverändernden Sex. Natürlich muss er mich ausgerechnet jetzt für alle Männer verderben, gerade als ich mich wieder in neue Datingabenteuer stürzen will.

»Lass nicht los.«

Er ist sogar noch erotischer als sonst, wenn er Befehle ausgibt.

Als ich mich an den Eisenstangen am Kopfende seines Bettes festhalte, merke ich, dass meine Hände feucht vor Schweiß sind. Ich bin ein einziges großes Nervenende und warte darauf zu erfahren, was er als Nächstes für mich bereithält.

Er beugt sich über mich, nimmt einen meiner Nippel in seinen Mund, zieht und saugt an der harten Spitze und lässt mich auf dem Bett erbeben. Er umgibt mich so vollkommen, dass ich kaum Platz zum Bewegen habe, mein Körper ist nun voll in seiner Macht, und er beherrscht mich wie ein Maestro.

Sein Schwanz wird noch steifer und dehnt mich bis an meine absolute Grenze.

Ich schreie auf, überwältigt vom Angriff der Empfindungen. »*Bitte* ...«

Er presst den Daumen an meine kribbelnde Klitoris und fragt: »Willst du das, entzückende Ellie?«

»Ja! Bitte ... Ich muss ...«

»Komm!«

Ich explodiere. Es gibt dafür einfach kein anderes Wort. Jede Zelle meines Körpers ist betroffen. Langsam kehre ich in die Realität zurück, meine Kopfhaut prickelt, meine Fußsohlen brennen, und meine Beine zittern heftig. Und Jasper schaut auf mich herunter, betrachtet das alles, während er sich weiter in mir bewegt, immer noch steinhart, füllt er mich nach wie vor bis zum Äußersten aus.

»Das war erstaunlich«, meint er mit Ehrfurcht, die mich tief berührt.

Ich erwache aus der Schockstarre und stelle mir vor, wie ich wohl mit den über den Kopf gestreckten Armen, den sich bei jedem tiefen Stoß bewegenden Brüsten, den Beinen auf seinen Schultern, dem nahezu zusammengefalteten Körper in seinen Augen aussehen mag. Es ist fast obszön, fühlt sich jedoch überhaupt nicht so an. Nein, das wäre nicht das Wort, mit dem ich es beschreiben würde, und sobald mir eine passende Beschreibung dieser Erfahrung eingefallen ist, teile ich sie mit.

Er wird schneller, stößt erbarmungslos in mich, bis er mit einem Schrei kommt und seine Finger sich in meinen Arsch krallen.

Meine Beine sinken wie zwei zerkochte Nudeln nach unten, als er sich auf mich legt. Sein Schweiß mischt sich mit meinem, und seine Brusthaare liebkosen meine empfindlichen Nippel. Ich glaube, jetzt darf ich die Eisenstangen am Kopfende wieder loslassen. Mein Griff war so fest, dass meine Finger steif sind und meine Arme von der Anspannung schmerzen. Ich schlinge sie um ihn, und er ruht sich in meiner Umarmung aus.

So viel zu meiner Sorge, dass der Sex mit Jasper komisch werden könnte. Komisch ist wahrlich das letzte Wort, das ich benutzen würde, um das eben Geschehene zu beschreiben, aber jetzt frage ich mich, wie ich ihm jemals wieder in die Augen blicken soll, ohne dabei an den besten Sex meines Lebens zu denken.

JASPER

Sie hat mich ruiniert. Ich hatte schon jeden wilden, verrückten Sex – BDSM-Sex, Gruppensex, alles Mögliche habe ich schon ausprobiert. Doch ich habe noch nie etwas erlebt, das auch nur im Entferntesten dem glich, was ich soeben mit Ellie hatte. Und jetzt bin ich in mehr als nur einer Hinsicht gänzlich im Arsch. Innerhalb von einer Stunde ist die Vorstellung davon, wie sie das, was wir soeben getan haben, mit einem anderen Kerl macht, für mich komplett und absolut unakzeptabel geworden.

Der Gedanke, wie sie mit einem anderen nackt ist, erzürnt mich. Ich will noch nicht einmal, dass sie mit anderen Kerlen *spricht*, was eine völlig neue Reaktion für einen Mann ist, der sich bekanntlich nie bindet. Ich kann es mir nicht leisten, mich zu binden. Ich schleppe jede Menge Ballast mit mir herum. Es wäre keiner Frau gegenüber fair, zu verlangen, dass sie mich oder mein schweres Gepäck bei sich aufnimmt.

Aber bereits eine einzige Kostprobe der allerfeinsten Ellie Godfrey wirft meine sorgsam errichteten Vorsätze zum Fenster hinaus.

Sie weiß nicht – niemand von meinen Freunden hier in L.A. weiß –, dass meine Tage gezählt sind. Jederzeit kann ich zurück nach England beordert werden, um mein Geburtsrecht wahrzunehmen. Das ist die Abmachung, die ich mit meinem Vater getroffen habe. Ich kann meinen »kleinen Abenteuern« als Filmemacher in Hollywood nachgehen, doch nur so lange, bis ich wieder zu Hause gebraucht werde.

Bis dieser Tag kommt, tue ich so, als würde das nie passieren. Ich stelle mir vor, ich wäre als gewöhnlicher Mensch geboren worden und nicht als der zukünftige zehnte Duke of Wethersby, Erbe eines der größten Vermögen in ganz Großbritannien und aller Verpflichtungen, die damit einhergehen – Verpflichtungen, mit denen ich *nichts* zu tun haben möchte.

Das Lustige am britischen Adelsstand ist, dass es niemanden interessiert, ob man das will oder nicht. Man hat das Geburtsrecht am Hals, ungeachtet dessen, welche anderen Träume und Ambitionen man für sich selbst hat, und deswegen werde ich auch niemals öffentlich die Vaterschaft für Ellies und mein Kind anerkennen.

Er oder sie wird meine beste und einzige Chance werden, Vater zu sein, ohne die Last der Erwartungen auf die winzigen Schultern meines Kindes zu laden. Das tue ich ihm oder ihr nicht an. Und ja, ich muss einen Erben vorweisen, doch dazu kann mein Vater mich kaum zwingen.

Niemand von meinen Freunden in Hollywood weiß etwas von meiner Abstammung. Für meinen Beruf benutze ich den Mädchennamen meiner Mutter, und sie wissen nur, dass ich einer wohlhabenden britischen Familie entstamme. Mehr müssen sie nicht erfahren, zumindest jetzt noch nicht. Vielleicht kommt einmal der Tag, an dem ich meine Beteiligung bei Quantum verkaufen und zurück nach Hause muss, um meine Pflicht zu erfüllen. Ich hoffe, dass dieser Tag noch in weiter, weiter Ferne liegt. Sollte mein Vater so lange leben wie Elisabeth II., wird es keine Rolle spielen, ob ich sein Erbe sein will oder nicht. Ich werde zu alt sein, um mich darum zu scheren. Ich bete jeden Tag meines Lebens für seine Gesundheit und ein langes Leben für ihn.

»Geht es dir gut?« Ellies leise Frage erinnert mich daran, dass ich mich auf die Gegenwart konzentrieren sollte, anstatt Angst vor einer ungewissen Zukunft zu haben.

»Ich bin fix und fertig. Du hast mich umgehauen.«

»Ich glaube, es war genau umgekehrt.«

»Bist du kaputt, Darling?« Ich hebe den Kopf und studiere ihr reizendes Gesicht. Ihre Augen sind geschlossen, die Lippen geschwollen und die Wangen errötet.

»Ich bin alles, nur das nicht.«

»Es tut mir leid … Ich war grob …«

Sie öffnet die Augen und legt mir einen Finger auf die Lippen. »Du warst wunderbar. Es war … wunderbar.«

»Oh.« Frauen überraschen mich mittlerweile nur noch selten, doch diese Frau liefert eine erfreuliche Überraschung nach der nächsten. Es hat ihr gefallen, leicht dominiert zu werden. Vielleicht heißt das, dass sie auch …

Nein. Lass dich nicht darauf ein. Das kannst du nicht mit Flynns Schwester machen. Du darfst es einfach nicht.

Ich hasse es, wenn mein Gewissen mich ermahnt. Es kann so ein verräterisches Biest sein. Mir fehlt bei Ellie die größere Perspektive, und das darf nicht passieren. Ich fasse das Kondom am Ansatz an und ziehe mich aus ihr heraus, obwohl es das verdammt Letzte ist, was ich jetzt will. »Komme gleich zurück, Darling.«

Im angrenzenden Badezimmer erledige ich meine Geschäfte, wische mich ab und nehme mir eine Minute, um nach dem fantastischsten Sex seit einer gefühlten Ewigkeit einen klaren Kopf zu bekommen. Normalerweise brauche ich weitaus mehr als das, was wir soeben getan haben, um es fantastisch zu finden, aber mit ihr war es einfach nur … Mir fehlen die Worte, was sonst nie passiert. Verdammte Scheiße.

Ich spritze mir kaltes Wasser ins Gesicht, als könnte das meinen seltsamen freien Fall aufhalten, in dem ich mich in Bezug auf sie gerade befinde. Das Wasser hilft nicht, kein Wunder bei dem Zustand, in dem ich seit dem denkwürdigen Morgen in Mexiko auf Flynns Poolterrasse war, als ich zustimmte, ihr Kind zu zeugen. Und was wir soeben gemacht haben, wird definitiv auch nicht helfen. Nein, es wird meine wachsende Besessenheit von ihr nur noch verstärken.

Witzig, nicht wahr, wie man jemanden jahrelang kennen und fröhlich miteinander befreundet sein kann, bis eine folgenreiche Unterhaltung den Blickwinkel so dramatisch verändert, dass man sich schon Sorgen darüber macht, nichts könnte jemals wieder so sein wie früher. Um mich zu beruhigen, atme ich ein paarmal tief ein und versuche, mein verlorenes Gleichgewicht wiederzuerlangen.

Ich muss zu ihr zurück, bevor sie annimmt, dass etwas nicht stimmt. Alles stimmt. Das Gegenteil ist sogar der Fall – alles stimmt *zu sehr* mit ihr. Doppelte verdammte Scheiße.

Als ich aus dem Badezimmer komme, finde ich Ellie voll bekleidet auf meiner Bettkante sitzend mit einem verträumten Ausdruck auf ihrem schönen Gesicht vor. »Ich dachte mir, dass du auch über Nacht bleiben könntest.« Ich bin zutiefst enttäuscht, weil sie gehen will.

»Oh, das ist nett, aber ich kann nicht. Ich muss am Morgen ins Büro und habe zu Hause noch etwas zu erledigen.«

Um Mitternacht? Die Frage bleibt unausgesprochen, während ich mir ein Paar Basketballshorts und ein T-Shirt anziehe, um sie und Randy in nervöser Stille nach Hause zu bringen. Ich will unbedingt erfahren, was sie denkt, kann mich aber nicht dazu durchringen zu fragen. Womöglich ist es besser, wenn ich es nicht weiß.

Ich halte vor ihrem gemütlichen Häuschen an – eine weitere Überraschung von so vielen bei ihr – und will schon aus dem Wagen springen, um sie zur Tür zu begleiten.

»Bleib ruhig sitzen.« Sie nimmt Randys Leine in die Hand. »Wir sehen uns morgen. Danke für eine tolle Nacht.«

Sie ist ausgestiegen und geht bereits die Einfahrt entlang, noch bevor ich irgendetwas entgegnen kann. Was zum Teufel ist hier gerade passiert? Wie sind wir von »freundschaftlichem Vergnügen« zu »höflichem Schweigen« übergegangen? Wir haben ganz bestimmt die komischen Vorbereitungen aus dem Weg geräumt, aber das Nachspiel ist der Inbegriff von komisch. Zwei Schritte vor, ein Riesensprung zurück.

In einem ungewohnten Zustand des inneren Aufruhrs fahre ich heim. Im Umgang mit Frauen bin ich keinen Aufruhr gewohnt, vielleicht weil ich mich konsequent weigere, eine festere Verbindung einzugehen. Zuzustimmen, das Kind einer engen Freundin zu zeugen, gilt wohl als eine sehr feste Verbindung, aber damit wollte ich doch nie eine hochgeschätzte Freundschaft ruinieren oder die Atmosphäre zwischen uns komisch machen.

Andererseits, wie hätte es denn nicht passieren können? Wir sind innerhalb weniger Tage von »Berufskollegen und persönlichen Freunden« zu »Fickkumpels« übergegangen. Natürlich wird es anfangs eine Zeit lang komisch sein, bevor sich das Ganze einpendelt und alles wieder normal wird. Dieser Gedanke tröstet mich ungemein, und außerdem erinnere ich mich daran, dass im Bett zwischen uns überhaupt nichts komisch war.

Ich muss sie nackt im Bett behalten, wenn ich nicht will, dass es wieder komisch zwischen uns wird. Mit diesem Gedanken schicke ich ihr eine Nachricht, als ich zu Hause ankomme.

Zieh morgen einen Rock zur Arbeit an. Lass das Höschen zu Hause.

Ich sehe, dass die Nachricht zugestellt und dann auch gelesen wurde, aber sie antwortet nicht. Mit einem Lächeln kann ich mir ihre Reaktion nur ausmalen und freue mich auf morgen, wenn ich auf die beste mir bekannte Weise – nämlich mit meinem Schwanz – alles wiedergutmachen kann.

KAPITEL 8

ELLIE

Nach dieser anzüglichen Nachricht von Jasper wälze ich mich die ganze Nacht hin und her. Erwartet er allen Ernstes, dass ich im Büro Sex habe? Dasselbe Büro, das wir uns mit meinem Bruder und unseren engsten Freunden teilen? Und warum stehe ich beim Gedanken daran in Flammen?

Er ist gut darin. Das muss ich ihm schon lassen. Nach seiner Nachricht bin ich sofort freudig auf seine möglichen Pläne vorbereitet, und je näher ich dem Büro komme, desto intensiver wird das Pulsieren zwischen meinen Beinen. Ich habe mich immer noch nicht – weder körperlich noch emotional – von letzter Nacht erholt, und er plant schon die nächste Runde.

Zwischendurch habe ich ein paar wichtige Meetings und noch einen Arzttermin zu absolvieren. Das Letzte verpasst meinen außer Rand und Band geratenen Hormonen einen Dämpfer, als mir klar wird, dass Dr. Breslow vermutlich mit einem Blick erkennen wird, dass ich letzte Nacht ziemlich intensiven Sex hatte. Toll …

So bin ich nicht. Ich bin normalerweise nicht wegen Kerlen und Sex aufgeregt oder darüber, ob ich unter einem Rock ein Höschen trage oder nicht. Ich spiele keine Spielchen mit Männern. Ich date sie. Einige von ihnen vögele ich. Und meistens entledige ich mich ihrer nach ein paar unbeeindruckten Wochen. Ich weiß fast sofort beim ersten Date, ob es ein zweites geben wird, eine Eigenschaft, die meine Schwestern in den Wahnsinn treibt.

»Du musst ihnen doch eine Chance geben«, ermahnte mich Aimee wiederholt, und Annie nickte dabei zustimmend. Ich gebe ihnen doch auch eine Chance, und in neun von zehn Fällen vermasseln sie sie innerhalb einer Stunde. Ich kann nichts dafür, dass die meisten von ihnen egozentrische Schwachköpfe sind, die sich so sehr abmühen, mich mit ihrer Großartigkeit umzuhauen, dass ich gar nicht zu Wort komme. Nur einmal und das war's.

Es gibt nichts Schlimmeres, als Sex mit einem Mann zu haben und sich am nächsten Morgen schmutzig zu fühlen, weil man ihn für Sex benutzt hat, ohne dass es irgendetwas anderes gibt, was man von ihm will, einschließlich eines Telefonanrufs. Jemals. Das habe ich getan. Mehrmals. Und habe mich hinterher dafür gehasst.

Man fragt sich jetzt vielleicht, was ich mit dem Höschen gemacht habe. Ich habe es angezogen. Natürlich habe ich das. Ich kann doch nicht im Büro, das ich mir mit meinem Bruder teile, untenrum nackig sein. Ich kann es einfach nicht, auch wenn ich vor Neugier über Jaspers Pläne sterbe. Ich überlege, dass man das Höschen ja auch bei Bedarf ausziehen kann, aber den ganzen Tag unten ohne herumzulaufen, ist einfach keine Option.

Mit einem Meeting nach dem nächsten erweist sich der Tag als Stress pur. Ich sehe Jasper erst mittags im Konferenzraum, wo wir Leahs dreiundzwanzigsten Geburtstag feiern. Sie ist Natalies frühere Mitbewohnerin aus New York, heuerte vor einem Monat als Assistentin bei Marlowe an, und Marlowe spendiert jetzt ein Mittagessen vom Catering und einen köstlichen Kuchen.

Manchmal vergesse ich, wie jung Natalie und Leah doch sind. Ganz besonders Natalie ist aufgrund ihrer traumatischen und stürmischen Kindheit für ihr Alter sehr reif. Leah hat ein mutigeres, gewieftes Naturell, und mir fällt auf, dass Emmett nur selten den Blick von ihr abwendet. Interessant. Äußerst interessant.

»Wer ist am Wochenende da?«, fragt Natalie, nachdem der Kuchen serviert wurde. »Meine Freundin Aileen kommt mit ihren Kindern zu Besuch.«

»Ich«, meldet sich Kristian sofort. Auch sehr interessant.

»Ich auch«, antwortet Marlowe, den Mund voll mit Kuchen. Ich liebe es, wie wir jeden kleinen Anlass im Büro feiern. Wir sind in Wahrheit mehr wie eine Familie als Kollegen, und füreinander tun wir fast alles.

»Ich passe Samstagabend auf meine Neffen auf«, melde ich mich, »aber den Rest des Wochenendes bin ich frei.«

»Hast du aber Glück.« Flynn lacht leise. »Du hast wohl den Kürzeren gezogen, was?«

»Ich habe es freiwillig angeboten.« Ich weiß, dass er mich nur neckt, weil er selbst verrückt nach allen unseren Nichten und Neffen ist.

»Bring sie doch zu mir, damit sie mit Aileens Kindern spielen können. Im Pool können sie sich austoben.«

»Ich könnte tatsächlich darauf zurückkommen. India und Ivy werden auch da sein, um mir zu helfen. Ian ist mit den Pfadfindern beim Campen.«

»Es wäre super, wenn du und die Kinder uns besuchen würdet«, meint Natalie. »Wir essen draußen und machen daraus eine Party.«

»Ich bin dabei«, sagt Jasper und fixiert mich mit einem intensiven Blick.

Noch nie haben drei Worte so eine starke Wirkung auf mich gehabt, und ich bin doppelt froh, dass ich seinen Befehl nicht ausgeführt und mir ein Höschen angezogen habe, das die Feuchtigkeit aufnimmt, die dieser Blick verursacht. Satan.

Nach dem Mittagessen überlasse ich Dax das Kommando und mache mich zu meinem Termin bei Dr. Breslow auf. Die Fahrstuhltür geht gerade zu, als ich Jasper kommen sehe, der rasch den Arm zwischen die Türen schiebt und sie offen hält. Ich beobachte es mit einem Gefühl von amüsiertem Abstand aus meiner Position in der hinteren linken Ecke, die auf einmal sehr voll wird, als er sich an mich presst und mit der Hand so schnell mein Bein hochfährt und unter den Rock taucht, dass ich keine Zeit zum Vorbereiten habe, bevor er mich über der mich anschmiegenden Seide berührt.

»Hmm, jemand ist sehr ungehorsam.«

»Jemand ist außerordentlich herrisch.«

»Ich mag es, wenn meine Befehle ausgeführt werden.«

»Magst du es jetzt?«

»Oh ja.« Diese Worte werden gegen meinen Hals gesprochen, während seine Lippen einen Feuerstreifen auf dem Weg von meiner Kehle zum Ohr hinterlassen. »Ich kann nicht aufhören, an letzte Nacht zu denken, daran, wie heiß und eng du warst. Ich kann es kaum erwarten, wieder in dir zu sein.«

Kein Mann hat jemals so etwas zu mir gesagt, und es ist gut, dass er an mich gelehnt ist, weil ich sonst zu einer Pfütze auf dem Boden zerschmelzen würde.

»Ich würde dich ja fragen, ob du ebenfalls daran denkst, aber ich spüre so schon, wie heiß du bist.«

Ich habe fast vergessen, wo wir uns befinden, als der Klingelton des Aufzugs uns mitteilt, dass wir im Erdgeschoss angekommen sind. Auch wenn es gerade das Letzte ist, was ich tun will, schiebe ich ihn leicht beiseite, sodass seine Hand nicht mehr unter meinem Rock ist.

Er grunzt vor Lachen, als er mit dem Rücken an die Fahrstuhlwand gedrückt wird. »Du lässt mich ja in einer schrecklichen Verfassung zurück, Liebling.«

Ich blicke hinunter und sehe, dass er erigiert ist, und bei der Erinnerung an die Fähigkeiten seines entzückenden Schwanzes läuft mir das Wasser im Mund zusammen. »Du bist selbst schuld. Ich bin einfach nur im Fahrstuhl gefahren, als du hineingesprungen bist, um mich zu belästigen.«

»Wo willst du hin?«

»Zum Arzt, wenn du es wissen musst.«

»Lustig«, findet er, »ich auch. Muss mich untersuchen lassen, damit ich meine holde Dame ohne Gummi ficken und schwängern kann.«

Erwähnte ich bereits, dass er redegewandt ist? Und der Akzent, Herrgott im Himmel, dieser Akzent …

»Komm in mein Büro, wenn du wieder da bist. Ich werde auf dich warten. Und du brauchst dein Höschen nach dem Arztbesuch nicht wieder anzuziehen.« Er nimmt mich an die Hand und zieht mich auf dem Weg aus dem Aufzug hinter sich her. Als wir in der Lobby auf Hayden stoßen, lässt Jasper geschickt meine Hand los, aber ich frage mich, ob Hayden nicht doch etwas gesehen hat.

»Hey, Leute«, grüßt er uns, als er den Aufzug betritt, aus dem wir gerade gekommen sind.

»Hi, Hayden«, antwortet Jasper für uns beide.

Meine Zunge ist verkrampft und angespannt.

»Alles in Ordnung?«, fragt Hayden und hält die Tür auf.

»Alles ist echt spitze«, antwortet Jasper, als er mich mit der Hand an meinem unteren Rücken durch die Tür zum Parkplatz navigiert. »Worte, Darling«, murmelt er. »Sag etwas, wenn du nicht willst, dass sich das ganze Büro fragt, warum du auf einmal so sprachlos bist.«

Ich schüttele ihn ab. »Du bringst mich ja ganz durcheinander!«

Der Bastard lacht, und ich werde von seinem Lächeln, den Grübchen, den Augen, dem ganzen Paket in den Bann gezogen. Er ist absolut unwiderstehlich und weiß das.

»Ich sehe dich in ein paar Stunden.« Er lehnt sich zu mir, als würde er mich küssen wollen, aber mein Gehirn ist nicht so sehr vernebelt, und ich halte es für keine gute Idee, wenn er mich an einem öffentlichen Ort küsst. Ich weiche dem Kuss aus, obwohl es das Letzte ist, was ich will.

»Autsch.«

»Aus dem Weg.«

Er tritt beiseite und hält mir meine Autotür auf, wartet darauf, bis ich sitze, bevor er sie schließt, und macht dann eine rollende Bewegung mit dem Finger, damit ich das Fenster hinunterkurbele.

»Was?«

»Das nächste Mal, wenn du dich von meinem Kuss abwendest, spanke ich deinen süßen Arsch, bis er leuchtend, flammend pink ist. Ich könnte das aber auch so tun, wenn ich dich das nächste Mal sehe.« Mit den Händen in den Taschen schlendert er davon und pfeift, als müsse man sich hier in aller Öffentlichkeit um nichts scheren.

Von der Begegnung bin ich so durch den Wind, dass ich die Schlüssel auf den Boden fallen lasse und sie neben meinen Füßen aufklauben muss. Ich will wissen, wo mein ruhiger, kühler, gefasster, ach-so-höflicher Freund Jasper geblieben ist. Es ist so, als hätte er sich nach unserer Abmachung in eine komplett andere Person verwandelt. Nicht, dass ich mich über den neuen Jasper beschwere, im Gegenteil. Es ist nur, weil ich nie geahnt habe, dass er auch *so* eine Seite hat.

Und woher sollte ich es auch wissen? Ich grübele darüber nach, während ich mich unterwegs zu Dr. Breslows Praxis durch den Mittagsverkehr kämpfe. Die Menschen verhalten sich mit Liebespartnern immer anders als mit allen anderen, aber ich muss zugeben, dass ich nie vermutet hätte, dass Jasper so komplett anders sein kann.

Wenn ich vollkommen ehrlich bin, habe ich schon fast damit gerechnet, dass unsere »Beziehung« ein komisches, linkisches, skurriles Missgeschick wird, das hoffentlich zu einem Kind führt. Wie bei Hugh Grant in *Notting Hill*. Oder Hugh Grant in *Vier Hochzeiten und ein Todesfall*. Oder Hugh Grant in, na ja, allen anderen seinen Filmen. Das Bild wird in etwa klar, oder?

Jasper Autry ist aber nicht wie Hugh Grant. Nach letzter Nacht kann ich bestätigen, dass er sich im Bett überhaupt nicht linkisch oder stümperhaft bewegt. Ich ahne sogar, dass ich noch nicht einmal einen Bruchteil davon erlebt habe, wie der sexuelle Jasper wirklich ist. Und ich bin vollkommen in den Bann gezogen von dem, was ich bereits kenne.

Breslows Praxis hält sich fast immer an die vereinbarten Terminzeiten, was einer der Gründe dafür ist, dass fast alle Frauen Hollywoods zu ihr kommen. Sie weiß, dass unsere Zeit genauso kostbar ist wie ihre. Glücklicherweise muss ich nicht lange im dürftigen Baumwollkittel warten, den man mir für die Untersuchung gegeben hat. Das sollte meine letzte Untersuchung vor der Überweisung an ihren Kollegen für die Fruchtbarkeitsbehandlung werden. Wird sie die Planänderung überraschen?

Vor Aufregung und Nervosität habe ich Schmetterlinge im Bauch. Ich will mehr als alles andere schwanger werden, und bevor diese ganze Geschichte mit Jasper begann, war es mir absolut egal, wie das passieren sollte. Jetzt zeichnet sich ab, dass die Reise dorthin genauso aufregend wird wie das Ziel.

Ein paar Minuten später klopft Dr. Breslow an und kommt herein, macht sich sofort zum Waschbecken auf und wäscht sich die Hände. »Es tut mir so leid, dass Sie warten mussten. Wir hatten heute Morgen eine ziemlich aufgelöste werdende Mutter, und ich versuche immer noch, den Tag in den geplanten Ablauf zurückzulenken.«

»Geht es ihr gut? Der Mutter?« Ich zwinge mich, nicht an die tausend Dinge zu denken, die zwischen Zeugung und Geburt schiefgehen können.

»Ja, und dem Baby auch. Aber wir beobachten sie über Nacht, um auf Nummer sicher zu gehen.« Sie klatscht in die Hände und setzt sich auf den Hocker. »Da wären wir also! Letzte Untersuchung, bevor sie in die Fruchtbarkeitsabteilung befördert werden! Sind Sie schon aufgeregt?«

»Es gab eine kleine Planänderung.«

»Oh.« Ihr Lächeln verblasst etwas.

Sie weiß wie keine andere, wie sehr ich mir dieses Kind wünsche, also beruhige ich sie schnell. »Es sieht ganz so aus, als wäre ein Freund daran interessiert, mein Kind zu zeugen.«

»Wirklich? Wie ist das passiert?«

Ich erzähle ihr vom Urlaub mit meinem Bruder und unserer Freundesclique und wie die Unterhaltung mit Jasper ablief, ohne dabei Namen zu nennen.

»Wow, und wie fühlen Sie sich damit?«

»Ich fühle mich gut. Er ist ein sehr enger Freund und er findet es in Ordnung, wenn ich das volle Sorgerecht für das Kind bekomme. Und bevor Sie fragen: Wir lassen alle Einzelheiten von Anwälten klären.«

»Das ist wirklich toll, Ellie. Er wird dann also spenden?«

»Ähm, nicht so, wie Sie das meinen. Wir machen es wie von Mutter Natur vorgesehen. Heute brauche ich einen Persilschein, und er holt sich bei seinem Arzt das Gleiche.«

»Klingt so, als hätten Sie an alles gedacht. Dann lassen Sie uns schnell eine Untersuchung machen und dann über Ovulationszyklen und andere spaßige Dinge reden.«

Nach Jahren der Betreuung bei ihr fühle ich mich so wohl, dass es keine große Sache ist, auf der Liege ein Stück hinunterzurutschen, die Füße in die Steigbügel zu stellen und mich vor ihr zu entblößen. Nur bin ich diesmal darüber besorgt, was sie nach letzter Nacht »da unten« vorfinden könnte.

»Hatten Sie beide einen Frühstart?«, fragt sie.

Ich lache nervös und frage mich, wie schlimm es wirklich aussieht. »Das könnte man sagen.«

»Fühlen Sie sich wund?«

»Ein bisschen.«

»Ich bin ganz vorsichtig.«

Trotz ihrer größten Bemühungen muss ich die Zähne zusammenbeißen, um die Untersuchung, die stärker schmerzt als erwartet, ohne einen Laut zu überstehen. Ich rede mir ein, dass es nichts ist im Vergleich zu einer Geburt. Trotzdem bin ich froh, als es vorbei ist und sie mir sagt, ich könne mich aufrichten.

Wir besprechen den Zeitplan und rechnen auf der Grundlage meiner letzten Periode aus, wann ungefähr meine Ovulation sein wird.

»Es sieht ganz so aus, als läge in diesem Zyklus der optimale Zeitpunkt für eine Zeugung mitten in der nächsten Woche, mit einer eventuellen Abweichung von ein paar Tagen davor und danach. Ich rate Ihnen also, in diesem Zeitraum so viel Sex wie möglich zu haben und dann auf das Beste zu hoffen. Sie wissen, dass die Wahrscheinlichkeit in Ihrem Alter geringer ist, deswegen klappt es vielleicht nicht sofort. Wir können aber helfen, sollten Sie auf natürlichem Wege nicht schwanger werden; versuchen Sie also, positiv zu denken und sich zu konzentrieren.«

Ich bin überrascht, wie emotional ich auf ihre Worte reagiere. Es passiert wirklich. Es könnte schon diese Woche so weit sein. Sie gibt mir ein Rezept für pränatale Vitamine, die ich ab sofort nehmen soll, und einen Ovulationskalender zusammen mit der Empfehlung für einen ziemlich genauen Ovulationstest, den ich in jedem Drogeriemarkt bekomme, um ihre Berechnungen zu bestätigen. Außerdem soll ich meinen Koffeinkonsum einschränken, in der nächsten Zeit keinen Alkohol mehr trinken, Gleitmittel mit Spermiziden vermeiden, mich entspannen und versuchen, Spaß dabei zu haben.

»Nach der Befruchtung«, fährt sie fort, »sprechen wir dann über mögliche Risiken und worauf man achten sollte, aber solange noch kein Kind unterwegs ist, brauchen wir uns darum nicht zu kümmern. Alle Ergebnisse Ihrer letzten Untersuchung liegen im Normalbereich.« Und nachdem ich bestätige, seitdem keinen ungeschützten Geschlechtsverkehr gehabt zu haben, reicht sie mir einen von ihr unterschriebenen Zettel. »Der Persilschein für Ihren Babydaddy.«

Über die Bezeichnung muss ich lachen. Ich bin fast sechsunddreißig und habe einen *Babydaddy*! »Ich kann nicht glauben, dass es wirklich passiert.« Meine Augen füllen sich mit Tränen, die ich wegblinzele und versuche zu unterdrücken.

Dr. Breslow umarmt mich. »Ich freue mich sehr für Sie, Ellie. Rufen Sie mich jederzeit an, sollten Sie mich brauchen, aber ich habe ein gutes Gefühl dabei. Sie schaffen das ganz wunderbar auch allein.«

»Ich hoffe wirklich, Sie haben recht.«

»Denken Sie nur daran, sich zu entspannen. Stress ist für Sie und Ihren Körper nicht gut, wenn Sie versuchen, schwanger zu werden.«

Obwohl ich immer noch wund und nach der Untersuchung verkrampft bin, schwebe ich aus Breslows Praxis heraus, gewappnet mit Informationen und voller weiblicher Fortpflanzungskraft. Und die beste Neuigkeit von allen? Ich muss eine volle Woche lang mit Jasper Autry so viel Sex wie möglich haben. Ich fühle mich wie das sprichwörtliche Kind im Süßwarenladen.

JASPER

Warum zum Teufel braucht sie so lange beim Arzt? Sie ist seit zwei Stunden weg, was für eine Erektion eine erschreckend lange Zeit ist. In der Werbung heißt es, man solle nach vier Stunden ärztlichen Rat suchen. Ich bin also auf dem halben Weg zu einer ernsthaften Krise, als sie endlich in mein Büro schwebt, mit vor Freude strahlenden Augen, einem rosigen Teint, der mich an die Rosenblüten im Garten meiner Mutter zu Hause erinnert, und einem breiten, albernen Lächeln. Ihr Anblick macht mich sprachlos.

Sie schließt die Tür hinter sich, lehnt sich dagegen und vibriert vor Aufregung, die sie nicht verheimlichen kann.

Ich erhebe mich, gehe auf sie zu, und da sie jetzt im Zimmer ist und nicht nur in meinem Kopf, werde ich noch steifer als zuvor. »Was ist der Grund für dein Strahlen, Darling?«

»Das.« Sie holt einen von ihrem Arzt unterschriebenen Zettel hervor.

»Mein Attest kommt bald.«

»Wie bald?«

»Morgen.«

»Gut, denn wir müssen in den kommenden Tagen anfangen.«

Ich muss wohl verwirrt aussehen, denn sie schiebt eine Erklärung hinterher.

»Ich habe im Lauf der nächsten Woche meinen Eisprung, also riet mir meine Ärztin, wir sollten so viel Sex wie möglich haben, um die Wahrscheinlichkeit zu erhöhen.«

Kaum hat sie diese Worte ausgesprochen, bin ich bei ihr und küsse sie mit dem angestauten Verlangen, das ich schon den ganzen verdammten Tag lang aushalten muss. Ich greife um sie herum und verriegele die Tür, bevor ich mit der Hand unter ihren Rock fahre und feststelle, dass sie meine Anweisungen befolgt und ihr Höschen nach dem Arztbesuch nicht wieder angezogen hat, was mich begeistert. Ich packe sie an ihren warmen, geschmeidigen Pobacken, hebe sie hoch und drücke sie gegen die Tür. Obwohl es gerade das Letzte ist, was ich will, löse ich den Kuss, doch nur, weil noch ein paar Dinge gesagt werden müssen. »Lass uns irgendwohin fahren. Nur wir zwei, für die ganze Woche.« Ich vergrabe das Gesicht in ihren duftenden Haaren, mit den Lippen an ihrem Hals.

»Wir sind doch gerade erst aus einem einwöchigen Urlaub zurückgekommen. Ich kann nicht. Ich habe zu viel …«

»Du wirst krank. Sehr, sehr krank. Etwas hoch Ansteckendes, das niemand abbekommen will. Am Sonntag bekommst du die ersten Symptome, und eine Woche lang wirst du nicht arbeiten können.«

»Wird denn niemand Verdacht schöpfen, wenn du in derselben Zeit auch abwesend bist?«

»Ich werde mir etwas einfallen lassen, aber die nächste Woche verbringen wir zusammen. In meinem Bett in Malibu. Du bringst Randy mit, und ihr beiden bleibt bei mir.«

»Das ist verrückt. Ich habe einen Job, Verpflichtungen …«

Ich küsse sie, bis ich spüre, wie sie mir nachgibt. Ich will, dass sie keine Kraft mehr hat, um sich mir zu widersetzen, also küsse ich sie, bis sie stöhnt. Scheiße, ihr Stöhnen macht mich verrückt. Ich kann es nicht erwarten, sie eine ganze Woche lang zu hören. Der Gedanke daran lässt mich vor Verlangen erschaudern, was mich überrollt.

Was tut sie mir bloß an? Wann hat mich ein simpler Kuss mit einer Frau zuletzt so erschaudern lassen? Ich kann mich nicht mehr daran erinnern. Es ist schon lange her.

Plötzlich reicht es nicht mehr aus, sie zu küssen. Ich muss sie beherrschen. Mein Griff an ihrem süßen Arsch wird fester, ich hebe sie von der Tür weg, nehme ihr überraschtes Quietschen im Mund auf und trage sie zum kleinen Konferenztisch, auf dem ich sie wie mein persönliches Festmahl ausbreite.

Sie windet sich aus dem Kuss heraus. »J-jasper, wir können nicht. Nicht hier.«

»Doch, wir können, aber nur, wenn du sehr, sehr leise bist.«

Das Geräusch, das sie macht, ist nicht ganz ein Stöhnen, aber auch nicht wirklich ein Seufzen, und schießt mir über mein Zentralnervensystem direkt in den Schwanz. Ich brenne für sie, aber bevor ich mir nehme, was ich will, hebe ich langsam ihren Rock, bis sie entblößt vor mir liegt. Ich lasse mich auf einen der Chefsessel sinken, spreize ihre Beine für meine Zunge und verschlinge sie.

Sie macht unglaublich sexy Geräusche, die mir verraten, wie sehr sie sich bemüht, leise zu sein.

Ich kann gar nicht fassen, dass ich hier im Büro mein Gesicht in Ellies süßer Muschi vergrabe. Ich habe noch nie etwas in meinem Büro getan, was auch nur im Entferntesten dem hier gleicht, geschweige denn mit der Schwester meines Geschäftspartners. Aber jetzt gerade kann ich nicht an solche weltlichen Dinge wie Arbeit, Büroetikette oder meine geschätzten Partner denken, von denen zwei an meinen Raum angrenzende Büros haben, wobei ihr Bruder nicht zu ihnen gehört. Für kleine Dinge muss man auch dankbar sein.

Ich führe die Finger in ihre enge, heiße Feuchtigkeit ein, stöhne gegen ihre Klitoris, die ich zwischen den Zähnen rolle. Ihre Beine zittern heftig, und ihre inneren Muskeln umfassen fest meine Finger. Ich ziehe einen heraus und drücke ihn tief in ihren Arsch. Sie explodiert. Ihr ganzer Körper wird steif, und nur ihre an den Mund gepresste Hand verhindert, dass das ganze Gebäude an diesem Moment teilhaben kann.

Ich kann nicht eine Sekunde länger warten, in ihr zu sein. Ich fummele an meinem Gürtel, Reißverschluss und den Hemdschößen herum, und zusammen mit dem Überstreifen des Kondoms braucht es dreißig Sekunden, die ich kaum durchstehe. Ich packe sie an den Hüften, tauche in sie ein, und sie wird steif – und zwar auf keine gute Art. Scheiße, sie ist wund, und ich habe ihr wehgetan.

»Es tut mir leid, Schatz.« Ich streichle ihr Gesicht und Haar, während ich ihrem Körper die Gelegenheit gebe, sich zu dehnen und an mich anzupassen. In winzigen Schritten, bei denen ich von tausend an rückwärts zählen muss, um nicht zu implodieren, entspannt sie sich allmählich und bewegt sich unruhig unter mir.

»Jasper«, flüstert sie gebrochen. »Ich will ...«

»Sprich es aus.«

»Ich will, dass du dich bewegst. Bitte.«

»Mmm, du bist schrecklich höflich, wenn du mitten an einem Arbeitstag auf einem Konferenztisch einen ordentlichen Fick bekommst.«

Die scharlachrote Färbung in ihrem Gesicht begeistert mich. Ich beschließe, den Gang der Dinge ein bisschen auszudehnen. Warum sollte ich sie ein weiteres Mal leicht davonkommen lassen? Ich fange oben an, knöpfe ihre Bluse langsam auf und fahre dabei mit den Fingern über ihre weiche Haut.

»Ich, ähm ...«

»Psst«, sage ich und fixiere den Vorderverschluss ihres BHs, der für das, was ich im Sinn habe, wie geschaffen ist. Das Telefon auf meinem Tisch klingelt. Ich ignoriere es, öffne ihren BH und hole die schönen Brüste hervor, an die ich seit letzter Nacht immer wieder denken musste. Ich stoße leicht in sie vor, falls sie vergessen haben sollte, dass ich tief in ihr bin, beuge mich vor, um ihren linken Nippel in den Mund zu nehmen, sauge, ziehe und züngele damit.

Sie packt mich am Haar und zieht so fest, dass ich befürchte, an dieser Stelle kahl zu werden.

Ohne das Saugen an ihrem Nippel zu unterbrechen, gleite ich mit den Händen unter sie, ziehe sie in meine Arme und lasse mich auf dem Sessel nach hinten fallen. Sie landet hart auf mir, und ich kann beinahe Sternchen zählen. Scheiße, ist das heiß. Mit je einer süßen Pobacke in der Hand hebe und senke ich sie ab, während ich weiterhin ihre Nippel quäle.

Sie bewegt sich instinktiv auf mir und jagt ihrem Orgasmus hinterher, als ich sie wieder mit meinem Finger an ihrem Hintereingang überrasche. Was soll ich sagen? Ich bin ein erfahrener Arschkenner, und wie ich herausgefunden habe, macht dieser Trick sie jedes Mal fertig. Sie dreht durch und umfasst meinen Schwanz und Finger so fest, dass ich auch komme.

Wir sitzen noch lange so da, sie aufgepfählt auf meinem Schwanz, der immer noch steifer ist, als er nach so einer Explosion eigentlich sein sollte, und ich mit ihrem Nippel im Mund und einem Finger in ihrem Arsch. Gott, ich liebe schmutzigen Sex mit Ellie Godfrey auf dem Konferenztisch mitten am helllichten Tag.

»Du …« Sie windet sich und versucht offensichtlich, sich meines Fingers zu entledigen.

Ich stecke ihn tiefer hinein, bringe sie damit zum Aufkeuchen, und ich schwöre, sie hat einen weiteren kleinen Orgasmus. Meine wunderschöne Ellie mag es, in den Arsch penetriert zu werden. Sie würde es jetzt vielleicht noch nicht zugeben, ist aber heiß darauf. Sie soll erst mal warten, bis sie meinen Schwanz dort spürt. Die Vorstellung davon, dort in sie einzudringen, lässt mich wieder steif werden.

Plötzlich ist sie wieder bei Sinnen und drückt gegen meinen Oberkörper. »Jasper! Aufhören! *Es reicht!*«

Ich lache leise über ihre Entrüstung, entferne alle meine Körperteile aus all ihren Öffnungen, obwohl es das Letzte ist, was ich gerade tun will.

»Komm mit.« Ich führe sie in mein angrenzendes Badezimmer, wo wir uns sauber machen.

Ellie schaut in den Spiegel und quietscht unelegant beim Anblick ihrer Frisur und ihres Gesichts. »Wie soll ich erklären, was ich eine halbe Stunde hier getrieben habe und warum ich mit einem roten Gesicht, einem Rasurbrand und geschwollenen Lippen wieder herauskomme?«

»Du hast noch den Zustand deiner Haare vergessen.«

Sie wirft mir einen stechenden Blick zu, und ich verspüre ein komisches Gefühl von kompletter und uneingeschränkter Richtigkeit. Es sind Euphorie, Freude und, verdammt, noch tausendundeine Emotionen mehr, alle zur selben Scheißzeit, und ich kann mit Fug und Recht behaupten, dass ich noch nie etwas Ähnliches erlebt habe. Ich gerate ins Wanken.

»Ich kann nicht fassen, dass wir es gerade ausgerechnet *hier* getan haben.« Sie zerrt an ihren Haaren im Versuch, wieder Ordnung hineinzubringen, macht es aber nur noch schlimmer. »Das machen wir nie wieder.«

Ich könnte sie daran erinnern, dass sie mir schließlich erlaubt hat, über den Zeitpunkt und Ort zu bestimmen, aber ich lasse es, weil ich spüre, dass sie noch nicht fertig mit mir ist.

»Und was war das mit dem Finger? Um Himmels willen, Jasper, das war einfach …«

»Großartig?«

»Nein! Das war komisch!«

»So komisch, dass du jedes Mal davon explodierst?« Ich lege die Arme von hinten um sie und bedecke ihren Hals mit Küssen, dankbar dafür, dass sie den Kopf neigt, um es mir leichter zu machen.

»Das tue ich nicht.«

»Ähm, doch, tust du. Ich kann nicht fassen, dass du es noch nie vorher ausprobiert hast, Darling.«

»Warum kannst du es nicht fassen? Ich bin eine anständige Frau. Ich mache keine Analspielchen.«

Davon muss ich laut loslachen, was mir einen weiteren bitterbösen Blick beschert. »Jetzt schon.«

»Nein, tue ich nicht.« Sie versucht, mir zu entwischen, aber ich verstärke meinen Griff um sie nur noch.

»Warum bestreitest du, es zu mögen, wenn es so offensichtlich ist?«

»Es ist schmutzig.«

»Mmm, das macht es ja so verdammt heiß. Warte, bis du meinen Schwanz dort spürst, Darling. Du wirst hochgehen wie eine Bombe.«

»Du steckst deinen Schwanz da *nicht* hinein. Wir arbeiten daran, schwanger zu werden, und nicht, neue Welten zu erkunden.«

»Warum können wir nicht beides machen? Wenn du so wund bist, dass du hier unten nichts mehr aufnehmen kannst«, sage ich, bedecke ihre Muschi mit der Hand und bringe sie zum Keuchen, »können wir sehr wohl neue Welten erkunden.« Ich presse meinen Schwanz zwischen ihre Pobacken und bearbeite sie von beiden Seiten.

»Jasper, hör auf«, fleht sie mich so inständig an, dass ich mich vollständig aus ihr herausziehe. »Ich muss zurück zur Arbeit.« Sie dreht sich zu mir um. »Das hier war … Es war … spaßig. Ich habe so etwas in der Art noch nie auf einem Konferenztisch und während der Arbeit gemacht, aber jetzt muss ich wirklich los und die Arbeit machen, für die ihr mich bezahlt.«

»Na schön, aber nächste Woche gehörst du ganz mir.« Meine Stimme klingt harscher und rauer, als ich es vorgehabt habe, aber ihr macht es anscheinend nichts aus. »Wiederhol es.«

»Nächste Woche gehöre ich ganz dir, aber danach muss ich zur Normalität zurückkehren. Ich kann nicht meinen Job vernachlässigen, Termine verpassen …«

»Welchen Termin hast du verpasst?«

»Ich hatte nach dem Arzttermin ein Telefonat mit Marlowes Freundin von der Datingagentur eingeplant, aber jetzt ist es schon so spät, dass ich bezweifle, sie noch zu erreichen.«

»Mach das nicht.« Die Worte sind ausgesprochen, noch bevor ich mir überlegen kann, was ich sage.

»Mach was nicht?«

»Geh nicht mit anderen Kerlen aus. Nicht, während du das hier mit mir machst.« Ich drücke sie fest an mich, damit sie meinen steifen Schwanz spürt. »Ich werde das nicht aushalten.«

Sie starrt mich mit halb geöffneten Lippen an. »Aber mein Baby, ich will, dass er – oder sie – einen Vater hat, Jasper. Ich muss doch *irgendjemanden* finden.«

Ich ertrage den Anflug von Verzweiflung in diesem einen Wort nicht. *Irgendjemanden.* Die unglaublich schöne, kluge, sexy, kompetente Ellie Godfrey sollte sich nicht einfach nur mit *irgendjemandem* zufriedengeben müssen. *Jemand,* der sie so anbetet, wie sie es verdient, sollte ihr den Mond, die Sterne und das ganze verdammte Universum zu Füßen legen. Die Vorstellung, dass sie sich mit etwas zufriedengibt, erscheint mir absurd. Und macht mich sehr traurig, weil wir es nicht miteinander haben können.

»Du …«

Sie küsst mich hastig. »Wir sprechen später darüber. Ich muss jetzt wirklich gehen.«

»Ich hole dich um acht zum Abendessen ab. Dann reden wir darüber.« Ich habe ein Racquetballmatch mit Kristian nach der Arbeit, das ich verschieben muss, weil dieser Tag nicht zu Ende gehen darf, bevor ich mich vergewissert habe, dass sie ihre Pläne mit der Datingagentur auf Eis legt. Zumindest fürs Erste.

Nach einem kurzen Zögern willigt sie ein: »Okay. Dann bis später.«

KAPITEL 9

ELLIE

Gott sei Dank ist niemand im Flur, als ich mich aus Jaspers Büro hinausschleiche und zu meinem aufmache mit dem Gefühl, als müsste die ganze Welt wissen, was wir soeben getan haben. Ich habe wirklich versucht, leise zu sein, aber er hat es mir nicht leichtgemacht. Der Mann ist *verrückt*. Das ist das einzige Wort, das seine Art, Liebe zu machen oder Sex zu haben oder wie auch immer man *das* bezeichnen mag, beschreiben kann.

Da bin ich nun, fast sechsunddreißig, aber bei diesem Mann fühle ich mich wie ein frisch entjungfertes Mädchen im Aufruhr meines sexuellen Erwachens. Die ganze Zeit über saß er direkt am anderen Ende des Flurs, fähig, *das* zu tun.

Mein Gesicht glüht, als hätte ich soeben eine Wäsche mit Batteriesäure oder etwas ähnlich Schreckliches durchgemacht. Und meine untere Körperhälfte zuckt und pulsiert immer noch und lässt mich wissen, dass sie im besten Sinne des Wortes gründlich verwüstet wurde.

Jemand klopft an meine Tür, und bevor ich irgendetwas sagen kann, schwebt Addie herein, lächelt über das ganze Gesicht, so wie sie das jetzt immer tut, nachdem Hayden ihr seinen Ring an den Finger gesteckt hat und in ihr Bett gestiegen ist. Sie hält plötzlich inne und mustert mit ihrem scharfsinnigen Blick das Chaos, in das ich verwandelt wurde.

»Was ist los? Bist du krank?«

Und genau das ist der Grund dafür, dass ich keine Frau bin, die im Büro Sex hat. Nichts Gutes kommt je dabei heraus, bis auf spektakuläre, lebensverändernde Orgasmen …

»Ich bin mir nicht sicher. Könnte sein, dass ich mir etwas eingefangen habe.« Und damit lege ich im günstigen Moment den Grundstein für meine anstehende Krankmeldung, während der ich vorhabe, tagelang im Bett zu bleiben, um mit dem sexy Briten ein Kind zu machen und dabei unaufhörlich wie ein Feuerwerk zu explodieren. Ich bin eine ganz schlechte Person und werde mit jeder Sekunde schlimmer.

Sie kommt zu mir und fühlt meine Stirn. »Es geht gerade herum. Meine Freundin Tenley hat es auch. Sie hütet seit Tagen das Haus. Du bist etwas warm. Solltest du nicht lieber heimfahren und dich ins Bett legen?«

»Nein, nein. Ich habe viel zu viel zu tun.« Ganz zu schweigen davon, dass die Vorstellung, wegen eines durch Sex verursachten Fiebers blau zu machen, Schuldgefühle in mir weckt – und ich fühle mich schon schuldig genug, weil Jasper mich überredet hat, mir eine Woche »frei zu nehmen«, um schwanger zu werden. Eine volle Woche *davon*. Ich kann jetzt gar nicht daran denken, sonst implodiere ich. »Was liegt an?«

»Flynn möchte wissen, wie viele Leute am Samstag zu ihnen kommen. Du bringst fünf Kinder mit, richtig?«

»Richtig.«

Sie tippt etwas in ihr Telefon. »Hab's notiert.« Sie mustert mich noch einmal und fragt: »Bist du sicher, dass es dir gut geht?«

»Alles in Ordnung. Ehrenwort.«

»Dann ist es ja gut. Bin schon weg.« Sie schwebt aus dem Zimmer an Dax vorbei, der gerade hereinkommt. Sie wechseln ein paar Worte, und Addie lacht über das, was er sagt. Wie immer kommt er bereits sprechend herein, bricht aber bei meinem Anblick mitten im Satz ab. Ich werde Jasper nie wieder erlauben, mich im Büro anzufassen. Niemals.

»Was – zum – *Teufel*.« Dax schließt die Tür und behält die Hand auf dem Knauf, als würde er schnell wieder fliehen wollen.

»Frauenprobleme«, flüstere ich und umklammere den Unterbauch.

Seine Lippen kräuseln sich vor Entsetzen. »Igitt.«

»Du wolltest es ja wissen.« Weil ich ihn schnell wieder loswerden möchte, füge ich hinzu: »Hat dein Besuch einen Grund?«

»Wir, ähm, da gibt es ein Problem mit Budapest.« Ohne mit mir Augenkontakt aufzunehmen, erläutert er mir lang und breit, dass es eine kulturelle Tradition gibt, die mit unserem Drehvorhaben in der Stadt kollidiert. Meine Teammitarbeiter sind so ausgebildet, dass sie nicht mit einem Problem oder einer Herausforderung zu mir kommen, ohne mir gleich auch ein paar Lösungen anzubieten, aus denen ich dann wählen kann.

»Wir können den Dreh um zwei Tage nach hinten verschieben und das ganze Dilemma damit umgehen, aber das würde auch bedeuten, alle Termine in Rom zu verschieben.«

Wir haben Monate gebraucht, um Rom zu organisieren, und werden da gar nichts verschieben.

»Können wir in Budapest zwei Tage früher anfangen?«

»Ich kann fragen.«

»Mach das und sag mir Bescheid.«

»Wird gemacht. Und, äh, gute Besserung.« Er ist zur Tür hinaus, noch bevor ich mich bedanken kann.

Ächzend lasse ich den Kopf in die Hände fallen. Ich hätte mich an eine Samenbank wenden sollen. Wenigstens müsste ich dann nicht versuchen, das Schäferstündchen mit meinem Kollegen im Büro am helllichten Tag zu verheimlichen, der rein technisch betrachtet auch einer meiner Chefs ist. Und einer der engsten Freunde meines Bruders.

Bäh!

* * *

Um acht Uhr habe ich sehr viel Dampf entwickelt, den ich sofort im vollen Maß an Jasper auslasse, als er zur Tür hereinkommt. Randy, dieser Verräter, rennt auf ihn zu und begrüßt ihn enthusiastisch auf seine Hundeart.

»*Das* wird nie, *nie wieder* im Büro passieren. Hast du mich verstanden?«

»Ich glaube, man hat das sogar in Malibu verstanden, Darling.«

»Nenn mich nicht so! Ich bin nicht dein *Darling* oder deine … was auch immer. Wir haben Sex und machen ein Baby und sonst nichts. Und wir machen es *nicht* im Büro. Das wird nie wieder passieren!«

»Ich verstehe.«

»Tust du das? Verstehst du wirklich, was es für jemanden bedeutet, der nicht Partner ist? Das ist mein Job, meine Existenzgrundlage …«

»Darling …«

Mein wütender Blick schreckt ihn nicht ab.

Er legt die Hände auf meine Schultern. »Lass mich dich beruhigen. Du könntest nie, nie, *niemals* bei Quantum gefeuert werden. Du gehörst zur Familie – nicht nur Flynns Familie. Wir sind alle eine Familie. Wir kümmern uns um unsere Familie. Darüber musst du dir wirklich keine Sorgen machen.«

Ich schüttele ihn ab. Ich habe mittlerweile begriffen, vorsichtig zu sein und ihn mich nicht berühren zu lassen, wenn ich nicht ausgestreckt unter ihm liegen will. »Ich bin nicht die Art Frau, die Sex im Büro hat, und dann so weitermacht, als wäre nichts geschehen. Ich musste Dax erzählen, dass ich Frauenprobleme habe, damit er mich nicht weiter ausfragt. Der arme Kerl ist *fürs Leben gezeichnet*!«

Jasper fährt sich mit der Hand über den Mund im offensichtlichen Versuch, nicht zu lachen.

»Wenn du lachst, springe ich dir an den Hals.«

»Ich lache nicht!« Seine tanzenden Augen verraten ihn. Ich frage mich, ob er weiß, wie hinreißend er ist, wenn er versucht, nicht vergnügt zu sein. Natürlich tut er das. Er ist in jeder Lebenslage hinreißend und weiß das ganz bestimmt. Er kommt vorsichtig auf mich zu, als wäre er sich nicht ganz sicher, ob ich ihn nicht doch schlage.

Meine verschränkten Arme schrecken ihn nicht ab. Er legt seine Hände auf meine Hüften und zieht mich an sich. Ich will ihn wegstoßen, aber das ist schwierig, da meine Arme zwischen unseren Oberkörpern eingeklemmt sind. Seine Lippen streifen meinen Hals, und meine Knie werden weich. Und ja, ich hasse es, dass er nur das machen muss und ich sofort einknicke.

»Kein Sex mehr im Büro. Haben wir jetzt alles geklärt?«

»Ja, solange du weißt, dass ich es ernst meine.«

»Ich weiß, dass du es ernst meinst. Was möchtest du gern zum Abendessen haben?«

»Warte. Da gibt es noch etwas.« Ich versuche einen Schritt nach hinten zu machen, weil ich den Raum brauche, um nicht zu vergessen, was ich sagen wollte. Das ist eine weitere von seinen Superkräften – mich zu küssen oder zu berühren und damit einen Blackout zu verursachen.

»Was denn?«

»Wir haben nur Sex, um ein Baby zu machen. Keine …
Extras mehr.«

Er hebt fragend eine Augenbraue, was ebenfalls irrwitzig liebenswert ist. Kann ich ihn dafür auch hauen? »Mit Extras meinst du …«

»Du weißt, was ich meine!«

»Darling …«

»Nenn mich nicht so!«

»Ellie, *Liebling*, auch wenn es mir eine große Ehre und Freude ist, dein Kind zu zeugen, bin ich doch keine Maschine. Die Dinge«, sagt er und zeigt dabei unter seine Gürtellinie, »*passieren* nicht einfach so ohne etwas … Inspiration. Ich kann nicht einfach auf Knopfdruck *liefern*.«

Ich werde ihn definitiv schlagen. Sobald ich mich aus seinen Armen herausgewunden habe.

»Du musst also verstehen, dass die Extras, wie du das bezeichnest, notwendig sind, um das Baby zu machen, das du dir so sehr wünschst.«

»Schön, aber wir machen nur das Nötigste, damit alles funktioniert, und dann sind wir fertig. Das war's.«

Er schaut etwas zerknirscht. »Ich fühle mich seltsam getroffen von deiner Ablehnung meiner Extras. Besonders, da ich genug Beweise dafür habe, dass du sie in vollen Zügen genossen hast.«

»Machst du dich über mich lustig?«

»Auf keinen Fall. Ich weise nur darauf hin, dass wir beide bei der Übung fürs Babymachen Spaß hatten, und warum sollten wir nicht weiterhin Spaß haben, wenn wir das Baby tatsächlich machen?«

»Darum! Deine Art von Spaß führt zu Sex im Büro, was zur Beschämung führt, was wiederum zu …«

Er küsst mich, und natürlich vergesse ich, was ich sagen wollte, denn ich bin viel zu beschäftigt damit, meine Zunge um seine zu wickeln und mich in seinem Kuss zu verlieren, der sich so anfühlt, als würde er sterben, könnte er mich nicht jetzt sofort küssen. Wurde ich jemals so geküsst, wie er das mit mir macht? Nein, nie, und auch wenn ich gegen ihn ankämpfen und ihn wegstoßen will, scheine ich nicht nur die Fähigkeit eingebüßt zu haben, meine Arme zu bewegen, sondern auch meinen Schneid, mit dieser »Situation« fertigzuwerden.

Jasper küsst mich, bis ich ein formbarer Haufen Spachtelmasse in seinen Händen bin. Wie macht er das? »Ich muss dich leider daran erinnern, Darling, dass du mir erlaubt hast, bei bestimmten Dingen das Kommando zu behalten, und ich fürchte, du wirst dich an unsere ursprüngliche Abmachung halten und alle Extras, die mir einfallen, ertragen müssen.«

Bevor ich widersprechen oder das Argument widerlegen kann, küsst er mich wieder und schiebt mich in Richtung meines Schlafzimmers. Moment, was tut er? Ich sollte es beenden, bevor ich vergesse, dass ich wütend auf ihn bin. Und wieso noch mal bin ich wütend auf ihn? Oh. Richtig. Sex im Büro. Na ja, er hat versprochen, das würde nicht wieder passieren. Und die Extras waren an sich ja auch gar nicht so *übel* ...

Er schließt die Tür mit dem Fuß, bevor Randy uns folgen kann, und das klägliche Jaulen lässt mich wissen, was mein Hund davon hält.

Da liege ich nun auf dem Rücken, alle viere von mir gestreckt, während mich Jasper fachkundig meines Oberteils und Rockes entledigt und dabei daran erinnert, dass er nicht nur das Sagen hat, sondern auch die Extras extrem gut beherrscht.

»Ich glaube, du verdienst eine Bestrafung, weil du meine Autorität infrage gestellt hast.«

W-w-w-w-was hat er gerade gesagt? Ich öffne die Augen und sehe ihn über mir mit einem bösen, besitzergreifenden Ausdruck.

»Meinst du nicht auch?«

»Ganz bestimmt nicht.«

»Na ja, da du mir *in der Tat* erlaubt hast, hier drin das Sagen zu haben, und ich der Meinung bin, dass du eine Bestrafung verdienst, würde ich vorschlagen, dass du dich auf alle viere begibst, solange ich mich ausziehe, sonst wird die Bestrafung nur noch schlimmer.«

Ich bin sprachlos vor Verblüffung, kann aber nicht leugnen, dass ich auch neugierig und heftig erregt bin. Mit der Sicherheit, die auf unserer jahrelangen Freundschaft gründet, weiß ich, dass er mir nie wirklich wehtun würde. Deshalb, und wegen der zuvor erwähnten verrückten Neugier, nehme ich die von ihm verlangte Position ein.

»Immer so ein braves Mädchen, nicht wahr?« Er legt die Hände auf meinen Hintern, drückt und formt meine Pobacken. »Ich glaube, in dir steckt ein sehr böses Mädchen, das ausbrechen will. Du solltest es ab und zu zum Spielen freilassen, Darling. Ich denke, wir beide hätten eine fabelhafte Zeit zusammen.«

Bevor ich auf diese gewagte Aussage antworten kann, spüre ich seine Hand auf meiner rechten Pobacke. Der nächste Klaps kommt, noch bevor ich den ersten verarbeiten konnte. Und so geht es weiter, einer nach dem anderen, jedes Mal an einer neuen Stelle, und jedem folgen Streicheleinheiten, die mich mit einem überwältigenden Verlangen erfüllen, das ich vorher nicht kannte und das in seiner Intensität fast schmerzhaft ist.

»Ah, Scheiße«, flüstert er, als er mich zwischen den Beinen streichelt und Beweise dafür findet, wie sehr ich jede Minute seiner sogenannten Bestrafung genossen habe. Ich schwebe in einer Art sonderbar losgelöstem Zustand, mir dessen bewusst, was passiert, aber unfähig, auf eine bedeutende Weise zu reagieren. Ich höre das Rascheln von Folie, kurz bevor er von hinten in mich eindringt. »Du bist so heiß und sexy, Schatz. Von dieser engen Muschi kriege ich nicht genug.«

Kein Mann hat jemals etwas Ähnliches zu mir beim Sex gesagt. Die meisten von ihnen stellen Fragen wie: »Hier?«, »Fühlt sich das gut an?« oder »Mehr?«. Jasper muss nicht fragen, weil er es jedes Mal richtig macht, wie jetzt. Er greift um mich, streichelt meine Klitoris mit einer Hand, während er mir mit der anderen wieder einen Klaps verpasst, und von der Kombination komme ich so heftig, dass ich hinterher Blut im Mund schmecke. Ich glaube, ich habe mir auf die Zunge gebissen.

Er kommt direkt nach mir, packt mich an den Hüften und stöhnt, während er ein letztes Mal in mich stößt.

Ich falle auf das Bett, ein zitterndes Häufchen Frau, die einst ihr Leben im Griff hatte, bis sie einen sexy, charmanten Briten in ihr Bett gelassen hat und herausfand, wie es ist, komplett die Kontrolle zu verlieren.

Er liegt auf mir, sein Körper ist warm und schwer, seine Arme sind um mich gewickelt, in den Händen hält er meine Brüste. Als er mich in den Nippel zwickt, kann ich nicht fassen, wie ich mich um seinen noch immer steifen Schwanz zusammenziehe und ihn wieder zum Stöhnen bringe.

Wir bleiben eine lange Zeit so liegen. Ich schlafe sogar fast ein, als er sich aus mir herauszieht und eine Decke über mich legt, die ich üblicherweise am Fußende deponiere, bevor er im Bad verschwindet. Ich höre entfernt Wasser laufen und die Toilettenspülung, dann kommt er zurück, gleitet unter die Decke und kuschelt sich an mich. Mit dem Finger schiebt er das Haar beiseite, das mein Gesicht bedeckt. »Lebst du noch da unten?«

»Kaum.«

Er küsst mich zuerst auf die Wange und dann auf die Lippen, fährt mir mit der Hand den Rücken hinunter und streichelt meinen Arsch.

Ich keuche vor Überraschung über die vielen Empfindungen, die seine Berührung auslöst, als hätte jemand einen Schalter umgelegt und mich zurück in die Realität geholt. »Jasper.«

»Hmm?«

»Was ist das alles hier?«

»Wie bitte?«

Seine Art, diese zwei Worte zu sagen, ist irgendwie unglaublich britisch. »Du, das Hinternversohlen, der schmutzige Finger, die Herrschsucht im Bett. Worum geht es hier wirklich?«

»So gefällt es mir einfach am besten.«

»Warum?«

»Ich bin mir nicht ganz sicher. Das war schon immer so.« Er fährt beim Sprechen weiterhin mit dem Finger über meinen Rücken und Hintern. »Ich hatte an der Uni eine Affäre mit einer älteren Frau, und sie hat mir beigebracht, durchsetzungsfähig zu sein, mir im Bett das zu nehmen, was ich will. Sie war der Meinung, dass es nicht schlimm sei, in meinen sexuellen Beziehungen dominant zu sein, solange ich immer ein respektvoller Dom bleibe.«

»Du würdest dich selbst also als einen echten Dom bezeichnen.«

Er hält nur eine Sekunde lang inne und antwortet dann: »Ja.«

»Gehört noch mehr dazu, außer Hinternversohlen, den Befehlen und so weiter?«

»Ja.«

»Was denn zum Beispiel?«

»Ich dachte, du seist an den Extras nicht interessiert, wie du das bezeichnest.«

»Ich habe ja nicht gesagt, dass ich es tun will. Ich möchte nur das Motiv dahinter verstehen, sonst nichts.« Ich sehe, dass er darauf so vieles entgegnen möchte, aber dem Drang widersteht.

»Es ist schwer, es jemandem zu erklären, der nicht Teil der Kultur ist.«

»Versuch es.«

Sein Magen knurrt laut und bringt uns zum Lachen.

»Offenbar muss ich das Tier in mir füttern.«

»Ich könnte auch etwas essen.«

»Zählt gemeinsames Duschen als ein ›Extra‹?«

»Natürlich nicht. Wir leben in Südkalifornien. Hier gilt das als konservativ.«

»In diesem Fall ...« Er steht auf und hält mir seine Hand hin.

Sein knurrender Magen hat ihn vorerst aus der Unterhaltung gerettet. Aber ich will immer noch Antworten auf meine Fragen, auch wenn ich etwas Angst davor habe, was ich herausfinden könnte.

JASPER

Sie hat sich nach meinem Leben als Dom erkundigt. Verdammte Scheiße. Flynns Schwester will über dominanten Sex reden. Er würde mich umbringen, wüsste er, dass ich dieses Thema mit ihr auch nur streifte. Über mich zu erzählen, bedeutet jedoch nicht zwangsläufig, über ihn oder die anderen zu reden. Aber ich muss hier sehr vorsichtig sein – sehr, *sehr* vorsichtig. Es steht mir nicht zu, ihre Geheimnisse auszuplaudern, und ich würde meine Freunde niemals auf diese Weise verraten.

Ellies Neugier ist gefährlich, aber ich kann damit umgehen. Zumindest rede ich mir das ein, während wir mit Randy an der Leine zur Promenade spazieren. Sie schlug Pizza in einem nahe gelegenen Restaurant vor, und mir passt das gut. Wir finden draußen einen Tisch für zwei, und Randy legt sich neben uns auf den Bürgersteig, während wir die Karte studieren.

Ellie schwärmt von der hiesigen Käsepizza, also wählen wir sie, Antipasti zum Teilen und ein Glas Rotwein für mich, nachdem sie mir versichert, nichts dagegen zu haben, wenn ich Alkohol trinke, während sie vor und während der Schwangerschaft darauf verzichten muss. Mein Bauch verkrampft sich, weil ich weiß, dass sie die Unterhaltung, die wir vor meinem Magenknurren hatten, nicht vergessen wird.

Der junge Kellner kehrt mit einer Flasche billigem Rotwein zurück und schenkt mir ein Glas ein. Aus irgendeinem komischen Grund muss ich an meinen Vater denken und daran, was er wohl von diesem Lokal halten würde. Vermutlich würde er sich über den einfachen Wein, den gehetzten Service, die Jahrmarktatmosphäre an der Promenade und alles Mögliche, was ihm noch einfallen möge, beschweren. Für mich ist es ein perfekter lauer südkalifornischer Abend, und mit einer wunderschönen, sexy, faszinierenden Frau am Tisch habe ich keinen Grund, mich zu beschweren. Na ja, der Wein könnte etwas besser sein ...

»Also«, fängt sie an und schaut mich erwartungsvoll an. »Du hast meine Frage von vorhin noch nicht beantwortet.«

»Nein, das habe ich nicht.« Ich wirbele den Wein im Glas herum und beobachte die Bewegung der dunklen Flüssigkeit, weil das besser ist, als zu versuchen herauszufinden, wie ich ihr etwas erzählen soll, worüber ich sonst mit niemandem außerhalb der Szene spreche.

»Hast du es noch vor?«

Nach einem kurzen Zögern beschließe ich, ihr die Wahrheit schuldig zu sein, nachdem sie mir so viel Vertrauen gezeigt hat, indem sie mir erlaubte, der Vater ihres Kindes zu werden. »Die Frau, von der ich sprach, mit der ich eine Affäre an der Uni hatte ... Sie hat mich in diese Kultur eingeführt. Ich hatte vor ihr von ihrer Existenz keine Ahnung, wusste aber immer, dass da etwas in mir war, das … mehr wollte. So könnte man das wohl ausdrücken.«

»Was meinst du mit *mehr*.«

»Um es ganz geradeheraus zu sagen: Gewöhnliches Ficken hat zwar Spaß gemacht, aber eine Frau zu fesseln, sie zu dominieren, wenn sie sich bereitwillig mir unterwirft, na ja, das ist verdammt *sagenhaft*.«

»Das heißt, was wir gemacht haben …«

Ich strecke die Hände über den Tisch aus und bedecke ihre Hände mit meinen. »Ist auch verdammt *sagenhaft*.«

»Aber es reicht dir nicht?« Sie wirft einen Blick auf unsere verbundenen Hände, was mir verrät, dass sie sich für diese Fragen zwar schämt, es sie aber nicht aufhalten wird.

»Es geht nicht darum, ob es mir reicht oder nicht reicht. Es geht um *mehr*.«

»Was bedeutet *mehr* normalerweise für dich?«

»Willst du jetzt Einzelheiten hören?«

Sie beißt sich auf die Unterlippe und nickt.

Mein Blick fixiert ihre Lippe zwischen den Zähnen, und ich vergesse, was ich sagen wollte.

»Jasper?«

»Ach ja, richtig, also für mich gehören normalerweise Fesseln jeglicher Art dazu, alle möglichen Spielzeuge – ich *liebe* Spielzeuge –, leichtes Flogging, Spanking und alle Formen von Sex. Ich mag alles, was es gibt.«

»Du sprichst so sachlich darüber. Du klingst so, als würdest du eine Einkaufsliste durchgehen.«

Ich schiebe meinen Stuhl auf die andere Tischseite, damit ich ganz nah bei ihr bin, greife nach ihrer Hand und lege sie auf die Ausbeulung in meiner Hose. »Ich bin kaum sachlich bei so etwas, Darling, ganz besonders nicht, wenn ich mir dich als meine willige Sub vorstelle.«

Sie lacht nervös. »Ich war noch keine einzige Sekunde meines Lebens unterwürfig.«

»Das bedeutet nicht, dass es dir nicht gefallen würde, dich sexuell zu unterwerfen. Das Gute daran ist, dass du deine Frauenpower nicht ablegen musst, um einen Gefallen daran zu finden, dominiert zu werden.« Ich halte immer noch ihre Hand, hebe sie an meine Lippen und knabbere an ihren Fingerknöcheln. »Es ist ein weit verbreiteter Irrglaube, dass der Sub alle Macht dem Dom überträgt, wenn eigentlich genau das Gegenteil der Fall ist.«

Ihre angehobene Augenbraue drückt eine gesunde Portion Skepsis aus. »Wie soll das möglich sein?«

»Zunächst einmal wird alles vorher ausgehandelt. Bei Dom-Sub-Treffen gibt es niemals Überraschungen. Außerdem besitzt der Sub die Macht, mit einem Wort, das ebenfalls vorher vereinbart wird, alles zu stoppen. Du siehst also, der oder die Dom ist in vielerlei Hinsicht der Gnade seiner oder ihrer Sub ausgeliefert.«

»Was, wenn eine Frau, an der du interessiert bist oder für die du Gefühle hast, nicht auf eine sexuelle Dom-Sub-Beziehung eingehen möchte?«

»Ehrlich?«

»Selbstverständlich.«

»Ich denke nicht, dass ich langfristig darauf verzichten könnte. Es ist so ein großer Teil von mir, dass es mir schwerfallen würde, diese Seite von mir auf unbestimmte Zeit ausblenden zu müssen.«

Ich sehe, dass sie auf ihre nachdenkliche Art darüber grübelt. Eines der Dinge, die ich an ihr am attraktivsten finde, ist ihr messerscharfer Verstand, und obwohl ich mich etwas unwohl dabei fühle, meine Geheimnisse *Flynns Schwester* anzuvertrauen, fühlt es sich irgendwie vollkommen richtig an, es *Ellie* zu erzählen. Ich möchte nicht, dass es zwischen uns Geheimnisse gibt, bis auf die unumgänglichen, die ich vor ihr und allen anderen in L.A. habe, und auch wenn ich niemals freiwillig mit der Information herausgerückt wäre, ist es eine Erleichterung, dass sie jetzt vom BDSM weiß.

»Hast du viele Freunde in der Kultur?«

Oh Mist. Alle jetzt? »Ein paar.«

»Kenne ich jemanden von ihnen?«

»Das, Darling, kann ich dir nicht verraten.«

»Kannst du nicht oder willst du nicht?«

»Beides. Es steht mir nicht zu, jemanden zu ›outen‹, der vielleicht nicht möchte, dass andere von seinen Vorlieben erfahren. Ich kann nur für mich sprechen.« Ich sehe, dass die Möglichkeit, andere Menschen in dieser Szene zu kennen, sie fasziniert. Was würde sie wohl denken, wenn sie wüsste, dass die meisten ihrer engsten Freunde, einschließlich ihres Bruders und nun auch seiner Frau, in der Kultur sind? Das wird sie aber nicht von mir erfahren.

»Das heißt, die Frauen, mit denen du in den letzten Jahren zusammen warst ... Du hast es mit ihnen allen getan?«

»Nicht *mit allen*, und *so* viele gab es auch gar nicht.«

Sie schaut mich äußerst skeptisch an. »Du hast über die meisten mit mir gesprochen.«

»Es ist sehr individuell. Manchmal machen wir es, manchmal auch nicht. Und es gibt Orte, wohin ich gehen kann, wenn ich jemanden mit den gleichen Vorlieben abschleppen möchte. Klubs und dergleichen.«

»Würdest du mich in einen solchen Klub mitnehmen?«

Ich bin mir nicht sicher, ob ich erbleiche oder zusammenfahre, aber das Ergebnis ist das gleiche. »*Was?* Nein. Ich werde dich nicht dorthin mitnehmen.«

»Warum nicht? Woher soll ich wissen, ob es mich interessiert, wenn ich es noch nie gesehen oder ausprobiert habe?«

Verdammter Mist, ich werde augenblicklich steinhart bei dem Gedanken, dass sie es ausprobieren möchte, geschweige denn, sie tatsächlich in einen der örtlichen BDSM-Klubs mitzunehmen. Natürlich kann ich mit ihr nicht in den Klub, der mir, ihrem Bruder und den anderen Quantum-Geschäftsführern gehört, aber der ist nicht die einzige Möglichkeit in der Stadt. Unser Freund Devon Black ist der Eigentümer von Black Vice, eines der besten Klubs in L.A., besonders für Menschen, die unerkannt bleiben möchten. Diskretion heißt die Devise im Black Vice, und es wäre der perfekte Ort, um Ellie in die Kultur einzuführen, wenn ich sie einführen wollte, was ich aber nicht tue.

Unser Essen wird serviert und unterbricht die zunehmend ungemütliche Unterhaltung, als wir uns auf die Pizza und den Salat stürzen.

Randy hebt den Kopf, als er Essen riecht, und Ellie gibt ihm ein Stück Salami. Ich schwöre, ich höre ihn vor Vergnügen stöhnen. Es gefällt mir, dass er nicht unaufhörlich bettelt, wie es manche Hunde tun. Er gibt sich mit seinem Snack zufrieden, legt sich wieder schlafen und lässt uns in Ruhe weiteressen.

Ich bin immer noch von der Unterhaltung über meine sexuellen Vorlieben nervös, ein Thema, das ich selten mit Frauen bespreche, außer ich will eine Session mit ihnen machen. Dann wird viel geredet und ausgehandelt. Die Unterhaltung, die ich mit Ellie führe, ist höchst ungewöhnlich. Aber ich muss zugeben, es gefällt mir, dass sie nun die Wahrheit über meine sexuellen Vorlieben kennt und nicht erschrocken geflüchtet ist.

Sogar das Gegenteil ist eingetreten. Sie scheint … neugierig. Ist es möglich, dass sie es möchte …

Nein. Einfach nur nein. Darum geht es hier nicht. Ich muss mich daran erinnern, was wir machen und was nicht. Sie will ein Baby. Ich will sie. Wieso sollte es komplizierter sein?

KAPITEL 10

JASPER

»Würde es dir etwas ausmachen, wenn ich mit einer anderen Person in einen Klub ginge?«

Ich verschlucke mich fast an dem großzügigen Bissen Pizza.

»Jasper? Geht es dir gut?«

Nein, es geht mir nicht gut. Meine Kehle ist wie zugeschnürt, meine Augen tränen, und meine gehobene Hand hält Ellie gerade noch davon ab aufzuspringen. »Herrgott«, murmele ich, als ich wieder sprechen kann. »Du musst einen Kerl doch vorwarnen, bevor du so etwas fragst.«

»Wir leben im neuen Jahrtausend, Jasper, und ich verrate dir jetzt mal ein kleines Geheimnis.« Sie lehnt sich vor, und ich auch, weil mich alle ihre Geheimnisse brennend interessieren. »Ich habe sogar schon Pornos geschaut.« Als sie den Mund bedeckt, weiten sich ihre Augen, und ich sehe, dass sie sich total über mich lustig macht. Die Vorstellung jedoch, wie Ellie Pornos schaut, lässt mich noch steifer werden, als ich schon vorher war. »Ich frage also noch mal. Was, wenn ich mit jemand anderem hingehe?«

»Ich kann dich natürlich nicht davon abhalten, das zu tun, was du willst. Ich kann dir aber sagen, dass nicht alle Doms

129

und Klubs denselben Regeln folgen. Ich würde dich nur ungern in einer Situation wissen, die dir Angst einjagt oder dich überfordert.«

»Das wäre bedauerlich. Und würde natürlich auf gar keinen Fall passieren, wenn ich einen Freund dabeihätte, jemanden, der sich in der Szene auskennt und mich bei meinem ersten Besuch begleiten könnte.« Während sie spricht, nimmt sie sich eine Peperoni vom Antipastiteller, hält den Stiel zwischen den Fingern und schiebt sich das andere Ende der Frucht in den Mund. Ich bin von der Bewegung ihrer Lippen und der Zunge gefesselt und zum ersten Mal in meinem Leben neidisch auf eine Peperoni.

Mein Johannes ist auch nicht gleichgültig. Er pulsiert gegen meinen Hosenschlitz wie ein Gefangener in der Einzelzelle, der gegen die Tür hämmert und um Freilassung fleht.

»Stimmt, oder?« Sie holt mich wieder zur Unterhaltung zurück. Worüber hatten wir noch mal geredet?

»Ähm, stimmt, ja, ich denke, schon.«

»Du nimmst mich also mit?«

Oh, ich werde dich nehmen, meine Liebe. Ich werde dich auf jede erdenkliche Art und Weise kreuz und quer nehmen.

»In welchen Klub wollen wir? Ich schaue mal online nach.«

Moment. Was? Wann habe ich zugestimmt, sie in einen Sexklub mitzunehmen. Selten werde ich von einer Frau überlistet, aber Ellie Godfrey ist nicht wie jede Frau. Nein, wenn mein Leben anders wäre und ich die Wahl hätte, die normale Kerle haben, wäre sie *die* Richtige. Ich würde nicht zögern, mit ihr aufs Ganze zu gehen, doch da das nicht möglich ist, muss ich mich damit zufriedengeben, was ich kriegen kann, und ich will verflucht sein, wenn sie einen Sexklub ohne mich aufsucht.

»Ich spreche mit meinem Freund Devon Black, dem Eigentümer von Black Vice, darüber, dich für einen Besuch hineinzulassen.«

»Wirklich? Wann? Schon bald?«

Ich verdrehe die Augen und nicke. »Sobald er Zeit hat. Können wir jetzt bitte über etwas anderes sprechen?«

»Du redest nicht gern über Sex? Ich dachte, das wäre das Lieblingsthema eines jeden Kerls.«

»Ich rede gern darüber.«

»Aber nicht mit mir?«

Ich nehme ihre Hand und lege sie wieder auf meinen steifen Schwanz. »Noch irgendwelche Fragen?«

Sie kichert wie ein Schulmädchen, und ich bin absolut vom Klang ihres ansteckenden Lachens hingerissen, kann ihr das aber nicht mitteilen. Sie wäre komplett unkontrollierbar, anstatt nur meistens unkontrollierbar.

»Das ist nicht lustig. Meinst du, es fühlt sich gut an, mit einem wütenden Biest in der Hose herumzusitzen, während du über Besuche in Sexklubs plauderst und mich über BDSM ausfragst?«

»Ein wütendes Biest?«

»Hast du sonst nichts gehört?«

»Hast du denn noch etwas anderes gesagt?«

Ich schüttele amüsiert den Kopf und bedeute dem Kellner, dass ich zahlen will. Zeit, hier zu verschwinden, bevor ich etwas Peinliches anstelle, wie, sie direkt auf dem Tisch zu nehmen. Wenn das Biest wütend ist, vergisst es manchmal seine Manieren.

Auf dem Heimweg zu ihr halten wir noch für ein Eis an, und ich versuche, nicht zu starren, während sie ihre Kugel schleckt und mir in den Sinn kommt, dass ich seit Jahren nicht mehr auf so einem süßen, unschuldigen romantischen Date war. Wieso sollte man auch daten, wenn man sowieso auf keine echte Beziehung hoffen kann?

»Warum hast du nie geheiratet oder hattest nie eine Freundin?«, fragt sie zwischen dem Schlecken. Kann sie jetzt auch noch meine Gedanken lesen?

»Das ist eine lange Geschichte.«

»Ich habe Zeit.«

Warum wusste ich bloß, dass sie das sagen würde? Ich reibe mir die abendlichen Stoppelhaare auf dem Kinn und versuche, mir die Worte zurechtzulegen. Soll ich ihr die Wahrheit sagen oder nur einen Teil davon? »Ich habe niemanden kennengelernt, den es zu heiraten gelohnt hätte.« Das stimmt auch. Das stimmt absolut. Aber es ist nicht die ganze Wahrheit. Nicht einmal annähernd.

»Und wieso sollte man sich mit einer zufriedengeben, wenn man alle haben kann?«

Gott, es bringt mich um, dass sie mich für einen totalen Herumtreiber hält, selbst wenn dieses Etikett zu mir passt. Ich bin genauso, wie sie das denkt, auch wenn ich nicht zwangsläufig gern so wäre. Die Möglichkeit, mir das selbst auszusuchen, wurde mir noch vor meiner Geburt genommen.

»Das ist wahr, Darling«, antworte ich in einem leichtherzigen Ton und mit dem charmanten Lächeln, das über die Jahre zu meinem Markenzeichen geworden ist. Man kann hinter einem richtigen Lächeln sehr viel Herzschmerz verstecken. In diesem Moment bin ich auf eigenartige Weise von mir enttäuscht, was ein seltenes und hoffentlich flüchtiges Gefühl ist. Vor Jahren habe ich mich mit meinem Lebensschicksal abgefunden. Es ergibt überhaupt gar keinen Sinn, sich an diesem Punkt etwas herbeizusehnen, was niemals sein kann.

Nur, dass der Umstand, in Ellies Gesellschaft zu sein, ihr beim Babymachen zu helfen und gleichzeitig zu wissen, dass ich für ihr Kind nie ein echter Vater sein kann, mich mit einer Realität konfrontiert hat, die ich anscheinend vor Jahren akzeptiert habe. Das Baby ist noch nicht einmal gezeugt, und ich will jetzt schon mehr von ihm – oder ihr –, als ich jemals haben kann. Allein die *Vorstellung* eines Kindes mit meinen Augen und ihren goldenen Haaren hat ein Sehnsuchtsgefühl geweckt, das nicht mehr zurückgedrängt werden kann, egal, wie sehr ich es auch versuche.

Ellie legt die Hand in meine Armbeuge und den Kopf an meine Schulter. »Ich habe das Gefühl, als wärst du verstimmt, seit ich nach dem BDSM fragte.«

»Verstimmt nicht.«

»Sondern?«

»Vielleicht ein bisschen seltsam. Ich bin es nicht gewohnt, so offen über etwas zu sprechen, was ich um jeden Preis privat halten möchte.«

»Warum ist dir die Meinung anderer so wichtig?«

Zu viele Gründe. »Du weißt ja, wie es in der Stadt läuft. Wenn so etwas an die Öffentlichkeit käme, wäre ich auf der ersten Seite jeder Boulevardzeitung und die Titelgeschichte in jeder Gerüchtesendung. Außerdem geht es die Leute einen Dreck an, auf welche Art ich gern rummache.«

»Das stimmt.«

Wir kommen wieder bei ihrem Haus an, und ich bin gespannt, ob sie mich hineinbittet oder fortschickt. Schließlich haben wir uns nicht auf solche Extras geeinigt wie zusammen zu übernachten oder irgendetwas, das nach einer echten Beziehung aussehen würde.

Mein Telefon klingelt, bevor wir die Logistik unserer nächsten Begegnung besprechen können. Ich ziehe es aus meiner Tasche und sehe Emmetts Namen auf dem Bildschirm. »Da muss ich rangehen.«

»Klar, komm herein, wenn du fertig bist.« Sie geht mit Randy hinein und lässt mich das Telefonat privat auf der Veranda führen. Ich war mit vielen Frauen zusammen, die sich in der Nähe aufgehalten hätten, um das Gespräch belauschen zu können. Ellie ist nicht so.

»Hey, Em, was liegt an?«

»Ellies Anwältin hat sich gemeldet, und wir haben ein Treffen für Donnerstag um zwei vereinbart, um alle Details zu besprechen. Passt dir das?«

Tut es nicht, aber ich werde meine Termine verschieben, damit es passt. »Werde da sein.« Er diktiert mir die Adresse der Kanzlei von Ellies Anwältin.

»Die Anwältin bat darum, dass du ein Attest über deinen makellosen Gesundheitszustand vorlegst.«

»Ich bringe es mit.«

»Jasper ... Bist du dir wirklich sicher, dass du auf deine Rechte in Bezug auf ein Kind verzichten willst, das noch nicht einmal gezeugt ist?«

Nein, ich bin mir nicht sicher, muss es aber so machen. »Ja.«

»Ich hoffe wirklich, dass du das nicht bereuen wirst.«

Natürlich werde ich das. Ich tue es jetzt schon, und es ist noch gar nichts passiert. Aber so muss es sein. Mehr steckt für mich nicht drin. »Wir sehen uns am Donnerstag um zwei, Em, wenn nicht schon früher. Danke noch mal für deine Hilfe.«

Ich höre zuerst sein Seufzen, dann antwortet er: »Klar, kein Problem.«

Als ich das Telefon zurück in die Tasche stecke, bin ich von der Art Wut erfüllt, die mich in jüngeren Jahren geprägt und mir riesige Probleme mit meinem Vater bereitet hat. Es ist lange her, dass ich der Wut erlaubt habe, mich so zu beherrschen wie jetzt gerade.

Pflicht.

Verpflichtung.

Verantwortung.

Das sind die Worte meiner Jugend, die mir von meinem Vater eingetrichtert wurden, dem neunten Duke of Wethersby, eines der wohlhabendsten, historisch bedeutendsten Herzogtümer in ganz England, das irgendwann in nicht allzu ferner Zukunft mir gehören wird. Gegen diese drei Worte habe ich mich mein ganzes Leben lang aufgelehnt, und verdammt soll ich sein, wenn ein Kind von mir am Tag seiner Geburt von der Last solcher *Verpflichtungen* erdrückt wird.

Und als Emmett mich dann fragte, ob ich sicher sei, dass ich meine Rechte an meinem und Ellies gemeinsamen Kind abtreten möchte, sollte man lieber glauben, dass ich mir sicher bin. Selbst wenn das Wissen darum, dass ich mein eigenes Kind niemals anerkennen kann, mir das Herz bricht. Ich werde ihm alles geben, was ich habe, doch meinen Namen bekommt es nicht.

Daher auch der Herzschmerz, die überwältigende Wut und Verzweiflung, die ich noch nie so gespürt habe, sogar in den schrecklichen Jahren, in denen ich gegen die Pläne meines Vaters für mein Leben, die ganz gewiss keine Karriere im Filmgeschäft vorsahen, ankämpfte. Diese Schlacht habe ich zwar für mich entschieden, wusste aber immer, dass den ganzen Krieg am Ende er gewinnen würde. Das Leben, das ich mir in L.A. aufgebaut habe, hat einen Timer, der Sand rieselt in der Sanduhr hinunter in einem morbiden Zustand von Countdown zu meinem unumgänglichen Schicksal. Mit dem Altern meines Vaters höre ich fast das Ticken der Uhr, und die Zeit geht viel zu schnell vorbei. Ich lebe in Angst vor dem Telefonanruf, der mir eines Tages mitteilen wird, dass meine Zeit abgelaufen ist.

»Jasper?«

Ich drehe mich zu ihr, gefangen von ihrem Anblick im Türrahmen, wie das Licht hinter ihr die feinen Kurven ihrer Figur unterstreicht. Ich würde sie gern in diesem Augenblick aufnehmen und für immer festhalten.

»Möchtest du hereinkommen?«

Ich will so sehr bei ihr sein. Ich will sie so, wie ich mir zuvor niemals erlaubt habe, mit jemandem zusammen sein zu wollen. Und genau aus diesem Grund kann ich nicht bleiben. »Ich sollte dir nicht länger auf die Nerven gehen und dich schlafen lassen.«

Obwohl ihr Gesicht im Schatten ist, sehe ich, dass meine Antwort sie enttäuscht.

Der Schmerz in meiner Brust wird stärker. Das Letzte, was ich will, ist es, sie zu enttäuschen, und ich befürchte, genau das werde ich tun. Doch da ich niemals unsere Abmachung aufkündigen würde, muss ich meinen eigenen Herzschmerz aushalten, ohne sie damit auch noch zu belasten. Ich tue, was ich immer tue, kämpfe mich durch und halte meine britischen Ohren steif. Als ich ihr meine Unterstützung bei ihrem Projekt anbot, hatte ich keine Ahnung, dass es die Wut wieder zum Leben erwecken würde. Dennoch würde ich nichts anders machen, wenn ich ihr dabei helfen kann, ihren Traum zu verwirklichen.

Sie kommt heraus und schließt die Fliegengittertür hinter sich, damit Randy nicht entwischt. Als sie direkt vor mir steht, blickt sie hoch, und ich habe das Gefühl, als könnte sie durch mich hindurch bis in mein Herz schauen. »Geht es dir gut?«

»Ja, Liebes.« Ich gebe ihr einen leichten Kuss. »Hat deine Anwältin dir schon vom Treffen erzählt?«

»Sie hat soeben geschrieben.«

»Bist du bereit, es offiziell zu machen?«

»Bin ich, wenn du es bist.«

Ich lächle auf sie hinunter, auch wenn der Schmerz in meiner Brust nicht nachlässt.

»Wenn du Bedenken hast oder …«

Ich verschließe ihren Mund mit einem Kuss. »Keine Bedenken, keine Zweifel. Ich bin voll dabei, Darling.«

Sie atmet tief aus, und mir wird klar, dass sie die ganze Zeit über die Luft angehalten hat, aus Angst, ich würde einen Rückzieher machen. »Dann ist ja gut. Wir sehen uns morgen.«

»Ja, das tun wir.« Und weil ich es mehr brauche, als sie jemals ahnen wird, küsse ich sie richtig, umfasse ihr Gesicht mit den Händen und gebe ihr die Zärtlichkeit, die sie verdient. Als ich den Kuss schließlich beende, freut es mich zu sehen, dass sie vom Kuss genauso berührt ist wie ich. »Schlaf gut.«

Ich flüchte, solange ich noch kann, und weiß, dass ich heute kaum schlafen werde. Bis Donnerstag um zwei muss ich mir überlegt haben, wie ich ihr das Kind geben kann, das sie so sehr will, ohne dabei meinen eigenen Verstand zu verlieren.

Ellie

Am Donnerstag komme ich geraume Zeit vor dem Termin in Cecilys Kanzlei in Brentwood, der Gegend in L.A., bei deren Erwähnung jeder sofort an den Doppelmord Simpson-Goldman denkt, der sich 1994 dort ereignete. Ich hatte gerade die neunte Klasse an der Highschool beendet, als es passierte, kann mich aber noch sehr gut an die zirkusähnliche Atmosphäre erinnern, die in dem Sommer in der ganzen Stadt herrschte. An O. J. Simpson zu denken, lenkt mich von dem Grund meines Besuchs ab, der mich voll und ganz im Griff hat, und davon, was hier gleich verhandelt wird.

Cecilys Assistentin führt mich in das geräumige Büro ihrer Chefin, und meine Freundin springt auf, um mich mit einer festen Umarmung zu begrüßen. Sie ist groß und auffallend hübsch, hat langes, kastanienbraunes Haar und eine perfekte Figur. Ihre grünen Augen strahlen vor Freude, während sie mich lange mustert.

»Du siehst fantastisch aus!«, erklärt sie und führt mich zum Sitzbereich mit Blick auf die Straße unten.

»Du aber auch.« Ich habe sie ein paar Jahre nicht mehr gesehen, aber sie hat sich kein bisschen verändert. »Und tausend Dank noch mal dafür, dass du dich der Sache für mich annimmst.«

»Glaub mir, das ist eine willkommene Abwechslung zu Scheidungsverhandlungen, Streitigkeiten über das Sorgerecht und anderen spaßigen Familientragödien.«

»Keine Ahnung, wie du das aushältst.«

»Manchmal ertrage ich es nicht, aber hey, davon kann ich leben, und ab und zu kann ich auch einer wunderbaren Person helfen, das zu bekommen, was sie will.«

Ihre von Herzen kommenden Worte treiben mir Tränen in die Augen. Ich stehe wirklich sehr kurz davor, das zu bekommen, was ich will, und ein Teil von mir kann immer noch nicht glauben, dass es tatsächlich passiert.

Cecily streckt mir die Arme entgegen, und ich akzeptiere bereitwillig ihre nochmalige Umarmung. »Ich freue mich so für dich.«

»Danke.«

»Erzähl mir von diesem Kerl, der der Vater sein wird. Wie ist er so?«

Wie soll man Jasper am besten beschreiben ... »Er ist ein sehr guter Freund von mir und Flynn.«

»Und ...« Sie macht eine rollende Bewegung mit der Hand und will offensichtlich die schmutzigen Details hören.

»Er ist unglaublich gut aussehend, charmant und sehr süß. Und er ist Brite.«

Cecily fächelt sich Luft zu. »Der Akzent ...«

»... ist *unwiderstehlich*.«

»Du Glückspilz. Darfst ein Baby mit einem heißen Kerl machen, ohne dich dabei mit dem ganzen Beziehungsmist auseinandersetzen zu müssen. Du machst es genau richtig.«

Ja, ich mache es richtig, nur dass ich es seit ein paar Tagen zunehmend schwierig finde, das hohle Gefühl zu ignorieren, das ich hatte, nachdem Jasper neulich gegangen war. Welchen Grund kann ich für dieses schmerzende, unzusammenhängende Gefühl haben, als wäre etwas ... gestorben? Mir fällt kein anderes Wort dafür ein. Ich habe ihn heute noch nicht gesehen, weil er am Vormittag nicht im Büro war, und gestern habe ich ihn nur im Vorübergehen gesehen. Hoffentlich wird er mich nach seiner Ankunft zu unserem Treffen irgendwie beruhigen. Bis dahin bin ich ganz aufgelöst vor Angst und hoffe, dass mir das Ganze nicht in letzter Sekunde um die Ohren fliegen wird.

Ich bin mir nicht ganz sicher, wie ich dann mit der Enttäuschung fertigwerden könnte.

Cecily und ich bringen uns gegenseitig auf den neuesten Stand in unseren Leben, und sie gibt eine Reihe von Datinganekdoten zum Besten, die mich zum Lachen bringen und, wenn auch nur für eine kurze Zeit, meine Sorgen mit Jasper vergessen lassen.

Dann führt Cecilys Assistentin Jasper und Emmett in ihr Büro, und mein Herz setzt bei seinem Anblick kurz aus. *Nein, nein, nein!* Das darf nicht passieren. Das ist Jasper, ein Freund, der zukünftige Vater meines Kindes. Er darf mein Herz nicht dazu bringen, lustige Dinge zu machen.

Irgendwie schaffe ich es, Jasper und Emmett Cecily vorzustellen, während ich mit meiner Verlegenheit und Scham gegenüber Emmet fertigwerden muss, den ich zum ersten Mal sehe, seit Jasper ihn in unsere Pläne eingeweiht hat. Lobenswerterweise begrüßt er mich so wie immer, als würde sich dieses Treffen nicht von den Hunderten anderen unterscheiden, die wir bei der Arbeit und darüber hinaus hatten.

»Im Konferenzraum auf der anderen Seite des Flurs ist bereits alles vorbereitet.« Cecily bedeutet ihnen vorauszugehen. Als uns die Männer den Rücken zukehren, fächelt sie sich dramatisch Luft zu. In einem Flüsterton, den nur ich hören kann, lässt sie mich wissen: »Scheiß die Wand an. Ernsthaft jetzt. Diese Typen sind doch wie aus dem Bilderbuch, ganz besonders dein Brite.«

Ich kichere über ihren verwirrten Ausdruck und versuche, Jasper und Emmett mit den Augen einer Frau zu sehen, die den beiden zum ersten Mal begegnet. Sie machen schon einen imposanten Eindruck, ganz besonders Jasper. Es ist der Akzent. Natürlich ist das der Grund. Was könnte es denn sonst sein?

Als wir uns am Konferenztisch gegenübersitzen, hat Cecily ihre professionelle Selbstbeherrschung wiedererlangt, aber ich bemerke, wie sie beiden Männern verstohlene Blicke zuwirft, als könnte sie ihren Augen nicht trauen. Ich kann verstehen, warum die zwei sie so aus der Fassung bringen. Sie geben schon ein recht ansprechendes Paar ab – Jasper mit seinem dichten blonden Haar und den goldbraunen Augen und Emmett mit den welligen braunen Haaren und dem intensiven Blick. Ich bilde mir gern ein, gegen beide immun zu sein, nachdem ich so viel Zeit in ihrer Gesellschaft verbracht habe, doch in Anbetracht meiner Reaktion auf Jasper bin ich alles andere als immun gegen ihn.

Cecily geht den Papierkram durch und übersetzt uns die dort festgehaltenen Bedingungen unserer Vereinbarung in eine einigermaßen verständliche Juristensprache. Mir steht das volle Sorgerecht für das Kind zu und alles, was damit einhergeht. Zum ersten Mal jedoch erfahre ich, dass Jasper sich zu großzügigen monatlichen Unterhaltszahlungen verpflichten will.

»Das ist nicht nötig.« Ich schaue ihn über den Tisch an, und sein Gesichtsausdruck weckt in mir erneut die Frage danach, ob er das Ganze wirklich will.

»Es ist nötig. Für mich.« Er schaut so traurig drein, dass mein Herz anfängt, so wehzutun, wie ich es noch nie erlebt habe.

Ich halte einen langen Moment inne, bevor ich eine Bitte ausspreche: »Könnten wir … Ähm, könnten wir bitte eine Minute haben?«

»Natürlich.« Cecily erhebt sich und macht Emmett einen Vorschlag: »Darf ich Sie auf einen Kaffee einladen?«

»Klingt gut.«

Sie verlassen den Raum, und die Konferenztür fällt mit einem lauten Ton hinter ihnen zu.

»Was ist los?«, frage ich und zwinge mich, trotz meines erhöhten Herzschlags zu atmen.

»Nichts.«

»Du siehst komisch aus.«

Seine Lippen kräuseln sich mit der Vergnügtheit, die einen großen Teil seines Charmes ausmacht, doch davon werde ich mich jetzt nicht bezirzen lassen. »Darling, es geht mir sehr gut, und ich stehe voll hinter unseren Plänen. Du musst dir um rein gar nichts Sorgen machen.«

»Würdest du es mir denn mitteilen, wenn ich mir um irgendetwas Sorgen machen müsste?«

Er zögert kurz, aber dennoch lange genug, dass ich mir sicher bin, ins Schwarze getroffen zu haben. »Natürlich würde ich das.«

»Nein, das glaube ich dir nicht. Ich denke, du bist ein viel zu guter und loyaler Freund und würdest das selbst dann durchziehen, wenn du es dir inzwischen anders überlegt hättest, nur um mich nicht zu enttäuschen.«

Er atmet einmal tief ein und dann wieder aus, steht auf und kommt auf meine Seite des Tisches.

Mein Mund wird trocken, und meine Hände schwitzen plötzlich, während ich ihn auf mich zukommen sehe.

Er legt beide Hände auf die Armlehnen meines Stuhls, beugt sich vor und hält erst an, als seine Lippen fast meine berühren.

Ich höre ganz zu atmen auf.

»Ich kann es kaum erwarten, dein Kind zu zeugen, dich in der Schwangerschaft aufblühen, voller Aufregung, Staunen und Vorfreude zu erleben. Ich kann es kaum erwarten, unser gemeinsames Kind kennenzulernen und ihm oder ihr beim

Aufwachsen zuzusehen. Ich habe es mir nicht anders überlegt. Okay?«

Und darauf soll ich noch irgendetwas entgegnen? Die Luft, die mir aus der Kehle entwischt, klingt wie ein Schluchzer. Bis zu diesem Augenblick, während ich mir so gut wie sicher war, dass er einen Rückzieher machen würde, habe ich mir eigentlich gar nicht erlaubt einzugestehen, wie aufgeregt ich wirklich bin, meinen Traum mit ihm wahr werden zu lassen. »Okay«, flüstere ich.

Er führt eine Hand an mein Kinn, bringt mich dazu hochzuschauen und berührt mit seinen Lippen meine. Ich schwöre bei Gott, setzte er mich in diesem Augenblick auf den Konferenztisch und positionierte sich zwischen meinen gespreizten Beinen, ich hätte nicht Nein zu ihm gesagt. Dazu wäre ich nicht in der Lage gewesen.

Glücklicherweise zügelt er sich, bevor ich in einem weiteren Büro auf dem Rücken lande.

Als er den Kuss langsam löst, lege ich die flache Hand auf sein Gesicht. »Falls ich es vergessen sollte – danke. Tausend Dank dafür. Du ahnst ja gar nicht, was es mir bedeutet.«

»Ich glaube schon.« Er küsst mich wieder, diesmal flüchtig, und richtet sich auf.

Ich versuche, seine Erektion nicht zu bemerken, aber mein Blick wird wie magisch vom Beweis seiner Erregung angezogen, eine sichtbare Bestätigung dafür, dass er mich genauso stark will wie ich ihn.

»Sollen wir die Anwälte wieder hereinbitten und es zu Ende bringen?«

Für einen Mann mit einem Ständer in einem Konferenzraum in Brentwood ist seine britische Selbstbeherrschung wahrhaft legendär.

»Ja, bitte.«

KAPITEL 11

ELLIE

Er kehrt auf die andere Seite des Tisches zurück und geht zur Tür, um den Kopf in den Flur zu strecken und Emmett und Cecily mit ein paar Worten in den Raum zurückzuholen.

Als wir vier wieder Platz genommen haben, bemerke ich, dass Jasper auf seinem Stuhl hin und her rutscht, als würde er eine bequeme Position suchen. Ich unterdrücke das starke Bedürfnis, wie verrückt über sein *Dilemma* zu kichern.

Er sieht meine Anstrengungen, zuckt mit einer Braue in meine Richtung, und plötzlich verwandelt sich das Bedürfnis zu lachen in ein ganz anderes Verlangen – eines, das ihn unmittelbar betrifft.

Cecily geht die Vereinbarung weiter durch und merkt an, dass jede Vertragspartei eine aktuelle Bescheinigung über ihre jeweilige uneingeschränkte Gesundheit vorgelegt hat, dass jede Partei diese Vereinbarung freiwillig und vorbehaltlos eingeht, dass alle Parteien sich darauf verständigt haben, die Identität des Vaters geheim zu halten, bis auf die Fälle, in denen beide Parteien diese Information preisgeben möchten.

Jasper schaut mich die ganze Zeit über intensiv an. Sein Blick ist hungrig, sexy und mit einem Anflug von Gefühlen. Das hätte ich nicht von ihm erwartet. Er war nie die Art Mann, der seine Emotionen offen zeigt. Jasper verkörpert den sorglosen Spaß im Leben. Er nimmt seine Arbeit ernst und das Spiel noch ernster. Er bindet sich nicht. Wieso also scheint er sich so stark für diesen Prozess einzusetzen, selbst nachdem er seine Rechte auf unser zukünftiges Kind abgetreten hat?

Die Papiere werden mir über den Tisch zugeschoben, und zuerst glaube ich, mich verlesen zu haben, denn er hat überall mit Jasper Kingsley unterschrieben. Wer zum Henker ist denn das?

Er ertappt mich dabei, wie ich ihn ansehe, schaut weg, und sein Unterkiefer ist so stark angespannt, wie ich es von Hayden kenne, aber nicht von Jasper. Anspannung ist nicht typisch für ihn, zumindest normalerweise.

Als alles unterschrieben ist, sammelt Cecily die Papiere ein. »Meine Assistentin bereitet alles für euch vor, damit ihr es gleich mitnehmen könnt.«

»Vielen Dank«, sagt Emmett und schüttelt ihre Hand.

Sie verlässt den Raum, um die Unterlagen weiterzureichen.

Emmett dreht sich zu Jasper um. »Bereit zu gehen?«

Er aber starrt mich weiterhin über den Tisch an. »Ich fahre mit Ellie zurück ins Büro.«

Oh, tut er das?

»Wunderbar«, meint Emmett, »dann sehen wir uns dort.«

»Emmett.«

Er dreht sich zu mir um. »Ja?«

»Du wirst … Ich meine, ich weiß, dass du dich an das Anwaltsgeheimnis halten musst und so weiter, aber du wirst niemandem etwas darüber verraten, stimmt's?«

»Niemals.«

»Es tut mir leid, dass ich überhaupt danach gefragt habe, aber ...«

»Mach dir keinen Kopf. Ich verstehe, dass es eine große Sache ist. Niemand wird es von mir erfahren. Ich wünsche dir alles Glück der Welt, Ellie.«

Von seiner Güte bekomme ich einen Kloß im Hals. »Vielen Dank.«

Nachdem er den Raum verlassen hat, schaue ich zu Jasper, der mich immer noch intensiv anstarrt. Ich lecke mir die Lippen und sehe, wie sein Blick zu meinem Mund wandert, was mich sofort anturnt.

»Wer ist Jasper Kingsley?«

»Das ist mein richtiger Name. Ich benutze im Beruf den Mädchennamen meiner Mutter.«

»Warum?«

»Das, mein Darling, ist eine sehr lange Geschichte für einen anderen Tag. Heute haben wir weitaus Besseres zu tun.«

»Zum Beispiel zu arbeiten?«

»Das hatte ich nicht im Sinn.« Er spricht es so aus, dass keine Zweifel über seine wahren Absichten aufkommen.

»Ich habe ein Meeting um vier. Ich kann es nicht verpassen, insbesondere, wenn du immer noch von mir erwartest, dass ich mir die nächste Woche freinehme, um ein Baby zu machen.«

»Das erwarte ich.«

Ich erhebe mich von meinem Stuhl, überrascht darüber, dass meine Beine alles andere als stabil sind, und gehe um den Tisch herum zu ihm.

Er beobachtet mich weiterhin auf diese sexy, besitzergreifende Art, die meinen Motor auf Hochtouren bringt.

»Wieso starrst du mich an?«

»Weil du so eine Augenweide bist.«

»Kommt es dir auch manchmal in den Sinn, dass es irgendwie komisch ist, wie sich das alles so plötzlich zwischen uns entwickelt hat?«

Er steht auf, kommt zu mir, legt die Hände auf meine Hüften und presst seine Stirn gegen meine. »Von plötzlich kann hier kaum die Rede sein, Darling. Seit einer gewissen Zeit finde ich es schwierig, irgendetwas anderes als dich anzuschauen, wenn wir gemeinsam in einem Raum sind.«

Die gesamte Luft verlässt meine Lungen in einem weiteren langen Atemzug, nach dem mir schwindelig wird und ich aus dem Gleichgewicht komme. »D-das stimmt nicht. Sag so etwas nicht.«

»Es stimmt.«

Es bedarf meines ganzen Mutes zu fragen: »Warum hast du dann nie etwas unternommen?«

»Wegen meines Verhältnisses zu dir, zu Flynn, zu den Godfreys. Bis zu dem Morgen in Mexiko, an dem du mir die perfekte Gelegenheit geboten hast, mehr mit dir zu haben, ohne unsere wunderbare Freundschaft opfern zu müssen.«

»Ich habe das Gefühl, dass du mir etwas verschweigst, etwas, das ich vermutlich wissen sollte, bevor wir hier weitermachen.«

»Du bist sehr scharfsinnig und sensibel.«

»Tatsächlich?«

»Es genügt zu sagen, dass du für unsere Pläne alles weißt, was du über mich wissen musst.«

»Du wirst es mir also einfach nicht verraten?«

»Nein, Liebes. Werde ich nicht. Es spielt keine Rolle.«

Ich frage mich, ob er weiß, dass die Traurigkeit in seinen Augen mir verrät, dass das Ungesagte trotz seiner Bekundungen ihm doch sehr wichtig ist. Ich beschließe, mich jetzt nicht weiter damit zu beschäftigen, weil ich in etwa einer Stunde ein Meeting habe. Ich mache mich zur Tür auf, aber Jasper hält mich zurück, indem er die flache Hand auf die geschlossene Tür legt, sein Körper fest an meinem Rücken, sein Arm um meine Taille geschlungen.

»Es tut mir leid, dass ich dir nicht alles erzählen kann, was du wissen willst. Wenn ich es jemandem anvertrauen würde, wärst du es, Darling. Ich schwöre, das würde ich.«

»Schon gut.« Ich sage, was er hören muss, damit wir dieses Thema hier beenden können. Eine Sache hat er mir immerhin schon geliefert, auf die ich dann eben selbst die Antworten finden muss, wenn er sie mir nicht gibt – seinen richtigen Namen.

* * *

Das Vier-Uhr-Meeting ist eine Qual. Voller Details, die meine volle und ungeteilte Aufmerksamkeit verlangen, ganz besonders, da meine Teammitarbeiter keine Ahnung haben, dass ich mir eine Krankheit ausdenken werde, damit ich mit meinem sauheißen BDSM-Liebhaber, der rein zufällig auch einer ihrer Chefs ist, an meiner Schwangerschaft arbeiten kann. Ja, das ist jetzt mein Leben, und so aufregend war es noch nie.

Jedes Mal, wenn ich an unser zukünftiges gemeinsames Baby denke, kribbelt meine Haut mit der Art Aufregung, die ich als Kind an Weihnachten verspürte, oder an meinem Geburtstag in Disneyland, einem fantastischen Tag, an dem ich so viel Eis essen durfte, wie ich wollte und vertrug, und vieles andere mehr. Nur, dass selbst dieser Vergleich dem vollen Ausmaß meiner jetzigen Aufregung nicht gerecht wird.

Ich gebe mich Tagträumen über Krippen, Wickeltische, Kinderzimmerdesigns, Strampler und winzige Söckchen hin, obwohl ich an Bewilligungen, Lizenzen, lokale Bräuche und Produktionszeitpläne denken sollte.

Vermutlich ist es gut, dass ich vorhabe, ein paar von meinen ungenutzten Krankheitstagen, die ich über zehn Jahre bei Quantum angesammelt habe, zu verwenden, denn in meinem derzeitigen geistigen Zustand bin ich niemandem eine große Hilfe.

Gott sei Dank gibt es Dax, der die Tatsache, dass ich wahnsinnig unkonzentriert bin, akzeptiert und das Steuer in die Hand genommen hat, während ich mich mit Einzelheiten aufhalte. Ich glaube nicht, dass meine untypische Zerstreutheit jemandem außer ihm aufgefallen ist. Und da er der beste Assistent ist, den ich je hatte, beschließe ich, ihn einzuweihen.

Nach dem Ende des Meetings bitte ich ihn auf ein Wort, während die anderen mit je einer kilometerlangen To-do-Liste mein Büro verlassen.

»Ich bin dir für meinen neuerdings wirren Zustand eine Erklärung schuldig.«

»Das ist der Nachurlaubs-Blues. Ich verstehe das.«

»Es ist mehr als das. Wenn ich dir die Wahrheit verrate, kann ich mich dann darauf verlassen, dass es zwischen uns bleibt?«

Er schaut mich mit einem vernichtenden Blick an, der aussagen soll: »Für wen hältst du mich?« »Wenn du mir bis jetzt noch nicht vertrauen konntest, Ellie, wann soll das noch passieren?«

»Du hast recht, aber es ist so eine große Sache, dass ich das Bedürfnis habe, dich quasi als Vorwort um Diskretion zu bitten.«

»Die garantiere ich dir.«

»Ich will ein Baby bekommen.«

Seine Kinnlade fällt mit einem aufrichtigen Schock hinunter. Das hat er ganz klar nicht kommen sehen. »Du ... du willst ... ein Baby. Also, das ist toll. Ich freue mich für dich.«

»Es ist noch nicht passiert, befindet sich aber im Entstehen, und ich wollte dir Bescheid sagen, dass ich mir die nächste Woche freinehmen werde, um, ähm, mich einigen, äh, Behandlungen zu unterziehen.«

Sein ganzes Gesicht wird feuerrot. Sogar seine Ohrspitzen sind scharlachrot.

»Ich habe gehofft, du könntest wieder für mich einspringen. Ich sorge dafür, dass du als Wiedergutmachung dieses Jahr eine Woche Extraurlaub bekommst.«

»Das ist nicht nötig. Es macht mir nichts aus, dich zu vertreten.«

»Vielen herzlichen Dank. Ich weiß es wirklich zu schätzen und behalte es im Hinterkopf bei der Prämienauszahlung.«

»Okay. Dann sollte ich mich jetzt wieder an die Arbeit machen.« Ich glaube kaum, dass er mein Büro noch schneller hätte verlassen können, selbst wenn sein Arsch in Flammen gestanden hätte.

Ich lasse den Kopf in die Hände fallen, beschämt davon, was ich dem armen Dax soeben angetan habe. Behandlungen ... *Oh mein Gott*, ich werde zu einer so schlimmen Person. Aber schließlich kann ich ihm ja schlecht beichten, dass ich verrückten, wahnsinnigen, wilden, möglicherweise BDSM-Sex mit Jasper Autry haben werde – oder wie auch immer er heißt –, um ein Baby zu machen.

Apropos Jasper ... Ich greife nach meinem Telefon, da ich es nicht wage, es über das Firmennetz zu machen. Ich starte den Browser, tippe den Namen Jasper Kingsley und Vereinigtes Königreich ein und zögere, bevor ich den Suche-Button klicke. Was werde ich herausfinden? Was wird es bedeuten? Was wird es verändern? Er meinte, es sei eine lange Geschichte, zu lang, um sie mir in ein paar Minuten zu erzählen.

Was, wenn im Vereinigten Königreich nach ihm wegen eines schrecklichen Verbrechens gefahndet wird? Oder er in einer Kartei mit sexuellen Straftätern steht oder ...

»Hör auf, Ellie. Nach ihm wird weder gefahndet, noch ist er in irgendeiner Kartei. Um Himmels willen, hör auf, dir alles Mögliche auszudenken.« Jetzt führe ich seinetwegen schon

Selbstgespräche. Bevor ich mir noch mehr wirres Zeug zusammenspinnen kann, drücke ich auf den Suche-Button, halte den Atem an und warte auf die Ergebnisse.

Zuerst bin ich mir nicht sicher, was ich sehe. Da sind diese ganzen Infos zu der Kingsley-Familie, ihren nicht unerheblichen Finanzbeteiligungen und ihrer historisch bedeutenden Stellung innerhalb der britischen Aristokratie. Moment. Was? Ich klicke auf den Link zu einem Artikel in der *International Times* über Henry Kingsley, den neunten Duke of Wethersby, angeblich den wohlhabendsten Mann in England, und zwar nicht nur wegen seines geerbten Vermögens.

Nein, Henry hat den bereits enormen Reichtum seiner Familie durch kluge Investitionen und finanzielle Expertise noch vervierfacht, was oft mit derjenigen des amerikanischen Magnaten Warren Buffett verglichen wird. Sein Herzogtum gehört zu den wenigen in ganz England, die bis heute erhalten geblieben sind, und das ist fast vollständig der Brillanz von Henry und vor ihm der seines Vaters zu verdanken. Zusätzlich zu seiner Geschäftsversiertheit ist Henry bekannt dafür, extreme Abenteuer zu lieben. Er hat zweimal den Mount Everest bestiegen und hält einige Rekorde für das Fliegen von Experimentalflugzeugen auf langen Strecken.

»Heilige Scheiße«, flüstere ich, als mir klar wird, dass Jasper ein verdammter Milliardär ist. Ich scrolle durch den Artikel, bis ich lese, dass Henrys Sohn und Erbe Jasper ist, auch bekannt als Marquis of Andover, ein weniger bedeutender Titel seines Vaters. Sein Erbe. Ein *Marquis*. Wie der Typ, den Edith aus *Downton Abbey* geheiratet hat, derjenige, der im Rang sogar über ihrem Vater, dem Earl, stand!

Wie ist es möglich, dass die Hollywood-Presse noch nicht Wind davon bekommen hat? Vermutlich, weil Jasper seinen Familiennamen nicht benutzt und anscheinend noch nicht einmal seinen engsten Freunden und Partnern etwas von seiner aristokratischen Abstammung berichtet hat … Weiß Flynn davon? Ich wünschte, ich könnte ihn fragen, ohne dabei meine neu gewonnenen Informationen preiszugeben. Ich führe eine Suche nach Jasper Autry durch und finde die mir bereits bekannte Person – den Academy-Award-Gewinner und Kameramann, einen der Geschäftsführer der äußerst erfolgreichen Quantum Production Company, gegründet von Academy-Award-Gewinner und Schauspieler Flynn Godfrey und dem Academy-Award-Gewinner und Regisseur Hayden Roth. Im Artikel steht auch, dass Jasper ein berühmt-berüchtigter Playboy ist, bekannt für eine Reihe von kurzen Beziehungen mit einigen der schönsten Frauen der Welt.

Ich finde Bilder von ihm mit Frauen – haufenweise Frauen, viele davon Schauspielerinnen, Supermodels und einige, die wegen ihrer Berühmtheit berühmt sind. Auf jedem Foto lächelt er, und wieso sollte er es auch nicht tun? Er ist Academy-Award-Gewinner und Milliardär. Kein Wunder, dass er seine Rechte an unserem Kind mehr als bereitwillig abgetreten hat. Er hat weitaus Besseres zu tun, als Windeln zu wechseln.

Von den Frauen wusste ich. Das tat ich schon immer, weil er mit mir über sie gesprochen hat, mich oft an dem Drama, der Ausgelassenheit, Zügellosigkeit und dem schieren Wahnsinn teilhaben ließ, den er mit vielen von ihnen erlebt hat. Wir haben darüber gelacht, und ehe man sichs versah, berichtete die Hollywood-Presse darüber, dass er sich schon wieder von seiner neuen Flamme getrennt hat. Sie verfolgten ihn unerbittlich, bis er sich irgendwo mit seiner neuesten Eroberung blicken ließ, und dann ging der Medienrummel von vorn los.

Dieser Grad an Aufmerksamkeit ist für jemanden, der in der Filmindustrie im Hintergrund arbeitet, ungewöhnlich, aber ein Mann mit Jaspers Erscheinung bleibt in dieser Stadt nicht unbemerkt, besonders, wenn er sich mit solchen Leuten wie

Flynn, Hayden, Marlowe und Kristian umgibt, vier der größten Schwergewichte Hollywoods.

Ich lösche den Suchverlauf auf meinem Telefon und lege es auf den Tisch, aus einem unerklärlichen Grund traurig über meine Suchergebnisse. Was habe ich denn erwartet? Habe ich ernsthaft damit gerechnet, dass jemand wie ich, ein Niemand verglichen mit den Frauen, mit denen er normalerweise ausgeht, Jasper zur Vernunft bringen würde? Eine, die ihn überzeugen könnte, sein Herumtreiberdasein aufzugeben?

Ich gebe zu – und zwar nur mir selbst gegenüber –, dass seine eifrige Bereitschaft, mein Kind zu zeugen, in mir die Frage weckte, ob er vielleicht doch mehr für mich empfindet, als es den Anschein hat. Er beichtete mir sogar praktisch, eine Schwäche für mich zu haben, seit wir uns kennen. Aber wie kann ich überhaupt mit den Frauen mithalten, mit denen er normalerweise ausgeht?

Pfui, und wie sehr verachte ich mich jetzt allein für diesen Gedanken? Jeder Mann wäre froh, mich zu haben. Zusätzlich zu meinem überdurchschnittlich guten Aussehen kann ich auch noch mit einem herkömmlichen Elektroschrauber und einer Bohrmaschine umgehen. Ich kann alles reparieren. Ich kann selbst meine Jalousien montieren, meine Wände streichen und meine Fußböden bearbeiten. Ich brauche Jasper nicht – oder einen anderen Mann – für irgendetwas anderes als seine DNA.

Ich finde mich damit ab, mein Herz aus der Geschichte mit ihm heraushalten zu müssen, und sammele meine Sachen zusammen, um das Büro zu verlassen. Ich muss einkaufen, mit Randy Gassi gehen, die Wäsche machen und meine Notizen für das morgige Meeting durchgehen. Und es ist Zeit, Serenity wegen der Datingagentur zurückzurufen. Ich habe eine Menge zu tun und keine Zeit für den Mann, der mein sonst produktives Gehirn in Brei verwandelt.

* * *

Oh mein Gott … Heilige, heilige, *heilige* Jungfrau Maria …
Mein ganzer Körper wird in Beschlag genommen, als ich von
Jaspers Fingern tief in mir und seinem Mund an meiner Klitoris
so heftig komme wie noch nie in meinem gesamten Leben und
mich dabei an den Stangen am Kopfteil meines Bettes festhalte,
wie er es verlangte.

Für heute Abend hatte ich ja eigentlich diese To-do-Liste …
Tja, also, die Dinge sind nicht wirklich nach Plan verlaufen,
nachdem Jasper auftauchte und mich in mein Schlafzimmer
drängte, mich auf den Rücken legte und mir nicht nur einen,
sondern zwei gewaltige Orgasmen bescherte, bevor ich daran
denken konnte, dass ich die »Extras« aus unserer »Beziehung«
gestrichen habe. Er hat mal wieder bewiesen, wie herzlich wenig
Macht ich habe, ihm zu widerstehen, wenn er bei mir einen auf
Alphatier macht.

Er zieht sich aus mir zurück, wischt sich mit dem
Handrücken den Mund ab und holt seinen Schwanz aus der
Hose. »Lass die Stangen nicht los und schau mich weiter an.
Ich will deine Augen sehen.« Er beobachtet mich aufmerksam,
streichelt seinen Schwanz und macht seine Absichten damit
deutlich. »Keine Kondome mehr, richtig?«

Die ganze Schlagkraft dieser Aussage sickert in dem wirren
Durcheinander, zu dem er mein Gehirn gemacht hat, zu mir
durch. Wir tun es. Wir machen tatsächlich ein Baby, und jedes
Mal, wenn wir ungeschützten Sex haben, könnte ich schwanger
werden. Ich hatte noch nie ungeschützten Geschlechtsverkehr,
also ist das in mehr als nur einer Hinsicht ein großer Moment.

»Darling? Bist du bei mir?«

»Ja, tut mir leid. Ich bin bei dir, und keine Kondome mehr.«

Diese Worte scheinen etwas Primitives in ihm auszulösen,
und er dringt in mich ein, sein Körper erschaudert, und er
kneift für eine Sekunde die Augen zu, bevor er sie wieder öffnet
und mich anschaut. »So heiß. So eng.« Wieder legt er meine

Beine auf seine Schultern und bringt mich in eine Stellung, die ich noch nie in meinem Leben eingenommen habe. Auf diese Weise kann er tiefer in mich vorstoßen als jeder vor ihm.

Und er lässt seine Augen niemals von meinen, während er mit dem Daumen an meine Klitoris presst und sein unnachgiebiges Tempo beibehält. Ich komme wieder, noch bevor ich mich vom letzten Mal erholen konnte, und er ist bei mir, kommt mit einem Stöhnen, das aus einem tiefen Winkel von ihm hervorzudringen scheint.

Er lehnt sich weit nach hinten, um meine Beine wieder zurück auf die Matratze zu stellen, bleibt aber tief in mir, während in uns das Nachbeben pulsiert.

»Das letzte Mal, als ich es ohne Kondom gemacht habe, war ich fünfzehn und habe gebetet, dass die Aufpassmethode funktioniert.«

Lachend frage ich: »Und, hat sie das?«

»Gott sei Dank ja. Man geht solche Risiken nur ein, wenn man jung und dumm ist.«

»Und einen Samenstau hat«, sprechen wir gleichzeitig aus und lachen über eines von Haydens Lieblingszitaten.

Er streift mit den Lippen sanft über meinen Hals und setzt damit eine Kette von Reaktionen frei, bestehend aus Gänsehaut und einem Gefühl von Zusammengehörigkeit an der Stelle, wo wir immer noch miteinander verbunden sind. »Ich bekomme von dir nicht genug, Ellie Godfrey. Ich weiß nicht, in welchen Bann du mich gezogen hast, aber das Einzige, woran ich seit Neuestem denken kann, ist es, mit dir nackt zu sein.«

Ich muss schlucken und versuche, meine emotionale Reaktion auf sein Geständnis zu verstecken. »Und wieso haben wir dann immer noch die meisten unserer Kleidungsstücke an?«

»Weil ich keine Sekunde länger darauf warten konnte, dich zu haben, nachdem du mich beim heutigen Termin so heiß gemacht hast.«

Ich will glauben, dass es ihn tatsächlich so schwer mit mir erwischt hat, kann aber nicht aufhören, an all die Dinge zu denken, die ich vorhin über ihn gelesen habe. Wird er mir beispielsweise jemals gestehen, der Erbe eines enormen Vermögens zu sein? Wird er mir jemals anvertrauen, ein Marquis zu sein, ein zukünftiger Herzog, oder ein sonstiges Detail des Geheimnisses, das er vor unserer Gruppe hat, oder was er mit dem umfangreichen Imperium zu tun gedenkt, das er eines Tages erben wird? Was wird es zum Beispiel für seine Beteiligung bei Quantum bedeuten? Ich habe sehr viele Fragen und das Gefühl, kein Recht zu haben, auch nur eine davon zu stellen.

Schließlich geht es hier nicht darum. Wir wollen ein Baby machen und keine tiefen, dunklen Geheimnisse austauschen. Wobei er vermutlich der Meinung wäre, dass seine BDSM-Vorlieben zuzugeben einem tiefen, dunklen Geheimnis gleichkommt.

Ich habe mit ihm den besten Sex meines Lebens, wieso fühle ich mich also unbefriedigt? Weil ich mehr von ihm will und es nicht haben kann. Darum. Er hat sehr deutlich gemacht, dass er kein Beziehungstyp ist. Das hat er bewiesen, indem er seine Tussis eine nach der anderen gewechselt hat, solange ich ihn kenne, ganz zu schweigen davon, dass er alle seine Rechte an einem Kind abgetreten hat, das wir noch nicht einmal gezeugt haben. Wieso sollte ich auch jemals glauben, mich von den vielen Frauen vor mir zu unterscheiden?

»Wir müssen uns auf den Weg machen«, lässt er mich nach einer langen Pause wissen.

»Wohin?«

»Ins Black Vice. Mein Freund Devon Black erwartet uns um zehn.«

»*Heute Abend?*«

»Ist das ein Problem, Darling?«

Wenn er mich so nennt, neige ich dazu, meinen Gedankengang zu unterbrechen, und diesmal ist es nicht anders. Dann denke ich daran, dass er vermutlich alle seine zahlreichen Weiber so nennt, und es büßt etwas von seinem Reiz ein. »Es ist … Ich muss morgen arbeiten, und es ist …« Außerdem brauche ich mehr Zeit zur Vorbereitung darauf …

Er beobachtet mich auf seine wissende Art, als würde er mein Herz besser verstehen als sonst jemand. Es ist beunruhigend, besonders, da mir nur allzu bewusst ist, dass er gar nicht an meinem Herzen interessiert ist.

»Es ist in Ordnung. Wir können gehen.«

»Bist du sicher?«

Nein, ich bin mir nicht sicher. Bei dir bin ich mir mit gar nichts mehr sicher, aber ich bin unglaublich neugierig. Ich nicke bejahend. »Nach diesem Training muss ich aber zuerst duschen.«

Ein schiefes Lächeln breitet sich in seinem Gesicht aus. »Du bist ganz schön ins Schwitzen geraten, was, Liebes?«

Plötzlich will ich vor Frust darüber, was niemals sein kann, weinen. Ich will wegen dieser Ungerechtigkeit heulen, zetern und schreien. Er ist auf jede erdenkliche Art perfekt für mich. Er ist wunderschön, sexy, und dieser Akzent … Aber er ist auch noch witzig, süß und unglaublich liebenswürdig zu seinen Freunden, die für ihn wie Familie sind. Hinzu kommt außerdem noch sein atemberaubendes Talent als Filmemacher. Er hat alles, was man sich wünschen kann, und langsam, aber sicher verdirbt er mich für andere Männer.

Das darf ich nicht zulassen. Ich bin immer noch fest entschlossen, einen Vater für mein Kind zu finden. Ich will auf keinen Fall, dass er oder sie ohne die Vaterfigur aufwachsen muss, wie ich sie hatte, und selbst wenn es bedeutet, mich mit jemandem zufriedengeben zu müssen, der mein Herz vielleicht nicht unbedingt vor Freude hüpfen lässt, will ich jemanden finden, der für mein Kind da sein wird. Ich weiß, dass er irgendwo da draußen ist, und als ich mich unter die Dusche schleppe, bin ich entschlossener denn je, ihn zu finden.

Während ich auf heißes Wasser warte, greife ich nach meinem Telefon und schreibe Serenity eine Nachricht, in der ich frage, ob sie sich morgen mit mir treffen kann. Ich werde Jasper schon irgendwie verklickern können, dass ich neue Menschen kennenlernen möchte, und sobald wir das Kind gezeugt haben, das ich mir sehnlichst wünsche, entlasse ich ihn zurück in sein altes Leben.

KAPITEL 12

JASPER

Wie soll ich es aushalten zu wissen, dass sie und mein Kind sich in diesem charmanten kleinen Häuschen aufhalten, gemeinsam leben, lieben und wachsen, während ich ständig woanders bin, nur nicht bei ihnen? Wie soll ich mich mit gelegentlichen Besuchen zufriedengeben können? Wie soll ich jemals wieder eine andere Frau berühren, nachdem ich erfahren habe, welch ein unglaublicher Genuss es ist, mit ihr zusammenzusein?

Ich höre das Wasser in der Dusche im Badezimmer nebenan, liege in ihrem Bett und beobachte den Deckenventilator, der wie die Gedanken in meinem Kopf unaufhörlich kreist.

Die grenzenlose Ungerechtigkeit ist schwer zu ergründen in Zeiten wie diesen, wenn ich nicht haben kann, was ich mir am meisten wünsche, nur wegen meiner Abstammung. Einige werden vielleicht denken, oh, armer kleiner reicher Junge, geboren mit einem silbernen Löffel im Mund. Worüber in aller Welt kann er wohl zu meckern und zu klagen haben? Aber man sollte sich vorstellen, wie es ist, wenn das Schicksal bereits vor der Geburt für einen besiegelt wird. Dann erscheinen alle Güter dieser Welt nicht mehr ganz so verlockend.

Ich denke an den letzten bitteren Streit mit meinem Vater, bevor ich wegging, um an der USC-Filmschule zu studieren. Ich habe ihn hintergangen und mich hinter seinem Rücken beworben, begeistert und freudig erregt darüber, aufgenommen worden zu sein, aber mit schwerem Herzen vor Sorge um den kräftezehrenden Kampf, der vor meiner Abreise stattfinden würde.

Ich habe die Angebote ausgeschlagen, an den wirtschaftswissenschaftlichen Fakultäten in Oxford, Harvard, Yale, UPenn und Dartmouth zu studieren. Das tat ich, bevor ich ihm mitteilte, dass ich an die USC gehe, damit es zum Zeitpunkt meiner Ankündigung keine anderen Optionen mehr gäbe. Die Explosion war genauso katastrophal, wie ich es erwartet habe. Er war so wütend, dass sein Gesicht violett anlief, und für einen kurzen, schrecklichen Moment befürchtete ich, dass er einen Herzinfarkt bekommt.

Wäre das nicht ironisch gewesen? Wäre er direkt vor mir und meinetwegen tot umgefallen, hätte er schließlich das bekommen, was er wollte – mich als seinen Gefangenen. Aber er ist nicht tot umgefallen. Nein, er hat sich erholt und schaffte es, etwas zu tun und zu sagen, woran ich mich auch nach fast zwanzig Jahren immer noch sehr lebhaft erinnere. Er nannte mich unter anderem eine undankbare, schändliche, arrogante Verschwendung seiner DNA. Nur, weil ich einen Traum hatte, der von seinen Plänen abwich, die er vor meiner Geburt für mich machte. Und das war noch das Geringste, was an dem Tag passierte, aber ich kann mir nicht erlauben, es noch einmal zu durchleben, in diesen Kaninchenbau der Verzweiflung hineingezogen zu werden, aus dem ich mit so viel Mühe ausbrechen konnte.

Am nächsten Tag bin ich nach L.A. geflogen und war in den darauffolgenden Jahren kaum zu Hause gewesen. Ich treffe meine Mutter und Schwestern mindestens einmal im Jahr, meinen Vater aber habe ich zuletzt vor acht Jahren gesehen, bei der Beerdigung meines Großvaters mütterlicherseits. Ich glaube kaum, dass wir während der zwei Tage, an denen ich zu Hause war, mehr als zehn Worte miteinander gesprochen haben. Für ihn bin ich in jeder Hinsicht gestorben – bis auf eine Sache: Zu meiner großen Bestürzung hat er mich bis jetzt noch nicht enterbt. Es gab Zeiten, da habe ich jede Nacht dafür gebetet, dass er das tut.

Meine Frauengeschichten rührten anfangs von meinem Wunsch her, ihn derart anzuwidern, dass er mich nicht mehr als seinen Erben haben will. Doch keine meiner Eskapaden, und ich habe vieles ausprobiert, zeigte die erwünschte Wirkung. Und das ist meine eigene Schuld. Es war mein Einfall, den Mädchennamen meiner Mutter als Nachnamen in meinem neuen Leben zu benutzen, um nicht in irgendeine Verbindung mit ihm gebracht werden zu können. Während ich mir also sicher bin, dass mein Vater über meinen Lebensstil entsprechend entsetzt ist, ahnt der Rest der Welt nicht, dass der Academy-Award-Gewinner, Kameramann und Weltklasse-Schürzenjäger Jasper Autry in Wahrheit der Erbe der Kingsley-Milliarden und der zukünftige zehnte Duke of Wethersby ist.

Natürlich ist meinem Vater nie in den Sinn gekommen, dass meine Schwester Gwendolyn, ihres Zeichens Wall-Street-Bankerin, viel geeigneter wäre, das Familienimperium zu führen, als ich das jemals sein könnte, doch Gott bewahre, sein Erbe wäre damit eine *Frau*. So laufen die Dinge in seiner Welt nicht. Wäre nach vier Töchtern nicht schließlich ich geboren worden, hätte er alles dem Sohn seines Bruders hinterlassen, bevor er seine Dynastie *nur einem Mädchen* überlassen hätte.

Gwen hat einen MBA-Abschluss aus Harvard und die gleiche Affinität zu Finanzen wie mein Vater und Großvater, aber sie war nicht einen einzigen Tag für das Familiengeschäft tätig. Sie ist ein hohes Tier in einer Investmentbank an der Wall Street, wo sie sich in denselben Finanzkreisen einen Namen gemacht hat, in denen mein Vater als lebende Legende gilt.

Im Badezimmer geht der Haartrockner an, ein Zeichen für mich, dass die Dusche frei ist. Ich fahre mit der rechten Handinnenfläche die Stoppeln am Kinn entlang, genervt von der gedanklichen Reise in die Vergangenheit zu den schwierigsten Tagen meines Lebens. Ich bereue es nicht, mich für meinen Lebensweg eingesetzt zu haben anstatt, das Leben zu akzeptieren, das er mir aufzwingen wollte, doch ich wusste immer, dass ich auf geborgte Zeit lebe.

Das stimmt ganz besonders, da mein Vater neuerdings weniger Zeit im Büro und mehr Zeit mit seinen Hobbys verbringt, die sein Leben regelmäßig Gefahren aussetzen. Letzten Mai, als er zum zweiten Mal den Mount Everest bestieg, glaube ich eine ganze Woche lang nicht ein einziges Mal tief durchgeatmet zu haben, bis ich erfahren habe, dass er erfolgreich vom Gipfel hinuntergestiegen ist.

Laut den Medien fliegt er in Kürze mit einem experimentellen sonnenbetriebenen Flugzeug allein um die Welt, denn das ist ja überhaupt nicht gefährlich. Manchmal könnte ich schwören, dass er sich nur deshalb für derartigen Extremsport begeistert, um mich damit zu ärgern. Zweifellos bereitet es ihm eine abartige Freude, zu wissen, dass ich permanent nervös deswegen bin und darauf warte, zu erfahren, dass es ihm gelungen ist, sich umzubringen.

Bei seiner aktuellsten Heldentat wird ihm die ganze Welt zusehen. Wenn sein größtes Talent im Geldverdienen besteht, ist das zweitgrößte, die Presse zu umwerben. Ich müsste mich schon unter einem Stein verstecken, um der Berichterstattung zu entgehen. Glücklicherweise fällt meine Zeugungswoche mit Ellie mit dem neuesten Zirkus meines Vaters zusammen, also bleibe ich offline und werde nicht mit Nachrichten darüber konfrontiert, worüber ich verdammt froh bin.

»Jasper?« Ellie kommt aus dem Badezimmer. Sie trägt einen Bademantel, aber ihre Haare sind trocken und sie hat ein bisschen Make-up aufgelegt. Nicht viel, gerade genug, um ihre Augen und Lippen zu betonen. Wie immer sieht sie fantastisch aus. »Geht es dir gut?«

»Natürlich, Darling. Ich bin nur für ein paar Minuten eingenickt, nachdem du mich so fertiggemacht hast.«

Lächelnd verdreht sie die Augen. »Was trägt man denn in einem Sexklub?«

»Etwas, das sexy ist.«

»Das engt die Auswahl ja schon gewaltig ein.«

Ich stehe auf, gehe zu ihr und lege die Arme um ihre Taille. »Du könntest den Bademantel tragen und dich trotzdem als die perfekte Rose, die du bist, von allen abheben. Alles, was du anziehen möchtest, wird klasse aussehen, da bin ich mir sicher.« Ich küsse sie und gehe um sie herum ins Badezimmer.

»Bist du sicher, dass es dir gut geht?«

»Wieso fragst du?«

»Du schienst eine Million Kilometer weit weg zu sein, als ich aus dem Badezimmer kam.«

Unglücklicherweise wäre eine Million Kilometer nicht weit genug, um mich von den Fesseln an meinem Fußgelenk zu befreien. »Es geht mir gut, Darling. Ich mache schnell.« Ich schließe die Tür, entnervt davon, wie komplett sie mich durchschaut. Das hat sie schon immer, sogar als wir »nur« Freunde waren, doch seitdem wir zu einem Liebespaar wurden, spürt sie mich noch stärker, und bei Gott, ich liebe es, von ihr *durchschaut* zu werden. Es gefällt mir, von ihr *gekannt* zu werden. Mit ihr liebe ich alles, selbst, wenn ich das nicht sollte.

Ich steige unter die Dusche und starre auf das auf mich herunterrieselnde Wasser, fest entschlossen, jede verdammte Minute mit ihr zu genießen, bevor ich sie wieder gehen lassen muss.

ELLIE

Wir fahren in Jaspers Auto ins Black Vice. Seitdem er aus der Dusche kam und sich angezogen hat, war er ungewohnt still. Ich nehme an, es hat damit zu tun, dass er nicht begeistert davon ist, mit mir in den Klub zu gehen, aber mit Sicherheit kann ich es nicht behaupten. Ich will zu sehr den Klub erleben, um das Risiko einzugehen und ihn nach dem Grund zu fragen. Ich will vermeiden, dass er es sich dann womöglich anders überlegt und doch nicht mit mir hingeht.

Ich bin in L.A. aufgewachsen und war mir immer der sexuellen Unterströmungen in der Stadt bewusst. Es gibt Läden, die sich der Lust verschrieben haben, gewöhnliche Striplokale und edlere »Herrenklubs«, ganz zu schweigen von der Filmbranche für Erwachsene am Rand von Hollywood. Ich konnte mich den mich umgebenden Einflüssen nicht entziehen, habe aber nie den Wunsch verspürt, die unterschiedlichen Lebensweisen tiefer zu ergründen. Bis jetzt. Bis Jasper mir seine BDSM-Vorlieben gestand und in mir die Neugier weckte.

Wir fahren die Hollywood Hills hoch und halten uns dabei für meinen Geschmack viel zu nah an Flynns Haus auf. Jasper steuert das Auto die kurvenreiche Straße entlang und biegt in eine Einfahrt ein, die ich übersehen hätte. Nach einigen Kurven kommt ein Gebäude zum Vorschein, das wie ein Privathaus aussieht.

Junge sexy Männer in Smokinghemd und Fliege erwarten im gut beleuchteten Eingangsbereich die Besucher, parken deren Autos und begrüßen die Neuankömmlinge.

Jasper steigt aus dem Wagen, nimmt von einem der Angestellten ein Ticket entgegen und kommt auf die Beifahrerseite, um mir die Tür zu öffnen. Ohne ein Wort legt er meine Hand in seinen gebeugten Ellbogen und führt mich hinein, wo ich mehrmals blinzeln muss, bevor meine Augen sich an die gedämpfte Beleuchtung gewöhnt haben.

Ein gut aussehender dunkelhaariger Mann mit dunklen Augen und einer Intensität darin, wie man ihr nur bei wenigen Männern seines Alters begegnet, kommt auf uns zu. Er trägt eine schwarze Hose und ein Hemd, das an den Ärmeln hochgekrempelt ist, und begrüßt Jasper mit einem warmherzigen Lächeln und der einseitigen Bro-Umarmung, wie Kerle sie heutzutage so machen.

»Das ist eine Freundin von mir, Ellie. Ellie, das ist Devon Black, unser Gastgeber für heute Abend.«

Devon ergreift meine ausgestreckte Hand und küsst den Handrücken. »Es ist reizend, dich kennenzulernen, Ellie. Jasper sagte, das sei dein erstes Mal in so einem Klub. Willkommen.«

»Vielen Dank, dass ich hier sein darf.«

»Ich würde ja entgegnen, dass das Vergnügen ganz meinerseits ist, aber ich hoffe, es wird auch voll und ganz deinerseits sein.«

Die Aussage ist so kühn, dass eine Hitzewelle durch meine Adern jagt, während ich versuche, mir auszumalen, was mich erwartet.

»Bevor wir weitermachen, möchte ich euch bitten, unser Standardformular mit der Verschwiegenheitserklärung zu unterschreiben. Sie beinhaltet im Wesentlichen, dass wir mit allen rechtlichen Mitteln gegen alle vorgehen werden, die darüber sprechen, wen oder was sie hier sehen. Ich gehe davon aus, Jasper hat dir erzählt, dass die Menschen sich in unserem Klub sicher fühlen sollen, ganz sie selbst sein zu können. Alles, was hier passiert, ist anonym. Ich kann dir fast garantieren, dass du heute Abend jemanden sehen wirst, den du kennst. Mit deiner Unterschrift versprichst du, diese Information an niemanden weiterzugeben.«

»Das ist kein Problem.« Ich nehme ihm das Formular aus der Hand und unterschreibe es.

Danach reicht es Devon der Frau weiter, die an der Empfangstheke arbeitet, und bedeutet uns, ihm zu folgen. »Kommt mit. Wir machen eine Tour.«

»Musst du das Formular nicht auch unterschreiben?«, frage ich Jasper.

»Jasper ist ein langjähriges Mitglied unseres Klubs«, antwortet Devon für ihn.

»Ich weiß deine Zeit heute Abend zu schätzen, Devon«, bedankt sich Jasper.

»Kein Problem. Meine Herzensdame hat die Grippe. Ich habe also mal ausnahmsweise etwas Freizeit, dein Anruf kam also zur rechten Zeit.«

»Grüß Tenley von mir«, bittet Jasper ihn.

»Die Tenley, die als Stylistin für Flynn und Natalie arbeitet?«, frage ich und bemühe mich, meine Stimme nicht überrascht klingen zu lassen. »Addies Freundin?«

»Die einzig wahre«, antwortet Devon mit einem sanften Lächeln, das seine Zuneigung für sie zum Ausdruck bringt.

Tenley ist also auch Teil der Kultur? Das wird ja immer interessanter. Dabei habe ich noch gar nichts gesehen.

Wir werden in einen Riesenraum mit einer Vielzahl von Bühnen geführt, wo Paare und Menschengruppen sich an den unterschiedlichen Tätigkeiten beteiligen. Auf einer Bühne ist eine Frau über eine Vorrichtung gebeugt, während ihr Liebhaber sie mit einem Gegenstand auspeitscht, der einem Mopp aus Leder ähnelt. Neben dieser Bühne wird ein Mann von einer Frau dominiert, die ganz in schwarzes Leder gekleidet ist und die höchsten, spitzesten Absätze trägt, die ich je gesehen habe. Ich zucke zusammen, als sie sich auf seinen Oberkörper stellt und diese Pfennigabsätze in seine Haut rammt. Er stöhnt vor unmissverständlichem Vergnügen.

Auf einer weiteren Bühne ist eine Frau von einer Gruppe aus vier Männern umgeben und jeder von ihnen kümmert sich um einen anderen Körperteil von ihr. Ich versuche mir vorzustellen, wie es wäre, mich von so vielen Händen, Mündern und Zungen gleichzeitig bearbeiten zu lassen, und meine Klitoris beginnt völlig unerwartet vor Interesse zu kribbeln.

»Diese Sub spielt heute Abend eine Gruppenvergewaltigungsfantasie aus«, erklärt Devon mir. Obwohl der gesamte Raum von dem erregend treibenden Beat der Musik dröhnt, kann ich ihn sehr gut verstehen.

»Es gibt Menschen, die Vergewaltigungsfantasien haben?«, frage ich leise.

»Die Menschen haben alle möglichen Fantasien«, erläutert Devon, »und Klubs wie dieser hier ermöglichen ihnen, sie in einem sicheren, vernünftigen und einvernehmlichen Umfeld auszuleben. Diese drei Begriffe bilden den Kern unserer Kultur und sollten dich bei all deinen Unternehmungen leiten, welcher Art sie auch sein mögen.«

»Darling, geht es dir gut?«, fragt Jasper.

Mir wird klar, dass ich die von Männern umgebene Frau anstarre, während ich mich frage, wie ihre Fantasie wohl weitergehen wird. Werden sie sich alle abwechseln? Werden sie sie alle gleichzeitig nehmen? Was würde ich wollen, wenn ich sie wäre? Vergewaltigung würde nicht zu meinen Fantasien gehören. Dessen bin ich mir absolut sicher. Mehrere Kerle, die sich um meine Lust kümmern? Damit könnte ich möglicherweise leben, aber es steht nicht an vorderster Stelle auf der Liste der Dinge, die ich ausprobieren würde.

»Ellie?«

»Ja, tut mir leid, es geht mir gut.«

Ich bin der Typ Frau, der sich nur auf einen Mann konzentrieren möchte, und der einzige Grund, aus dem ich neugierig bin, ist Jaspers Interesse daran. Er ist es, der mich interessiert.

Seine Hand auf meinem unteren Rücken hält mich im Hier und Jetzt, das meine volle Aufmerksamkeit fordert.

Ich bemerke, dass die Kellnerinnen und Kellner alle Analplugs mit daran befestigten Schwänzen tragen und gerade so viel Kleidung, dass ihre Genitalien bedeckt sind. Die Frauen sind alle oben ohne, und ihre Nippel sind mit Quasten und anderem Schmuck bedeckt. Ich versuche mir vorzustellen, wie es wohl ist, in einen neuen Job eingearbeitet zu werden und die Anweisung zu bekommen: *Oh, übrigens, du musst beim Bedienen der Gäste auf dem Parkett Analplugs und Nippelpasties tragen.*

»Warnt man sie beim Bewerbungsgespräch, dass Analplugs zu ihrer Arbeitskleidung gehören?«

Devon lacht leise über die Frage. »Das ist keine Pflicht.«

»Sie tragen sie also, weil es ihnen gefällt?«

Er zuckt mit den Achseln. »Das musst du sie fragen. Wir verlangen nur, dass sie sich provokant und dem Motiv des Klubs angemessen kleiden. Alles andere überlassen wir ihnen.«

»Und ich nehme an, deine Angestellten müssen auch irrwitzig heiß sein?«

»Auch das ist keine Pflicht.«

Wir gehen eine Treppe hinauf zu einem offenen Galeriebereich, wo Devon auf nebeneinanderliegende geschlossene Türen zeigt. »Hinter diesen Türen finden verschiedene Sessions zwischen einvernehmenden Partnern statt. Auf der linken Seite ist das Spielzimmer, auf der rechten kann man zuschauen, und Geschlechtsverkehr ist hier oben erlaubt, aber nicht auf dem Hauptstockwerk.«

»Möchtest du einen Blick riskieren?«, fragt Jasper.

Ich versuche auszuloten, wie weit ich diese Suche nach Informationen treiben will, als eine der Türen auf der linken Seite aufgeht und ein Paar herauskommt. Sie sind so voneinander eingenommen, dass sie uns nicht bemerken, bis ich nach

Luft schnappe und ihre Aufmerksamkeit auf uns lenke. Hayden und Addie.

Sie stutzen beide gleichzeitig, als sie uns mit Devon zusammen sehen.

Haydens glücklicher, zufriedener Ausdruck wird ungestüm. »Was zum Teufel machst du hier, Ellie?«

»Sie ist mit mir hier«, antwortet Jasper und legt einen Arm um meine Schultern.

Haydens Blick wandert von ihm zu mir und dann wieder zurück zu ihm. »Möchtest du das noch einmal für mich wiederholen?«

»Du hast mich schon verstanden.«

»Ich habe ihn gebeten, mich mitzunehmen«, gehe ich dazwischen.

Er starrt auf Jasper hinunter. »Wozu zum Teufel?«

Bevor Jasper antworten kann, entgegne ich: »Ich habe nicht vor, dich zu fragen, was du hier machst, Hayden, also solltest du mir vielleicht den gleichen Gefallen erweisen.«

Seine Augen verengen sich, und ich erkenne, dass er noch sehr viel mehr zu sagen hat.

»Hayden.« Addie zieht an seiner Hand. »Lass uns nach Hause gehen.«

Nach einer langen Pause warnt er Jasper: »Du solltest lieber hoffen, dass Flynn nichts davon erfährt, dass du sie hergebracht hast.«

Das macht mich böse. »Kurzmeldung, Hayden. Ich bin fünfunddreißig. Ich frage meinen kleinen Bruder nicht um Erlaubnis, wenn ich irgendetwas tun will. Es geht ihn überhaupt nichts an, dass ich hier bin, und dich auch nicht.«

»Sie hat recht, Hayden.« Addie zieht stärker an seiner Hand. »Lass uns gehen.«

Er lässt sich von ihr wegführen, aber nicht ohne Jasper vorher einen weiteren drohenden Blick zuzuwerfen.

»Also«, meint Jasper fröhlich, nachdem sie weg sind, »es ist immer ein Vergnügen, Hayden zu treffen.«

»Ich muss mich entschuldigen«, sagt Devon. »Ich war vorhin oben bei Tenley und wusste nicht, dass sie heute Abend hier sind. Ich hätte euch sonst vorgewarnt.«

»Keine Sorge, Kumpel.«

Einer von Devons Angestellten kommt auf uns zu und hält privat Rücksprache mit ihm. »Wenn ihr mich entschuldigt, ich muss mich um etwas kümmern. Schaut euch hier noch gern weiter um. Wir treffen uns dann wieder an der Bar, und ich beantworte dir alle deine Fragen, Ellie.«

»Danke.« Mir wird klar, dass Devon, als ich mich bei der Begegnung mit Hayden und Addie als Flynns Schwester geoutet habe, nicht sonderlich über den möglichen Zorn meines Bruders besorgt zu sein scheint.

»Es tut mir leid, Liebes«, entschuldigt sich Jasper, als wir allein sind. »Ich hatte keine Ahnung, dass sie auch Mitglieder hier sind.«

»Aber du wusstest, dass sie diesen Lebensstil praktizieren.«

»Ja.«

»Bei ihm kann ich mir das total gut vorstellen, aber Addie …«

»Sie ist noch ganz neu in der Szene.«

»Ah, ich verstehe. Seit sie mit ihm zusammen ist und er sie überaus bereitwillig in seine Kultur eingeführt hat?«

»Ähm, ich glaube nicht, dass es genauso abgelaufen ist, aber dafür müsstest du sie fragen.«

Mir fällt auf einmal die Prellung an Addies Arm ein, die ich in Mexiko sah. Ist es möglich, dass sie von irgendwelchen Fesseln verursacht wurde? Ich glaube, mich laust der Affe …

»Ich fühle mich so, als wäre ich wieder auf der Highschool, und alle coolen Kinder wissen etwas, was ich nicht weiß.«

169

Er lächelt amüsiert auf mich hinunter. »So ist es nicht. Die meisten Menschen reden nicht gern darüber, wovon sie den größten Kick bekommen. Ich für meinen Teil habe dich noch nie jemandem erzählen hören, dass du dich gern spanken lässt.«

Ich hebe die Hand und presse seine Lippen zusammen. »Ich wusste auch nicht, dass es mir gefällt, bis ich es mit dir ausprobiert habe.«

»Genau«, nuschelt er durch meinen Griff. Er entfernt meine Finger und küsst sie, bevor er seine Hand um meine legt. »Man weiß es nie, bis man es ausprobiert, und das ist einer der Grundsätze unserer Kultur. Alles einmal. Zweimal, wenn es dir gefällt. Es ist keine Schande, herumzuexperimentieren oder die Grenzen zu überschreiten, um zu erfahren, was möglich ist.«

»Ich versuche als Feministin den Reiz, sich zu unterwerfen, zu verstehen. Ich habe das Gefühl, als würde ich die Errungenschaften der gesamten Frauenwelt um Jahrzehnte zurückwerfen, wenn ich mich in einer echten Beziehung im Bett von einem Mann kontrollieren lasse.«

»Ich verstehe, warum es den Anschein hat, als würdest du deine hart verdiente Macht aufgeben, aber so ist es nicht. Du behältst die ganze Macht, indem du im Voraus bestimmst, was du willst und nicht willst.« Er hält inne und fügt dann hinzu: »Wie viele Entscheidungen triffst du an einem gewöhnlichen Tag?«

Darüber muss ich kurz nachdenken. »Hunderte?«

»Richtig, stell dir also ein Szenario vor, bei dem du das Denken einem anderen überlässt und das Einzige, worum du dich sorgen musst, deine eigene Lust ist.«

»Ist das nicht irgendwie egoistisch?«

»Überhaupt nicht, Darling. Mich turnt es unglaublich an, wenn ich mich um die Lust meiner Partnerin kümmere. Ich würde sogar so weit gehen und behaupten, dass du deine Macht als Frau am meisten nutzt, wenn du deine Lust deinem Partner überträgst.«

»Das ist ein überzeugendes Argument. Das gebe ich zu.«

»Verlass dich nicht nur auf meine Aussage. Lass uns das anschauen, einverstanden?«

Es macht mich nervös, anderen tatsächlich beim Sex zuzuschauen, aber ich lasse mich von ihm in das nächste Beobachtungszimmer führen, weil ich zu neugierig bin, um jetzt noch umzukehren. Wir sind die einzigen Zuschauer eines Paares im angrenzenden Zimmer, das anscheinend eine knallharte Bondageszene aufführt. Der Kerl ist riesig, bestimmt über eins neunzig, ziemlich muskulös, hat breite Schultern, eine schmale Taille und einen festen, muskulösen Hintern. Er steht mit dem Rücken zu mir, deswegen erkenne ich nicht sofort, ob er überall groß ist, aber ich brenne darauf, es bald zu erfahren.

Seine Sub ist an den Handgelenken zusammengebunden, die an einem Haken über ihrem Kopf befestigt sind, sodass sie in der Luft hängt.

»Tut das nicht in ihren Armen weh?«, flüstere ich, obwohl Jasper meinte, sie könnten uns nicht hören. Wir dagegen verstehen jedes einzelne Wort von ihnen.

»Er wird sie nicht so lange hängen lassen, dass es wirklich wehtun könnte.«

Tatsächlich hebt er jetzt ihre Beine, um ihre Arme zu entlasten. Er justiert die Bindungen, bis sie teilweise geneigt ist, die Beine gespreizt und an weiteren an der Decke angebrachten Haken befestigt. »Tut irgendetwas weh?«, fragt er.

Sie schüttelt den Kopf, und da erkenne ich, dass sie auch noch geknebelt ist. Das würde ich niemals machen. Allein die Vorstellung davon finde ich abstoßend. Im Vergleich zu ihm ist sie winzig, und während er um sie herumgeht, um seine Arbeit zu begutachten, schnappe ich nach Luft, als ich sehe, dass er in der Tat überall *riesig* ist.

Jasper lacht leise über meine Reaktion.

»Er wird sie zum Krüppel machen.«

»Und sie wird jede Sekunde davon genießen. Schau mal.«

Ich habe keine Ahnung, wie lange wir dort sind, aber wir sehen zu, als er an ihren Nippeln und ihrer Klitoris Klemmen anbringt. Selbst mit dem Knebel hören wir ihre hohen Schmerzensschreie, als die Zähne der Geräte in ihr Fleisch beißen. Er beruhigt und tröstet sie, entfernt aber nicht die Klemmen.

Meine eigenen Nippel und die Klitoris richten sich auf vor Neugier, was im anderen Zimmer vorgeht. Ich verschränke die Arme auf der Suche nach etwas Erleichterung.

Jasper stellt sich hinter mich, gleitet mit den Armen um meine Taille, legt die Hände auf meine Brüste und fährt mit den Daumen über meine Nippel, während er seinen steifen Schwanz gegen meinen Rücken presst. »Ich habe dich, Liebes. Entspann dich einfach und genieß es. Es turnt sie an, beobachtet zu werden.«

Ich kann mir nicht vorstellen, von Fremden in so einem intimen Moment beobachtet zu werden, aber ich stelle ja auch fest, dass Menschen auf so manche Dinge stehen, die ich mir niemals vorstellen konnte.

Der Mann greift nach einem Gegenstand auf dem Tisch neben ihm und hält ihn hoch. Ihre Augen werden groß und rund, und sie schüttelt den Kopf.

»Wie soll sie ihr Safeword aussprechen, wenn sie geknebelt ist?«

»Sie haben ein Zeichen vereinbart, das alles stoppt, wenn sie es benutzt. Zum Beispiel, schnell hintereinander zweimal blinzeln, die Augen verdrehen oder irgendetwas, das ihm eindeutig mitteilt, dass das Spiel aus ist.«

»Das heißt, wenn sie den Kopf verneinend schüttelt, reicht es nicht aus.«

»Nein. Das Einzige, das alles beendet, ist das Zeichen, das sie im Voraus vereinbart haben.«

»Und was ist dieses Ding?«

»Das ist ein Analplug.«

»*Der* soll in ihren *Hintern*? Herrgott. Er ist ja riesig!«

Jaspers Körper wird von stummem Gelächter erschüttert.

Ich stoße ihn mit dem Ellbogen in den Bauch. »Das ist nicht lustig! Sie wird nie wieder sitzen können.«

»Natürlich wird sie das. Er bereitet sie vermutlich darauf vor, *ihn* dort aufzunehmen.«

»Unmöglich. Auf gar keinen Fall würde er jemals da hineinpassen.«

»Er würde nicht nur hineinpassen, sondern sie auch noch dazu bringen, es zu genießen.«

Ich kann nicht fassen, dass ich hier stehe und dabei zusehe, wie er diesen enormen Plug in ihren Arsch schiebt, während sie sich windet, stöhnt und so laut schreit, wie es der Knebel zulässt. Ihr Körper glänzt schweißnass, und Tränen laufen ihre Wangen hinunter. Ein Teil von mir will dort hineinstürmen und sie retten. Ich muss mich daran erinnern, dass sie vorher gewusst hat, was er machen würde, und dem zustimmte. Wobei es mir schwerfällt zu glauben, dass sie zugestimmt hat, sich dieses *Ding* in ihren Arsch stopfen zu lassen. Als der Gegenstand voll in ihr ist, zittert sie wie verrückt. Er fährt mit den Händen über ihre Beine, bevor er den Kopf neigt, um ihre Muschi zu lecken. Was auch immer er ihr antut, es bringt sie wieder zum Schreien, diesmal offensichtlich vor Vergnügen.

Sie kommt immer noch, als er seinen Schwanz in sie einführt und sie ganz steif wird, anscheinend gleichzeitig vor Schock, Schmerz und Lust. Meine Knie klappen unter mir zusammen, und nur Jaspers Arm hält mich aufrecht, als der Mann in seine Sub hämmert, sein Tempo unerbittlich und erbarmungslos.

»Er tut ihr doch weh«, flüstere ich.

»Nein, das tut er nicht. Er beobachtet sie sehr aufmerksam und sorgt dafür, dass sie es genauso genießt wie er.«

Ich muss mich zwingen, weiter zuzuschauen, präsent zu bleiben, obwohl ich nur noch den Kopf wegducken und überall hinschauen möchte, nur nicht dorthin. Dann führt er die Hände an ihre Brüste und spielt mit ihnen, bis er die Nippelklemmen entfernt und sie wieder schreit und vor Ekstase bebt, als er auch noch die Klitorisklemme löst.

»Schau auf ihr Gesicht«, empfiehlt Jasper mir leise ins Ohr.

Ich fixiere ihr Gesicht und kann nicht leugnen, dass jetzt etwas anders ist. Sie driftet in einen zenartigen Trancezustand, während er sie weiterhin mit unnachgiebigem Tempo durchpflügt.

»Das nennt man Subspace«, erklärt Jasper. »Das ist, wenn die Endorphine ausgeschüttet werden und die Sub aus dem Hier und Jetzt in einen Zustand glückseliger Akzeptanz versetzt wird. Es ist eine der transzendentesten sexuellen Erfahrungen, die man haben kann.«

Seine Beschreibung erinnert mich sehr stark an unser erstes Mal Liebemachen.

Wir schauen zu, als der Mann schließlich seinen Höhepunkt hat und wiederholt in sie pumpt. Dann kümmert er sich sofort um sie, entfernt den Plug und den Knebel, löst sie aus den Fesseln. Er nimmt sie auf den Arm, hält sie nah bei sich und flüstert etwas, was ich nicht ganz ausmachen kann.

Obwohl ihre Augen geschlossen sind, verrät mir ihr leichtes, zufriedenes Lächeln, dass es ihr mehr als nur gut geht.

»Komm.« Mit dem Arm um meine Taille geleitet Jasper mich aus dem Zimmer, und meine Beine sind alles andere als stabil. Er führt mich zu einer Sitzgruppe auf dem Flur und setzt sich neben mich auf ein Zweiersofa. »Sprich mit mir. Erzähl mir, wie du dich fühlst.«

»Überwältigt, angeturnt und noch neugieriger als zuvor.«

»Willst du noch mehr sehen?«

»Ich will alles sehen.«

Seine Augen lodern vor Hitze, als er sich vorbeugt und meinen Mund in einem Kuss verschlingt, bei dem ich ihm die Kleider vom Leib reißen und ihn sofort hier nehmen will, zum Teufel damit, dass jemand uns sehen könnte. »Du bist so verdammt perfekt«, flüstert er, als wir Luft holen müssen. »Als du mir zuerst von deinem Kinderwunsch erzähltest, konnte ich nur noch daran denken, dass ich endlich die Gelegenheit bekomme, dich zu berühren. Aber jetzt gibt es so viel mehr, was ich mit dir machen will, abgesehen vom Baby.«

»Du willst dieses Zeug mit mir machen?«

»Ja, verdammt. Ich will alles mit dir machen, aber nur, wenn du das auch willst.«

»Ich … ich denke, ich würde gern etwas davon ausprobieren, aber nur mit dir. Ich könnte es mit keinem außer dir.«

»Du solltest es auch mit niemandem außer mir machen, sonst kann ich nicht für meine Taten garantieren.«

»Du klingst schrecklich besitzergreifend für einen Mann, der sich damit rühmt, sich nie zu binden.«

»Das ist dir also aufgefallen, ja?«

»Mmm.« Ich nicke und gleite mit dem Blick zu seinen Lippen, die von unseren Küssen immer noch feucht sind.

»Du musst mir einen Gefallen tun.«

In diesem Augenblick glaube ich, ihm alles geben zu können, was er verlangt. »Was genau?«

»Lass dich nicht bei dieser Datingagentur registrieren.«

»Jasper …«

»Gib mir Zeit, um ein paar Dinge zu klären, bevor du mit anderen Typen ausgehst.«

»Wie viel Zeit?«

»Das weiß ich noch nicht, aber bitte … Ich weiß nur, dass mich die Vorstellung von dir mit anderen Typen rasend macht.«

»Wir wollten doch keine ernste Beziehung. Wir wollten nur ein Baby machen. Und jetzt ...«

»Und jetzt ... bitte ich dich darum, mit niemandem außer mir auszugehen.«

»Bittest du mich nicht um mehr als das? Ist das nicht der Grund für unseren Besuch hier?«

»Wenn ich alles haben könnte, was ich wollte, würde ich alles mit dir haben wollen. Das hier«, sagt er und meint den Klub, » und das Baby und dein ganzes verdammtes Leben, wenn du bereit wärst, es mit mir zu teilen. Aber es steht mir nicht frei, darum zu bitten. Zumindest nicht jetzt.«

»Wie kannst du so etwas für mich empfinden, wenn wir erst vor einer Woche nur Freunde waren?«

»Wir waren nie *nur* Freunde. Zumindest nicht für mich. Und als du mir deinen Kinderwunsch gebeichtet hast, sah ich meine Chance, mehr mit dir zu haben. Ich war nicht stark genug, um sie mir entgehen zu lassen, selbst wenn es vermutlich besser gewesen wäre.« Er fährt mit dem Finger über meine Wange und löst damit Reaktionen aus, die ich überall spüre, ganz besonders zwischen den Beinen. Er streift mit seinen Lippen meine und fragt: »Möchtest du noch weiter zuschauen oder lieber spielen?«

»Hier?«

»Ja. Devon hat uns ein Zimmer reserviert, falls wir Interesse haben.«

Ich muss schlucken. »Würden andere Menschen zuschauen?«

»Nicht beim ersten Mal. Das wäre nur für uns.«

»Ich ...«

»Kein Druck, Ellie. Das kannst du komplett selbst entscheiden.« Er bedeckt meinen Hals mit sanften Küssen mit offenem Mund und macht mich ganz wild mit der Berührung seiner Zunge auf meiner Haut. »Was auch immer du willst, wann auch immer du es willst.«

»Ich will es.« Ich will es so sehr, dass ich noch nicht einmal weiß, wie ich ihn darum bitten soll.

»Erzähl es mir.«

»Was er mit ihr gemacht hat. Das will ich.«

»Wie viel davon?«

»Alles, bis auf den Knebel und die Klitorisklemme. Das reizt mich überhaupt nicht.«

»Um es klarzustellen, du willst gefesselt werden, deine Nippel eingeklemmt haben mit einem Plug im Arsch, während ich dich ficke. Ist das korrekt?«

Ich muss wieder schlucken. Ein Teil von mir kann nicht fassen, dass ich überhaupt hier bin, geschweige denn so einer langen Liste zustimme. »Ja.«

»Wie soll dein Safeword lauten?«

»Wie wäre es mit ›Baby‹?«

Er lächelt. »Das passt gut.« Er drückt meine Hand und fragt: »Bist du dir sicher?«

»Ja, Jasper, ich bin mir sicher.«

»Und du lässt dich nicht bei der Datingagentur registrieren?«

»Nein, das werde ich nicht. Wenn du das willst.«

»Das will ich.«

KAPITEL 13

Ist es möglich, dass ich gestorben und direkt in den Himmel aufgestiegen bin? Ellie ist nackt und gefesselt, ihre Beine so weit gespreizt, wie es nur ging. Da es ihr erstes Mal ist, habe ich sie nicht aufgehängt. Ihre Arme sind stattdessen über ihrem Kopf ausgestreckt und an den Eisenstangen des Betts befestigt, und ihre Knie sind an Vorrichtungen über dem Bett gesichert. Die Stellung ist nicht weniger als obszön und gefällt mir sehr. Ich kann es kaum erwarten, sie zu verschlingen, doch zuerst muss ich sie beruhigen. Sie zittert heftig, und ihre Blicke schießen quer durch den Raum, das Anzeichen einer bevorstehenden Panikattacke.

»Atme tief durch, Liebes.«

Sie tut, wie ihr befohlen, und holt bebend tief Luft.

»Und jetzt ausatmen.« Wir atmen zusammen ein paarmal tief ein und aus, bis ich erkenne, dass sie sich etwas entspannt. »Atme weiter und verrat mir noch mal dein Safeword.«

»Baby.«

»Du weißt, wenn du das Wort aussprichst, wird alles beendet, richtig?«

»J-ja.«

»Du siehst so wunderschön aus. Hast du eine Vorstellung davon, für wie toll ich dich halte, wie furchtlos und sexy?«

»Ich bin nicht furchtlos.«

»Du hast keinen Grund, Angst vor mir zu haben. Niemals. Eher würde ich sterben, als dir wehzutun. Sag mir, dass du das auch weißt.«

»Das tue ich. Ich weiß es.«

»Und du vertraust mir an, es für dich fantastisch zu machen?«

»Ich vertraue dir.«

»Das bedeutet mir so viel, meine Liebe. Du wirst nie ahnen, wie viel.« Ich gebe ihr einen sanften und süßen Kuss, weil ich spüre, dass sie jetzt beides braucht. »Und jetzt sagst du nichts mehr bis auf dein Safeword, und das auch nur, wenn du es brauchst. Haben wir uns verstanden?«

Sie nickt, ich streiche ihr das Haar aus dem Gesicht und ziehe mich zurück, um die Session vorzubereiten. Zuerst ziehe ich mich aus und wähle dann aus einem breiten Spektrum an Gegenständen im Schrank aus, den Devon für seine Mitglieder auffüllt. Ich lasse mir bei der Vorbereitung Zeit, wissend, dass die Vorfreude ihre Aufregung und Beunruhigung befeuern wird, beides Zutaten für ihr ultimatives Lustempfinden.

Ich kehre zu ihr zurück, überwältigt vor Dankbarkeit für ihre Tapferkeit und erregter, als ich mich jemals zuvor in einer Session gefühlt habe. Ich gebe zu, dass einige Dinge nach so vielen Jahren in der Kultur bereits zur Routine geworden sind, doch mit Ellie ist es alles andere als Routine, ganz besonders, da ich weiß, dass sie so etwas zum ersten Mal macht.

Ich beginne mit sanften Küssen auf ihrem Nacken und Hals und arbeite mich zu ihren Brüsten hinunter. Ihre Nippel sind bereits hart und fest, und ich lecke und sauge sie lange, bis sie sich unter mir windet und nach mehr sehnt. Ich setze die erste Klemme auf ihren linken Nippel, und sie schreit vom Schmerz auf, als sich die Zähne in ihr empfindliches Fleisch krallen. Ich lecke den eingeklemmten Nippel, und sie wimmert. Ich bemerke, wie ihr Puls am Hals hämmert, und lecke sie auch dort.

Ich küsse mich hinunter zu ihrem Bauch vor, ziehe mit der Zunge Kreise um ihren Bauchnabel und dann hinunter zu ihrer süßen Muschi, wo die Feuchtigkeit bis zu ihrem Arsch hinunterläuft. Gott, ich liebe es, dass sie so angeturnt ist. Zu wissen, dass ich das in ihr auslöse, erfüllt mich mit der größten Scheißbegeisterung meines Lebens. Ich ziehe ihre Klitoris in den Mund, sauge sie und bearbeite sie mit der Zunge. Sie ist so davon eingenommen, was ich mit ihrer Muschi mache, dass sie die zweite Nippelklemme nicht kommen sieht, bis sie sich in ihr Fleisch beißt, gerade als ich heftiger an ihrer Klitoris sauge. Jeder ihrer Muskeln zieht sich zu einem Ganzkörperorgasmus zusammen, der sie zum Schreien bringt.

»Ich kann mich nicht daran erinnern, dir die Erlaubnis zu kommen erteilt zu haben«, flüstere ich an ihren Oberschenkel, knabbere an dieser zarten Stelle und erschrecke sie damit. »Das ist ein Grund für Bestrafung, Liebes.«

Ich kann erkennen, dass sie sehr viel darauf entgegnen möchte, beißt sich aber klugerweise auf die Zunge und starrt mich nur böse an.

Lachend greife ich nach der Gleitgeltube auf dem Tisch neben mir und gebe eine großzügige Menge auf die Finger. Sie gleiten durch ihre Feuchtigkeit zum After, der sich um meine Finger zusammenzieht. »Lass mich hinein, Darling. Es fühlt sich besser an, wenn du gegen mich drückst.«

Sie schneidet eine Grimasse, als ich die Finger durch die feste Umklammerung ihrer Muskeln schiebe und sie auf den viel größeren Plug vorbereite. Sie hat mir bereits gezeigt, wie sehr es ihr gefällt, wenn ich mit ihrem Arsch spiele, also weiß ich, dass sie den Plug lieben wird. Na ja, vielleicht nicht sofort, aber ich bringe sie dazu.

Als ich beschließe, dass sie bereit ist, greife ich nach dem bereits eingeschmierten mittelgroßen Plug und ersetze meine Finger damit, drücke beharrlich, bis ihre Muskeln nachgeben und ihn hineinlassen. Ich wünschte, ich hätte daran gedacht, ihren Ausdruck und ihre Geräusche bei der ersten Begegnung mit dem Plug aufzunehmen. Aber ich brauche die Aufnahmen nicht, weil ich es auch so nie vergessen werde. Ich habe das schon oft gemacht, aber es hat sich nie so intim oder wichtig angefühlt wie mit ihr.

Allmählich gewöhne ich mich an den Gedanken, dass sich nichts mehr so anfühlen wird wie mit ihr. Sie hier im Klub zu haben, während sie sich auf etwas einlässt, das mir so viel bedeutet, ist ein weiterer Schritt auf unserer gemeinsamen Reise. Es war töricht von mir, zu glauben, ich könnte mit ihr nur eine kurze Romanze haben und sie mein Kind ohne mich aufziehen lassen. Als ich ihren Entschluss, ihren Wunsch sehe, mich mit ihrer Unterwerfung zu erfreuen, breitet sich ein Gefühl des Friedens in mir aus.

Sie ist die Antwort auf jede Frage, die ich mir jemals zu meiner Identität und Zugehörigkeit gestellt habe. Ich gehöre hierher an ihre Seite und nicht nach England mit einem Erbe, das ich nie wollte. Es muss einen Ausweg aus meinen familiären Verpflichtungen geben, damit ich hier bleiben und meine eigene Familie gründen kann – mit ihr.

Als der Plug in sie sinkt, beobachte ich sie aufmerksam und erkenne die ersten Anzeichen des Subspace in ihrem fast tranceartigen Ausdruck. Ich nehme meinen Schwanz in die Hand, streichele mich selbst, bevor ich mich langsam in sie schiebe, weil sie wegen des Plugs enger ist als sonst. Ich packe sie an den Hüften, presse vor, und ihr Mund geht mit einem stillen

Schrei auf, der wie ein elektrischer Stromstoß direkt in meine Eier geht.

Das ist ein großartiger Zeitpunkt zum Erkennen, dass ich verliebt bin in diese Frau, die für mich gefesselt, eingeklemmt und mit einem Plug versehen ist und hoffentlich auch bald schwanger mit meinem Kind sein wird.

ELLIE

Mir ist jegliches Zeitgefühl abhandengekommen. Ich habe keine Ahnung, ob wir eine oder fünf Stunden in diesem Zimmer verbracht haben. Was spielt es auch für eine Rolle? Ich habe mich Jasper komplett ergeben, und er hat das Sagen. Ich schwebe, zumindest fühlt es sich so an, bis er meine Nippelklemmen entfernt. Die schockierende Schmerzwelle reißt mich aus meinem gelösten Zustand und zwingt mich zurück in die Realität.

Mit dem Schmerz meiner Nippel und dem festen Druck seines Schwanzes in mir sind meine Sinne überfordert. Tränen kullern meine Wangen hinunter, aber ich fühle mich nicht traurig. Ich fühle mich eigentlich sogar beschwingt und überwältigt, aber im bestmöglichen Sinne.

Noch nie habe ich die Kontrolle so aufgegeben wie jetzt, und als ich dieses Zimmer betrat, wissend, was passieren würde, hatte ich damit gerechnet, mehr Angst dabei zu verspüren. Aber ich vertraue Jasper so voll und ganz, dass ich nicht die geringste Angst erlebt habe.

Er hat sich um jedes Detail meines Komforts gekümmert, angefangen bei den pelzgefütterten Handschellen an meinen Handgelenken bis hin zu den Samtbindungen, die meine Beine für ihn spreizen. Bis auf die Klemmen und den Plug, die überhaupt nicht bequem waren, aber meine Erregung ins

Unermessliche steigerten, habe ich hier nichts erlebt, was ich nicht hätte aushalten können.

Es gefällt mir, wie er über mir wacht, jede meiner Reaktionen abschätzt und dass wir vorher alles abgesprochen haben, damit es keine Überraschungen gibt. Ich bin erst seit ein paar Tagen intim mit ihm und habe schon jetzt mit ihm mehr über Sex geredet als mit allen anderen Männern vor ihm zusammengenommen. Nicht, dass es sie massenweise gab, aber genug, um zu wissen, dass die Chemie zwischen Jasper und mir ungewöhnlich ist – und *außer*gewöhnlich.

Er streichelt meine Klitoris, während er sich in mich schiebt, und der Druck steigt von Neuem an. Ich darf ohne seine Erlaubnis nicht kommen, aber er unternimmt alles in seiner Macht Stehende, damit ich diese bestimmte Anweisung gar nicht befolgen kann. Und ich vermute, dass er das absichtlich tut, damit er mich später dafür bestrafen kann. Der Gedanke an seine Bestrafung zusammen mit den Fingern, die über das feste Nervenende in meinem Innersten gleiten, verursacht in mir einen Ganzkörperorgasmus, der aus meiner tiefsten Seele kommt.

Ich muss geschrien haben, denn meine Kehle fühlt sich rau an. Er ist über mir, wir atmen beide schwer und schnell, während unsere Körper im Nachbeben pochen und beben. Nach einer langen Pause zieht er sich aus mir heraus und löst nach und nach die Bindungen, bevor er mich auf den Arm nimmt und eine Decke über mich legt.

»Trink etwas«, fordert er mich auf und hält mir eine Wasserflasche an die Lippen.

Mein Mund ist unglaublich trocken, und ich schlucke gierig das Wasser.

Er streicht mir das Haar aus dem Gesicht und blickt auf mich hinunter.

Ich bin so müde, dass ich kaum die Augen offen halten kann, aber diese fragile Verbindung zu ihm will ich nicht unterbrechen.

»Geht es dir gut?«

»Mmmm.«

»Worte, Darling. Ich muss Worte hören.«

»Es geht mir gut.«

»Wie fühlst du dich?«

»Gut. Richtig gut.«

»In Ordnung, Liebes«, seufzt er, wohl vor Erleichterung, »du kannst dich noch ausruhen, bevor wir nach Hause fahren.«

Ich lasse zu, dass sich meine Augen schließen, und murmele: »Du hast etwas vergessen.«

Sein leises Lachen grollt an meinem Ohr, das ich an seinen Oberkörper gepresst habe. »Ich habe nichts vergessen.«

Wäre ich nicht so müde und übersättigt, würde ich mir Sorgen um das Entfernen des Plugs machen, aber ich bin zu überglücklich, um mich um solche trivialen Dinge zu kümmern. Ich bin mir nicht sicher, ob ich tatsächlich einschlafe oder nur wegdöse, aber seine Küsse auf meinem Gesicht und meinen Lippen bringen mich zu ihm zurück. »Ich muss dich nach Hause bringen, damit du etwas schlafen kannst.«

Mir ist schön warm, ich finde es gemütlich und will gar nicht daran denken, mich zu rühren. »Wir sollten einfach hier bleiben.«

»Du wirst morgen früh nicht hier aufwachen wollen.«

»Ich hasse es, wenn du so praktisch bist.«

Mit einem Lächeln hebt er mich von seinem Schoß auf das Bett und küsst sich dann langsam meine Vorderseite hinunter. »Was, wenn wir heute Abend hier ein Baby gemacht haben?«, fragt er.

Ich war vom Klub, den Sexpraktiken, der Atmosphäre und der Szene mit Jasper so eingenommen, dass ich tatsächlich für eine kurze Zeit unser Projekt vergessen habe. Das spricht für seine Fertigkeiten, weil ich nicht gedacht hätte, dass mich irgendetwas *das* vergessen lassen könnte. Doch jetzt, da er die Möglichkeit erwähnt, ist die Sehnsucht auf einmal so stark, dass mir fast schwindelig wird. Dann zieht er langsam den Plug heraus, und das fordert meine volle Aufmerksamkeit.

Als er diese Qual endlich beendet hat, schwitze ich, mein Herz rast, und ich bin wieder voll erregt. Natürlich kann Jasper das nicht ungenutzt lassen und leckt und saugt mich zu einem weiteren Orgasmus, bei dem ich schreie.

»Ich schwöre, das war das letzte Mal«, verspricht er grinsend, als er sich das Gesicht mit dem Handrücken abwischt und mir hochhilft. »Sortiere dich erst mal, Liebes.«

Ich lehne mich an ihn und will die gemütliche Wärme seiner Umarmung nicht verlassen, noch nicht einmal für eine kurze Zeit. Wäre ich bei Sinnen, würde ich mir vermutlich Sorgen darüber machen, wie sehr ich ihm jetzt zugetan bin, während sich eine Erfahrung nach der nächsten zu etwas Großem aufbaut, wie ich es noch nie mit einem Mann hatte. Obwohl ich weiß, dass er nicht das Gleiche will wie ich, wünschte ich, dass ich ihn viel länger bei mir halten könnte, als nötig ist, um unser Baby zu machen.

Der Gedanke daran, ihn nach Vollendung unseres Projekts gehen lassen zu müssen, treibt mir neue Tränen in die Augen. Manchmal kann das Leben so unglaublich unfair sein.

»Tut dir etwas weh, Liebes?«, fragt er und missinterpretiert das Glänzen in meinen Augen.

»Überhaupt nicht. Ich fühle mich geradezu göttlich.«

»Ist das so?«

»Oh ja.«

Er kleidet mich an, als wäre ich ein Kleinkind. Dann zieht er sich selbst an und bietet mir seine Hand, um mich aus dem Zimmer zu führen. Unterwegs hinaus treffen wir auf Devon.

»Wie war euer Abend?«, fragt er mit einem geschulten Blick auf mich gerichtet.

»Wundervoll«, antworte ich.

Jaspers Griff an meiner Schulter wird fester.

Ich blicke hoch und sehe, dass er mich mit dieser wilden Intensität anschaut, die ich mittlerweile von ihm kenne.

»Ich hoffe, du beehrst uns bald wieder, Ellie.«

Ich ergreife seine ausgestreckte Hand. »Liebend gern. Danke, dass ich hier sein durfte.«

»Alle Freunde von Jasper sind auch meine Freunde.« Er küsst meinen Handrücken. »Fahrt vorsichtig.«

»Danke noch mal, Devon«, sagt Jasper.

»Jederzeit, mein Freund.«

Der Parkdienst hat das Auto zum Carport vorgefahren, und Jasper hilft mir auf den Beifahrersitz. Es ist gut, dass nicht ich es bin, die uns nach Hause fahren muss, denn ich glaube nicht, dass ich dazu imstande wäre.

»Warum fühle ich mich so angeheitert, wenn ich doch gar nichts getrunken habe?«

»Das ist das Herunterkommen«, erklärt er. »Du warst eine ganze Weile ziemlich tief im Subspace.«

Ich werfe einen Blick auf die Uhr und bin schockiert zu erfahren, dass es 2.10 Uhr ist. *2.10 Uhr morgens?* Wie zum Teufel ist das denn passiert? Ich werde morgen – wieder einmal – ein totales Desaster sein. »Wir waren sehr lange in dem Zimmer.«

»Ein paar Stunden.«

»Es kam mir gar nicht so lange vor, aber ich kann mich erinnern, einmal kurz daran gedacht zu haben, dass ich keine Ahnung habe, wie lange wir schon da drin sind.«

»Es ist nichts Ungewöhnliches, wenn Subs ihr Zeit- und Raumgefühl verlieren und sich nach dem enormen Anstieg ihres Endorphinpegels fast betrunken fühlen. Das ist absolut normal.«

»Vielleicht für dich, für mich dagegen ist das alles neu.«

»Du warst toll, Ellie. So voller Vertrauen und Akzeptanz. Du ahnst ja gar nicht, wie viel es mir bedeutet, diesen Teil von mir mit dir zu teilen. Ich muss es so oft verheimlichen, und zu wissen, dass ich mit dir ganz ich selbst sein kann …« Er atmet tief aus. »Das ist gewaltig.«

»Ich möchte, dass du mit mir immer du selbst bist.« Sein Unterkiefer ist angespannt und zuckt, und ich streichele sein Gesicht. »Was ist los?«

»So vieles. Ich habe dir zwar von meinen sexuellen Vorlieben erzählt, aber andere Geheimnisse ausgelassen, Dinge, die du wissen solltest.«

»Du meinst über deine Familie?«

Er wendet den Blick von der Straße ab und schaut mich ab. »Was weißt du?«

»Dass du Henry Kingsleys Sohn und der Erbe seiner Dynastie bist.«

Sein Griff um das Lenkrad wird fester. »Du hast mich recherchiert, nachdem du meinen richtigen Namen auf den Rechtsdokumenten gesehen hast.«

»Bist du mir böse?«

»Nein, natürlich nicht. Ich wusste, dass du möglicherweise neugierig sein würdest, wenn du meinen Namen siehst.«

»Du hast vor deinen engsten Freunden ziemlich große Geheimnisse.«

»Nicht, weil ich nicht will, dass ihr es wisst. Daran liegt es gar nicht.«

»Warum denn dann? Hast du gedacht, wir würden es nicht verstehen?«

»Nein.« Er atmet tief ein und dann wieder lange seufzend aus. »Vermutlich hoffe ich immer noch, dass mein Vater, wenn ich so tue, als passierte es nicht, dann einen passenderen Erben findet. Bis jetzt ist das aber nicht eingetreten.«

»Du willst das Erbe nicht.«

»Nein, verdammt, ich will es nicht. Ich habe es noch nie gewollt, und das weiß er. Aber es spielt keine Rolle. Er wird es mir trotzdem aufbürden. Das ist mein Geburtsrecht. Ich Glückspilz.«

Die Verbitterung in seinem Ton ist so untypisch für den leichtlebigen Mann, den ich so gut kenne, dass es fast schockierend ist. »Wo, denken die Engländer, hält sich Jasper Kingsley auf?«

»Er ist als einsiedlerischer Erfinder bekannt, der in seiner Werkstatt im Anwesen seines Vaters in Cornwall vor sich hin tüftelt. Er wurde seit Jahren nicht mehr gesichtet. Diese Legende habe ich erfunden, als ich an die USC ging. Ich habe sie einigen Reportern gesteckt, und ab da hat sie ein Eigenleben entwickelt. Glücklicherweise ist das Interesse an einsiedlerischen Erfindern in England nicht besonders groß.«

»Ist dir jemals in den Sinn gekommen, dass du zu nichts verpflichtet bist, was du nicht willst?«

»Nur jeden Tag meines Lebens, aber zu erklären, dass man etwas nicht will und dabei einer jahrhundertelangen Tradition und den damit verbundenen Verpflichtungen den Rücken zuzukehren, ist nichts, was man so leichtfertig tun kann.«

»Ich erwarte von dir auch nicht, es leichtfertig zu tun, aber es *ist* möglich. Das weißt du doch, oder?«

»Ich wusste immer, dass ich es einfach ablehnen könnte, aber ich kann mich nicht um alles in der Welt dazu durchringen, es tatsächlich zu *tun*. Verstehst du? Ich habe mich bemüht, ein guter Sohn zu sein, auf den er stolz sein könnte. Ich war gut in der Schule, im Sport, in allem außer in Wirtschaft und Finanzen, dem einzigen Gebiet, das ihm wirklich wichtig ist. Es ist so, als interessierten ihn alle meine anderen Erfolge gar

188

nicht. Kannst du dir vorstellen, dass dein Kind die höchste Auszeichnung auf ihrem oder seinem Gebiet gewinnt, und du greifst noch nicht einmal zum Hörer?«

»Nein, kann ich nicht.« Mein Herz bricht seinetwegen. Er hat sich so stark bemüht, seinem Vater zu gefallen, und ist jedes Mal damit gescheitert.

»Andererseits sollte mich das wohl nicht überraschen. Ich habe ihn an dem Tag im Stich gelassen, als ich an die USC ging, um Film zu studieren. Zumindest sieht er das so. Was spielt es für eine Rolle, was er von mir hält?«

Ich greife nach seiner Hand und halte sie zwischen meinen beiden. »Es spielt eine Rolle, weil er dein Vater ist, und du willst, dass er stolz auf dich ist.«

»Ich hasse mich dafür, dass es mich kümmert, ob er stolz ist oder nicht. Ich *hasse* es absolut.« Nach einer langen Pause fügt er hinzu: »Manchmal denke ich, dass meine sexuellen Vorlieben sich aus dem Wunsch entwickelt haben, wenigstens über *etwas* die Kontrolle zu haben, wenn so viele andere Dinge jenseits meiner Macht sind. Ich führe diese Parallelexistenz hier in L.A., doch irgendwann wird sie mir ohne Vorwarnung entrissen werden. Bis dahin kontrolliere ich meine Karriere und meine Lust. Den Rest entscheidet das Schicksal für mich.«

»Mit so einem Damoklesschwert über mir könnte ich nicht leben.«

»Willkommen in meiner Welt, Liebes.«

»Deswegen hast du das Sorgerecht für unser Kind abgetreten, bevor er oder sie gezeugt wurde.«

»Genau deswegen. Nie im Leben würde ich zulassen, dass das Schicksal meines Kindes vor seiner Geburt für ihn bestimmt wird. Keine Chance.«

Plötzlich und überraschend schießen Tränen in meine Augen und strömen die Wangen hinunter.

»Wein nicht meinetwegen, Darling. Bitte nicht.«

»Ich kann nicht anders. Es macht mich so traurig, dass du dir wegen etwas, das du noch nicht einmal willst, alles entgehen lassen musst.«

Ein paar Minuten später hält er das Auto vor meinem Haus an und streckt die Arme nach mir aus. »Ich halte es nicht aus, dich weinen zu sehen.«

»Und ich halte es nicht aus, dich so belastet zu sehen.«

Er nimmt mein Gesicht in seine Hände und küsst meine Tränen weg, bevor er mit seinen Lippen leicht über meine streift.

»Es muss doch etwas geben, das du tun kannst, Jasper.«

»Nicht, ohne auf den Rest meiner Familie und eine jahrhundertealte Tradition zu pfeifen; zumindest mein Vater würde darin den größten Skandal der Fleet Street sehen.«

»Ja, und? Du überstehst den Sturm und führst dein Leben munter weiter. Deine Mutter und Schwestern werden dich immer noch lieben. Natürlich werden sie das. Wie könnten sie auch nicht?«

»Glaub nicht, dass ich nicht auch schon daran gedacht habe. Natürlich habe ich das, jeden Tag meines verfluchten Lebens. Mir fehlt nur der Mut, es einfach durchzuziehen.«

»Ich wünschte …«

Sein Daumen wischt noch eine Träne weg. »Was wünschst du dir, meine Liebe?«

»Dass es echt wäre. Dass du und ich eine Chance bekommen …« Meine Kehle schnürt sich um den Kloß zu, der sich dort bildet.

»Du darfst niemals anzweifeln, dass das, du und ich, so *echt* ist wie nur etwas. Wenn die Dinge anders stünden …«

Ich schüttele den Kopf und lege einen Finger auf seine Lippen. »Sprich es bitte nicht aus. Bitte.« Ich halte den Gedanken an all die Dinge nicht aus, die wir haben könnten, wenn er frei von dem Erbe wäre, das ihn seit seiner Geburt gefangen hält. Es ist so eine schreiende Ungerechtigkeit, dass ich mich hart zusammenreißen muss, um nicht aus Verzweiflung loszubrüllen.

Er legt die Arme um mich und hält mich so nah bei sich, wie es im engen Auto geht. Es ist nicht genug. Es wird nie genug sein, und die Vorstellung davon, dass er mir, unserem Kind, seinem Leben in L.A., Quantum entrissen werden könnte ...

»Bleib«, flüstere ich. »Verbring die heutige Nacht bei mir. Übernachte immer bei mir, solange du kannst.«

Das Geräusch, das er macht, ist eine Mischung aus Ächzen und Stöhnen. Und dann küsst er mich mit wilder Verzweiflung, als wäre ich seine letzte große Hoffnung, und er klammert sich an mich wie in einem Meer von Ungewissheit. Als wir viele Minuten später Luft holen müssen, sind die Scheiben alle beschlagen, und ich muss darüber kichern.

Meine Gefühle sind ganz durcheinander – und reichen von Verzweiflung über Verlangen und Vergnügtheit bis hin zurück zur Verzweiflung, als mir wieder einfällt, dass es, auch wenn es mit ihm schön ist, ein Verfallsdatum hat.

»Ich höre dich so gern lachen, Liebes.« Er fährt mit dem Finger über meine immer noch feuchte Wange. »Und ich will nie der Grund für deine Tränen sein.«

»Du bist nicht der Grund. Es ist die Situation.« Ich schaue zu ihm hinüber, und als unsere Blicke sich in der trüben Dunkelheit treffen, werde ich von Emotionen übermannt. »Bleibst du?«

»Nicht einmal die Pferde der Queen könnten mich wegzerren.« Er küsst mich wieder mit einer Zärtlichkeit, die mir neue Tränen in die Augen treibt. »Warte auf mich.«

Mein Herz ist schwer, als ich ihn um das Auto herumgehen sehe. Unter normalen Umständen wäre ich längst ausgestiegen, sobald mein Date versucht hätte, sich wie ein Ritter aufzuführen. Aber nichts an dieser Nacht und diesem Mann ist

»normal«. Ich warte auf ihn, weil er mich darum gebeten hat und ich ihm dieses bisschen Kontrolle nicht nehmen möchte. Wenn es ihn ein wenig beruhigt, mich zu kontrollieren, lasse ich ihm das gern. Das ist das Mindeste, das ich für ihn tun kann, wenn er mir meinen sehnlichsten Traum erfüllt.

In den Sekunden, bis er meine Tür öffnet und nach meiner Hand greift, wird mir noch etwas klar. *Er* ist es. Ihn habe ich gehofft zu finden, und die ganze Zeit über war er direkt in meiner Nähe. Diese Entdeckung zusätzlich zu unseren Erlebnissen im Klub und dem Wissen um sein Schicksal steht über allem, was ich bislang für richtig und wahr zu halten glaubte.

Wie soll irgendetwas jemals wieder Sinn ergeben, wenn ich einen Vorgeschmack darauf bekomme, was hätte *sein können*, nur damit es mir dann später entrissen wird? Das kann ich nicht zulassen. Ich muss für ihn kämpfen, für uns, unser Kind und unsere gemeinsame Zukunft, gegen die für ihn vorbestimmte.

Niemand sollte unter solchen Zwängen leben müssen, am wenigsten Jasper, der ein seltenes und ganz besonderes Talent als Filmemacher besitzt. Der Gedanke an die Verschwendung dieses Talents, ganz zu schweigen von dem Verzicht auf unser mögliches gemeinsames Leben, widert mich an. So plötzlich, wie ich von Verzweiflung gepackt wurde, überkommen mich Wut und Entschlossenheit, etwas gegen diese untragbare Situation zu unternehmen. Es muss einen Ausweg für ihn geben, damit er alles haben kann, was er will. Mit etwas anderem gebe ich mich nicht zufrieden.

Kapitel 14

Jasper

Etwas ist seit heute Nacht anders zwischen uns. Meine Gefühle für sie sind tiefer geworden, und ich würde sie sogar als magisch bezeichnen, wenn ich an so etwas glauben würde. Ich habe aufgehört, an Magie zu glauben, zu der Zeit, als ich herausfand, dass mein Leben für mich verplant war. Bis zu dieser Geschichte mit Ellie habe ich nur hinter der Kamera so etwas Ähnliches wie Magie erlebt.

Jetzt weiß ich, dass ich sie auch in Ellies Armen finde, und es ist besser als alles, was ich bisher erfahren habe. Ich bin jetzt schon von ihr abhängig und von meinem Gefühl, wenn ich mit ihr zusammen bin. Nichts kommt dem gleich, was meine ungewisse Zukunft noch schwerer zu ertragen macht.

Die Zukunft ist das Letzte, woran ich denken möchte, wenn die Gegenwart doch meine volle und ungeteilte Aufmerksamkeit verlangt. Während Ellie Randy in den Garten hinauslässt, schenke ich uns beiden ein Glas Eiswasser ein. Randy stürmt vor ihr wieder herein, als befürchtete er, etwas zu verpassen. Ich beschäftige mich etwas mit ihm und werde dafür mit nassen Hundeküssen ins Gesicht belohnt, über die ich lachen muss.

»Randy, aufhören!«, befiehlt Ellie. »Lass Jasper in Ruhe.«

»Schon gut. Mir fehlen Hunde.« Ich muss ihr gar nicht erklären, dass ich zu viel unterwegs bin, um ein Haustier halten zu können, denn sie und ihr Team organisieren die meisten meiner Reisen.

»Ich überlege, ihm einen Spielkameraden anzuschaffen, schaffe es aber irgendwie nie.«

Ich reiche ihr das Glas mit dem Wasser und stoße dann mit ihr an. »Danke für die heutige Nacht.«

»Danke fürs Mitnehmen – in mehr als einer Hinsicht.«

Ich verschlucke mich fast an dem Wasser, das zur Hälfte bereits in meinem Hals war, als sie das sagt. »War mir ein Vergnügen.«

»Was meinst du, was bedeutet es, dass ich das Gesehene und unsere Aktion im Klub sehr genossen habe?«

»Vermutlich bedeutet es, dass du gerade erst anfängst, deine Sexualität zu entdecken, und dass ich sehr viel Glück habe, diese Reise mit dir machen zu können?«

»Du denkst, du hast Glück?«

»Das, meine Liebe, ist das Kleinste, was ich fühle, wenn ich bei dir bin.«

»Jasper …«

»Was, Darling?«

»Du musst etwas gegen diese Situation mit deiner Familie unternehmen. Du kannst nicht alles und jeden aufgeben, was dir wichtig ist.«

»Dich eingeschlossen?«

Sie blinzelt nicht einmal, als sie sagt: »Mich und unser Baby eingeschlossen. Wir brauchen dich. Es muss doch ganz bestimmt einen rechtlichen Schritt geben, damit du dich lösen kannst.« Sie schnippt mit dem Finger. »Wenn König Wie-auch-immer-er-hieß es machen konnte, als er diese Wallis Simpson kennengelernt hat, sollte es dir doch auch möglich sein. Er war ja schließlich *König*. Du bist nur ein Marquis!«

Nur ein Marquis. Ich muss mich hart zusammenreißen, um nicht laut loszulachen. Sie hat keine Ahnung, was das in meiner Familie bedeutet. Lächelnd betrachte ich alles – die restliche Röte auf ihren Wangen von unserer Session im Klub, die geschwollenen Lippen von unseren hektischen Küssen, das zerzauste Haar vom Liegen im Bett und den festen Entschluss in ihren Augen in Bezug auf mich . Ich muss mir auf die Zunge beißen, um nicht die drei Worte auszusprechen, die hinauswollen. Ich liebe sie. Tatsächlich finde ich mich allmählich damit ab, dass ich sie möglicherweise schon seit unserer ersten Begegnung geliebt habe. Von ihr zu hören, dass sie und unser Baby mich brauchen, bringt mein Herz dazu, Luftsprünge zu machen. »Ah ja, der gute alte König Eduard, was das für ein heftiger Skandal war.«

»Sie haben es überstanden und durften zusammen sein. Ist es nicht das, was zählt?«

Ich stelle mein leeres Glas auf die Theke, durchquere das Zimmer zu ihr, lege meine Hände auf ihre Schultern und presse meine Stirn an ihre. »Es ist wichtig, Liebes. Du bist wichtig. Das ist wichtig.«

»Aber …«

»Kein Aber.« Ich nehme ihr das Glas aus der Hand und stelle es ab, bevor ich sie näher zu mir ziehe. »Wir sprechen hier darüber, die jahrhundertealte Primogenitur meiner Familie aufzubrechen, Darling.«

»Ich habe keine Ahnung, was das Wort bedeutet, aber wir reden hier über das Leben, das du willst anstelle von dem, das dir auferlegt wurde.«

»Das Wort bedeutet das Vorrecht des Erstgeborenen in der Erbfolge, das normalerweise auf das älteste Kind übergeht beziehungsweise den ersten Sohn, je nach Familie.«

»Würdest du das nicht sowieso boykottieren, wenn du niemals heiratest oder keinen Erben bekommst?«

»Ja, aber es wäre dann nicht so ein Skandal, als wenn ich es ablehnte. Niemand macht so etwas.«

»Wir leben im 21. Jahrhundert, Jasper. Warum könnte es nicht auf deine Schwester übergehen, die an der Wall Street arbeitet und die beste Qualifikation besitzt, um das Vermögen deines Vaters zu verwalten?«

»Du hast gründlich recherchiert, Darling, und rennst bei mir offene Türen ein. Mein Vater ist derjenige, der noch überzeugt werden muss, er zeigte aber bislang kein Interesse an so einer Unterhaltung. Er hat sogar dafür gesorgt, dass ich meine Verpflichtungen, die er mir bei Kingsley Enterprises vererbt, nicht delegieren kann. Ich muss mich selbst darum kümmern, was seine besondere Art der Bestrafung ist.«

»Was, wenn du ihn in Zugzwang bringst?«

»Wie das?«, frage ich, von ihrer Leidenschaft angesteckt.

»Du könntest mit der Verbindung zwischen Jasper Kingsley und Jasper Autry an die Öffentlichkeit gehen und die Welt wissen lassen, dass Jasper Autry keinen Wunsch hat, die Kingsley-Dynastie zu erben, ganz besonders, wenn er doch eine Schwester hat, die weitaus besser dafür geeignet ist als er selbst.«

»Du schlägst vor, ich solle meinen Vater hintergehen?«

»Ja.«

Ich versuche mir auszumalen, was passieren würde, wenn ich das täte. Fleet Street hätte mit dieser Geschichte einen verdammt großen Tag, ganz besonders, da mein Vater kurz vor einer seiner vielen Verrücktheiten steht.

»Was meinst du?«, fragt sie, und ihre Augen strahlen vor Liebe und Hoffnung.

»Zu Hause wäre das die Geschichte des Jahres, ganz zu schweigen davon, was die Hollywood-Presse damit anstellen würde.«

»Damit kommen wir klar.«

» *Wir?* «

»Ja, wir, das heißt du und ich. Wir kommen damit klar. Zusammen.«

»Was sagst du da, Ellie?«

»Ich sage, dass ich dich in meinem Leben will, im Leben unseres Kindes, und zwar nicht nur als Unterschrift auf einem monatlichen Scheck. Ich will dich hier bei uns, bei Quantum, wo du hingehörst, nicht in einer Position, die du niemals ausfüllen könntest. Das ist alles so falsch.«

»Und das hier ist komplett richtig?«

»Es ist *verdammt* richtig. Sag mir, dass ich nicht die Einzige bin, die fühlt …«

Ich küsse sie, weil ich sie küssen, berühren und haben muss und noch alles andere, das sie mir anbietet. Ich will es. Ich will es so sehr, dass ich vom Wunsch danach brenne. »Du bist nicht die Einzige«, flüstere ich, als wir schließlich Atem holen müssen. Jetzt, da wir damit angefangen haben, will ich mit dem Küssen nie wieder aufhören. »Ich will das Gleiche wie du. Du ahnst ja gar nicht, wie sehr ich das alles will.«

»Dann hol es dir, Jasper. *Hol es dir.* Das ist dein Leben, das einzige, das du hast. Tu es auf deine Weise.«

Ihre Ermutigung entfacht in mir den Mut, der mir in der Vergangenheit gefehlt hat. »Morgen werde ich ein paar Telefonate führen und mir Rat einholen, wie ich am besten vorgehen sollte.«

»Du machst es wirklich?«

»Das tue ich.«

»Jasper …« Sie legt die Hände auf mein Gesicht und zwingt mich, ihr in die Augen zu schauen. »Egal was, ich bin immer bei dir. Das werden wir alle. Wir lieben dich.«

» *Wir* tun das?«

Die Röte auf ihren Wangen macht sie nur noch reizender, als sie auch so schon ist. »Natürlich tun wir das.«

»Ich liebe euch auch alle. Ihr seid zu meiner Familie geworden.« Und ich liebe es, wie wir beide alles zueinander sagen, ohne *es* tatsächlich auszusprechen.

»Deine Quantum-Familie wird für dich kämpfen, und wir werden dich unterstützen, was auch immer passieren mag.«

»Das bedeutet mir unglaublich viel.« Danach gibt es keine Worte mehr. Sie sind auch nicht mehr nötig. Ich nehme sie an die Hand und führe sie in ihr Schlafzimmer, wo ich zuerst sie und dann mich entkleide. Wir landen auf ihrem Bett in einem Durcheinander von Armen und Beinen, während unsere Lippen in einem sanften, süßen Kuss aufeinandertreffen, der sehr bald heiß und wild wird. Aber das will ich jetzt nicht. Ich will es ehrfürchtig haben. Ich will sie anbeten. Ich will, dass sie weiß, was ihre Liebe und Unterstützung für mich bedeuten.

Ich bedecke ihren Nacken und Hals mit Küssen, bevor ich mich ihren Brüsten widme, die aufgerichtete Spitze ihres Nippels in den Mund nehme und gerade fest genug darauf beiße, dass sie scharf nach Luft schnappt. Sie ist von den Klemmen immer noch sehr empfindlich, sodass ich ihr leicht eine Reaktion entlocken kann. Das Gleiche wiederhole ich auf der anderen Seite, lecke und sauge, bis sie sich unter mir windet und um mehr anfleht, indem sie ihr Becken gegen meinen harten Schwanz presst.

Ich muss mich zurückhalten, um nicht sofort in sie einzutauchen und mir das zu nehmen, was ich mehr brauche als die Luft zum Atmen. Obwohl ich jede Art von Sex hatte, die ein Mann haben kann, habe ich noch nie dieses starke Verlangen verspürt, das sie in mir entfacht. Es ist so, als wäre mit ihr wieder alles brandneu, und ich weiß jetzt schon, dass ich nie genug von ihr haben werde.

Wir bewegen uns gemeinsam wie Liebhaber, die schon seit Jahren und nicht erst seit Tagen zusammen sind. Jede Berührung ihrer Hände auf meinem Rücken löst ein unkontrollierbares Lauffeuer von Lust aus. Ich will es auch nicht unterdrücken. Ich habe das Gefühl, als wäre ich die meiste Zeit meines Lebens taub gewesen, bis sie mir gezeigt hat, wie es sein könnte. Und jetzt ... Jetzt werde ich ohne sie bei mir nie überleben können.

Ich küsse mich ihre Vorderseite hinunter und nehme mir die süße Zeit, selbst während das Feuer in mir so heiß brennt, dass ich fürchte, von der Hitze zu explodieren. Sie packt mich am Haar, als ich sie für meine Zunge öffne und an ihr Fleisch stöhne. Ich will sie verschlingen, ihr zeigen, was sie mir bedeutet, sie so glücklich machen, dass sie niemals irgendetwas – oder irgendjemanden – außer mir braucht oder will. Ich lecke, sauge und streichele sie in eine Reihe von Orgasmen, von denen sie lusterfüllt aufschreit. Ich treibe das Spiel weiter, bis ich keine Sekunde länger darauf warten kann, in ihr zu sein.

Sie ist so heiß und so eng, dass ich lange innehalte, bis ich mir sicher sein kann, dass es nicht zu schnell vorbei sein wird.

Ich blicke hinunter und sehe, dass sie zu mir hochschaut und ihre Augen mich bis in den kleinsten Winkel ihres Herzens blicken lassen, und da wird mir bewusst, dass ich zum ersten Mal in meinem Leben Liebe mache.

»Ellie«, flüstere ich, während ich in sie stoße. »Du ... das ...«

»Ich weiß«, greift sie es auf. »*Ich weiß.*« Sie legt die Arme und Beine um mich und drückt mich eng an sich.

Ich bin in ihren Armen zu Hause und will niemals mehr weg. Ich werde alles in meiner Macht Stehende unternehmen, um sie zu haben, um *das* zu haben. Es ist alles. Nichts sonst spielt eine Rolle, und mit diesem Wissen bin ich bereit für den nächsten Schritt, das zu tun, was ich schon vor Jahren hätte tun sollen.

Morgen. Ich bringe den Ball ins Rollen, und zum Teufel mit den Folgen. Ich werde sie und unser Kind haben. Ich werde alles haben. Was es auch koste.

* * *

Von der großartigen Nacht mit Ellie bin ich so erschöpft, dass ich zu spät zur Gesellschafterversammlung am Freitagmorgen komme. Nicht viel, aber genug, um den Zorn von Hayden und Kristian auf mich zu ziehen, die mich beide mit entsprechend bösen Blicken begrüßen. Ich pfeife darauf. Heute bin ich vom Leben und der Liebe berauscht, und es gibt nichts, was irgendjemand sagen oder tun könnte, was meine Begeisterung schmälern würde.

»Danke fürs Kommen«, äußert sich Hayden, ganz klar immer noch wegen letzter Nacht angepisst.

»Ist mir ein Vergnügen.« Ich schenke mir Kaffee ein, nehme mir einen Muffin und frisches Obst, das Addie für unsere Gesellschafterversammlungen organisiert. Sie behauptet, dieses Essen versetze uns in gute Laune, und das restliche Team profitiere schließlich von der guten Laune der Gesellschafter. »Was steht heute auf dem Plan?«

»Flynn hat ein Update zu Natalies Projekt.«

Ein Teil von mir ist überrascht, dass Flynn das Leben seiner Frau auf die große Leinwand bringen will. Er hält alles immer privat, doch nachdem ihre Geschichte an die Öffentlichkeit kam, ist von dem Geheimnis wenig übrig – außerdem ist es eine verrückte Story, die einen fantastischen Film abgeben wird.

»Wir arbeiten an einem Drehbuch«, berichtet Flynn und gibt uns zusätzliche Infos zu dem Autor, den er dafür verpflichtet hat.

»Der Typ tut mir jetzt schon fast ein wenig leid, dabei kenne ich ihn noch gar nicht«, witzelt Marlowe. »Er hat einen großen Job vor sich.«

»Haha«, entgegnet Flynn und sendet ihr ein Grinsen. »Er ist der Aufgabe mehr als gewachsen. Nat mag ihn, und nur das interessiert mich. Solange sie sich dabei wohlfühlt, fühle ich mich auch wohl.«

»Ich bin mir sicher, dass du dich neuerdings sehr wohl fühlst«, sagt Hayden.

»Wie du auch, mein Freund«, kontert Flynn, »was mich zum nächsten Tagesordnungspunkt bringt – dein Monopol auf meine Assistentin.«

»Ich liebe es, sie zu monopolisieren«, erwidert Hayden mit einem doofen, liebeskranken Grinsen, das uns alle zum Lachen bringt. Seine Veränderung, seit er sich in Addie verliebte, ist geradezu erstaunlich. Er ist von der Liebe komplett verwandelt, und zwar auf die bestmögliche Weise. Niemand verdient es mehr als er nach seiner Kindheit voller pausenloser Familiendramen.

»Nein, ernsthaft«, kehrt Flynn zum eigentlichen Thema zurück, »du musst sie ab und zu auch mal arbeiten lassen. Ich brauche sie.«

»Nicht so sehr wie ich, und zwischen achtzehn und sechs Uhr früh brauchst du sie normalerweise nicht, außer, es wurde vorher abgesprochen. Ihre Tage als dein Mädchen auf Abruf rund um die Uhr sind *vorbei*.«

»Ich erlaube dir nur, sie so zu nennen, weil sie so glücklich ist.«

»Na, vielen Dank auch«, antwortet Hayden lustig. »Du bekommst zwölf Stunden, ich bekomme die anderen zwölf Stunden. So wird das laufen. Kapiert?«

»Ja, ja, aber ihr solltet euch lieber gut vertragen. Ich brauche sie nämlich *wirklich* sehr.«

»Ich auch.«

Hayden aus sich herauskommen und so etwas zugeben zu hören, ist riesig. Vor seiner Beziehung mit Addie hätte er behauptet, nichts und niemanden zu brauchen. Sein Geständnis macht mich demütig, ganz besonders im Lichte der Geschehnisse von letzter Nacht. Das gibt mir den Impuls, den ich für meine Offenbarung vor meinen Partnern brauche.

»Ich habe noch ein Thema für die Agenda.«

»Das ist ja was Neues«, kommentiert Kristian trocken und grinst mich an.

»Es gibt für alles ein erstes Mal. Und es ist eine große Sache. Ich will nicht, dass irgendjemand von euch beleidigt ist, weil ich es euch bis jetzt vorenthalten habe.«

»Unsere Aufmerksamkeit ist dir jetzt auf jeden Fall sicher«, sagt Flynn und lehnt sich in seinem Stuhl nur scheinbar entspannt zurück.

Wer A sagt … »Habt ihr jemals etwas von Henry Kingsley gehört?«

»Dem britischen Magnaten?«, fragt Marlowe.

»Ja, genau der.«

»Was ist mit ihm?«, will Hayden wissen.

»Er ist … also, er ist mein Vater.«

Das Geständnis trifft auf erstauntes Schweigen, das lange genug andauert, um ungemütlich zu werden. Ich unterbreche es mit einem Wortschwall, der das Dilemma meines Lebens darlegt. Und als ich fertig bin, starren sie mich an, als sähen sie mich zum ersten Mal in ihrem Leben.

»Du verarschst uns doch«, sagt Hayden und bricht damit ein langes Schweigen.

»Ich wünschte, das würde ich.«

»Moment, du wünscht dir also, kein Milliardärserbe eines riesigen Vermögens zu sein«, will Marlowe klarstellen.

»Genau das tue ich! Ich will damit nichts zu tun haben. Ich will das hier, mit euch allen. Das ist mein Leben. Quantum ist mein Leben. Nicht das andere. Niemals.«

»Herrgott, Jasper«, flüstert Kristian. Da er mein engster Freund in der Gruppe ist, habe ich von ihm erwartet, am betroffensten von allen zu sein. »Wieso haben wir nie davon erfahren?«

»Niemand weiß, dass Jasper Kingsley und Jasper Autry dieselbe Person ist. Zumindest wusste das bis jetzt niemand. Ich habe alles nur Erdenkliche getan, um meine zwei Leben voneinander zu trennen. Die britische Presse glaubt, ich sei ein exzentrischer Erfinder, der auf dem väterlichen Anwesen in Cornwall lebt und immer noch an seinem ersten Patent tüftelt.«

»Du gehörst also zur Aristokratie«, stellt Marlowe mit vor Verwunderung großen Augen fest. Wenn sie doch nur realisierte, dass daran in Wahrheit nichts wundervoll ist, zumindest nicht für mich. »Wie bei *Downton Abbey*!«

»Ich bin eigentlich sogar ein Marquis und zukünftiger Herzog.«

»Scheiß die Wand an«, sagt Hayden. »Sogar ich weiß, was das heißt.«

»Also, ich nicht«, gibt Flynn zu. »Erklär es mir bitte.«

»Es bedeutet, dass ich, sobald mein Vater stirbt, was vermutlich eher früher als später eintreten wird angesichts seines neuerlichen Hanges, seine Grenzen auszutesten, nach Hause nach London zurückkehren und das Familiengeschäft und das Herzogtum übernehmen muss, ob ich es will oder nicht. Und ich will das ganz bestimmt nicht.«

»Oh Mann«, meint Marlowe. »Das können wir nicht zulassen.«

»Auf keinen Fall«, pflichtet Flynn ihr bei. »Wir können dich nicht verlieren.«

»Ich will auch nicht verloren gehen, sondern mich vielmehr von meinem Erbe, meinen Pflichten abwenden … Wenn ich das tatsächlich tue, wäre das zu Hause ein Riesenskandal – und hier vermutlich auch. Es könnte sich negativ auf Quantum auswirken, und ehrlich gesagt gibt mir das zu denken.«

»Lass das nicht zu«, fordert Hayden mich fest auf. »Tu das, was du tun musst, um dich davon zu lösen. Wir stehen zu dreitausend Prozent hinter dir.«

Die anderen nicken zustimmend, was mir die Kehle zuschnürt. Insbesondere Haydens Unterstützung ist überwältigend angesichts dessen, wovon er gestern Nacht im Black Vice Zeuge geworden ist. Ich habe befürchtet, dass die Stimmung zwischen uns heute komisch sein würde, doch glücklicherweise ist das nicht der Fall. Ich hoffe jedoch immer noch, er wird Flynn gegenüber nicht erwähnen, dass ich Ellie in den Klub mitgenommen habe. Ich möchte ihrem Bruder nur ungern erklären müssen, was wir da getrieben haben. Wenn alles nach meinem Wunsch läuft, wird er nie erfahren, dass wir da waren.

»Ich stimme Hayden zu«, fügt Flynn hinzu. »Du bist einer von uns und wirst es immer sein. Sag uns Bescheid, wenn wir dich irgendwie unterstützen können. Alles, was du brauchst.«

Gott, sie werden mich zum Heulen bringen wie ein kleines Baby. »Danke«, sage ich gedämpft. »Ich werde mich mit einigen Leuten zu Hause über meine Optionen unterhalten und mich dann entscheiden. Ich möchte auch mit meiner Schwester reden, die sich perfekt dafür eignet, das Geschäft meines Vaters zu erben. Vielleicht könnten sie und ich uns die Aufgaben teilen, oder etwas Ähnliches. Ich weiß es noch nicht, aber es muss einen Ausweg geben, und ich bin entschlossen, ihn zu finden.«

Ich kann ihnen den wahren Grund für meinen Entschluss nicht verraten. Nicht, bis Ellie bereit ist, ihrer Familie über uns – und das Baby, das wir hoffentlich haben werden – zu erzählen. Ich trenne die beiden Dinge vorerst voneinander und beschäftige mich einzeln mit ihnen.

Der erste Punkt auf der Tagesordnung ist die Debatte mit meinem Vater, von der mein Magen sich umdreht. Doch dann wiederum erinnere ich mich an die beinahe spirituelle Erfahrung des Liebemachens mit Ellie und bin voller Entschlossenheit. Ich weiß jetzt, was ich zu tun habe, und sobald dieses Meeting vorbei ist, fange ich damit an.

Es ist höchste Zeit, dass ich mein Leben in den Griff nehme, und mit Ellie zusammen zu sein, hat mir den dafür nötigen Mut verliehen. Es hat mir einen *Grund* gegeben, den noch nicht einmal meine glänzende Karriere mir geben konnte, um mich aus dem Albtraum meines ganzen Lebens zu befreien. Wenn ich mich auf die Zukunft konzentriere, die ich mit ihr und unserem Kind – oder Kindern – will, bringe ich alles fertig, was getan werden muss.

»Halt uns auf dem Laufenden«, bittet Flynn mich.

»Danke. Das werde ich.« Zu mehr Worten bin ich im Moment nicht fähig.

»Und da dachte ich, heute Morgen würde ich die Bombe hochgehen lassen«, sagt Kristian.

»Womit denn?«, fragt Marlowe.

»Ich wollte mit euch über den Klub reden. Nur sehr wenige von uns scheinen da noch abzuhängen. Wir bezahlen Sebastian dafür, ihn für uns am Laufen zu halten, und nutzen ihn gar nicht.«

»Ich bekenne mich schuldig, den Klub seit der Hochzeit mit Nat gemieden zu haben«, gibt Flynn zu. »Sie ist kein Fan von öffentlicher Zurschaustellung.«

»Du bist also raus.« Kristian dreht sich zu Hayden und fragt: »Was ist mit dir?«

»Addie zieht es vor, unser Privatleben und ihren Berufsalltag voneinander zu trennen.«

»Das kann ich ihr nicht übel nehmen«, kommentiert Marlowe.

»Was ist deine Ausrede?«, fragt Kristian Mo. »Du bist immer noch Single, aber ich sehe dich auch nicht mehr dort.«

»Ich bin mir nicht sicher«, antwortet Marlowe zögernd. »In letzter Zeit war ich irgendwie … ich weiß nicht … von der ganzen Szene gelangweilt.«

Verblüfft über ihr Geständnis, starren wir sie an.

»*Gelangweilt?*«, wiederholt Flynn. »Ernsthaft?«

Ich kann seinen Unglauben nachvollziehen. Marlowe war zweifellos die enthusiastischste Anhängerin innerhalb der Gruppe. Zu erfahren, dass sie von der Lebensweise *gelangweilt* ist, schockiert mich, gelinde gesagt, zutiefst.

»Was ist hier los?«, will Hayden wissen.

»Ich weiß nicht«, antwortet Marlowe und sieht ein wenig verloren aus. »Neuerdings sind sie alle gleich. Es ist keine Herausforderung mehr. Sie wollen einfach nur von der berühmten Filmschauspielerin dominiert werden. Sie bringen mich nicht mehr dazu, dafür so zu arbeiten wie früher.« Sie zuckt mit den Achseln. »Deswegen die Langeweile.«

»Ich verstehe, was du meinst, Mo.« Ich sympathisiere mit ihr, weil ich es wirklich verstehe. Bevor ich Ellie hatte, war ich auch irgendwie vom immer gleichen Mist jede Nacht desillusioniert. »Es wird in der Tat weniger aufregend, wenn die Partner sich etwas *zu* bereitwillig unterwerfen lassen.«

»Ja, das meine ich. Ich habe den Lebensstil noch nicht ganz aufgegeben, mache aber gerade eine Pause.«

»Das heißt, wir haben einen sehr teuren Klub, den niemand von uns nutzt«, schlussfolgert Kristian. »Ich schlage vor, dass wir ihn der Öffentlichkeit zugänglich machen.« Er hält abwehrend die Hände hoch und fügt hinzu: »Exklusiv, aber öffentlich. Anstatt die Leute als unsere Gäste in den Klub einzuladen, würden wir die Mitglieder selbst einzeln aussuchen, und es bleibt weiterhin das bestgehütete Geheimnis in Hollywood.«

»Ich weiß nicht«, zögert Hayden und drückt damit auch meine Vorbehalte aus. Wir hatten bis jetzt sehr viel Glück, dass niemand Wind von der Tatsache bekommen hat, dass alle fünf Quantum-Geschäftsführer auf BDSM stehen. Jedem von uns ist sehr wohl bewusst, dass wir als hochkarätige Prominente mit Feuer spielen, wenn wir uns an etwas beteiligen, das die meisten Menschen skandalös finden, aber wir haben uns trotzdem dafür entschieden, weil wir auf die Lebensweise, die uns Freude bereitet, nicht verzichten wollten. Die Quantum-Klubs in L.A. und New York geben uns einen sicheren Raum, um mit unseren engsten Freunden unseren Vorlieben zu frönen, ohne Angst, entlarvt zu werden. Der Klub in New York steht externen Mitgliedern zwar schon seit einer Weile zur Verfügung, aber der Klub in L.A. blieb von der Öffentlichkeit abgeschottet.

»Außenstehende hineinzulassen, ist definitiv ein Risiko«, melde ich mich zu Wort, »aber je weniger Zeit wir selbst dort verbringen, desto geringer ist das Risiko.«

Flynn nickt zustimmend. »Das ist wahr. Wenn niemand von uns regelmäßig hingeht, müssen wir uns um nichts Sorgen machen.«

»Bis auf die Tatsache, dass der Klub sich in unserem Gebäude befindet und so heißt wie unser Unternehmen«, erklärt Hayden.

»Ja, das stimmt allerdings«, räumt Marlowe ein.

»Ich denke nicht, dass uns das davon abhalten sollte, Externe als Mitglieder aufzunehmen«, findet Flynn. »Jeder, der zugelassen wird, sollte ebenso viel zu verlieren haben wie wir. Die meisten Menschen in dieser Stadt ziehen es vor, ihr Privatleben auch privat zu halten. Sie werden nicht über uns reden, und wir sprechen nicht über sie.«

»Trotzdem«, gibt Kristian zu bedenken, »ist es ein Risiko, das uns bewusst sein muss.«

»Selbstverständlich«, pflichte ich ihm bei, und die anderen stimmen zu.

»In diesem Fall«, fährt Kristian fort und teilt uns zusammengeheftete Blätter aus, »hat Sebastian einen Plan entwickelt, um den Klub für neue Mitglieder zu öffnen. Wenn ihr euch das anschauen und mir bis Ende der nächsten Woche Rückmeldung geben könntet, wäre das super.«

»Wird gemacht.« Ich werfe einen Blick auf meine Uhr und sehe, dass es schon elf ist. Ich habe viel zu tun, und der Tag schreitet voran. »War es das?«

»Mehr habe ich nicht«, antwortet Kristian.

»Ich schicke euch eine Mail mit dem Update zu Nats Projekt«, kündigt Flynn an. »Wir haben einige Dinge fast abschließend geklärt.«

»Ich weiß jetzt schon, dass dieser fantastische Film der nächste *Camouflage* sein wird«, sagt Marlowe, die sich dabei auf den Film bezieht, für den wir dieses Jahr alle einen Oscar bekommen haben.

»Das wäre doch mal was, oder?«, fragt Flynn mit einem albernen Grinsen. Er ist so liebeskrank wegen seiner hinreißenden Frau, und ihre erstaunliche Tapferkeit hat uns alle inspiriert.

»Ich kann es kaum erwarten, daran zu arbeiten«, sage ich und erhebe mich, um den Raum zu verlassen. »Setz mich auf die Liste.«

Flynn macht mit mir einen Faustcheck, als ich auf dem Weg hinaus an ihm vorbeigehe. »Danke, Kumpel.«

Ich hoffe, dass ich immer noch sein Kumpel sein werde, wenn er herausfindet, dass ich nicht nur bei jeder sich bietenden Gelegenheit seine Schwester ficke, sondern auch noch versuche, sie zu schwängern.

Kapitel 15

Jasper

In meinem Büro rufe ich Nathan an, den langjährigen Assistenten meines Vaters, um sicherzugehen, dass Henry morgen früh in seinem Büro in London sein wird. Samstag war immer der liebste Arbeitstag meines Vaters, wenn das Büro verlassen und still ist, also überrascht es mich nicht zu erfahren, dass er da sein wird. Nathan bestätigt, dass es sein letzter Tag im Büro sein wird, bevor er sich zu seinem nächsten Abenteuer aufmacht, um Nervenkitzel zu erleben und die Aufmerksamkeit der Medien auf sich zu ziehen.

Als Nächstes organisiere ich mir einen Privatjet für heute Abend nach London. Als Verfechter des Umweltschutzes bin ich kein großer Fan von einem Privatflugzeug nur für mich allein, aber in diesem Fall ist Zeit Gold angesichts meiner Babypläne mit Ellie. Ich rechne den Zeitunterschied aus und buche so, dass ich mich morgen Abend bei Flynn mit ihr treffen kann, und während der nächsten Woche gehört sie ganz mir. Ich kann es kaum erwarten.

Jetzt, da ich eine Entscheidung getroffen habe, die bereits vor Jahren fällig gewesen wäre, fühle ich mich unglaublich gelassen und entschlossen. Früher, als es noch keine Ellie gab, die mich ermutigt und unterstützt, wäre ich bei dem Gedanken an ein Treffen mit meinem Vater ausgeflippt, ganz zu schweigen davon, ihm ins Gesicht zu sagen, dass er einen anderen für die Verwaltung seines Geschäfts nach seinem Tod finden muss, weil ich es nicht machen werde.

»Es tut mir leid, Vater«, spreche ich als Übung laut aus. »Ich respektiere und bewundere das Geschäft, das du und Großvater aufgebaut habt, aber das Finanzwesen liegt mir nicht. Ich wäre die unpassendste Person, um das Ruder zu übernehmen, wenn du nicht mehr da bist, und ich bin mir sicher, dass du das Geschäft lieber jemandem hinterlassen möchtest, der weiß, was er – oder sie – tut. Du solltest mit Gwen sprechen. Sie wäre fantastisch für die Aufgabe, und ich glaube sogar, dass sie es tatsächlich machen will.«

Ich halte inne, um über den letzten Teil nachzudenken. Mit dem Wort *wollen* brauche ich ihm gar nicht zu kommen. Es war ihm immer egal, was ich *wollte*. Wenn ich das sage, öffne ich ihm nur die Tür für eine weitere Predigt über Pflicht, Verpflichtungen und Verantwortung. Ich kann seine Meinung dazu schon fast hören: »*Meinst du, Prinz William und seine hübsche Frau wollen zu diesen ganzen Eröffnungen und Einweihungen gehen? Sie machen es, weil ihm seine Verantwortung für die Geschichte klar ist.*«

Prinz William ist ein besserer Mensch als ich. Das ist auch sein Bruder Prinz Harry. Keine Frage. Ich könnte nicht so leben wie sie, in einem gigantischen Fischglas, in dem jede meiner Bewegungen von auf mich angesetzten Reportern untersucht und kommentiert wird. Ich würde verrückt werden. Obwohl ich dank meiner Arbeit im Filmgeschäft und meiner Verbindung zu Flynn, Hayden, Marlowe und Kristian gewissen Ruhm genieße, kann ich doch größtenteils mein Leben in Ruhe führen, und nur gelegentlich taucht mal ein Bild von mir in den Klatschblättern auf. Ich bin eine bedeutungslose Berühmtheit verglichen mit ihnen, und so gefällt es mir auch.

Ich habe nicht die leiseste Vorstellung, wie sie die Paparazzi aushalten können, die sie so unerbittlich verfolgen. Der Feuersturm nach Flynns und Natalies Begegnung ist ein klassisches Beispiel dafür, was mich komplett umhauen würde. Natalies schmerzvolle Vergangenheit wurde der Welt präsentiert, als hätte irgendjemand ein Recht darauf. Es ist eine widerliche Seite des Ruhms, die ich sehr gern meide.

Hayden hat die Bekanntmachung seiner Verlobung mit Addie sorgfältig geplant, und da er einer von Hollywoods eingefleischtesten Junggesellen gewesen ist, war das in der letzten Woche *das* Thema in der Stadt. Aber er hat keine Mühen gescheut, um sie vom Mediengewitter zu beschützen, und sogar im Büro und in seinen beiden Häusern in der Stadt und Malibu für zusätzliches Sicherheitspersonal gesorgt.

Da meine Reise nun organisiert ist, wende ich mich der Arbeit zu, wissend, dass ich nächste Woche mehr Zeit außerhalb des Büros verbringen werde als darin. Wir bereiten uns für den Dreh eines neuen Actionfilms diesen Sommer in Europa vor, und gerade habe ich die Endfassung des Drehbuchs mit Haydens Regieanmerkungen erhalten. Den Rest des Nachmittags verbringe ich versunken in der neuen Geschichte und überlege, wie wir die unterschiedlichen Szenen filmen werden.

Die Vorarbeit ist eine meiner Lieblingstätigkeiten im Job, sie rangiert noch über dem eigentlichen Dreh. In diesem Stadium kann sich meine Kreativität voll entfalten, wenn ich meine Vorschläge in Haydens Notizen einfüge. Wir diskutieren alles hundertfach, bevor wir tatsächlich drehen, und der Prozess der Zusammenarbeit mit ihm hat nach so vielen gemeinsamen Jahren ein bewährtes Muster angenommen.

Das ist einer der vielen Aspekte, die ich an Quantum liebe. Wir kennen einander so gut, dass wir schon fast unsere Sätze gegenseitig beenden könnten. Sie sind mehr als einfach nur Kollegen und persönliche Freunde. Sie sind meine Familie. Ich bin bereit, für meine Familie zu kämpfen, diejenige bei Quantum und diejenige, die ich um jeden Preis mit Ellie gründen will.

Ich verlasse mein Büro, gehe zu ihrem und klopfe an die verschlossene Tür.

»Herein.«

Ich habe sie seit heute früh nicht mehr gesehen, und bei ihrem Anblick steigen sofort die Erinnerungen an unsere unglaubliche gemeinsame Nacht in mir auf. Angefangen bei unserem Klubbesuch über die anschließenden Geständnisse bis hin zu der außergewöhnlichen Magie in ihrem Bett. Ich werde nie auch nur eine Sekunde dieser Nacht vergessen. Ich schließe die Tür hinter mir, lehne mich dagegen und bewundere sie.

Ihr Gesicht wird auf entzückende Weise rot, und ich bin wieder einmal von der Tatsache baff, dass sie mich genauso sehr will wie ich sie. Wie kann ich nur so viel Glück haben?

»Brauchst du irgendetwas?«, fragt sie nach einem aufgeladenen Moment des Schweigens.

Mit einem Nicken gehe ich zu ihr und ziehe ihren Stuhl vom Tisch zurück. Dann drehe ich ihn zu mir, beuge mich über sie und umfange sie auf diese Weise ganz mit meinem Körper. »Das«, flüstere ich, bevor ich sie küsse. Ich hatte eigentlich nur einen flüchtigen Kuss beabsichtigt, bis sie mit der Hand meinen Nacken umfasst und ihr Mund sich meiner Zunge öffnet. Ich verliere mich komplett in ihr und werde von der Verrücktheit davongetragen, die mich immer in ihrer Nähe erfasst. Ich bekomme einfach nicht genug davon. Und weiß, dass ich niemals genug davon haben werde.

Nur langsam, zögernd weichen wir voneinander zurück, bis unsere Lippen sich kaum noch berühren.

»Ich habe tatsächlich zur Abwechslung ein bisschen gearbeitet, bis du aufgekreuzt bist«, sagt sie.

Mit einem Lächeln reibe ich meine Lippen an ihren und genieße das scharfe Einatmen, das mir verrät, dass sie genauso davon angetan ist wie ich. Gott sei gedankt dafür. »Heute Abend fliege ich nach London.«

»Tatsächlich?«

»Ja. Ich tue es, Ellie. Ich werde ihm mitteilen, dass ich nicht der Erbe seines Geschäfts sein kann – und werde.«

Sie streichelt mein Gesicht, und ich berühre mit den Lippen ihre Handinnenfläche. »Wie fühlst du dich dabei?«

»Entschlossen. Ich hätte es schon vor Jahren tun sollen.«

»Ich freue mich so für dich.«

»Ich freue mich für uns. Du auch?«

»Natürlich tue ich das. Und ertappe mich dabei, dass ich immer wieder denke, unsere Geschichte nur zu träumen, weil so etwas doch ganz bestimmt nicht wirklich passieren kann.«

»Es passiert, Darling, und ist das Beste, was jemals passiert ist. Zumindest mir.«

»Mir auch.« Sie schaut zu mir hoch, ich sehe ihr Herz in ihren Augen und kann nicht widerstehen, sie noch mal zu küssen. »Könnte ich … vielleicht … mit dir kommen?«

»Willst du das?«, frage ich, gleichzeitig verblüfft und erfreut.

»Das tue ich wirklich.«

»Ich habe dich liebend gern bei mir, ganz besonders, weil wir für dieses Wochenende Pläne hatten, die ich nicht vergessen habe. Aber ich kann nicht versprechen, dass du rechtzeitig wieder zurück bist, um auf die Kinder aufzupassen.«

»Flynn wird es übernehmen, wenn ich ihm erzähle, dass mir etwas dazwischengekommen ist. Es macht ihm nichts aus.«

Ich fahre mit dem Finger über ihre Wange. »Du hast dich doch auf die Kinder gefreut.«

»Ich kann sie jederzeit sehen. Du brauchst mich, und ich will bei dir sein.«

Ich lehne meine Stirn an ihre, schließe die Augen und atme ihren unverkennbaren Duft ein. »Ich habe noch nie etwas so sehr gewollt, wie, frei für deine Liebe zu sein, Ellie.«

»Ich kann nicht glauben, dass das alles passiert ist.«

»Aber du bist glücklich darüber?«

»Gott, ja, ich bin glücklich«, lacht sie. »Wie ist es möglich, dass du die ganze Zeit über hier warst ...«

»Ich war die ganze Zeit hier, habe dich gewollt und mir das herbeigesehnt, was wir jetzt haben. Und das ist erst der Anfang, meine Liebe.«

»Was, wenn dein Vater dich nicht gehen lässt? Was, wenn ...«

Ich hebe den Kopf, damit ich ihre Augen sehe, und lege einen Finger auf ihre Lippen. »Psst. Mach dir keine Sorgen. Es gibt nichts, womit er meine Haltung zu dir oder uns ändern könnte. Nichts.«

Sie blinzelt eine plötzliche Tränenattacke weg. Lachend wischt sie sich über die Augen. »Du hast mich wieder zu einer kompletten Katastrophe im Büro gemacht.«

»Du könntest niemals eine Katastrophe sein. Du bist atemberaubend.« Ich stecke eine Haarsträhne von ihr hinter das Ohr und streichele ihre Wange.

»Du bist selbst atemberaubend. Wie gern habe ich früher einfach die Augen geschlossen und dich reden gehört.«

»Wann?«

»Bei Partys, Meetings, an Heiligabend bei meinen Eltern. Deine Stimme ist ganz oben auf meiner Liste der erotischsten Dinge.«

»Mmm«, knurre ich tief, »das muss ich mir für kritische *Momente* in der Zukunft merken.«

»Und dein Gesicht«, fügt sie hinzu und nimmt mein Gesicht in ihre Hände, »teilt sich den ersten Platz mit deiner Stimme. Ich werde nie müde, dieses Gesicht anzuschauen.«

»Du solltest lieber mit den Komplimenten aufhören, wenn du nicht wieder bei der Arbeit vernascht werden willst.«

Ihr Blick fällt hinunter auf meinen stramm stehenden Johannes, der sich wünscht, tief in ihr zu sein, anstatt hinter einem Reißverschluss auszuharren.

Sie leckt sich die Lippen und entlockt mir ein Stöhnen.

»Mach das nicht, wenn ich mich benehmen soll.«

»Jasper ...«

»Was, Darling?«

»Die letzte Nacht war so erstaunlich. Es hat sich so angefühlt ...«

»Wie denn?« Ich bin vor Spannung fast atemlos.

»Anders. Besonders.«

»Für mich auch. Es war alles.«

»Was, wenn ...« Sie schaut zu mir hoch, verrückt verletzlich und ausnehmend wunderschön. »Was, wenn wir letzte Nacht unser Baby gezeugt haben?«

»Meinst du, das haben wir?«

»Ich weiß es nicht, aber ich habe mich heute den ganzen Tag irgendwie kribbelig gefühlt, benommen und ...«

Ich bin sofort beunruhigt. »Brauchst du einen Arzt?«

»Nein, nein«, lacht sie. »Nichts dergleichen. Ich wollte nur sagen, dass ich mich auch so beschwingt fühle wie noch nie. Es ist vermutlich noch zu früh, aber ...« Mit einem albernen Lächeln zuckt sie die Achseln.

»Ich hoffe, wir haben letzte Nacht ein Baby gemacht. Das wäre das Großartigste, was mir je passiert ist.«

»Mir auch.«

»Bis jetzt, vor dir, habe ich mir nie erlaubt, auf Kinder, eine eigene Familie oder ein Leben mit jemandem wie dich zu hoffen. Doch jetzt …« Ich muss mich kurz zusammennehmen, denn sonst verliere ich noch die Fassung. »Jetzt ist dank dir alles möglich.«

Sie schiebt ihren Stuhl ein Stück nach hinten, steht auf und legt die Arme um mich. »Ich werde doch nicht aufwachen und feststellen, dass es nur ein schöner Traum war, oder?«

Ich halte sie fest, drücke ihren Körper an meinen und lasse vermutlich keinen Zweifel darüber aufkommen, was ich jetzt gern tun würde. »Keine Chance.« Ich halte sie sehr lange. Ich habe keine Ahnung, wie lange, und es ist mir auch egal. Wir werden zurück in die Realität geholt, als ihr Telefon klingelt. Ich lasse sie los, wenn auch widerwillig.

»Ellie am Apparat.« Sie ist wieder ganz professionell, obwohl ihre Wangen gerötet sind und ihre Augen vor Aufregung strahlen. Sie hört zu und entgegnet dann: »Komme in fünf Minuten.« Nach dem Auflegen lächelt sie mir entschuldigend zu. »Die Pflicht ruft.«

»Kein Problem. Ich lasse dich gehen – vorerst. Ich hole dich heute um acht ab? Ist das in Ordnung?«

»Das passt.«

»Was ist mit Randy?«

»Ich bringe ihn zu meinen Eltern. Sie sind meine Hundesitting-Anfragen in letzter Minute gewohnt. Ich bin öfter unterwegs, um mir Drehorte anzuschauen. Sie werden sich nichts dabei denken.«

»Was sagst du deinem Team hier?«

»Ich habe Dax bereits einen Schaden fürs Leben zugefügt, als ich ihm mitteilte, dass ich nächste Woche ›Zeugs‹ machen müsse, um schwanger zu werden.«

Ich zucke zusammen. »Autsch.«

»Ich weiß«, seufzt sie. »Ich habe mich schrecklich gefühlt, aber nur so konnte ich sicher sein, dass er keine weiteren Fragen

stellen würde. Ich teile ihm einfach mit, dass ich für meine
›Termine‹ früher wegmusste.«

»Das behalte ich im Hinterkopf, wenn er eine
Erschwerniszulage fordert.«

»Ich würde es ihm nicht übel nehmen, wenn er es täte.«
Sie verwickelt mich in einen weiteren Kuss, lässt diesmal aber
nicht zu, dass er außer Kontrolle gerät, zu meiner großen
Enttäuschung. Ich will sie um mehr anflehen. Ich will sie bitten, mit mir zu kommen, jetzt gleich, damit wir von allem mehr
haben können. Aber ich habe schon einmal die rote Linie mit
ihr auf der Arbeit überschritten, und das will ich nicht wiederholen. Zumindest nicht heute.

»Wir sehen uns um acht?«

»Ich werde auf dich warten. Muss ich irgendetwas
Besonderes mitnehmen?«

»Nee. Nimm lieber bequeme als stylische Sachen mit. Wir
werden die meiste Zeit im Flugzeug verbringen.«

»Gemütlich habe ich drauf.«

»Und ich muss mir weitere Hosen zulegen, wenn ich die
ganze Zeit mit dir verbringen werde.« Um meinen Standpunkt
zu untermalen, richte ich meinen Johannes zurecht.

Sie kichert über mein offensichtliches Unbehagen. »Wag es
ja nicht, dir größere Hosen zu besorgen. Ich mag deine Hosen
genau so, wie sie sind. Sie lassen der Fantasie äußerst wenig
Spielraum, obwohl ich jetzt weiß, dass meine Fantasie etwas
größer denken sollte.«

»Aufhören. Ich flehe dich an. Hör einfach auf.«

Sie legt die Hand auf meinen Schwanz und schaut zu mir
hinauf. »Ich werde nie aufhören, das zu wollen.«

»Ich bin zutiefst schockiert, zu erfahren, dass Estelle Godfrey
junior so zudringlich ist, um nicht zu sagen schwanzgeil.«

Sie drückt mich für meinen Geschmack etwas zu fest, was vermutlich auch ihre Absicht war. »Nenn mich noch einmal Estelle, und deine Teile werden meine Teile nie wiedersehen.«

»Das ist so ein sexy Name.«

»So heißt meine *Mutter*.«

»Ich denke jetzt überhaupt nicht an deine Mutter.« Ich bin schon kurz davor, auf alles zu pfeifen und sie hier und jetzt zu nehmen, als ihr Telefon wieder klingelt.

Sie hebt ab. »Ich komme. Jetzt.« Sie legt auf und küsst mich auf die Wange. »Bis später.«

Ich sehe zu, wie sie das Büro verlässt, und mir ist klar, dass ich ihr auf gar keinen Fall folgen darf. Zumindest nicht in den nächsten Minuten. Also nehme ich an ihrem Tisch Platz und studiere die gerahmten Familienbilder. Eine Gruppe von dunkelhaarigen Kindern, die ich als den Nachwuchs ihrer Schwester Aimee erkenne, und einen Haufen blonder Jungs, die zu Annie gehören. Dann ist da noch ein Foto von Max und Stella Godfrey mit ihrer jüngsten Tochter zwischen sich, alle drei mit breitem Lächeln, und noch eines von Ellie mit Flynn an seinem Hochzeitstag.

Ich liebe die Godfrey-Familie – mehr noch als meine eigene, wenn ich ehrlich bin. Sie haben etwas sehr Warmes und Herzliches an sich. Ich bin steif, reserviert und typisch britisch erzogen worden und ziehe die Godfrey'sche Art definitiv vor. Werden sie mich immer noch wie einen von sich behandeln, wenn sie herausfinden, dass Ellie und ich versuchen, ein Baby miteinander zu bekommen? Ich weiß, welche Gefühle in mir dabei hochkämen, wäre sie meine Tochter, aber jedem, der Ellie gut kennt – und sie kennen sie besser als irgendjemand sonst –, dürfte klar sein, dass sie nur das tut, was sie will.

Ich versuche immer noch, mich davon zu überzeugen, dass sie mich will. Ich muss dafür sorgen, dass ihre Eltern und Geschwister erfahren, wie sehr ich sie liebe und dass ich mich um sie und unser Kind bis zum Rest meines Lebens kümmern werde.

Ihr auf dem Tisch liegendes Telefon signalisiert eine neue Nachricht. Ich werfe einen Blick darauf und sehe, dass der Absender eine gewisse Serenity von der Datingagentur ist, bei der sie sich registrieren lassen wollte. Das reicht schon aus, um mich daran zu erinnern, dass Ellie und ich noch weit davon entfernt sind, alles geklärt zu haben. Immerhin sorgt die Nachricht dafür, dass sich meine restliche Glut beruhigt.

Gerade als ich ihr Büro verlassen will, klopft es an der Tür und Hayden schaut herein. Er stutzt, als er mich auf Ellies Platz sieht.

»Was ist los?«, fragt er.

»Ich wollte Ellie gerade eine Notiz hinterlassen.« Noch während ich die Worte ausspreche, wünsche ich mir, ich hätte eine andere Ausrede gefunden. Wer hinterlässt denn heutzutage noch Notizen für irgendwen?

Hayden betritt den Raum und schließt die Tür hinter sich. Oh, oh! »Reden wir noch über letzte Nacht?«

»Was ist denn letzte Nacht passiert?«

»Mach nicht einen auf dumm mit mir, Jasper. Du hast Flynns Schwester in einen Sexklub mitgenommen. Meinst du nicht, das erklären zu müssen?«

»Ich habe *Ellie* – auf ihren Wunsch hin, wohlgemerkt – in einen Sexklub mitgenommen, und nein, ich fühle mich nicht verpflichtet, mich vor dir oder irgendjemandem sonst zu rechtfertigen.«

Sein Blick wird hitzig. »Flynn würde ausrasten, wüsste er, dass du sie dorthin mitgenommen hast.«

»Ist er auch ausgerastet, als du seine Assistentin dorthin mitgenommen hast?«

»Das ist nicht das Gleiche! Sie ist meine *Verlobte*!«

»Wart ihr auch miteinander verlobt, als du sie zum ersten Mal dorthin mitgenommen hast?« Ich habe keine Ahnung, ob sie schon vorher dort waren, aber angesichts dessen, wie entnervt sich seine Augen verengen, habe ich wohl ins Schwarze getroffen.

»Das geht dich nichts an.«

»Genauso, wie es dich nichts angeht, was Ellie und ich dort gemacht haben. Lass gut sein, Hayden. Es betrifft dich nicht.«

»Was machst du mit ihr?«, fragt er in einem versöhnlicheren Ton.

»Auch das ist nicht deine Angelegenheit.«

»Es ist sehr wohl meine Angelegenheit, wenn es Schwierigkeiten in *meinen* geschäftlichen Angelegenheiten bedeutet.« Er winkt mit der Hand und meint das Quantum-Bürogebäude um sich.

»Lässt du jetzt deine Autorität spielen, Partner?« Während Kristian, Marlowe und ich Teilhaber sind, haben Flynn und Hayden die Firma gegründet und sind geschäftsführende Gesellschafter.

»Wenn es sein muss.«

»Was soll das heißen?«

»Dass, wenn du nicht selbst Flynn erzählst, was auch immer zwischen dir und Ellie läuft, ich es tun werde.«

»*Drohst* du mir? Habe ich dir gedroht, als du Zeit mit Addie verbracht hast, ohne ihn davon in Kenntnis zu setzen?«

»Addie ist nicht seine Schwester.«

»Das könnte sie aber sehr gut sein.«

»Pass auf, Jasper. Ich will hier keine Probleme haben und mit Flynn auch nicht. Ich weiß jetzt etwas, das ich meinem besten Freund und Geschäftspartner verheimlichen muss. Das ist für mich ein Problem, also ist es auch dein Problem.«

»Ob du es glaubst oder nicht, verstehe ich, was du meinst, und ich sage jetzt nur, dass Ellie und ich gerade dabei sind, es herauszufinden. Wenn es Neuigkeiten zu erzählen gibt, wird Flynn es als Erster erfahren.«

Er starrt mich lange an und räumt dann ein: »In Ordnung. Aber warte nicht zu lange.« Ohne ein weiteres Wort verlässt er den Raum und lässt mich vor Wut kochend zurück. Ich verstehe wirklich seinen Standpunkt, kann es aber überhaupt nicht leiden, von einem Mann bedroht zu werden, den ich immer für einen engen Freund gehalten habe. Schön zu wissen, woran ich bei ihm bin, obwohl es mich nicht überraschen sollte. Er und Flynn stehen sich näher als Brüder, und er hat nur bewiesen, dass er seinen Bruder jederzeit mir vorziehen würde.

Ich verlasse Ellies Büro entmutigt von der Unterhaltung mit Hayden, aber meine Laune hebt sich sofort, als ich an die geplante Reise mit Ellie denke – die Reise, die mich befreien wird, damit ich das Leben führen kann, das ich will, und nicht das, welches für mich vorgesehen war.

KAPITEL 16

ELLIE

Nachdem mich die Arbeit doch länger als erwartet im Griff hatte, renne ich zehn Minuten vor Jaspers geplanter Ankunftszeit umher und werfe Kleidung in eine Tasche. Glücklicherweise haben Flynn und Natalie zugestimmt, meinen Babysitterjob morgen zu übernehmen, nachdem ich sagte, ich hätte eine terminliche Überschneidung. Ich kann frei und ungehindert mit Jasper auf diese wichtige Reise gehen und bin so aufgeregt darüber, mit ihm unterwegs zu sein, dass meine normalerweise formidablen Packkünste heute nicht mehr ganz so formidabel sind. Glücklicherweise brauche ich nichts Schickes. Doch wenn ich nicht aufpasse, vergesse ich bei diesem Tempo womöglich noch meine Zahnbürste.

Randy reibt sich an mir und lässt mich damit wissen, dass er sich Sorgen darüber macht, wohin ich gehe. Koffer bringen den armen Kerl immer zum Ausflippen. Mein Vater holt ihn hier ab, nachdem wir weg sind, also nehme ich mir kurz Zeit, um ihn zu beruhigen. »Diesmal werde ich nicht so lange weg sein, Kumpel, und Opi kümmert sich inzwischen um dich.«

Er wimmert, leckt meine Wange ab, und ich umarme ihn. Wer auch immer behauptet, Hunde mögen nicht umarmt werden, hat meinen noch nicht kennengelernt. Er vergräbt sich in meinen Armen und lässt mich ihn so lange halten, wie ich will, was weitaus länger ist als meine verfügbare Zeit heute, aber er ist trotzdem mein Baby.

Dennoch kuschele ich immer noch mit Randy, als Jasper hereinkommt und in seinen kakifarbenen Hosen und einem weißen Hemd mit hochgekrempelten Ärmeln unglaublich sexy aussieht. Selbst seine Unterarme sind sexy.

»Störe ich bei irgendetwas, Darling?«

Ich seufze. Diese Stimme. Sie turnt mich einfach an. »Randy ist ein wenig traurig darüber, dass Mama wieder wegfährt.«

»Er kann mitkommen. Wir fliegen privat. Allerdings muss er nach der Landung im Flugzeug bleiben. Das Vereinigte Königreich achtet wie verrückt darauf, Tollwut von unseren unberührten Küsten fernzuhalten.«

»Ich denke, mein Baby ist bei Omi und Opi besser dran, als so viele Stunden eingepfercht in einem Flugzeug zu verbringen.« Ich küsse Randys süße Schnauze. »Ich brauche nur noch ein paar Minuten.« Ich lasse meinen Hund auf seinem Lieblingsplatz auf dem Sofa und gehe in mein Schlafzimmer, um zu Ende zu packen. Ich sammele gerade im Badezimmer die nötigsten Kosmetikutensilien ein, als Jasper zu mir kommt, sich von hinten an mich schmiegt, seine Arme um meine Taille legt und mit den Lippen meinen Nacken findet. Allein das genügt bereits, um meine Knie weich zu machen.

»Noch nie in meinem Leben ist die Zeit so langsam vergangen wie heute.« Die sanfte Berührung seines Atems an meinem Nacken verursacht bei mir eine Gänsehaut auf dem ganzen Rücken.

»Mir ging es genauso.«

»Ich bin so froh, dass du mitkommst. Du wirst mich vom Grund für diese Mission ablenken.«

»Und wie soll ich das anstellen?«, frage ich und schaue ihn im Spiegel an.

»Es reicht, wenn ich das weiß und du es noch herausfindest.«

Ein Schauder erfasst meinen Körper und mündet in ein fast schmerzhaftes Pochen zwischen meinen Beinen.

Jaspers Hand gleitet zum Saum meines Kleides hinunter, das mir bis zur Oberschenkelmitte geht. Er zieht ihn langsam mit der leichten Berührung seiner Fingerspitzen an meiner empfindlichen Haut hoch. »Bist du für mich feucht, Ellie?«

»Immer.«

Sein tiefes Knurren ist wie Öl in mein ohnehin schon loderndes Feuer.

Ich drücke mit dem Arsch gegen seinen steifen Schwanz und lasse ihn so wissen, was ich will.

»Ist hier gerade jemand ungeduldig?«

»Du hast doch selbst gesagt, wie langsam die Zeit heute verging.«

Er gleitet mit den Fingern die Innenseite meines Schenkels entlang und drückt gegen mein Innerstes. Nur die dünne Seide meines Höschens trennt seine Haut von meiner. Ein Geräusch entwischt zwischen meinen fest zusammengepressten Kiefern, das nicht ganz Stöhnen, aber auch nicht ganz Ächzen ist. Es ist ein vor Lust flehendes, verzweifeltes Geräusch, das ich noch nie zuvor in meinem Leben von mir gegeben habe. Ich komme gleich, dabei hat er mich kaum berührt. Dann zieht er sich zurück, und ich schreie vor Verzweiflung auf.

»Ruhig, Darling.«

Ich schaue über die Schulter und sehe, wie er schnell den Gürtel aufmacht und seinen Schwanz herausholt. Mein Rockteil wird angehoben und mein Höschen beiseitegeschoben, während er meine Beine weiter spreizt. Das alles passiert innerhalb von Sekunden, und ich fühle mich wie auf der aufregendsten Fahrt im besten Vergnügungspark. Ich bin außer Atem, und mein Herz rast so schnell, dass ich mir Sorgen um einen Herzanfall machen würde, wüsste ich nicht mit Sicherheit, dass er der Grund dafür ist.

Dann ist er in mir, hämmert in mich, während seine Finger sich fest in meine Hüften krallen, mich für den wildesten aller wilden Ritte festhalten. Ich komme so heftig, dass ich Sternchen sehe, aber er lässt immer noch nicht locker. Als ich dieses Spülbecken einbaute, hätte ich mir niemals vorstellen können, darüber gebeugt fast zu Tode gefickt zu werden. Dieser Gedanke bringt mich zum quietschenden Kichern.

»Was zum Teufel ist so lustig?«, fragt er und klingt dabei so außerordentlich britisch.

»Ich hoffe, ich habe das Becken fest genug eingebaut.«

Das entlockt auch ihm eine Lachsalve, und er wird ein wenig langsamer. Seine Arme schlingen sich fest um meinen Körper, und seine Zähne umfassen mein Ohrläppchen. Bis zu diesem Augenblick hatte ich keine Ahnung, dass mein Ohrläppchen mit meiner Klitoris verbunden ist.

»Du bist so scheißheiß«, flüstert er rau. »Ich will mein ganzes Leben in dir verbringen.«

Wenn in der Menschheitsgeschichte jemals erotischere Worte gesprochen wurden, würde ich sie gern hören. Mir wurde so etwas zumindest noch nie gesagt. Ich umfasse seine Hand, die flach auf meiner Brust liegt, und klammere mich fest daran, während er immer und immer wieder in mich stößt. Ich höre Randy bellen, aber ich habe keine Lust, mich jetzt darum zu kümmern. Bis ich die Stimme meines Vaters höre und erstarre.

»Nein, nein, *nein*«, flüstert Jasper und bringt damit auch meine Panik zum Ausdruck. Er zieht sich so urplötzlich aus mir heraus, dass ich fast umkippe. Nur seine Arme um meine Körpermitte halten mich aufrecht. Ich schiebe meinen Rock hinunter, richte mein Höschen zurecht und fahre mir mit den Fingern durch das Haar, bevor ich meinem Vater zurufe: »Komme gleich!«

»Lass dir Zeit.«

Jasper zieht eine Grimasse, als er versucht, über seiner riesigen Erektion die Hose zuzumachen. »Das darf doch nicht wahr sein.«

Ich bedecke den Mund, um ein Lachen zu unterdrücken.

Sein finsterer Blick macht den Lachanfall nur noch heftiger.

»Sehe ich schrecklich aus?«, flüstere ich.

»Du siehst wunderschön und ordentlich durchgefickt aus, wenn ich das so sagen darf.«

»Hör auf!« Die Vorstellung davon, dass mein Vater so einen Kommentar mithören könnte, lässt mich in Schweiß ausbrechen. »Bleib hier. Er ist in einer Minute weg.«

»Mir bleibt ja auch nichts anderes übrig.«

Ich werfe einen Blick auf das »Problem« in seiner Hose.

»Wenn du darauf schaust, hilft es nicht weiter«, presst er hervor.

Ich unterdrücke ein weiteres Lachen, und als hätte mein Vater mich nicht gerade fast beim Sex erwischt, fliege ich ins Wohnzimmer, wo mein Vater neben Randy auf dem Sofa sitzt. Randy, dieser Verräter, hat den Kopf auf den Schoß meines Vaters gelegt und genießt ein ordentliches Ohrkraulen. »Tut mir leid! Komme gerade aus der Dusche.« Ich hoffe, das erklärt mein rotes Gesicht.

»Kein Problem«, winkt mein Vater ab und widmet seine Aufmerksamkeit glücklicherweise Randy und nicht mir. »Diese Reise kam ja ganz schön unerwartet.«

»Ich weiß! Ich muss mir ein Grundstück in England anschauen, bevor sie sich auf einen Drehort festlegen können. Ich komme morgen wieder. Flynn hat sich bereit erklärt, die Rabauken für mich zu hüten, bis ich wieder da bin.«

»Er hat es mir gesagt.« Mein Vater streichelt Randy weiterhin, der auf Wolke sieben schwebt. »Er wusste aber nichts davon, dass du die Stadt verlassen musst.«

»Ja, also, es ist etwas für Jasper und Kristian. Ich glaube nicht, dass Flynn da involviert ist.« Warum lüge ich ihn an? Warum sage ich ihm nicht einfach die Wahrheit? Weil ich noch nicht bereit bin, mit unseren Neuigkeiten an die Öffentlichkeit zu gehen, auch wenn mein Vater nicht wirklich zur »Öffentlichkeit« gehört. Ich will, dass Jasper diese Situation zuerst klärt, bevor ich meiner Familie von uns erzähle.

Und außerdem will ich egoistischerweise die Geschichte mit Jasper noch ein bisschen länger geheim halten. Es ist so neu und aufregend, und mir gefällt es, dass niemand etwas davon weiß. Erst mal gehört es nur uns. Sobald wir es jemandem erzählen, gehört es nicht mehr nur uns. Ich bin mir sicher, dass Hayden und Addie nach der letzten Nacht einen Verdacht haben, aber es ist genau das – nur ein Verdacht. Sie wissen nichts mit Sicherheit.

Ich mache eine große Show daraus, auf meine Uhr zu schauen. »Oh, verdammt! Ich muss los! Muss mein Flugzeug erwischen.«

»Soll ich dich zum Flughafen fahren?«

»Nein, alles gut. Jasper holt mich ab. Er fliegt mit mir.«

»Mir war so, als hätte ich sein neues Auto vorne gesehen«, sagt er und steht auf. »Komm, Randolph. Lass uns nachschauen gehen, was Omi so macht.« Mein Vater küsst auf dem Weg noch meine Wange, die vermutlich den dunkelsten Rotton haben muss, der überhaupt möglich ist. »Guten Flug, Liebling. Schreib uns eine Nachricht, damit wir wissen, dass du sicher gelandet bist.«

»Oh, ähm, klar, mache ich! Danke, dass du auf Randy aufpasst.«

»Jederzeit. Hab dich lieb.«

»Hab dich auch lieb.«

Mein Vater ruft nach Randy, der neben ihm hertrottet und sein beschämtes Frauchen nicht eines Blickes würdigt. Dann sind beide draußen.

Ich spüre Jaspers Anwesenheit bereits hinter mir, bevor er sich an mich presst. »Erschieß mich sofort«, ächze ich. »Bitte, mach es kurz und schmerzlos.«

»Nur, wenn ich mit dir kommen kann, Darling.«

»Wie konnte ich nur glauben, ihm dieses Märchen auftischen zu können? Er hat vier Kinder großgezogen. Er weiß alles!«

»Meinst du, er hat uns eine Nummer schieben hören? Wenn ja, zeige ich mich nie wieder bei deinen Eltern.«

Ich drehe mich zu ihm um. »*Eine Nummer schieben?* Haben wir das gemacht?«

»Das haben wir ganz bestimmt, und nur einer von uns durfte den Gipfel dabei erreichen – zweimal. Ich würde sagen, damit stehst du bei mir ziemlich tief in der Kreide, meine Liebe. Wie willst du mich bezahlen?«

»Das heißt, du bist darüber hinweg, dass mein Vater uns möglicherweise bei unserer ›Nummer‹ gehört hat?«

Er streichelt meine Wange mit dem Finger. »Ich werde erst darüber hinweg sein, wenn mein Schwanz im Flugzeug gegen deinen Rachen prallt.«

* * *

Ich bin auf meinem Sitz im Privatjet festgeschnallt, und wir haben soeben in Burbank unseren zwölfstündigen Flug nach London angetreten. Normalerweise nehme ich auf langen Flügen etwas, das mich ausschaltet, aber diesmal will ich wach bleiben. Ich kann immer noch nicht fassen, was er vorhin zu mir gesagt hat, bevor wir das Haus verlassen haben. Ich stelle mir mich auf Knien vor, seinen Schwanz im Mund, wie er immer wieder gegen meinen Rachen stößt, und das macht mich heiß auf mehr davon, was wir getrieben haben, bevor mein Vater auftauchte.

Noch nie zuvor hat mich der Gedanke an einen Blowjob bei einem Mann angeturnt, aber ich kann es kaum erwarten, zu erfahren, ob Jasper seine »Drohung« wahr macht.

Ich höre ein Tonsignal, und der Pilot teilt uns mit, dass wir unsere Flughöhe erreicht haben. Wir können uns in der Flugzeugkabine frei bewegen, aber er empfiehlt uns, auf den Sitzen die Gurte zu benutzen.

»Ich will, dass du ins Schlafzimmer gehst. Zieh dich aus. Streck dich auf dem Bett aus, nimm die Arme über den Kopf und schließ die Augen. Deine Beine sollten so weit gespreizt sein wie nur möglich. Ich komme gleich. Irgendwelche Fragen?«

Ich hatte doch ein- oder zweimal diesen Akzent erwähnt. Na ja, also … Ich muss ihn wirklich einmal bitten, das, was er soeben zu mir gesagt hat, aufzunehmen, damit ich es mir jeden Tag für den Rest meines Lebens immer wieder anhören kann. Die unglaublich heiße Art, *wie* er es sagte, zusammen mit dem, *was* er sagte, hat mich so verblüfft, dass ich kaum atmen kann, geschweige denn sprechen. Erwartet er ernsthaft von mir, dass ich das jetzt einfach so mache, nur weil er es befiehlt?

Ein kurzer Blick auf seinen unnachgiebigen Gesichtsausdruck verrät mir, dass er tatsächlich von mir erwartet, seinen Anweisungen zu folgen.

»Du hast immer die Wahl«, ruft er mir in einem sanfteren, versöhnlicheren Ton in Erinnerung. »Sag nur das Wort.«

Er bezieht sich auf das Wort »Baby«, das wir letzte Nacht vereinbart haben. Es kommt mir in den Sinn, dass ich ein Baby *wäre*, wenn ich es ausspr[äche, noch bevor ich erführe, was genau er vorhat. Ich bin allein schon von seinen Befehlen so angeturnt, dass ich nicht klar denken kann. Ich schnalle mich ab, stehe langsam auf und teste zuerst meine Beine, um sicherzugehen, dass sie unter mir nicht umknicken werden, bevor ich mich in den hinteren Teil der Kabine zum Schlafzimmer aufmache.

Das ist Dekadenz pur. In einem Privatjet mit einem sexy Mann zu fliegen, der mich in einer Höhe von zehntausend Metern dominieren will. Wie ist das nur zu meinem Leben geworden? Erst vor wenigen Wochen habe ich mir unter einem aufregenden Abend einen Spaziergang mit Randy an der Promenade vorgestellt mit anschließendem Filmeschauen im Bett und Kuscheln. Auch wenn ich Randy noch so sehr liebe, und das tue ich unvernünftig stark, ist das hier doch eine ganz andere Stufe der Aufregung.

In der Tat bin ich sogar so aufgeregt, dass meine Hände zittern, als ich mich im winzigen Bad frisch mache und mein Kleid ausziehe. Die kühle Luft aus dem Ventilationssystem des Flugzeugs fühlt sich an meiner erhitzten Haut besonders kalt an, als ich komplett entblößt das Schlafzimmer betrete.

Ich strecke mich auf dem Bett aus, Arme über dem Kopf, die Augen geschlossen und die Beine gespreizt. Meine Muskeln zittern aus Vorfreude, Verlangen und wegen einer Art Euphorie, die ich noch nie zuvor verspürt habe. Wie lange wird er mich wohl warten lassen? Was wird er mit mir machen? Wie wird es sich anfühlen? Werde ich Angst haben?

Nein. Angst werde ich nicht haben. Nicht mit Jasper. Ich kann mir nicht vorstellen, so etwas mit einem anderen Mann außer ihm zu tun. Ich vertraue ihm blind, und dieses Vertrauen macht mich frei für den Genuss von allem, was passieren wird.

Werden wir in diesem Flugzeug ein Baby zeugen? Haben wir womöglich schon letzte Nacht ein Kind gezeugt? Wie schnell kann ich es erfahren? Ich muss Dr. Breslow danach fragen.

Mit geschlossenen Augen spüre ich Jasper, noch bevor ich denke, dass er sich bereits still zu mir gesellt hat. Ohne mein Sehvermögen sind die anderen Sinne geschärft. Ich höre seine

Finger über den dünnen Stoff seines Hemds gleiten, während er es aufknöpft. Ich höre deutlich das metallische Klimpern seiner Gürtelschnalle, seinen Reißverschluss, das Rascheln seiner Hose, die über die Beine gezogen wird.

Die Wärme seines Körpers neben meinem verrät mir, dass er ganz nah ist. Nicht zu wissen, was er machen wird, macht meine Nippel so steif, dass sie vom kühlen Luftstrom fast schmerzen. Ich spüre seine Hände auf meinem Haar, als er mir etwas auf das Gesicht schiebt. Eine Augenbinde. Ich habe kurz eine Panikattacke, als mir klar wird, dass ich der Dunkelheit nicht entkommen kann.

»Psst«, sagt er. »Entspann dich, meine Liebe. Ich bin bei dir.«

Der Klang seiner Stimme beruhigt mich. Solange er hier ist, bin ich in Sicherheit. Ich fühle mich vielleicht nicht vollkommen wohl, aber ich bin immer geschützt. Er beruhigt mich weiter, indem er mich sanft streichelt, er fängt bei den Schultern und den Brüsten an, geht über zum Bauch, den Beinen und den Füßen und dann wieder zurück über die Innenseiten meiner Schenkel, die er nebenbei noch weiter auseinanderspreizt.

Ich spüre, wie er sein Gewicht auf die Mitte des Betts verlagert, zwischen meine obszön gespreizten Beine, und dann strömt Luft in mein Innerstes, und ich muss mich winden.

»Halt still, Darling.«

»Wenn du willst, dass ich stillhalte, darfst du das nicht machen.«

»Nicht mehr sprechen, außer du willst dein Safeword sagen. Wie lautet es noch mal?«

»Baby.«

»Und du weißt, dass alles aufhört, wenn du es aussprichst?«

»Ja.«

Gerade als ich denke, dass er sich meinem Innersten zuwenden wird, legt er meine Handgelenke in pelzgefütterte

Handschellen, die dann am Kopfende des Bettes befestigt werden, sodass ich in seinem Netz der Lust gefangen bin. Dass er die Handschellen eingepackt hat, verrät mir, dass er das nun Folgende im Voraus geplant hat, und das Wissen darum verstärkt das in mir lodernde Lauffeuer.

Ich nehme wahr, dass er sich im kleinen Raum umherbewegt, und es fällt mir sehr schwer stillzuhalten, während ich darauf warte, was als Nächstes kommt. Mein Körper ist so stark angespannt, dass ich befürchte zu implodieren, noch bevor wir zum Hauptteil kommen – was auch immer das sein wird.

Offensichtlich hat Jasper es nicht eilig. Minuten vergehen, ohne dass er mich berührt, und ich fühle mich allmählich verlassen. Ich scheine nur noch aus Nervenenden zu bestehen, die für seine Berührung brennen. Ich sehne mich nach ihm und bin schon kurz davor, ihn anzuflehen, etwas zu tun, irgendetwas, als ich seine Zunge auf meinem linken Nippel spüre.

Die Empfindungen sind so stark, dass ich vom mich durchfahrenden Schock aufschreie. Dann ist er wieder weg und lässt mich allein zurück. Das ist die süßeste Qual, die ich je erlebt habe, und mir wird klar, dass es erst der Anfang ist. Seine Lippen sind jetzt auf der Innenseite meines linken Unterschenkels und gleiten unerträglich langsam hoch. Mein Becken streckt sich ihm entgegen, doch er ist schon wieder weg, bevor er die Stelle erreicht, an der ich ihn am meisten brauche.

Ich reiße an den Handschellen und bewege mich unruhig auf dem Bett, kurz vor einem kompletten Nervenzusammenbruch oder dem größten Orgasmus meines Lebens. Ich bin mir nicht sicher, was bei diesem Tempo als Erstes passiert.

»Ich will dich so filmen«, flüstert er.

Ich wende mich seiner Stimme zu und sehne mich nach seiner beruhigenden Nähe.

»Darf ich?«

In diesem Augenblick würde ich ihm alles geben, was er will, wenn es eine Erleichterung des Verlangens bedeutet, das mit jeder Sekunde ansteigt. »Ja«, antworte ich leise mit trockenen Lippen.

»Bald, Liebes. Ich will, dass du siehst, wie ausnehmend schön du bist, wenn du dich mir ergibst.«

Ich muss so dringend kommen, dass ich seinen Vorschlag kaum verarbeiten kann. Ich weiß nur, dass ich ihm alles geben will, was er von mir verlangt, um mich weiterhin so mit ihm zu fühlen. Es ist, als flössen alle Gefühle meines gesamten Lebens in eine Atombombe, die die Kraft besitzt, mich auszulöschen. Und ich habe ihm diese Macht bereitwillig, aus freien Stücken und gern übertragen. So fühlt es sich schließlich an, verliebt zu sein.

»Jasper.« Sein Name ist ein Schluchzer auf meinen Lippen.

»Was, Liebes?«

»Ich brauche …«

»Was brauchst du?«

»Mehr. Etwas. *Irgendetwas.*«

Sein leises Lachen weckt in mir den Wunsch, ihn zu kneifen – was ich auch tun würde, wären meine Hände nicht an das Bett gefesselt. »Geduld, Darling.«

»Ich habe davon nichts mehr übrig.«

»Psst. Du willst dir doch keine Bestrafung einhandeln, indem du ungefragt sprichst, oder?«

Es gibt kein anderes Wort, mit dem man das Quietschen beschreiben kann, das aus mir dringt, außer unelegant. »*Bestrafung?* Wovon zur Hölle sprichst du?«

»Haben wir vergessen, über die Konsequenzen zu sprechen, wenn du meine Anweisungen missachtest?« Seine Fingerspitze zeichnet einen Weg von meinem Hals nach, zwischen den Brüsten, über meinem zitternden Bauch, und hält kurz vor meiner Klitoris an, die sich nach ihm verzehrt.

»Du weißt, dass wir nicht darüber gesprochen haben«, presse ich mit zusammengebissenen Zähnen heraus.

»Erlaube mir, dieses entsetzliche Versehen meinerseits zu korrigieren.«

Er genießt es in vollen Zügen. Das höre ich aus seinem fröhlichen Ton heraus.

»Solltest du mir in einer unserer Sessions nicht gehorchen, werde ich gezwungen sein, dir eine Lektion zu erteilen, die vom ordentlichen Spanking deines süßen Arsches über den Befehl, einen Plug in der Öffentlichkeit zu tragen, bis hin zu ›nackt in einer Ecke stehen‹ reichen kann, bis ich mir sicher bin, dass du deine Lektion gelernt hast. Ich neige dazu, bei den Bestrafungen fast so kreativ zu sein wie beim Vergnügen.«

Seine Fingerspitze findet mit einer schnellen, flüchtigen Berührung meine Klitoris und zieht schon wieder weiter, noch bevor ich sie wahrnehmen kann. Aber es ist genug, um den sich seit einer gefühlten Ewigkeit aufbauenden Höhepunkt auszulösen. Ich schreie von seiner Wucht, und als ich wieder zu Sinnen komme, strömen Tränen mein Gesicht hinunter.

»Mmm, wie wunderschön«, sagt er, »und so schrecklich ungezogen. Hatte ich dir erlaubt zu kommen?«

»N-nein.«

»Dann weißt du also, was das bedeutet?«

»W-was?«

»Du musst bestraft werden. Die Frage ist nur, ob wir das jetzt erledigen oder uns für später aufheben sollen. Ich glaube, ich überlasse dir die Wahl. Was ist dir lieber? Jetzt oder später?«

Die Vorstellung davon, bestraft zu werden, erzürnt mich – und erregt mich gleichzeitig auf schmerzhafte Weise. Wie ist das nur möglich? »Wie wäre es mit *nie*?«

»Ahhh, mein süßer Schatz. Ich kann mich nicht erinnern, ›nie‹ als Option angeboten zu haben.«

Wenn mein Team mir bei der Arbeit gute und schlechte Neuigkeiten ankündigt, will ich immer zuerst die schlechte Nachricht hören, um es hinter mich zu bringen. »Jetzt«, knurre ich. Ich kann nicht glauben, dass ich tatsächlich will, dass er mich bestraft. Zu wem bin ich mit diesem Mann geworden?

»Dreh dich um.« Seine Stimme ist heiserer geworden, was mir verrät, dass er genauso erregt ist wie ich. Durch die Augenbinde nehme ich solche Feinheiten eher wahr.

Überrascht stelle ich fest, dass ich mich trotz der gefesselten Handgelenke leicht umdrehen kann. Meine Arme sind jetzt allerdings gekreuzt.

»Arsch hoch, Beine auseinander, Kopf nach unten.«

Als ich mich zögernd in die von ihm verlangte Position begebe, löse ich mich allmählich vom Geschehen im kleinen Raum. Es ist, als würde ich über allem schweben und auf die schamlos drapierte Frau hinunterschauen, die darauf wartet, von ihrem Liebhaber bestraft zu werden.

Er beugt sich über mich, sein Körper presst gegen meinen, und seine Lippen streifen mein Ohr. »Ich werde dir zuerst einen Plug einführen und dir dann den Hintern versohlen.«

»Das sind zwei Bestrafungen!«

»Nein, nur eine.«

»Das ist nicht fair.«

»Sollen wir zwei Bestrafungen daraus machen?«

»Nein!«

»Das habe ich mir doch gedacht.«

KAPITEL 17

ELLIE

Er verlässt mich, und ich spüre sofort den Verlust seiner Körperwärme. Ich zittere von der kühlen Luft, der Vorfreude und dem mächtigen Verlangen nach allem, was er im Sinn hat. Ich schwebe über allem, stelle mir vor, wie ich in seinen Augen wohl aussehen muss, und frage mich, ob er auch Feuer und Flamme ist. Wenn ja, scheint er weitaus mehr Geduld zu besitzen als ich.

Ich höre das Geräusch eines aufgehenden Deckels, wie von einer Flasche, und spüre dann das kühle Gleitgel an meinem Hintern. Oh mein Gott. Werde ich ihm wirklich erlauben, es noch einmal mit mir zu machen? Mein Safeword liegt mir auf der Zunge, bereit zu entwischen, wenn und falls es mir zu viel werden sollte. Und als seine beiden Finger in meinen privatesten Bereich eindringen, muss ich mir auf die Zunge beißen, um es nicht auszusprechen. Es sollte mir eigentlich nicht so sehr gefallen. Ich sollte ihn aufhalten. Ich sollte …

Er zieht seine Finger heraus und ersetzt sie mit etwas weitaus Größerem, das sich durch den engen Muskelring presst, mich bis zur Schmerzgrenze dehnt, bevor der Schmerz sich in merkwürdiges Vergnügen verwandelt, als der Plug in die richtige Position rückt. »Ich wünschte, du könntest sehen, wie sexy du für mich mit dem Plug in deinem süßen Arsch aussiehst.« Er fährt mit der Hand meinen Hintern entlang und verstreicht den Flächenbrand.

Da wird mir klar, dass die Innenseiten meiner Schenkel feucht von der Kraft meiner Erregung sind. So etwas ist vorher definitiv noch nie passiert.

Wir werden jäh von einer Ankündigung des Piloten unterbrochen, der uns vor einigen Turbulenzen warnt. Normalerweise würde mir so etwas Angst einjagen, aber ich habe im Moment weitaus Größeres zu befürchten. Zum Beispiel die Hand, mit der Jasper meinem Arsch einen Klaps verpasst. Er schallt durch den Raum mit einem lauten, dröhnenden Knall, der stärker wehtut, als ich es erwartet hätte.

Dann beruhigt er den Schmerz, indem er die Stelle reibt, bis sich der Schmerz in Vergnügen verwandelt.

Ich registriere die etwas heftigen Ruckbewegungen des Flugzeugs, während Jaspers Hand weiterhin auf meinen Arsch niederprasselt, die Seiten wechselt, sich dem Übergang zwischen der Pobacke zum Bein bis zur fleischigeren Mitte widmet. Als er fertig ist, sabbere und schluchze ich vor qualvollem Verlangen und Lust, die bis ins Unermessliche ansteigen, als er seinen steifen Schwanz ohne Vorwarnung in mich schiebt. Dank des Plugs ist es so unglaublich eng, dass sein erster tiefer Vorstoß einen zweiten epischen Orgasmus auslöst.

Vermutlich habe ich mir damit eine weitere Bestrafung eingehandelt, aber es ist mir ziemlich egal, während er in mich stößt, härter und tiefer als jemals zuvor. Mit jedem heftigen Stoß knallt sein Körper gegen meinen Arsch, der vom Spanking immer noch warm und empfindlich ist. Das Zusammenspiel ist überwältigend.

»Komm erst, wenn ich es dir erlaube«, befiehlt er mir vor einem weiteren tiefen Stoß. »Wag es ja nicht, vorher zu kommen.«

Mich zurückzuhalten, wird mich umbringen. Darüber besteht kein Zweifel, und ich beiße die Zähne so fest zusammen, dass ich befürchte, meine Kiefer werden unter dem Druck brechen, das Unumgängliche abzuhalten. Er greift unter mich, nimmt meine Brüste in die Hände und schiebt meine Beine noch weiter auseinander. Die Bewegung erlaubt es ihm, noch tiefer in mich vorzustoßen, und löst einen Orgasmus aus, den ich nicht aufhalten kann, auch wenn ich mir die größte Mühe gebe.

Beim dritten Mal komme ich heftiger als die beiden Male zuvor zusammengenommen, und er folgt mir, dringt immer und immer wieder in mich, bis wir als ein großer schnaubender Haufen auf dem Bett zusammenbrechen. Obwohl ich immer noch schwebe, bin ich geistesgegenwärtig genug, um auch dieses Mal zu hoffen, dass wir ein Kind gezeugt haben.

»Was für eine ungezogene, ungehorsame Sub«, flüstert er nach einem langen Moment der Stille, in dem wir nur noch vor Erschöpfung schwer atmen.

»Das war nicht meine Schuld.«

Er fährt mir mit den Fingern durchs Haar und beruhigt mich nach den aufwühlenden Gefühlen auf eine sanfte und einfache Weise. »Und wessen Schuld ist es?«

»Deine! Du wusstest genau, was passieren würde, wenn du das alles tust.«

Sein tief rummelndes Lachen bringt mich zum Lächeln. Ich liebe es, ihn lachen zu hören.

»Ich habe keine Ahnung, wovon du sprichst.«

»Natürlich nicht. Du hast mich in ein schamloses Sexluder verwandelt.«

»Und das ist etwas Schlechtes, Darling?«

Er klingt so britisch und so wahnsinnig, *wahnsinnig* sexy.

»Na ja, ich bin mir immer noch nicht sicher, wie ich den Plug finden soll, aber der Rest war gar nicht mal so übel.«

»Mit dem Rest meinst du die drei Schreiorgasmen?«

Ich stoße ihn mit dem Ellbogen und bekomme ein grunzendes Lachen als Antwort.

»Da wir gerade von deinem dritten Schreiorgasmus sprechen, er ist ohne Erlaubnis passiert und hat dir damit eine weitere Bestrafung eingebracht.«

Ich ächze dramatisch. »Mein armer gequälter Popo hält nichts mehr aus.«

Er reibt mit der Hand meinen Arsch und lacht leise. »Kein Spanking mehr, aber ich denke, wir behalten den Plug dort, wo er ist, bis wir im Hotel sind.«

»Und wie lange ist das?« Meine Stimme wird aus Protest höher.

»Nur noch ein paar Stunden.«

»*Stunden?* Das überlebe ich doch nie.«

»Ich vermute, das werden wir herausfinden, nicht wahr?«

Er zieht sich langsam aus mir heraus, was viel erregender ist, als man meinen würde, da er immer noch halb steif ist und ich vom Plug komprimiert bin. Als Nächstes entfernt er die Handschellen und reibt meine Handgelenke, bis das Kribbeln vorbei ist. Nach dem Abnehmen der Augenbinde muss ich heftig blinzeln, bis ich ihn im weichen Schein der Nachttischlampe scharf sehen kann.

»Na bitte«, sagt er, fasst mich an der Wange an und beugt sich zu mir, um mich zu küssen. Er hält eine Wasserflasche bereit, und ich schlucke gierig die kühle Flüssigkeit.

»Warum bin ich so durstig?«

»Vermutlich, weil du anders atmest und dich so sehr verausgabt hast wie normalerweise beim Sport.«

»Sex mit dir ist definitiv Sport.«

Er mustert mich mit seinen goldbraunen Augen, die mich so *sehen* wie noch kein anderer Mann vor ihm. »Gefällt es dir, Darling?«

»Das hast du nicht gemerkt?«

»Ich habe gemerkt, dass du gute Orgasmen hattest, aber haben dir die Augenbinde, die Handschellen, der Plug, das Spanking und die Dominanz *gefallen*?«

»Sie haben mir gefallen«, gebe ich zu und spüre, wie mein Gesicht vor Scham und Erregung warm wird.

Er streichelt mein Gesicht. »Was hat dir am meisten gefallen?«

»Ich muss mich für eines entscheiden?«

»Du kannst auch mehrere Sachen nennen.«

»Durch die Augenbinde habe ich alles andere viel stärker wahrgenommen.«

»Der Verlust von einem Sinn schärft die anderen.«

»Ich habe zwei Sinne verloren, weil ich dich auch nicht berühren konnte.«

»Stimmt. Und wie fandest du die Bestrafung?« Während er spricht, zeichnet sein Finger Kreise auf meiner Brust, immer wieder um den Nippel herum, ohne ihn zu berühren. Das reicht bereits aus, um das leise summende Verlangen von Neuem zu entfachen.

»Ich kann nicht behaupten, dass sie mir *gefallen* hat, aber sie war auch nicht schrecklich.«

»Nicht schrecklich. Ich vermute, es könnte schlimmer sein. Und der Plug?«

»Zuerst unbequem, aber dann gar nicht mal so schlecht, als er schließlich saß – bis du den restlichen Platz in mir aus-gefüllt hast.« Ich lege die flache Hand an seine Brust, lasse sie hinunterwandern und umkreise streichelnd seine zum Leben erwachte Erektion.

Sein vor Überraschung scharfes Aufkeuchen erfreut mich übermäßig.

»War es für dich auch gut?«

Seine Lider, die geschlossen waren, während ich ihn liebkoste, fliegen auf, und er sieht mich direkt an. »Musst du wirklich noch danach fragen?«

»Ich denke schon.«

»Darling ... Meine süße, sexy Ellie ... Nichts war jemals besser für mich, als ›ich selbst‹ mit dir sein zu können.«

»Ich will, dass du immer ›du selbst‹ mit mir bist.«

»Du hast ja keine Ahnung, was für ein großartiges, unglaubliches Geschenk das für mich ist. Nicht jede Frau wäre stark genug, um sich mir so zu ergeben, wie du das eben getan hast.«

»Es hat mir gefallen, mich dir zu ergeben. Am Anfang hatte ich ein bisschen Angst, aber ich habe mir immer wieder in Erinnerung gerufen, dass du bei mir bist und für meine Sicherheit sorgst.«

»Ich werde immer für deine Sicherheit sorgen, meine Liebe. Darauf kannst du dich verlassen.«

»Ich beginne, es zu glauben.«

»Das kannst du auch. Jetzt, da ich dich in meinen Armen und in meinem Bett habe, gehe ich nirgendwohin.«

»Allerdings kann ich immer noch nicht glauben, dass du mich schon immer wolltest, nur es nie zugegeben hast.«

»Und wie hätte ich es aussprechen sollen? Bei der Arbeit? Inmitten unserer Freundesclique?«

»Du hättest mich anrufen können.«

»Am *Telefon*? Machen das Leute heutzutage noch?«

Ich lache über seinen empörten Ausdruck. »Einige schon, vermute ich.«

»Soll ich dir die Wahrheit verraten, Darling?«

»Immer.«

»Ich habe es dir nie gesagt, weil ich nicht sicher war, ob du mich auch so wolltest, wie ich dich wollte, und auch wegen meines Verhältnisses zu dir, deinem Bruder und deiner Familie. Ich wollte einfach nicht riskieren, dass es zwischen uns komisch wird, falls du meine Gefühle nicht erwidert hättest. Wir verbringen zu viel Zeit miteinander, um dieses Risiko einzugehen.«

Ich fahre mit dem Finger durch sein Brusthaar, genieße das weiche Gefühl und sein Stöhnen, als ich seinen Nippel berühre. »Es tut mir leid, dass du nie etwas gesagt hast.«

Er zieht mich näher zu sich und küsst mich auf den Scheitel. »Glaub mir, es tut mir auch leid.«

»Ich habe es immer genossen, dir bei Meetings im Büro zuzuhören, oder wenn du bei gemeinsamen Unternehmungen der Clique lustige Geschichten zum Besten gegeben hast. Hinterher wusste ich nicht mehr genau, was du gesagt hattest. Ich war so von der Art, *wie* du es gesagt hattest, aus der Fassung gebracht. Ich hatte Fantasien davon, wie ich mit dir im Bett bin, während du mit dieser schönen Stimme schmutzige Dinge zu mir sagst.«

Er legt sein Bein zwischen meine, und das Reiben seiner behaarten Haut auf meiner ist elektrisierend. »Ich wünschte, ich hätte von deinen Gedanken gewusst. Dann hätte ich dir schon seit Jahren schmutzige Dinge sagen dürfen.«

»Vielleicht wären wir früher noch nicht bereit dafür gewesen.«

»Das kann gut sein.«

»Bist du wegen des Treffens mit deinem Vater nervös?«

»Eher schicksalsergeben als nervös. Es ist mehr als überfällig, dass ich diese Situation ein für alle Mal kläre.«

»Was, denkst du, wird er sagen?«

»Er wird verdammt wütend sein. Er wird darüber schimpfen, dass ich mich vor meinen Verpflichtungen drücke. Die übliche Tirade. Aber ich gebe nicht klein bei.« Sein Griff um mich wird fester. »Ich will das hier. Ich will mein Leben in L.A. führen. Ich kehre nie mehr nach London zurück, und es ist höchste Zeit, dass er es erfährt.«

»Ich bin so stolz auf dich, dass du dich für deine Bedürfnisse einsetzt, Jasper.«

»Das bedeutet mir sehr viel, Liebes. Ich hätte es schon vor Jahren tun sollen, aber du hast mir den besten Grund überhaupt geliefert, ganz zu schweigen vom Mut, der mir ohne dich gefehlt hatte.«

»Wie kannst du sagen, dass es dir an Mut fehlte? Du hast dich ihm bereits als Achtzehnjähriger widersetzt und dafür gekämpft, an die Uni deiner Wahl gehen und deine Wunschkarriere verfolgen zu können. Dafür hat es unglaublichen Mutes bedurft – und Eier aus Stahl.«

»Vermutlich, aber was sagt es über mich aus, dass ich ihm erlaubt habe, einen Schatten auf mein gesamtes Leben zu werfen, indem ich ihn immer wieder sagen ließ, dass er auf mich zählt, wenn die Zeit gekommen ist? Ich schwöre, seine neuesten waghalsigen Anwandlungen sollen vor allem anderen mich zum Schwitzen bringen. Jedes Mal, wenn er einen Berg erklimmt oder in einem Experimentalflugzeug auf eine Mission geht, um einen Rekord aufzustellen, weiß er, dass ich die ganze Zeit die Luft anhalte. Ich wette, er genießt das so richtig, dieser sadistische Bastard.«

»Nach diesem Gespräch wirst du ihn nie wiedersehen müssen, wenn du es nicht willst.«

»Das will ich ganz bestimmt nicht, und er wird mich ebenfalls nicht wiedersehen wollen.«

»Es tut mir sehr leid, dass du so eine schwierige Beziehung zu deinem Vater hast. Ich fühle mich außerordentlich gesegnet, Max Godfrey als Vater zu haben.«

»Du hast großes Glück. Er ist der beste Vater, den ich kenne.«

»Du wirst auch ein wunderbarer Vater werden.«

»Das hoffe ich. Ich habe keine Ahnung, wie das geht.«

»Du weißt, wie man es *nicht* machen sollte. Das ist schon mal ein guter Anfang.«

»Du hast vermutlich recht.«

»Versuch, dir nicht so viele Sorgen zu machen«, flüstere ich, als ich meine Augen nicht länger offen halten kann. »Was auch immer passiert, ich stehe dir bei allem bei.«

»Das bedeutet mir alles, Darling.«

Jasper

Wir kommen am späten Morgen Ortszeit in Heathrow an. Ein Autoservice bringt uns in die Stadt, wo ich ein Zimmer im Claridge's gebucht habe, das im exklusiven Stadtteil Mayfair und in fußläufiger Entfernung zum Büro meines Vaters liegt. Während des Flugs haben wir extrafleißig an unserem Babyprojekt gearbeitet und daher bis auf ein paar Nickerchen nicht viel geschlafen.

Ich sehe, dass Ellie von der Fahrt in die Stadt stimuliert wird, da der Plug immer noch in ihr ist und sie bei jeder Bodenunebenheit erschreckt aufkeucht. Ich liebe es, ihre Reaktionen zu beobachten, und ihren geröteten Wangen nach zu schließen ist sie permanent erregt. Ich kann es kaum erwarten, den »geschäftlichen« Teil hinter mich zu bringen, damit ich zu ihr und dort weitermachen kann, wo wir im Flugzeug aufgehört haben. Sie gähnt die ganze Zeit, als wir im Zimmer sind. Ich helfe ihr beim Ausziehen, lege sie ins Bett, setze mich neben sie, schaue auf ihr schönes Gesicht hinunter und schöpfe Kraft aus der anbetenden Art, wie sie auf mich blickt.

»Sollen wir den Plug herausnehmen, weil du deine Bestrafung wie ein Weltmeister erduldet hast?«

»Wenn du wieder da bist.«

»Aah, etwas, worauf man sich freuen kann.«

»Für dich vielleicht«, entgegnet sie scharf.

Mit einem Lachen sage ich: »Ruh dich aus, Darling. Ich führe dich zum Nachmittagstee aus, wenn ich zurück bin. Du wirst ihn lieben.«

Sie ergreift meine Hand. »Ich liebe *dich* und bin so stolz auf dich, dass du für deine Freiheit kämpfst. Ich warte hier auf dich.«

»Mir fehlen die Worte, um dir zu sagen, was es mir bedeutet. Und übrigens, ich liebe dich auch. Ich kann es kaum erwarten, alles mit dir zu teilen.«

Sie streckt die Hände nach mir aus und zieht mich in einen sinnlichen Kuss, der mich sofort in Brand setzt. Ich bin erstaunt, dass mein Johannes nach der Fickorgie im Flugzeug noch Energie übrig hat, aber er ist ja auch ein widerstandsfähiger Bursche. Ich löse widerwillig den Kuss. Ich würde nichts lieber tun, als zu ihr ins Bett zu hüpfen und dort weiterzumachen, wo wir unterbrochen haben. Aber ich kann diesen Kreuzigungsgang nicht noch länger aufschieben. Ich habe einen Termin um zwölf Uhr, und Nathan hat mir genau fünfzehn Minuten bei Seiner Gnaden zugeteilt. Ich hoffe, dass ich in weniger als fünf Minuten unser Geschäft abschließen kann.

»Ich komme bald zurück.« Ich küsse Ellie noch einmal und decke sie zu. Ich muss mich zwingen, von ihr wegzugehen, den Aufzug in die Lobby zu nehmen und das Hotel zu verlassen, wenn alles in mir zu ihr drängt und diese seit zwanzig Jahren schwelende Konfrontation umgehen will. Der Gedanke an das Treffen mit meinem Vater verursacht in meiner Magengegend und meinem Herzen, das er nur zu oft gebrochen hat, ein übles Gefühl. Ich schwöre bei Gott, dass kein Kind von mir jemals solche Gefühle für mich hegen wird. Das könnte ich nicht ertragen.

Das Londoner Büro meines Vaters hat sich in den fast zwei Jahrzehnten seit meinem letzten Besuch hier kaum verändert. Es ist ein riesiger stahlblauer Glasturm, der wie ein Raketenschiff in den Himmel ragt, was auch seine Absicht war, als er diese Monstrosität entworfen hat, die in meinem Geburtsjahr fertiggestellt wurde. Er wollte der Welt mitteilen, dass Kingsley Enterprises sich in eine und nur eine einzige Richtung bewegt. Mein Vater herrscht über sein Königreich in der Penthousesuite des Gebäudes, die auch eine Luxuswohnung beherbergt, in der er mittlerweile seine meiste Zeit verbringt.

Meine Eltern haben nie eine Ehe im traditionellen Sinn geführt. Wie hätten sie auch, wenn sein oberstes Lebensziel darin bestand, das Familienvermögen zu mehren und die Familientraditionen zu pflegen? Wo soll da noch inmitten dieser Ambitionen Raum für eine Frau oder eine Familie sein? Meine Mutter verbringt die meiste Zeit in Cornwall, weit weg vom geschäftigen Treiben des Londoner Lebens meines Vaters. Sie behauptet, dort glücklich zu sein, ich dagegen habe da so meine Zweifel.

Mein Vater tönt in den Medien immer wieder poetisch davon, wie sehr er sie liebe, aber es würde mich überraschen, wenn er auch nur zwei Monate im Jahr bei ihr verbringen würde. Ich vermute, dass sie liebend gern frei wäre, um die Art von Beziehung zu führen, wie sie in ihren Romanen vorkommen, doch er würde sie nie gehen lassen. Scheidung klingt nach Scheitern, und dieses Wort kommt im Vokabular von Henry Kingsley nicht vor. Trotz der Tatsache, dass er sie die meiste Zeit allein lässt, ist sie sein wunder Punkt, wenn er so etwas besitzt. Meine Schwestern und ich sind uns einig, dass er seine Liebe für sie auf eine komische Weise zum Ausdruck bringt.

Ihre Art der Ehe würde für mich niemals funktionieren. Wenn ich alles mit meinem Vater geklärt habe, werde ich Ellie einen Heiratsantrag machen. Wir werden es richtig machen, mit einer großen weißen Hochzeit, auf die so viele Babys folgen werden, wie sie will, und keinem davon wird ein Erbe aufgebürdet werden, zu dem es sich nie verpflichtet hat. Ich zähle die Sekunden, bis ich wieder zu ihr kann, um unser gemeinsames Leben zu beginnen, frei von der Last, die seit meiner Geburt schwer auf mir wiegt.

Nathan, der langjährige Assistent und Haushofmeister meines Vaters, empfängt mich beim Aufzug im dreißigsten Stock des Kingsley-Gebäudes. Ich habe den Mann, den ich mein ganzes Leben kenne, kontaktiert, um das Treffen zu vereinbaren. Auch wenn er überrascht war, von mir zu hören, hat er es nie gezeigt. Nathan ist für meinen Vater all das, was ich nie sein konnte – treu, ergeben, verfügbar. Ich habe oft mit meinen Schwestern gescherzt, dass Nathan der Sohn ist, den mein Vater nie hatte.

Mit seinen perfekt gepflegten dunklen Haaren und intensiven Augen verkörpert Nathan die britische Eleganz in einem maßgeschneiderten grauen Anzug, der auf seiner schlanken Gestalt wie angegossen sitzt. Er schüttelt meine Hand. »Es ist schön, Sie zu sehen, Jasper. Sie sehen gut aus.«

»Danke, gleichfalls.« Bis auf ein gestärktes Hemd und eine perfekt gebügelte Hose habe ich mich für dieses Treffen nicht angemessen angezogen, was meinen Vater ganz bestimmt reizen wird. Angesichts meiner heutigen Absichten jedoch wird das Fehlen eines Jacketts und einer Krawatte seine geringste Sorge sein.

»Es scheint gut für Sie in Hollywood zu laufen«, sagt Nathan mit dem typischen Understatement.

»Das kann man wohl so sagen.« Die meisten Menschen würden zustimmen, dass der Gewinn eines Oscars, Golden Globes und BAFTA in einem Jahr mehr als nur »gut« für meine Karriere ist. Die Menschen in der Welt meines Vaters denken aber nicht wie »alle anderen«. Ich bin in Bestform, und Nathan weiß das. Mein Vater auch. Ich bin in dem von mir auserwählten Beruf genauso erfolgreich wie er in seinem, und das muss ihn viel mehr auf die Palme bringen als die vielen anderen Dinge, die ich tat, um ihn in Wut zu versetzen, zum Beispiel mein eigenes Leben zu führen. »Weiß er, dass ich komme?«

»Ich habe es ihm vor zehn Minuten mitgeteilt.«

Ich unterdrücke ein Lächeln und lasse nicht erkennen, dass Nathan es in meinen Augen so schlau eingefädelt hat, wie ich nur hoffen konnte, indem er meinem Vater kaum Zeit gab, um vor meiner Ankunft Druck aufzubauen. »Ich weiß deine Unterstützung zu schätzen.«

»Ich handle im Interesse der Kingsley-Familie, die auch Sie mit einschließt, mein Herr.«

Letzteres nicht mehr lange. Diesen Gedanken teile ich aber nicht mit dem Mann, der nur versucht, seinen Job zu machen – einen Job, den ich durch meine heutige Anwesenheit hier noch schwieriger gemacht habe, als er ohnehin schon ist.

Auch wenn ich mich gern so mutig sehen würde, wie Ellie denkt, ist mein Magen vor Angst verkrampft, und meine Hände sind ungewohnt feucht. Weil mein Vater viel zu wohlerzogen ist, wird er mir die Hand schütteln und meine schwitzenden Handflächen als ein Zeichen der Schwäche interpretieren. Ich wische sie an meiner Hose ab und wünsche mir, an jedem anderen Ort zu sein, nur nicht an der Tür zum Reich von Henry Kingsley.

Nathan schaut mich fragend an, ob ich bereit bin.

So bereit, wie ich nur sein kann, nicke ich.

Er klopft einmal, und als er die Tür öffnet und ich ihm folge, stürmen gleichzeitig tausend Erinnerungen auf mich ein. Jahrelange Samstage, eingesperrt in diesem Zimmer und mit dem Credo der Kingsley-Familie zwangsindoktriniert, obwohl es für jeden, der mich kannte, offensichtlich war, dass mir nichts gleichgültiger war als Finanz- oder Vermächtniscredos.

Mein Vater war der Einzige, der das offenbar nicht erkannte, und führte meine »Ausbildung« fort, selbst wenn es bedeutete, sich aus Berkshire in die Stadt schleppen zu müssen, während ich im Eton-Internat war. Die Erinnerung an diese Folterjahre hebt meine Stimmung überhaupt nicht.

Durch die drei Glaswände sieht man das Finanzzentrum Londons und einige der berühmtesten Wahrzeichen der Stadt, wie den Tower of London und St Paul's Cathedral. Die vierte Wand ist mit Tafeln und Andenken bedeckt sowie Bildern von Henry in Gesellschaft sämtlicher Personen, die irgendetwas zu sagen haben. Meine Schwestern und ich bezeichnen das Büro als das Zentrum des Universums.

»Euer Gnaden«, sagt Nathan wie immer offiziell, »der Marquis of Andover wünscht, Sie zu sprechen, Sir.«

»Danke, Nathan.«

Mit militärischer Präzision dreht sich Nathan um, verlässt das Zimmer und schließt hinter sich die Tür.

Die Stimme meines Vaters ist genauso, wie ich sie in Erinnerung hatte – tief, autoritär und gewaltig, doch sein Haar ist jetzt schneeweiß, und sein Gesicht ist in dem Jahrzehnt, seit ich ihn zuletzt sah, beträchtlich gealtert. Die Bilder von ihm in den Medien haben die Zeichen der Zeit nicht wahrheitsgemäß abgebildet, wie ich sofort erkenne, als ich mich seinem Tisch nähere und mich vorbeuge, um seine ausgestreckte Hand zu schütteln. Mein Vater ist der atypische Brite, das ganze Jahr über sonnengebräunt von seinen vielzähligen Aktivitäten an der frischen Luft.

»Hallo, Vater.«

»Das ist ja eine unerwartete Überraschung.«

»Überraschungen sind oft unerwartet.« In dem Moment, als ich die Worte ausspreche, bereue ich sie schon. Mein Vater hat meinen von ihm als »vorlaut« bezeichneten Sinn für Humor nie geschätzt.

Genau aufs Stichwort verengen sich seine dunkelblauen Augen mit dem vorhergesehenen Missfallen. »Womit habe ich mir diese Ehre verdient?«

»Ich bin gekommen, weil es Zeit ist, über die Zukunft zu reden.«

»Was ist mit der Zukunft?«

Obwohl er es mir nicht angeboten hat, nehme ich in einem seiner Besuchersessel Platz, atme tief ein und dann langsam wieder aus. »Ich kehre nicht nach London zurück. Nie.«

»Natürlich tust du das. Du hast eine Verpflichtung gegenüber deiner Familie ...«

»... die ich offiziell an jeden abgebe, der sich bereit erklärt, meinen Platz einzunehmen. Mein Leben und meine Karriere sind in Los Angeles, und dort bleibe ich auch.«

»Meinst du?«, fragt er mit einem gemeinen kleinen Grinsen, von dem mir das Blut in den Adern gefriert. Dieses Grinsen habe ich früher schon oft gesehen. Es verhieß nie etwas Gutes.

»Ich weiß es.« Ich zwinge mich zu einem genauso autoritären und starken Ton wie seinem.

»Ich habe befürchtet, dass es eines Tages dazu kommen würde«, antwortet er in scheinbar müdem und resigniertem Tonfall.

»Wozu kommen?«, frage ich, und mein Herz schlägt schneller. Was zum Teufel soll das heißen?

Er steht von seinem Tisch auf und geht zu einem niedrigen Büfett an einer der Glaswände. Gott bewahre, dass so etwas Gewöhnliches wie ein Möbelstück seine Aussicht auf das Universum blockieren könnte. Mit einem Schlüssel, den er aus seiner Anzugtasche hervorholt, öffnet er eine der Schubladen und zieht ein Paket hervor, das er mit sich zum Tisch nimmt. Jede seiner Bewegungen ist überlegt und kalkuliert, als hätte er diesen Auftritt als Vorbereitung auf den heutigen Tag jahrelang einstudiert.

Ein krank machendes Angstgefühl erfasst mich, während ich versuche zu erahnen, was gleich passieren wird.

Kapitel 18

Jasper

Stehend holt mein Vater einen Aktenordner aus einem Umschlag und legt nacheinander Fotos im Format 20 mal 25 auf den massiven Glastisch, auf dem vorher bis auf einen Kugelschreiber nichts lag, und jedes Bild ist vernichtender als das vorherige. Angefangen bei meinen Collegejahren, finden sich darunter kompromittierende Bilder von mir mit Frauen im Bett, vielen Frauen, manchmal auch mehreren Frauen gleichzeitig. Er hat sogar Bilder von mir und der Frau, die mir alles über BDSM beibrachte, was ich weiß.

Grundgütiger, sie wird mich umbringen lassen, sollten diese Fotos an die Öffentlichkeit kommen.

Bevor ich mir überlegen kann, wie er Zugang zu meinem privatesten Bereich erlangen konnte, setzt er den Schlag, den er mir hiermit verabreicht, langsam und methodisch zusammen. Wenn man einen schlimmen Unfall beobachtet und weiß, was gleich passieren wird, ohne dass man irgendetwas dagegen unternehmen könnte, hat man doch so ein bestimmtes Gefühl, und genau das empfinde ich gerade.

Ja, da bin ich in meinem ersten BDSM-Klub mit einem Flogger in der Hand und einem ausgelassenen Lächeln im Gesicht, während ich die blasse, dünne Frau vor mir auf der Spankingbank dominiere. Auf dem nächsten Bild bin ich in einem Verlies und ficke eine Frau, an die ich mich nicht erinnern kann, in den Arsch, dann im Quantum-Klub in New York bei einem Dreier mit Kristian – er in ihrem Mund, ich in ihrer Muschi. Die Szenen spielen sich vor mir ab wie der Pornofilm meines Lebens in den letzten zwanzig Jahren. Ich hätte wissen müssen, dass er mich beschatten lassen würde, selbst an Orten, die ich für privat hielt.

Ich hätte es verdammt noch mal wissen müssen.

»Du wirst sie nie benutzen«, sage ich mit mehr Tapferkeit, als tatsächlich in mir ist. »So einen Skandal würdest du dir niemals selbst einhandeln wollen.«

»Nein, das würde ich nicht.«

Ich will ihn gerade auffordern, auf den Punkt zu kommen, als er ein Bild von Ellie und mir auf den Tisch legt, und mein Herz macht einen Aussetzer. Mein Körper wird kalt vor Angst, Reue und Wut, die ich noch nie verspürt habe. Das Bild ist von dem Abend, an dem wir draußen in Venice Beach Pizza gegessen haben. Wir halten Händchen und unterhalten uns mit zusammengesteckten Köpfen. Jeder, der sich dieses Foto im Kontext der anderen ansieht, erkennt sofort, dass *diese* Frau anders ist. Auf einem nächsten Bild küsse ich sie auf ihrer Veranda, meine Arme um sie, ihre Arme um mich gelegt, wir beide vollkommen fasziniert voneinander. Und dann holt er ein Foto von uns im Black Vice hervor mit Szenen auf den Bühnen hinter uns. Die Frage, ob wir vielleicht in einem Sexklub sind, würde sich einem möglichen Betrachter dieses Bildes gar nicht erst stellen. Der Zorn, der mich erfasst, ist so glühend und mächtig, dass ich keine Luft in meine Lunge bekomme.

»Ich frage mich«, sagt mein Mistkerlvater, »ob du deinem Geschäftspartner erzählt hast, dass du seine Schwester in einen Sexklub mitgenommen hast. Weiß deine Ellie, dass ihr Bruder euren kranken Lebensstil ebenfalls aktiv praktiziert?« Er holt ein Bild vom ersten Abend hervor, an dem Flynn Natalie in den Quantum-Klub gebracht hat, und eine schreckliche Sekunde lang befürchte ich, mich auf den unbezahlbaren türkischen Teppich meines Vaters übergeben zu müssen.

»Weiß deine Ellie, dass sie für und mit einem Haufen abartiger Perverser arbeitet?«

Nacheinander holt er Bilder von Hayden, Kristian, Marlowe, Flynn, Emmett und Sebastian in unterschiedlichen BDSM-Sessions in unseren Klubs in New York und Los Angeles hervor. Mir kommt die Galle hoch, und ich muss heftig schlucken, um mich nicht zu übergeben. Wie zum Teufel hat er jemanden dort einschleusen können, wenn wir jeden auf Herz und Nieren prüfen, der dort durch die Tür kommt?

Er holt ein Foto von mir mit Max und Stella hervor von Flynns und Natalies Hochzeit in ihrem Garten. »Was würden deine guten Freunde Max Godfrey und Estelle Flynn von dir halten, wenn deine Selbstsucht die Karriere ihres Sohns und den sauberen Ruf ihrer Tochter ruinierte?«

Ich kann nur noch die Bilder anstarren, die jeden zugrunde richten würden, den ich liebe, sollten sie ihren Weg an die Öffentlichkeit finden. Allein ihre Existenz reicht aus, um meine Brust so eng zuzuschnüren, dass ich befürchte, einen Herzinfarkt zu erleiden.

»Du siehst also, Sohn, deine Wahl ist ganz einfach – komm den Verpflichtungen deiner Familie gegenüber nach, oder ich veröffentliche die Bilder deiner Freunde. So einfach ist das.«

Ich starre das Foto von Flynn in einer sinnlichen Umarmung mit seiner wunderschönen Frau an und erinnere mich, wie viel Kraft es sie gekostet hat, überhaupt in den Klub zu kommen.

Käme dieses Bild an die Öffentlichkeit, würde es sie zerstören, und Flynn würde es mir niemals verzeihen. Niemand von ihnen würde es mir jemals verzeihen.

Es dauert eine volle Minute, bevor ich wieder sprechen kann. »Wie kann ein Vater seinen Sohn dermaßen hassen, dass er ihm so etwas antun würde?«

»Ich hasse dich nicht. Ich habe dich nie gehasst.«

»Wenn du mich nicht hasst, kann ich mir nicht vorstellen, wie du erst jemanden behandelst, den du *tatsächlich* hasst.«

»Was du nicht begreifst, was du noch nie begriffen hast, ist, dass ich einst in deiner Position war, belastet mit Verpflichtungen, für die ich mich nie entschieden hatte, die ich niemals wollte, und doch habe ich ehrbar gehandelt und meine Familie und mein Vermächtnis über meine eigenen egoistischen Ziele gestellt. Ich tat, was von mir *erwartet* wurde, und du wirst das auch tun.«

Obwohl ich den Blick nicht von den Bildern abwenden kann, mit denen er seine Horrorshow in Szene gesetzt hat, schüttele ich den Kopf. »Nein.«

»Wie bitte?«

»Du hast mich verstanden. Nein, nein, nein, *nein.*« Die Vorstellung eines Lebens in diesem Glasgefängnis ist für mich derart abscheulich, dass selbst der mögliche Ruin für mich und meine engsten Freunde und Angehörigen nicht ausreicht, um mich seinem Willen zu beugen. Mein Gehirn läuft auf Hochtouren. Die anderen würden mir empfehlen, ihn aufzufordern, sich seine Drohungen in den Arsch zu schieben. Emmett wird sich schon rechtliche Schritte einfallen lassen, wie wir ihn davon abhalten könnten, die Fotos zu veröffentlichen. Es gibt sicherlich irgendetwas, das wir unternehmen können.

»Du denkst offensichtlich nicht ganz klar. Was wird Flynn Godfrey von dir halten, wenn du noch einen Mediensturm auf ihn und seine Frau losbrichst, gerade erst nachdem der letzte abgeklungen ist? Was wird Hayden Roths zukünftiger Schwiegervater von ihm halten, wenn Bilder von seiner kostbaren Addison in einem Sexklub an die Öffentlichkeit dringen? Soweit ich weiß, hat Simon York die Wahl seiner Tochter erst vor Kurzem akzeptiert. Wie furchtbar wäre es für das glückliche Paar, wenn er seinen Segen vor ihrer Hochzeit wieder rückgängig machen würde?«

Ich muss zugeben, dass er gründlich gearbeitet hat, aber allmählich frage ich mich, ob jemand aus dem engen Kreis unserer Clique tatsächlich von ihm bezahlt wird. Wenn das wahr sein sollte, ist der Person nicht mehr zu helfen, wenn der Zorn von Quantum sie ereilen wird.

Ich erhebe mich zum Gehen in der Hoffnung, dass meine Beine mich tragen werden. »Es war wie immer ein Vergnügen, dich zu sehen, Vater.«

»Es tut mir leid, dass es dazu kommen musste, Jasper, aber ich erwarte das Richtige von dir.«

»Ich fürchte, Vater, dass es mir wieder nicht gelingen wird, deine vielen Erwartungen zu erfüllen. In der Zwischenzeit rate ich dir dazu, jemanden zu finden, der *freiwillig* dein Erbe antreten möchte, bevor du dich noch wirklich bei einer deiner glorreichen Verrücktheiten umbringst.«

Er presst die Lippen in Wut zusammen, und sein Gesicht nimmt einen ungesunden Rotton an, was mich sehr freut, bis auf die Befürchtung, dass er tatsächlich tot umfallen könnte. »Du hast vierundzwanzig Stunden, um Nathan mitzuteilen, dass du deine Fehler einsiehst. Anderenfalls werden diese Bilder in allen Medien weltweit veröffentlicht.«

»Wie traurig, dass du so verzweifelt bist und keinen anderen Weg kennst, als in die Niederungen hinabzusteigen und deinen einzigen Sohn zu erpressen, damit er sich fügt.« Ich sammele die Bilder zu einem Haufen zusammen und nehme sie mit. »Ich werde Mutter und den Mädchen deine Grüße übermitteln, wenn ich ihnen von unserem Treffen berichte.«

Ich bin froh, dass seine standhafte Haltung einen kleinen Riss bekommt, als ich ihm mitteile, dem Rest der Familie von seiner Erpressung zu berichten. Doch der Riss ist nach einer Sekunde gekittet.

»Ich bin mir sicher, dass deine Mutter sehr stolz darauf sein wird, wie du deine Zeit verbracht hast, seitdem du von zu Hause ausgezogen bist.«

»Sie ist sehr stolz auf mich, wie auch meine Schwestern, die mich alle angerufen haben, nachdem ich dieses Jahr die größten Auszeichnungen in meiner Branche gewonnen habe. Sicherlich wolltest du auch anrufen, aber jetzt weiß ich ja, dass du mit deinem Erpressungsplan zu beschäftigt warst, als dass es dir überhaupt in den Sinn gekommen wäre.«

Ich könnte nicht erklären, woher genau mein Mut kommt, denn ich hege keinerlei Zweifel daran, dass er seine Drohungen wahr machen wird, wenn ich nicht nachgebe. Das Einzige, was ich mit Sicherheit weiß, ist, dass ich ihn nach dem heutigen Tag nie wieder persönlich sehen werde, deswegen sind meine Abschiedsworte auch viel wichtiger als jemals zuvor.

Abgesehen von meinem mutigen Abgang jedoch ist der Gedanke an den Skandal, in den meine Partner, Ellie und ich verwickelt sein werden, wirklich furchterregend. Dennoch bin ich nicht mehr der angsterfüllte, demütige kleine Achtzehnjährige, der ich bei unserem letzten großen Streit war. Ich bin ein Mann mit ausreichend eigenen Ressourcen, die ich dafür einsetzen werde, um meinen Vater bei seinem eigenen teuflischen Spiel zu schlagen.

»Es war mir wie immer ein Vergnügen, dich zu sehen, Vater. Sei vorsichtig auf deinem anstehenden Ausflug. Ich möchte auf keinen Fall, dass dir etwas zustößt, solange dein Besitz in solch einer Unordnung ist.«

Ich bin froh, das letzte Wort gehabt zu haben und zu wissen, dass sein niederträchtiges Grinsen von so etwas wie Furcht ersetzt wurde. Gut. Ein bisschen Angst ist das Mindeste, was er verdient. Mit den vernichtenden Fotos unter dem Arm verlasse ich das Büro, vorbei an Nathans Tisch. Er erhebt sich, als wolle er mir etwas sagen, aber ich gehe wortlos. Ich habe Angst, nur ein Wutheulen hervorzubringen, wenn ich jetzt den Mund aufmache.

Die Fahrt im Aufzug in die Lobby scheint eine Ewigkeit zu dauern, und als ich endlich durch die Haupteingangstüren an die kalte Winterluft stürme, explodiert meine Lunge fast vom Luftanhalten. Ich atme gierig ein und versuche, mein rasendes Herz zu beruhigen. *Oh mein Gott. Was soll ich nur tun?* Trotz meiner Kühnheit vor meinem Vater habe ich Panik vor den Folgen, sollten die Bilder an die Öffentlichkeit gelangen. Allein dass sie existieren, ist ein Schock.

Ich bin zu aufgeregt, um sofort zum Hotel zurückzukehren, in dem Ellie darauf wartet, zu erfahren, dass ich den Weg zu einem langen, glücklichen gemeinsamen Leben freigeräumt habe. Woher soll sie auch wissen, dass ich das Höllentor für sie, ihren Bruder, ihre Familie und ihre engsten Freunde aufgestoßen habe. Sollte mein Vater seine Drohungen in die Tat umsetzen, wird sie es bereuen, mich als den Vater ihres Kindes auserwählt zu haben, ganz zu schweigen von jeder gemeinsam verbrachten Sekunde.

»Verdammte Scheiße«, murmele ich und fange mir damit den bösen Blick einer Frau ein, die einen kleinen Jungen an der Hand führt. »Tut mir leid.« Ich bin mir nicht sicher, ob sie meine Entschuldigung hört, und offen gestanden interessiert es mich auch nicht. Ich habe weitaus größere Sorgen. Auch wenn ich gerade niemandem von dem Geschehenen berichten will, darf ich die bedrohliche Deadline meines Vaters nicht außer Acht lassen. Ich ziehe mein Handy aus der Tasche, rufe Emmett an, und nach dem ersten Klingelton fällt mir ein, dass es in Los Angeles gerade halb fünf Uhr morgens ist.

»Ja«, meldet er sich beim Abheben. Er räuspert sich schlaftrunken und fügt hinzu: »Emmett am Apparat.«

»Em, hier ist Jasper. Tut mir leid, dass ich dich geweckt habe.«

»Jasper? Ich dachte, du bist in London.«

»Bin ich auch. Ich komme gerade vom Treffen mit meinem Vater, Henry Kingsley.«

»Dein Vater ist …«

»Henry Kingsley. Ja.«

»Heilige Scheiße«, flüstert er. »Ich wusste, dass das dein offizieller Nachname ist, aber du hast nie erzählt, dass du zu *dieser* Kingsley-Familie gehörst, deswegen habe ich es nie vermutet. Du machst gerade nur Spaß, oder?«

»Du hast ja nicht den blassesten Schimmer, wie sehr ich mir wünsche, jetzt zu spaßen.«

»Du bist der Sohn von Henry Kingsley.«

»Ja.«

»Wie zum Teufel ist es dir nur gelungen, das für dich zu behalten?«

»Ich benutze den Mädchennamen meiner Mutter als Berufspseudonym, und mein Vater hat die Geschichte mitgetragen, dass Jasper Kingsley ein einsiedlerischer Erfinder ist, der in seiner Werkstatt in Cornwall herumwerkelt. Bis jetzt.« Nach einer langen Pause fahre ich fort, voller Schrecken und Scham über den potenziellen Skandal. »Ich habe ihn heute das erste Mal seit Jahren wiedergesehen. Ich habe ihm mitgeteilt, dass ich nicht nach London zurückkehren möchte, um sein Erbe anzutreten, und dass er eine andere Person finden muss, um die Familiendynastie fortzuführen. Es genügt zu sagen, dass er es nicht gut aufgenommen hat.«

»Wie das?«

»Er hatte mich die ganze Zeit beschatten lassen, seit ich mit achtzehn ans College ging. Er hat Bilder.«

Nach einer kurzen, bedeutungsvollen Pause fragt Emmett: »Was für Bilder?«

»Die schlimmsten, die man sich vorstellen kann. Und zwar nicht nur von mir. Von uns allen. Er hat jemanden in Devons und unsere Klubs eingeschleust. Es ist schlimm, Em. So schlimm, wie es nur möglich ist.«

»Wie ... Ich meine ... Oh mein Gott, Jasper.«

Die selten von Emmett ausgehende Panik verstärkt nur noch meine unbeherrschbare Angst. »Er hat mir vierundzwanzig Stunden gegeben, um es mir mit dem Erbe anders zu überlegen, anderenfalls sendet er die Fotos an die Medien.«

»Wir besorgen uns ein Unterlassungsurteil. Wir können ihn aufhalten.«

»Wir können ihn in nur vierundzwanzig Stunden und mit einer internationalen Reichweite aufhalten?«

»Darauf kannst du wetten.«

»Oder ich verkaufe meine Beteiligung an Quantum und gebe ihm, was er will, um uns alle zu schützen.«

»Nein. Du kennst Flynn und Hayden genauso gut wie ich. Sie lassen sich nicht erpressen, Jasper. Sie stehen dir bei und wehren mit dir zusammen jeden seiner Schritte ab. Du weißt, dass sie das tun würden.«

Meine Kehle schnürt sich zu, und meine Augen brennen mit Tränen, von denen ich mich noch schlechter fühle als ohnehin schon, wenn das überhaupt möglich ist. »Das weiß ich, aber ich kann und werde sie nicht bitten, ihre Karriere und ihren guten Ruf meinetwegen zu riskieren.«

»Das musst du auch nicht. Ich übernehme das. Schwing deinen Arsch zurück nach L.A. Ich arbeite daran, und wir werden alles in unserer Macht Stehende tun, damit es nicht an die Öffentlichkeit dringt.«

»Flynn weiß noch nicht einmal das von Ellie und mir.«

»Jetzt wäre vielleicht der richtige Zeitpunkt, es ihm zu erzählen.«

»Solange es diese Fotos irgendwo auf dieser Welt gibt, sind die Menschen, die mir am wichtigsten sind, in Gefahr. Ich würde ihm lieber entgegenkommen, als euch alle mit mir ins Verderben zu stürzen.«

»Hör zu, Jasper. Ich kenne dich und deine Partner besser als meine eigenen Geschwister, und ich spreche für die anderen, wenn ich dir sage, dass sie *wollen* würden, dass du dich an sie wendest. Sie würden dir helfen wollen. Und Flynn und Hayden werden so angepisst sein, dass wir einen Maulwurf in unseren Klubs haben, dass sie auf Rache aus sein werden und Blut sehen wollen. Verdammt, das wird auch Devon Black. Dein Vater ist nicht der Einzige, der Ressourcen hat, und er hat keine Ahnung, mit wem er sich anlegt. Wie wäre es, wenn wir ihm mal so richtig zeigen, wie man es bei Quantum macht?«

»Gott, ich bin sehr versucht, aber die Vorstellung von der Veröffentlichung dieser Fotos macht mich krank. Was mit mir passiert, ist mir scheißegal, aber Flynn, Natalie, Hayden, Addie, Marlowe und alle anderen ... Sie sind der Kollateralschaden im Krieg zwischen meinem Vater und mir.«

»Was würdest du sagen, wenn einer von ihnen erpresst werden würde? Würdest du wollen, dass sie nachgeben und es schlucken, oder würdest du mit allen Mitteln kämpfen wollen, die uns für unseren Schutz zur Verfügung stehen?«

»Ich würde kämpfen wollen, aber ...«

»Kein Aber. Lass uns das für dich tun, was du auch für uns tun würdest.«

Ich erkenne eine »Niederlage«, wenn ich den Tatsachen direkt ins Auge blicke – oder es an der Stimme meines Anwalts höre. »Gib mir ein paar Stunden, um mit Flynn zu reden, und tu mir einen Gefallen: Bereite die Dokumente für die Auflösung der Partnerschaft vor, wenn ich wieder zurück bin, für den Fall, dass es die beste Lösung sein sollte. Ich komme vom Flughafen direkt ins Büro.«

»Ich setze die Papiere auf, wenn du darauf bestehst, aber ...«

»Ich bestehe darauf. Meine Partner müssen alle ihre Optionen kennen, und dazu gehört auch die Möglichkeit, sich von mir zu trennen.«

»Was würde es bringen, wenn dein Vater die Fotos trotzdem veröffentlicht?«

»Ich könnte ihm mitteilen, dass ich mit ihnen in keiner Beziehung mehr stehe und er sein Gift lieber auf mich anstatt auf sie verteilen kann.«

»Und welche Rolle spielt Ellie dabei, Jasper? Wenn sie verletzt wird, trifft es auch Flynn. Du kennst sie doch.«

Das tue ich, und der Gedanke daran, dass einer von ihnen meinetwegen leiden muss, ist unerträglich. »Lass mich zuerst mit ihr reden.« Ich fürchte mich davor, ihr gestehen zu müssen, dass es Bilder von ihr im Black Vice gibt, und habe keine Ahnung, wie ich mit der Bedrohung der anderen Quantum-Partner umgehen soll. Aber ich nehme an, dass ich die Sache Schritt für Schritt angehen muss.

»Halt mich auf dem Laufenden, und ich mache das auch bei dir.«

»Danke, Emmett. Es tut mir leid, dich geweckt zu haben, aber ich wusste nicht, wen ich sonst anrufen sollte.«

»Du hast den wichtigsten Anruf zuerst getätigt. Ich mache alles, was ich kann, um dich aus dieser Geschichte herauszuholen. Darauf kannst du dich verlassen.«

»Danke noch mal.«

»Alles klar. Gute Reise.«

Die Leitung ist tot, und ich stelle mir vor, wie er aus dem Bett springt, in die Dusche stürmt und dann ins Büro fährt, um Krieg zu führen. Ihn auf meiner Seite zu wissen, ist eine große

Erleichterung, aber in meinem Vater hat er einen ebenbürtigen Gegner gefunden.

Ich gehe zurück zum Claridge's und erreiche schon fast den Eingang, als ein Fotograf mir auflauert und mich mit seinem Blitz kurz blendet.

»Jasper, was machen Sie in London? Drehen Sie einen neuen Film? Ist Flynn bei Ihnen?«

Ich werfe ihm einen bösen Blick zu und betrete das Hotel, wo die Wachmänner an der Tür ihn davon abhalten werden, mir zu folgen. Fantastisch, jetzt wissen meine Schwestern und Mutter, dass ich in England war und sie nicht angerufen habe. Dieser Tag wird ja immer besser.

Im Aufzug lege ich mir die Worte für Ellie zurecht. In der kurzen Zeit, in der wir zusammen waren, ist sie so wichtig für mich geworden wie die Luft zum Atmen, und es kann sehr gut sein, dass sie bereits schwanger mit meinem Kind ist. Ich werde mich um sie und das Baby kümmern. Natürlich werde ich das. Aber jetzt ist es sehr gut möglich, dass wir nicht mehr das Leben führen können, das wir uns erhofft haben, wenn sie in L.A. ist und ich in London. Sie steht ihrer Familie viel zu nah, um mir in eine ungewisse Zukunft zu folgen, am anderen Ende der Welt von ihren Lieben.

So muss es sein, wenn man ins Angesicht des Henkers blickt und weiß, dass das Leben, so wie man es kennt, vorbei ist. In mir stirbt alles, wenn ich daran denke, die Frau, die ich liebe, zu enttäuschen.

Sie dachte, ich sei mutig, weil ich herkomme und mich meinem Vater stelle, doch nun muss ich ihr beichten, dass ich von einem Meister geschlagen wurde. Ich schäme mich davor, vor sie zu treten, ihr zu sagen, dass nichts so sein wird, wie wir das geplant haben. Zum ersten Mal überhaupt schäme ich mich auch für den Lebensstil, der mir so viel Vergnügen bereitet hat. Ich bin auf mich selbst wütend, weil ich naiverweise angenommen hatte, mein Leben einfach so leben zu können, wie ich möchte, ohne befürchten zu müssen, dass meine Entscheidungen mich eines Tages einholen werden.

Jetzt ist es so weit, und ich muss eine unmögliche Wahl treffen. Für das Leben kämpfen, das ich so sehr will, oder das tun, was immer von mir erwartet wurde. Wenn ich gegen meinen Vater in einen Krieg ziehe, kommen Menschen, die ich liebe, zu Schaden, vielleicht unwiederbringlich, und mit dieser Möglichkeit kann ich nicht leben, egal, wie sehr es schmerzt, mir ein Leben ohne Ellie und das Kind, das ich mir mittlerweile sehnlichst wünsche, vorzustellen.

Ich kehre niedergeschlagen und gedemütigt zum Zimmer zurück. Noch nie in meinem Leben habe ich mich so sehr wie eine Niete gefühlt. Bevor ich das Zimmer betrete und Ellie sehe, stopfe ich die Bilder in meine Kuriertasche. Ich hoffe, dass sie sie niemals sehen wird. Ich hoffe, niemand sieht sie jemals.

Im Schlafzimmer setze ich mich auf die Bettkante und starre eine lange Zeit auf ihr entzückendes Gesicht hinunter, bevor ich mich zu ihr lehne und sie wachküsse. »Ellie, meine Liebe«, flüstere ich. »Wach auf.«

Ihre Augen fliegen auf und strahlen vor Freude darüber, mich zu sehen. »Wie ist es gelaufen?«

»Nicht so toll.«

Das reicht bereits aus, um ihre Freude zu trüben. »Was ist passiert?«

KAPITEL 19

ELLIE

Mit einem Blick auf ihn erkenne ich, dass etwas gewaltig nicht stimmt. Sein Gesicht, das nach unserem Liebemachen im Flugzeug entspannt war, ist jetzt angespannt, und seine Augenbrauen sind zu einem Stirnrunzeln zusammengezogen, das in so einem starken Kontrast zu seinem normalerweise optimistischen und amüsierten Ausdruck steht, dass ich ihn kaum wiedererkenne.

Ich drücke mich von den Kissen ab und nehme seine Hände in meine. »Erzähl es mir. Was auch immer es ist, erzähl es mir einfach, und wir stehen das gemeinsam durch.«

»Er hat Fotos.« Er schluckt und wendet den Blick ab, als würde er sich schämen. »Von mir und von uns.«

»W-was für Fotos?«

»Fotos von mir in jeder möglichen kompromittierenden Situation, die du dir nur vorstellen kannst, und Fotos von uns im Black Vice und dem Pizzalokal in Venice und davon, wie wir uns auf deiner Veranda küssen.«

Als hätte man mir einen Schlag in die Magengrube verpasst, entweicht die gesamte Luft aus meinem Körper.

»Ich habe mit Emmett gesprochen«, schiebt er schnell hinterher, damit ich vielleicht nicht sofort ausraste, »und er tut, was er kann, und schaut sich unsere Optionen an. Mein Vater hat mich beschatten lassen, seit ich ausgezogen bin.«

Ich denke an meine Eltern, Schwestern, meinen Bruder, meine Nichten und Neffen, die allesamt Bilder von mir in einem Sexklub im Internet sehen, und plötzlich wird mir ganz heftig übel. »Oh mein Gott, Jasper. *Oh mein Gott!*«

»Ellie, Darling, hör zu. Lieber gebe ich ihm, was er will, bevor du verletzt wirst. Niemand wird diese Bilder sehen. Das schwöre ich dir. Ich tue alles, um dich zu schützen.«

»*Zu welchem Preis?*« Die Worte kommen mir direkt aus der Seele. »Du wirst gezwungen, ein Leben zu führen, das nur aus Verpflichtung besteht und nichts mit Liebe, Freude oder Leidenschaft zu tun hat?«

Er zieht mich in seine Arme. »Ich werde es schon irgendwie hinkriegen. So oder so kriege ich es hin und werde dich und unser Kind beschützen.«

»Nein!« Ich stoße ihn weg, obwohl es gerade das Letzte ist, was ich will. Ich bin einfach so aufgebracht, dass ich das Gefühl habe, seinetwegen einen Mord begehen zu können. »Du wirst ihm *nicht* nachgeben. Es ist mir egal, was wir dafür tun müssen, aber du gibst *nicht* nach.«

»Darling, so einfach ist das nicht.«

Ich schaue ihn an und hoffe, dass er all das, was ich für ihn empfinde, in meinem Entschluss erkennen kann. »Doch, so einfach ist das.«

»Er macht keine halben Sachen, El. Wenn ich es darauf ankommen lasse, zieht er es knallhart durch. Wenn unsere Bilder aus dem Black Vice öffentlich werden, wird es dich und deine Familie zugrunde richten.«

»Wie konnte er jemanden da einschleusen?«

»Glaub mir, das ist eine der vielen Fragen, die wir in den kommenden Tagen versuchen werden zu beantworten. Ich muss so schnell wie möglich zurück nach L.A. Können wir den Nachmittagstee auf ein andermal verschieben?« Sein süßes Lächeln steht in starkem Widerspruch zum Überdruss in seinen Augen.

Ich verrate ihm nicht, dass ich im Claridge's schon Nachmittagstee hatte – viele Male sogar, als wir den Sommer, in dem ich dreizehn war, in London verbracht hatten, während mein Vater dort einen Film drehte. Ich verrate es ihm nicht, weil ich noch nie Nachmittagstee mit *ihm* im Claridge's hatte. »Ja, das können wir, aber das nächste Mal, wenn wir hier sind, werde ich dich an dein Versprechen erinnern.«

»Natürlich, Liebes.« Er spricht die Worte zwar aus, die ich hören will, aber ich merke, dass er nicht mit dem Herzen bei der Sache ist. Nicht so, wie es vor dem Treffen mit seinem Vater war.

»Wir kommen auf *jeden* Fall zurück. Vermutlich noch viele Male zu Londoner Premieren und den vielen weiteren BAFTAs, die du und das Quantum-Team gewinnen werdet. Wir kommen wieder, um deine Schwestern und Mutter zu besuchen. Wir kommen wieder, und du führst mich zum Nachmittagstee im Claridge's aus, verdammt.« Bevor er etwas darauf entgegnen kann, lege ich die Arme um seinen Nacken und küsse ihn. Ich werfe ihm alles zu Füßen, was ich habe, meine Worte, meinen Körper, mein Herz und meine Seele. Ich kann nur hoffen, dass das ausreichen wird.

Er löst den Kuss langsam und lehnt seine Stirn gegen meine. »Eine Sache müssen wir aber sofort tun, meine Liebe.«

Ich bin erleichtert, dass er mich immer noch so nennt. Vielleicht bedeutet es, dass er mich immer noch so sehr liebt wie ich ihn. »Und das wäre?«

»Wir müssen Flynn von uns erzählen.«

»Oh. Müssen wir das? Jetzt sofort?«

»Ich fürchte, ja. Ich weiß, dass du noch etwas länger damit warten und es privat halten wolltest, aber wenn wir gegen meinen Vater vorgehen wollen, wird Flynn mit an Bord sein müssen. Ich will nicht, dass er nebenbei erfährt, dass wir versucht haben, ein Baby zu zeugen. Das sollten wir ihm schon selbst erzählen. Meinst du nicht auch?«

Mit einem Nicken antworte ich: »Ja, ich stimme dir zu, und es ist mir auch egal, ob er es weiß oder nicht. Es ist mir egal, ob die ganze Welt davon erfährt oder nicht. Lass uns ihn anrufen.«

»Es ist fünf Uhr früh in L.A. Wenn du ihn jetzt anrufst, wirst du ihm eine Heidenangst einjagen.«

»Können wir ihn aus dem Flugzeug anrufen?«

»Vermutlich nicht. In der ersten Hälfte des Flugs werden wir zu hoch in der Luft und über dem Ozean sein.«

»Dann lass uns ihn jetzt anrufen.« Ich überprüfe, dass alle wichtigen Körperteile von mir bedeckt sind, greife nach meinem Telefon, klicke auf die FaceTime-App und rufe meinen Bruder an.

Er hebt grunzend ab, und es bietet sich mir der Anblick von ihm und seiner Frau, die zu einer menschlichen Brezel ineinandergeschlungen sind. Okay, vielleicht war FaceTime doch nicht die beste Idee. Ich zeige Jasper das Telefon, und er lächelt.

»Flynn, aufwachen.«

»Ich bin wach. Was ist los? Warum rufst du mich mitten in der Nacht an, El?«

»Dort, wo ich gerade bin, ist es nicht mitten in der Nacht.«

»Und wo bist du?«

»In London mit Jasper.«

Nach einer langen Pause fragt er: »Und warum bist du in London mit Jasper?«

»Weil ich in ihn verliebt bin und wir ein Baby miteinander bekommen werden.«

267

»*Du bist schwanger?*« Natalie quietscht, richtet sich sofort auf, und die Decke rutscht ihr fast von den Brüsten hinunter. Glücklicherweise erwischt sie sie noch rechtzeitig, bevor wir ihre Vorzüge sehen.

Ich lächele Jasper an, der mich mit einer undurchdringlichen Miene anschaut. »Ich weiß es nicht. Vielleicht. Ich hoffe es.«

»Das sind ja große Neuigkeiten!«, ruft Natalie aus. »Ihr Schweinchen! Wie ist es euch nur gelungen, es für euch zu behalten?«

»Es ist eine recht neue Entwicklung.«

»Wo ist er?«, fragt Flynn in einer knappen Sprechweise, die mich nervös macht.

»Hier bei mir.«

»Schalte ihn dazu.«

»Flynn ...«

»Schalte ihn dazu, Ellie.«

Ich verziehe das Gesicht und drehe das Telefon zu Jasper.

»Flynn.«

»Jasper. Bist du in meine Schwester verliebt?«

Er nimmt mich an die Hand. »Das bin ich. Schon seit Langem.«

Mein Herz macht Rückwärtssalti und Radschläge, als ich ihn seine Liebe gestehen höre in diesem Akzent, dem ich den lieben langen Tag lauschen könnte, ohne ihn satt zu bekommen. Jasper Autry ist in mich verliebt. Ich brauche einen Fächer, denn es wird gerade sehr warm hier.

Es herrscht wieder eine lange Pause, in der wir auf Flynns Reaktion warten. »Und wieso hast du nie etwas davon gesagt, verdammt?«

»Das ist kompliziert und geht nur deine Schwester und mich etwas an.«

»Schön und gut, aber über ein paar Dinge müssen wir uns noch unterhalten.«

»Ja, das müssen wir. Du wirst sogar schon heute Morgen über einige davon von Emmett hören.«

»Was hat er denn mit alledem zu tun?«

»Das wirst du von ihm erfahren. Wir machen uns gleich auf zu unserem Rückflug nach L.A. Wir reden später, wenn ich ins Büro komme.«

»Darauf kannst du Gift nehmen.«

Ich nehme das Telefon aus Jaspers Hand und starre das Gesicht an, das meinen Blick erwidert. Er mag ja vielleicht weltberühmt sein, bleibt aber für immer mein kleiner Bruder. »Sei nett, Flynn.«

»Du hast mich um fünf Uhr früh an einem Samstagmorgen geweckt, um mir zu erzählen, dass du mit meinem Geschäftspartner zusammen bist und ein Baby machst. Wie nett soll ich denn da bitte sein?«

»Mach dir keine Sorgen, Ellie«, schreitet Natalie ein. »Ich kümmere mich um ihn.«

Flynn wackelt mit den Augenbrauen. »Mmm, ja, das wirst du.«

»Ich bin dann mal weg. Bis später.« Ich drücke auf den Beenden-Button, bevor ich etwas zu sehen bekomme, das man nicht mehr ungesehen machen kann. Zu Jasper sage ich: »Das ist ja so gut gegangen, wie man das nur erwarten konnte.«

»Ich weiß, dass er dein kleiner Bruder ist, Darling, aber manchmal kann er eine ziemliche Plage sein.«

»Und das sagst du mir? Glaub mir, das weiß ich, aber er hat das Herz am rechten Fleck.«

»Normalerweise schon.«

»Gott sei Dank gibt es Natalie. Sie hält ihn unter Kontrolle.«

»Ich muss schon sagen, dass es mich immer noch überrascht, wie schnell und heftig er ihr erlag. Ich hätte niemals gedacht, dass ich das noch erleben darf.«

»Aber du freust dich für ihn, oder?«

»Natürlich tue ich das. Ich freue mich riesig für die beiden. Niemand verdient es mehr als sie.«

»Doch, du tust es. Du verdienst ebenso, glücklich zu sein.«

Er zuckt mit den Achseln. »Wir bekommen vom Leben nicht immer das, was wir wollen. Mit dieser Realität habe ich mich abgefunden, seit ich denken kann.« Voll unruhiger Energie erhebt er sich, durchquert das Zimmer und schaut aus dem Fenster. An der Haltung seiner Schultern erkenne ich, dass er angespannt ist.

Obwohl ich nackt bin, stehe ich auf, gehe zu ihm und lege meine Arme um seine Taille. Zuerst spannt er sich an, wird dann aber etwas lockerer. »Das ist Bullshit. Du bist deines eigenen Glückes Schmied, Jasper. Das sind wir alle. Niemand kann dich zu etwas zwingen, das du nicht willst.«

»Ich wünschte, das wäre wirklich wahr, Darling. Du hast keine Ahnung, wie sehr ich mir wünsche, dass es so wäre. Plötzlich scheint alles so außer Kontrolle geraten zu sein.«

»Nicht alles. Wenn du Kontrolle brauchst, kontrolliere mich.«

»Ich hätte Angst, dich jetzt zu berühren. Ich bin voller Wut und einer Million anderer unangenehmer Gefühle.«

»Ich habe weder vor dir noch vor deiner Wut Angst. Du könntest mir nie wehtun.«

»Dessen kann ich mir im Moment nicht sicher sein.«

»Ich bin mir dessen sicher – jetzt und für immer.« Ich hebe die Hände an seine Schultern, fahre damit seine Arme hinunter und greife nach seinen Händen. »Komm ins Bett mit mir, Jasper. Sei bei mir.«

»Wir haben keine Zeit. Ich muss zurück nach L.A. und mich um diesen Albtraum kümmern, den er auf mich losgelassen hat.«

»Wir haben Zeit, und Emmett arbeitet bereits an einer Lösung. Du bist nicht allein. Nicht mehr.« Ich drehe ihn zu mir, damit er mich anschaut, und die Sehnsucht, die ich in seinem Ausdruck sehe, geht mir direkt in mein überlastetes Herz. Ich lege meine Hände an sein Gesicht und gebe ihm einen Kuss, der sich in nur zwei Sekunden von süß zu sauheiß verwandelt. Er verschlingt mich. Dafür gibt es kein anderes Wort. Sein offensichtlicher Hunger nach mir ist unglaublich erregend. Ich lege die Arme um ihn und biete ihm alles, was ich habe. »Nimm mich, Jasper. Ich bin dein.«

»Du weißt gar nicht, was du mir damit antust. Du hast keinen blassen Schimmer.«

Ich muss schlucken. »Ich glaube, ich ahne es.«

Dann küsst er mich, heftiger und verzweifelter als jemals zuvor. Auf eine bestimmte Weise habe ich das Gefühl, dass ich ihm meine Kraft und Entschlossenheit einflöße, diese Herausforderung anzunehmen. Wenn ich stark genug für uns beide bin, können wir das vielleicht gemeinsam heil überstehen. Bis auf das Baby, das wir hoffentlich bereits gezeugt haben, will ich nur noch eine Chance auf ein gemeinsames Leben mit ihm haben.

Wir landen auf dem Bett mit ineinander verschlungenen Gliedmaßen, und er küsst mich weiter so, als würde sein Leben davon abhängen. Nach noch mehr hitzigen Küssen bewegt er sich von meinen Lippen zu meinem Hals und küsst sich meine Vorderseite hinunter.

»Wenn ich mich recht entsinne«, sagt er schroff, »müssen wir uns vor unserem Heimflug nach L.A. noch um einen nervtötenden Plug kümmern.«

Die intensive Kontrolle in seinem Ton reicht schon aus, um mich sofort für ihn brennen zu lassen. Er hat wieder das Sagen, und etwas anderes würde ich nicht dulden.

»Hände über den Kopf, Liebes.«

Während ich seiner Anweisung Folge leiste, bekomme ich von der kühlen Luft um mich herum eine Gänsehaut.

In der Art, wie er mich berührt, anschaut und neckt, ist er mühelos sexy. Jede seiner Handlungen zielt darauf ab, mich mit unendlicher Lust zu erfüllen. Mit keinem anderen Mann habe ich jemals so empfunden. Normalerweise bin ich gelangweilt, abgelenkt oder erstelle gedanklich meine Einkaufsliste, während ich die Berührung eines Mannes erdulde. Ich hatte größere und bessere Orgasmen allein als mit irgendeinem von ihnen.

Mit diesem Mann jedoch ist in meinem Gehirn kein Platz für etwas anderes bis auf ihn und die Gefühle, die er in mir auslöst. Die Orgasmen mit ihm sind geradezu lebensverändernd.

Natürlich kann er nicht einfach den Plug entfernen und sich dann alltäglicheren Dingen widmen. Nein, er muss eine ganze Show daraus machen, während er sich die Innenseite meines Beines entlangküsst und den Plug so viele Male hin und her bewegt, dass ich allein von der schieren Kraft der Vorfreude, die er in mir erregt, kommen könnte. Egal, wie neugierig ich darauf warte, was sein nächster Schritt sein wird, weiß ich jetzt, dass alles wundervoll sein wird.

Er kniet sich zwischen meine Beine, fährt mit der Zunge vom Plugansatz zu meiner Klitoris, die er synchron zum Ziehen und Drücken des Plugs in den Mund saugt und dann wieder loslässt. »Nicht kommen.«

Die Erinnerung daran, dass er meine Lust kontrolliert, entlockt mir einen abgehackt klingenden Schluchzer. Der Versuch, die natürlichen Reaktionen meines Körpers auf seine Handlungen zu kontrollieren, ist die reinste Qual.

»Du schaffst das, Liebes.« Er leckt, saugt und neckt mich weiterhin, indem er Druck auf den Plug ausübt, bevor er ihn fast vollständig herauszieht und dann wieder einführt.

Ich winde mich auf dem Bett, will ihm näher kommen, aber gleichzeitig erlöst werden. »Bitte ...«

»Was willst du? Sag mir, was du brauchst.«

»Du weißt es!«

»Verrat es mir trotzdem.«

»Du genießt es etwas zu sehr.« Als ich mir die Haare aus dem Gesicht streichen will, fällt mir auf, dass ich schweißgebadet bin.

»Ist es überhaupt möglich, das hier *zu* sehr zu genießen?«

»Ja! Nämlich wenn du deine Partnerin quälst.«

»Aah, meine Liebe, das ist keine Qual. Wenn du Qualen erleben willst, zeige ich dir das gern, wenn du willst.«

Ich stöhne frustriert. Ich kann mir nichts vorstellen, das quälender ist als der Versuch, nicht zu kommen, während er heftig an meiner Klitoris saugt und am Plug in meinem Arsch zieht. Meine Beine beben stark von der Anstrengung, mich zurückzuhalten.

»Möchte mein Darling erlöst werden?«, flüstert er, als er zwei Finger in mich schiebt und sie krümmt, um die Stelle zu erreichen, bei der ich immer explodiere.

»Ja!«

»Noch nicht.« Er zieht die Finger heraus und quält mich weiterhin so lange, dass ich jegliches Raum-, Zeit- und Realitätsgefühl verliere. Ich bin ein einziges Nervenende kurz vor einer kataklystischen Detonation. Er beherrscht mich wie ein Maestro und scheint die genaue Sekunde zu kennen, in der ich den Punkt erreiche, von dem es kein Zurück mehr gibt. Dann nimmt er kurz Abstand und fängt wieder von vorn an.

Tränen fluten mein Gesicht, meine Nase läuft, und ich würde mir vermutlich Sorgen darüber machen, wie aufgewühlt ich in seinen Augen aussehen muss, wenn ich meine ganze Konzentration nicht dafür bräuchte, seine Anweisungen zu befolgen.

»Liebst du mich?«, fragt er.

»Ja!«, schreie ich und habe bei einem Schluchzer Schluckauf. »Das weißt du doch.«

»Sag es mir.«

»Ich liebe dich, Jasper. Ich liebe dich so sehr. Ich würde alles für dich tun.«

»Würdest du für mich kommen?«

»Ja, *ja*!«

»Bald, Darling.«

Ich bin ganz in Tränen aufgelöst, nicht aus Traurigkeit, sondern weil die emotionale Überbelastung zu viel ist. Ich höre das Klacken und das Geräusch von Flüssigkeit. Durch die Tränen sehe ich ihn seinen langen, dicken Schwanz streicheln, während er mich mit vor Verlangen verdunkelten Augen anschaut.

Er zieht vorsichtig am Plug. »Ich will dich hier, meine Liebe. Sag mir, dass du mich da auch willst.«

»Ich will dich, Jasper. Ich will dich so dringend.«

Kapitel 20

Ellie

Ein tiefes Knurren entweicht seiner Brust, als er den Plug herauszieht und ihn beiseitewirft. Er presst seinen Schwanz sofort gegen meinen Arsch und drückt beharrlich, bis mein Körper ihm nachgibt. »Entspann dich, Liebes. Drück dagegen. Lass mich hinein.«

Ich will darüber lachen, aber ich kann weder lachen, atmen noch sprechen.

Seine Finger drücken gegen meine Klitoris und genauso schnell bin ich wieder kurz vor dem Höhepunkt.

Ich umklammere die Stangen des Bettgestells so fest, dass meine Finger von der Anspannung fast brechen könnten.

»Ruhig, mein Darling. Atme.«

Ich hole tief Luft zur Stärkung.

»So ist es richtig. Das ist mein Mädchen.«

»Jasper.« Sein Name dringt als eine Bitte, ein Versprechen, ein Gelöbnis aus meiner Brust.

»Ich bin hier. Du fühlst dich so gut an. So heiß und so eng.« Er packt mich an den Pobacken und zieht meinen Körper enger zu sich. Er starrt auf den Anblick seines Schwanzes tief in meinem Arsch hinunter. »Ich wünschte, du könntest sehen, wie wunderbar wir zusammen aussehen.«

»Bitte, bitte, *bitte* …« Ich glaube, ich sabbere jetzt auch noch, kann aber das Kopfende nicht loslassen, aus Angst, die Kontrolle komplett zu verlieren.

Er drückt fest gegen meine Klitoris. »Komm, Liebes.«

Ich explodiere. Kein anderes Wort könnte das beschreiben. Der Orgasmus erschüttert meinen gesamten Körper, während meine Muskeln sich anspannen und zusammenziehen. Es scheint eine Ewigkeit zu dauern, und ich nehme wahr, wie er mich jetzt heftiger fickt, in tiefen Zügen in mich hämmert, bis auch er kommt und ein letztes Mal in mich stößt, bevor er auf mich fällt und sein Schwanz in meinem Arsch pulsiert.

Oh mein Gott. Oh mein Gott. Oh mein Gott.

Als er mich sanft küsst, meine Tränen wegwischt und süße Worte des Trostes zuflüstert, wird mir klar, dass ich es laut ausgesprochen habe. Ich schwebe in diesem seltsamen Zustand der aufgehängten Beseeltheit. Ich weiß, wo und mit wem ich bin, aber ich scheine mich nicht bewegen, denken oder irgendetwas anderes tun zu können, was über das Atmen hinausgeht.

Nach einem langen Moment der Stille zieht sich Jasper langsam aus mir heraus, und ich schreie von der Reibung an meinem überbeanspruchten Fleisch auf. »Ruhig … schön ruhig.« Er steht vom Bett auf und geht ins Badezimmer.

Meine Augen schließen sich, als ich Wasser laufen höre, und dann kehrt er mit einem warmen Handtuch zurück, mit dem er mein Gesicht und dann meinen Körper abwischt. Ich wimmere, als das Frottee gegen meine empfindlichen Nippel reibt, und dann wieder, als er mich zwischen den Beinen abwischt.

Er wirft das Handtuch beiseite, fasst meine Hände an und legt sie an meinen Seiten ab. »Du warst wunderbar, meine Liebe. Das war unglaublich.«

»Ich habe nie, ich … ich wusste nicht …«

»Psst«, sagt er und streift mit seinen Lippen meine. »Ich wusste auch nicht, dass so etwas möglich ist. Für mich war es noch nie so.« Er küsst weiterhin meine Lippen, mein Gesicht, sogar mein Kinn. »Hast du Schmerzen?«

Ich schüttele den Kopf. Ich bin so in Trance, dass ich es vermutlich gar nicht merken würde, wenn etwas wehtun würde.

Er bietet mir eine Flasche mit Wasser an, und wieder nehme ich tiefe Schlucke von der kalten Flüssigkeit.

»Nur damit du es weißt«, sagt er, nachdem wir das Wasser fast ganz getrunken haben, »ich wollte hierher zurückkehren, dich abholen und dann nach Hause fliegen.«

»Also *ich* habe *das* ganz bestimmt nicht geplant.«

»Es liegt an dir. Du machst mich verrückt. Deinetwegen vergesse ich die Erpressung meines Vaters komplett und die dringende Notwendigkeit, nach Hause zu fliegen, um mich darum zu kümmern. Ich brauche dich nur einmal anzuschauen und vergesse alles andere sofort.«

»Du scheinst die gleiche Wirkung auf mich zu haben.«

Er zeichnet beruhigende Kreise auf meinen Rücken, während wir im Bett liegen und so tun, als hätten wir sonst nichts zu tun.

»Machst du dir jemals Sorgen …?« Ich weiß nicht, wie ich meine Frage formulieren soll.

»Mache ich mir jemals Sorgen worum?«

»Dass du dich langweilen wirst, wenn du für den Rest deines Lebens nur noch eine Frau hast.«

»Wenn du diese eine Frau bist, werde ich mich nie langweilen.«

»Wie kannst du dir da so sicher sein? Wir sind erst seit Kurzem zusammen, und davor hattest du so viele Frauen.«

»Und keine davon hat mir je so viel bedeutet wie du. Keine von ihnen konnte dir das Wasser reichen. Ich habe nur die Zeit totgeschlagen, bis du mich gebeten hast, ein Kind mit dir zu zeugen.«

»Ich habe dich nicht darum gebeten. Du hast dich freiwillig gemeldet.«

Sein leises Lachen bringt mich zum Lächeln. »Hinterher hatte ich Angst, ein bisschen *zu* bereitwillig rübergekommen zu sein.«

»Du warst gerade bereitwillig genug, um mich von deiner Aufrichtigkeit zu überzeugen.«

Er nimmt meine Pobacke in die Hand und drückt sie vorsichtig. »Ich bin extrem aufrichtig, wenn es um dich geht.«

Ich kuschele mich an ihn, vergrabe die Nase in seinen Hals und atme den sauberen, frischen Duft seines Rasierwassers ein. »Wir werden dafür kämpfen, Jasper. Wir werden mit allen uns zur Verfügung stehenden Mitteln dafür kämpfen. Ich habe mein ganzes Leben auf dich gewartet. Ich lasse dich nicht gehen.«

»Ich habe Panik davor, dass mein Vater dir oder deiner Familie auf irgendeine Weise schaden könnte. Das würde ich nicht ertragen.«

»Meine Familie und ich sind stärker, als er sich das jemals ausmalen könnte. Mach dir um uns keine Sorgen. Wir haben viele Stürme überstanden, und drei Mitglieder unserer Familie standen immer im Rampenlicht. Das ist nicht unser erster Ritt. Erinnerst du dich an das Filmsternchen, das vor etwa fünfzehn Jahren meinen Vater beschuldigt hat, sie an einem Filmset überfallen zu haben?«

»Was? Nein! Ich habe nie ein schlechtes Wort über deinen Vater oder deine Mutter gehört.«

»Es war furchtbar. Meine Eltern waren in Rage, und die Hollywood-Presse war unnachgiebig, bis bewiesen werden konnte, dass mein Vater an dem besagten Tag noch nicht einmal da war. Sie war komplett diskreditiert und hatte die Stadt fluchtartig verlassen, aber der Skandal hat seinen Tribut gefordert. Es hat Monate gedauert, bis meine Eltern wieder lachen und lächeln konnten. Das werde ich nie vergessen. Da wurde mir klar, dass eine Anschuldigung, selbst wenn sie unbegründet ist, ein Leben ruinieren kann.«

»Ich will nicht, dass mein Mist sich negativ auf dich und deine Familie auswirkt, Ellie. Das wäre das Schlimmste, was passieren könnte.«

»Nein, das Schlimmste wäre es, wenn du irgendwo sein müsstest, nur nicht bei mir.«

Er seufzt tief. »Ich erinnere dich nur ungern daran, dass wir jetzt wirklich zurück nach Hause müssen.«

»Ich weiß.« Aber anstatt ihn loszulassen, halte ich ihn noch fester umklammert, solange ich noch kann. Ein schreckliches Gefühl der Panik macht sich in mir breit, während wir einander festhalten. Was würde ich jetzt nach dieser wunderbaren Zeit mit ihm ohne ihn tun?

JASPER

Die meiste Zeit während des Fluges nach L.A. schlafen wir und kommen am frühen Abend ausgeruht, erfrischt und bereit für den Kampf an. Ich bete zu Gott, dass Emmett sich während unseres Fluges einen Plan ausgedacht hat. Ich bin so konzentriert darauf, ins Büro zu kommen, dass ich mein Telefon gar nicht checke. Was auch immer Emmett meinen Geschäftspartnern erzählt hat, ich will es persönlich mit ihnen besprechen und nicht per E-Mail oder Textnachricht.

Mein Fehler wird mir bewusst, als Reporter und Fotografen sich im Burbank-Flughafen um uns drängeln. *Was zum Teufel?*

»Jasper, ist es wahr? Sind Sie der Sohn und Erbe von Henry Kingsley?«

279

»Werden Sie Quantum verlassen, um Kingsley Enterprises zu führen?«

»Wie konnten Sie das all die Jahre für sich behalten?«

»Wissen Flynn und Hayden von Ihrer Abstammung und Ihren Milliarden?«

Tausend unterschiedliche Szenarien spielen sich in meinem Kopf ab, während ich mich an Ellie klammere, die sich an meiner Seite versteckt, mit hinuntergebeugtem Kopf und hoffentlich vor den Fotografen abgeschirmtem Gesicht.

»Hey!«, schreit einer von ihnen. »Das ist Flynns Schwester! Wie heißt sie noch mal? Sie arbeitet für sie!«

»Jasper, sind Sie mit Flynns Schwester zusammen? Wie lange schon?«

Ich verstärke meinen Griff um Ellie und zwänge uns durch das Gedränge. Wir sind schon fast am Haupteingang, als ich Gordon Yates, unseren Sicherheitschef in L.A., erblicke, wie er mit ein paar von seinen Männern auf uns zugerannt kommt. Noch nie habe ich mich mehr über jemanden gefreut. Wie eine Militäreinheit umschließen sie uns und eskortieren uns zu einem auf dem Bordstein wartenden SUV. Um mein Auto kümmere ich mich später. Offenbar habe ich im Moment weitaus größere Sorgen.

»Was zum Henker geht hier vor?«, frage ich, als Gordon uns aus dem Gewühl herausgeholt hat. Als der SUV vom Bordstein hinunterfährt, folgen sie uns und klopfen an die Fensterscheibe. »Woher wissen sie alles?«

»Dein Vater hat zu seinem anstehenden Ausflug ein Interview gegeben«, antwortet Gordon abgehackt. Gordon ist groß und muskulös, und als ehemaliger Marine hat er stets eine militärische Haltung und trägt sein blondes Haar nach wie vor raspelkurz. »Er wurde gefragt, ob er sich Sorgen um die Zukunft seines Unternehmens mache, sollte ihm etwas zustoßen. Er schwafelte poetisch von seinem Sohn und Erben, dem

Academy-Award-Gewinner und Kameramann Jasper Autry, der unter dem Mädchennamen seiner Mutter arbeitet, um aus dem Kingsley-Nachnamen kein Kapital zu schlagen.« Gordon zieht sein Telefon aus der Tasche und liest vom Bildschirm ab. »Alles, was mein Sohn zustande gebracht hat, vollbrachte er allein, und ich könnte nicht zufriedener mit ihm sein. Aber er ist sich ebenfalls der Erwartungen an ihn in der Zukunft bewusst. Ich kann meinen Hobbys in Frieden nachgehen, wissend, dass meine Familie und mein Geschäft ordnungsgemäß von ihm weitergeführt werden, sollte das Schlimmste eintreten.«

»Dieser Mistkerl«, flüstere ich. Ich bin erstaunt, aber nicht so überrascht, wie ich sein sollte, dass er einen Weg gefunden hat, um mir damit zu verstehen zu geben, dass er seine Drohungen wahr machen wird, sollte ich nicht gehorchen.

Ellie nimmt meine Hand und hält sie fest zwischen ihren. »Dann sollen die Leute doch wissen, wer du wirklich bist. Das ändert doch nichts.«

»Es ist aber ein Feuersturm«, erwidert Gordon grimmig. »Der Menschenschwarm am Flughafen ist erst der Anfang. Das Bürogebäude ist umstellt, und sie kampieren vor deinen Häusern in der Stadt und am Strand.«

»Dann fahren wir zu mir«, schlägt Ellie vor.

»Ich bin mir sicher, dass sie auch dort bereits auf euch warten«, antwortet Gordon.

Ich spüre ihre Panik und will sie unbedingt beruhigen.

»Wir bringen euch in Kristians Wohnung in der Stadt«, sagt Gordon. »Sie ist über eine Tiefgarage zugänglich, und er stellt sie euch beiden so lange zur Verfügung, wie ihr sie braucht.«

Das verrät mir, dass man von einer Belagerung ausgehen muss.

»Die anderen treffen sich dort mit euch, um das weitere Vorgehen abzusprechen«, fügt Gordon hinzu.

Ich beobachte die Stadt verschwommen durch die abgedunkelten Fensterscheiben des SUV. »Er erpresst mich.« Ich höre die Müdigkeit in meiner eigenen Stimme und frage mich, ob sie das auch tun.

»Verzeihung?«, fragt Gordon mit zusammengezogenen Augenbrauen.

»Mein Vater erpresst mich. Er hat Bilder von mir aus der Zeit, seit ich von zu Hause wegging, bis zu dieser Woche, Bilder, die meine und Ellies Karriere und unseren Ruf ruinieren würden.« Ich kann nicht hinzufügen, dass er auch noch Bilder von den anderen Quantum-Geschäftspartnern hat. Nicht vor Ellie.

»Wie … was …?«

»Ich habe keine Ahnung, woher, aber er hat sie, und es steht schlecht, Gordon. So schlecht, wie es nur geht.« Ich schaue ihm direkt in die Augen in der Hoffnung, ihm so zu verstehen zu geben, dass es noch weitaus schlimmer ist, als ich das in unserer gemischten Gesellschaft gerade aussprechen kann.

Seine Kinnlade klappt hinunter, bevor er den Mund wieder schließt. Als unser Sicherheitschef trifft ihn diese Verfehlung viel härter als irgendjemanden sonst. Ich zweifle außerdem nicht daran, dass er härter als irgendjemand sonst daran arbeiten wird, den Maulwurf unter uns aufzuspüren. Wir schweigen auf der restlichen Fahrt zu Kristians Wohnung im obersten Stockwerk eines Hochhauses in Hollywood, das in den letzten Jahren eine Art Wiedergeburt erlebt hat.

Es mag vielleicht nicht im exklusivsten Stadtteil liegen, aber Kristian schätzt die Nähe zum Büro, zum Stadtzentrum und seinem Strandhaus. Über solche Dinge nachzudenken, wie Kristians Wahl, hier zu wohnen, anstatt wie normalerweise üblich in Silver Lake, Beverly Hills oder Los Feliz, lenkt mich von dem Damoklesschwert über unseren Köpfen ab.

Mein Handy klingelt, und ich schaue auf die Anrufernummer. Mutter. Ich nehme den Anruf entgegen, weil ich das bei ihr immer tue, egal was. »Hallo, Mutter.«

»Jasper, ich bin entsetzt darüber, dass dein Vater dir so etwas antut«, sagt sie geradeheraus ohne Vorgeplänkel. Ihre Wut ist selbst am anderen Ende, zehntausend Kilometer entfernt, hörbar.

Und sie hat keine Ahnung, was er mir sonst noch antun möchte. »Es ist fürchterlich, aber leider keine Überraschung. Ich war bei ihm.«

»Wann?«

»Gestern, oder war das schon heute? Ich weiß es wegen der Zeitverschiebung nicht mehr. Ich bin jetzt zurück in L.A.«

»Du hast nicht gesagt, dass du kommen würdest.«

»Es war sehr kurzfristig. Ich wollte ihn noch vor seiner nächsten Mission, die Weltherrschaft an sich zu reißen, sehen.«

»Er ist ein Narr.«

»Da sind wir uns wohl einig.«

»Ich nehme an, der Besuch ist nicht gut verlaufen?«

Mein bellendes Lachen ist voller Ironie.

Sie seufzt. »Und jetzt schlägt er um sich.«

»So könnte man das nennen. Er erpresst mich sogar mit Fotos, die im Fall ihrer Veröffentlichung für mich und die anderen extrem peinlich wären.«

»*Dich erpressen?* Weswegen?«

»Wegen meiner Verweigerung, sein Erbe anzutreten.«

»Du hast ihm gesagt …?«

»Dass ich nicht nach London zurückkehre. Nie. Meine Karriere und mein Leben finden in Los Angeles statt.« Ich lächle bei diesen Worten Ellie an. »Ich möchte heiraten und Kinder haben, die nicht von ihrer Geburt an von der Last der Pflicht erdrückt werden. Ich will *mein* eigenes Leben führen. Nicht seins.«

»Endlich«, erwidert sie. »Ich hoffe schon seit Jahren, dass du Farbe bekennst.«

Ihr Bekenntnis schockiert mich. »Das hast du nie gesagt.«

»Du musstest von selbst darauf kommen. Ich hätte das nie vorschlagen können und dürfen. Ich bewege mich auf einem schmalen Grat zwischen euch beiden. Das war schon immer so.«

»Er ist darauf aus, mich zu ruinieren, Mutter.« *Und die anderen auch, die mir wichtig sind, meine engsten Freunde, meine Geschäftspartner, meine Familie.*

»Das wird nicht passieren. Überlass das mal mir.«

»Ich bin mir nicht sicher, dass ihn irgendjemand umstimmen könnte, selbst du nicht.«

»Sei dir da nicht zu sicher. Ich fahre heute nach London, um ihn vor seiner Abfahrt zu sehen. Ich kümmere mich darum.«

»Auch wenn ich deinen Einfluss auf ihn nicht kleinreden möchte, hoffe ich, dass du verstehst, dass seine Drohungen ernst genug sind, dass ich selbst tätig werden muss, um mich und die Menschen, die ich liebe, zu beschützen.«

»Mach, was du für richtig hältst. Und wenn du bereit bist, bring deine Freundin zum Kennenlernen mit.«

Ihre Unterstützung und Güte stärken meine Zuversicht etwas. »Das werde ich. Danke, Mutter.«

»Dafür nicht. Mach's gut, Jasper. Ich melde mich bald wieder.«

Nachdem sie aufgelegt hat, blicke ich zu Ellie, die lächelt.

»Darf ich sagen, dass ich deine Mutter liebe?«

»Sie ist die Größte. Schon immer gewesen, Gott sei Dank. Ohne ihr Gegengewicht hätte er mich komplett meschugge gemacht.« Ich habe meiner Mutter, meinen Schwestern und überhaupt niemandem von bestimmten Taktiken meines Vaters erzählt, die er anwandte, um mich gefügig zu halten. Diese

»Taktiken« haben Narben auf meiner Seele hinterlassen, die ich bis zum heutigen Tage mit mir herumtrage.

»Meschugge?«, fragt sie mit angehobener Augenbraue.

»Verrückt. Wahnsinnig. Kirre.«

»Ah, jetzt verstehe ich. Ich kann es kaum erwarten, sie kennenzulernen.«

Ellies felsenfeste Überzeugung zusammen mit dem Entschluss meiner Mutter haben mir etwas eingeflößt, das mir seit dem Treffen mit meinem Vater schmerzlich fehlte – nämlich Hoffnung.

KAPITEL 21

JASPER

Wir kommen bei Kristian an und finden dort ein Chaos vor. Offensichtlich ist in seiner Küche ein Rohr gebrochen, und er versucht vergeblich, die Wassermassen aufzuhalten.

»Lass mich das machen.« Ellie rennt in die Küche, schnappt sich aus dem Werkzeug, das Kristian auf der Theke ausgebreitet hat, einen Schraubenschlüssel, lässt sich auf den Boden nieder und macht sich unter der Spüle ans Werk. Sie zu beobachten, erregt mich unglaublich, weil sie sehr sexy aussieht, während sie mit dem Schraubenschlüssel arbeitet und es ihr gelingt, das Wasser abzudrehen, doch erst, nachdem sie von Kopf bis Fuß durchnässt ist.

»Das war großartig«, staunt Kristian über ihre Fähigkeiten.

Ich bin auf lächerliche Weise stolz – und scharf –, als sie unter der Spüle hervorkriecht und ihr weißes T-Shirt an ihren entzückenden Brüsten klebt.

Kristian reicht ihr ein Handtuch und wendet den Blick diskret von ihrem nassen T-Shirt ab, während ich weiter hinstarre.

»Wo hast du das gelernt?«, fragt er.

Ellie trocknet sich das Gesicht mit dem Handtuch. »Samstagmorgens im Baumarkt. Du wärst erstaunt zu erfahren, was man alles in ein paar Stunden erlernen kann.«

»Ich bin schwer beeindruckt«, antwortet Kristian. »Und extrem dankbar. Eine Überschwemmung auf dem obersten Stockwerk dient nicht gerade der guten Nachbarschaft mit den Bewohnern unter mir.«

»Unsere Sachen sind in Gordons Auto«, sage ich. »Kannst du ihr etwas Trockenes leihen?«

»Natürlich.« Kristian verschwindet in seinem Schlafzimmer und lässt uns allein in der Küche.

»Das war ziemlich genial, meine Liebe. Ich bin ebenfalls sehr beeindruckt.«

Sie tut das Lob ab. »Ich weiß gern, wie man die Dinge macht.«

Diese Frau kann es sich wahrhaft leisten, jemanden für alle möglichen Arbeiten zu bezahlen, doch sie erledigt sie lieber selbst. Wenn ich nicht schon baff von ihr wäre, würde ich es jetzt sein.

Kristian kehrt mit einem T-Shirt für Ellie zurück, und sie geht in das angrenzende Badezimmer, um sich umzuziehen. »Wie schlimm ist es?«, kommt er sofort zur Sache, als wir allein sind.

»Katastrophenszenario.«

Es ehrt meinen engsten Freund, dass er anscheinend nicht wütend auf mich ist, obwohl er jeden Grund dazu hätte. Ich bin mir nicht sicher, wie es mir erginge, sollten meine sexuellen Vorlieben dafür benutzt werden, einen meiner Geschäftspartner zu erpressen.

»Was auch immer du gerade denkst«, sagt er, während er mit ein paar Strandtüchern das Wasser auf dem Boden aufwischt, »scheiß drauf. Du hast es nicht verursacht. Du bist ebenso Opfer wie wir alle.«

»Ich habe euch alle mit hineingezogen.«

Er schaut mit angehobener Augenbraue zu mir hoch. »Durch deine Geburt?«

Die völlige Lächerlichkeit dieser ganzen Situation fällt mir auf, und ich lache beklommen. »So etwas in der Art.«

Sein dunkles Haar ist zerzaust, als er sich aufrichtet, seine blauen Augen sprühen vor Zorn, der jedoch nicht gegen mich gerichtet ist. »Wer auch immer uns verpfiffen hat, wird den Tag bereuen, an dem er oder sie sich überhaupt mit den Quantum-Geschäftspartnern angelegt hat.«

Die durch ihn zum Ausdruck gebrachte Unterstützung bedeutet mir mehr, als ich ihm jemals sagen kann. »Ich habe Ellie nicht erzählt, dass ihr alle da mit drinsteckt. Das obliegt nicht mir.«

»Verstanden.«

Eine kurze Zeit später kommt Flynn mit zwei Nichten und drei Neffen im Schlepptau an. Kristian lädt sie in sein Spielzimmer ein, und der misstrauische Blick von Flynn hat, soweit ich ihn kenne, vermutlich mehr mit meiner Beziehung zu seiner Schwester zu tun als mit der Bedrohung, dass seine Geheimnisse an die Öffentlichkeit kommen könnten. »Jasper.«

»Flynn.«

Wir umkreisen einander wie zwei knurrende Hunde mit aufgestelltem Nackenhaar. »Wo ist meine Schwester?«

»Auf dem Klo. Sie zieht sich gerade etwas Trockenes an, nachdem sie Kris vor einer Katastrophe bewahrt hat.«

Kristian bringt ihn auf den neuesten Stand in Bezug auf die drohende Überschwemmung. »Deine Schwester ist Wonder Woman.«

»Bin mir nicht sicher, ob ich die Bezeichnung wählen würde«, kommentiert Ellie, als sie in einem viel zu großen Shirt zu uns stößt. Ich vermisse das alte, nasse. Sie begrüßt ihren

Bruder mit einem Wangenkuss. »Benimm dich oder ich prügele die Scheiße aus dir heraus.«

»Als ob du das könntest«, pariert Flynn mit einem Hauch von Empörung.

»Ich würde mich nicht mit ihr anlegen nach dem, was wir gerade gesehen haben«, rät Kristian.

Ich nicke zustimmend. »Im Ernst. Sie ist großartig.«

Ellie verdreht die Augen über unsere Überschwänglichkeit, aber ich sehe, dass sie das wohlverdiente Lob genießt. »Du brauchst einen Klempner, der dir das Rohr ersetzt.«

»Der Hausverwalter hat eine Notrufnummer gewählt, und jemand ist bereits unterwegs. Ich will mir gar nicht ausmalen, was hätte passieren können, wärst du nicht zur rechten Zeit gekommen.«

»Keine Ursache«, erwidert Ellie und fragt dann Flynn: »Wo ist Nat?«

»Sie holt Aileen und die Kinder vom Flughafen ab.«

Ich bemerke, wie Kristian bei der Erwähnung von Natalies Freundin aus New York aufhorcht, die gegen den Krebs kämpfte, als Flynn Natalie kennenlernte. Er hat seine Beziehungen spielen lassen, um sie bei den besten Ärzten New Yorks behandeln zu lassen, und seitdem geht es ihr viel besser. Wir freuen uns auf sie und ihre Kinder, die wir zuletzt auf Flynns und Nats Hochzeit letzten Monat getroffen haben. Mir fällt auf, dass Kristian sich dabei am allermeisten auf sie freut.

Interessant.

Hayden und Addie kommen mit Emmett, Marlowe und deren Assistentin Leah im Schlepptau an. Da wir nun vollzählig sind, kann ich das unvermeidliche Aufeinandertreffen mit meinen Geschäftspartnern nicht länger hinauszögern.

»Wir brauchen ein paar Minuten allein«, sagt Kristian. Die Botschaft ist klar – nur die Geschäftspartner. Ellie und Addie arbeiten schon lange genug für uns, um zu wissen, dass wir uns gelegentlich um vertrauliche Angelegenheiten kümmern müssen. Leah, die jetzt seit mehr als einem Monat für Marlowe arbeitet, lernt es allmählich auch.

Ellie drückt meinen Arm, bevor sie zu Addie und Leah auf das Sofa im Wohnzimmer geht. Der Rest von uns folgt Kristian in sein Arbeitszimmer.

Ich ziehe die Fotos aus meiner Umhängetasche und reiche sie Emmett, der jedes einzelne studiert und sie dann weitergibt.

»Wichser«, flüstert Hayden, als er eines von sich und Addie im Black Vice sieht. Ihre Umarmung ist relativ unschuldig, doch hinter ihnen ist eine Sub über eine Spankingbank gebeugt, während ihr Herr eine Peitsche schwingt. »Meinst du wirklich, dein Vater würde diese Fotos veröffentlichen, solltest du nicht gehorchen?«

»Ja, das tue ich.«

»Herrgott. Und ich dachte schon, *meine* Familie ist abgefuckt.«

Flynn starrt das Foto von Ellie und mir im Black Vice an. Der an seinem Kiefer pulsierende Muskel steigert meine Angst. »Was sind unsere Optionen, Em?«

Emmett erläutert uns eine Reihe von Maßnahmen, die er bereits ergriffen hat, einschließlich eines Antrags auf Unterlassungsklage in London, die es Henry Kingsley untersagen würde, die schädigenden Fotos zu veröffentlichen. Wegen des internationalen Ausmaßes dieser Situation sei es schwierig, aber nicht unmöglich, berichtet Emmett.

»Ich weiß eure Hilfe sehr zu schätzen und auch, mit welcher Fassung ihr die ernsthafte Verletzung eurer Privatsphäre tragt, aber ich will es nicht riskieren. Ich gebe ihm, was er will. Ich gebe meine Partnerschaft bei Quantum auf …«

»Nein«, klinkt sich Marlowe ein, »das tust du nicht.« Mit ihrem roten Haar, zusammengehalten in einem Pferdeschwanz, und ungeschminkt würde man sie nie für einen der größten

Fische Hollywoods halten. Hier und jetzt ist sie jedoch erstrangig Freundin und Geschäftspartnerin, und ihre grünen Augen funkeln vor Wut. »Du wirst dieses Opfer nicht in meinem Namen bringen. Ich bin ein großes Mädchen. Sollten diese Fotos an die Öffentlichkeit gelangen, komme ich damit klar, aber ich erwarte nicht von dir, dass du dein Leben und deine Karriere aufgibst, um mich zu beschützen.«

»Das tue ich auch nicht«, stimmt Kristian mit entschlossenem und unbeugsamem Blick zu.

Hayden zögert, und ich weiß, dass er an Addie und nicht an sich selbst denkt. »Ich will das auch nicht. Ich kann mir diesen Job oder das Leben ohne dich darin nicht vorstellen. Du musst ihm trotzen.«

Alle Blicke richten sich auf Flynn, der auf ein Foto von sich und Natalie im Quantum-Klub starrt. Er schaut mich an. »Ist meine Schwester schwanger?«

»Das hoffe ich.«

»*Langsam!*«, ruft Marlowe. »Wie wäre es, wenn mich mal jemand auf den neuesten Stand bringt?«

»Ernsthaft«, stimmt Kristian mit ein. »Was zur Hölle?«

»Jasper?«, fordert Flynn mich mit einem Grinsen auf, für das ich ihn hauen will – nur weil er, sollten wir diesen Albtraum alle heil überstehen, eines Tages mein Schwager sein könnte, unterdrücke ich den Drang.

»In Mexiko hat Ellie mir von ihrem Kinderwunsch erzählt. Sie sagte, sie sei es leid, auf den Richtigen zu warten, und dass ihr die Zeit davonrenne. Ich bot ihr meine Hilfe an. Eines führte zum anderen, und wir beide gestanden, schon lange Gefühle füreinander zu haben.«

»Heilige Scheiße«, flucht Marlowe. »Wie konnte es uns entgehen?«

»Ich habe es schon immer ein wenig vermutet«, gesteht Flynn.

Ich mache mich über ihn lustig. »Hast du nicht.«

»Habe ich wohl! Sie sieht dich oft an, wenn du es nicht merkst, und du machst es auch. Wenn du mir nicht glaubst, frag Natalie. Ich habe ihr gesagt, dass da etwas im Anmarsch ist, lange bevor du mich mitten in der Nacht geweckt hast, um es zu bestätigen.«

Jetzt bin ich aus einem ganz anderen Grund platt. Ich dachte, ich hätte meine Zuneigung für sie besser versteckt. Anscheinend doch nicht, wenn Flynn es mitbekommen hat.

»Und sie ist bereits schwanger?«, fragt Marlowe.

»Das hoffen wir. Wir haben unser Herz und Blut in dieses Projekt gesteckt.«

»Kein weiteres Wort«, protestiert Flynn mit hochgehaltener Hand, »sonst garantiere ich für nichts.«

Obwohl ich immer noch schwer unter Angst und Sorge über die möglichen Folgen einer Veröffentlichung der Fotos leide, muss ich über seinen Gesichtsausdruck lachen.

»So, wie ich das sehe«, äußert sich Flynn, »ist der einzige Platz für dich bei meiner Schwester und meiner zukünftigen Nichte oder meinem zukünftigen Neffen.«

»Ich bin ganz deiner Meinung«, lasse ich ihn wissen, dankbar für seine Unterstützung und Freundschaft.

»Dann kämpfen wir also«, beschließt Flynn. »Wir kämpfen mit allen uns zur Verfügung stehenden Mitteln, und sollte das Schlimmste eintreten, kümmern wir uns darum. Aber niemand geht hier irgendwohin.«

»Ich kann dir gar nicht sagen, was mir das bedeutet …« Meine Kehle schnürt sich um einen Kloß in meinem Hals zu. Ich schaue auf den Boden und versuche, Herr über meine Emotionen zu werden.

»Du bist einer von uns, Jasper«, sagt Hayden. »Und wenn einer von uns in Gefahr ist, sind wir das alle. Das viel größere Problem ist meiner Meinung nach die Frage, wer zum Teufel diese Bilder gemacht hat und wie um alles in der Welt diese Person in Devons und unseren Klub gelangen konnte?«

»Sebastian und ich arbeiten schon daran und werden Gordon auch mit einbeziehen«, antwortet Emmett. »Glaubt mir, Sebastian ist genauso wütend über den Verstoß wie ihr, und er kennt noch nicht das volle Ausmaß.«

»Es ist doch nicht etwa möglich ...« Kristian schüttelt den Kopf. »Egal.«

»Was wolltest du sagen, Kris?«, fragt Marlowe.

»Nichts. Spielt keine Rolle mehr.«

»Du fragst dich wegen Sebastian, nicht wahr?«, richtet Hayden seine Frage an Kristian, der zusammenzuckt. »Lass mich dir versichern, dass er uns auf gar keinen Fall hintergehen könnte. Nicht nach allem, was wir für ihn getan haben.«

»Das weiß ich doch«, antwortet Kris. »Deswegen habe ich es auch nicht ausgesprochen.«

»Trotz seiner Vergangenheit ist er einer von uns«, sagt Hayden über seinen Freund aus Kindertagen. »Er könnte uns niemals schaden.«

»Es tut mir leid, dass ich überhaupt daran gedacht habe«, entschuldigt sich Kristian.

»Jeder steht im Verdacht, solange nicht das Gegenteil bewiesen ist«, sagt Flynn.

»Nicht Sebastian«, erwidert Hayden und blitzt Flynn an.

»Wir setzen Gordon darauf an«, verspricht Emmett. »Lasst uns seinen Leuten zuerst die Möglichkeit geben, die Angelegenheit vollständig zu untersuchen, bevor wir mit Anschuldigungen um uns werfen.«

»Einverstanden«, stimmt Kristian zu.

»Jemand muss Devon Bescheid sagen«, äußere ich mich. »Wenn seine Sicherheitsleute mit unseren zusammenarbeiten, können wir die Sache vermutlich schneller aufklären.«

»Ich rede mit ihm«, kündigt Hayden an.

Wir beenden unser Gespräch und gehen zu den anderen, wo mittlerweile Natalie, Aileen und ihre Kinder Logan und Maddie angekommen sind, die beide seit unserer letzten Begegnung gewachsen sind. Sie laufen sofort mit Ellies Nichten und Neffen davon, die ihnen Kristians Spielzimmer zeigen wollen.

Aileen sieht tausend Mal besser aus als noch vor einem Monat, und ich bin nicht der Einzige, dem das auffällt. Kristian geht zu ihr, als würde es ihn magisch zu ihr hinziehen. Unter allen Augen küsst er sie auf die Wange und umarmt sie, was sie so durcheinanderbringt und verlegen macht, dass sie errötet.

»Es ist so schön, dich zu sehen«, begrüßt er sie.

Aileen lächelt ihn schüchtern an. »Gleichfalls.«

»Du siehst fantastisch aus!«, ruft Marlowe aus und schiebt Kristian beiseite, um Aileen zu umarmen.

»Ich fühle mich auch fantastisch.« Ihr blondes Haar ist nach der letzten Chemotherapie noch dünn, doch ihre braunen Augen strahlen aufgeregt, was eine deutliche Verbesserung widerspiegelt.

»Willst du die Kinder zum Pool auf dem Dach bringen?«, fragt Kris.

»Das würde ihnen sehr gefallen«, antwortet Aileen und schaut ihn kurz an, bevor sie ihren Blick wieder abwendet. »Nach dem langen Flug sind die beiden kleine Energiebündel.«

»Lasst uns alle raufgehen«, schlägt Natalie vor.

»Ich habe das ganze Essen und den Alkohol mitgebracht, den wir in ihrem Haus trinken wollten«, sagt Addie und zeigt mit dem Daumen auf Flynn und Natalie. »Vor dem Tor kampieren die Reporter, also haben wir die Party verlegt.«

»Oh, gut«, kommentiere ich, »danke für die Orga.«

»Das ist mein Job.«

Ellie kommt zu mir, will gerade ihren Arm um mich legen, scheint es sich aber anders überlegt zu haben. »Ist alles in Ordnung?«, fragt sie und schaut mit einem Stirnrunzeln zu mir herauf, das mir verrät, dass sie besorgt ist. Ich hasse es, dass sie besorgt ist. Ich hasse es, dass mein Vater ihr den Grund dafür geliefert hat.

Ich lege den Arm um sie und küsse sie auf den Scheitel. »Es ist alles in Ordnung, Darling. Sie alle wissen Bescheid.«

»Oh«, sagt sie und ist anbetungswürdig aufgeregt.

»Er nennt dich *Dahhling*«, schwärmt Leah und fächert sich Luft zu. »Wie schaffst du es, nicht andauernd zu kommen, wenn er das sagt?«

Auf ihre Frage folgt erstauntes Schweigen, das dann in schallendes Gelächter ausbricht.

»Scheiße.« Leah bedeckt sich mit der Hand den Mund. »Ich kann nicht fassen, dass ich das laut gesagt habe.«

»Ich schon.« Natalie schüttelt amüsiert den Kopf.

»Ach, übrigens«, zwinkert Ellie Leah zu, »ich muss mich sehr zusammenreißen, damit das nicht passiert.«

Jetzt bin ich dran mit Schämen, während die anderen vor Lachen brüllen. Doch diese Peinlichkeit weicht schnell einer Euphorie darüber, dass Ellie und ich nun offiziell und öffentlich ein Paar sind. Die stürmische Begeisterung meiner Geschäftspartner hat meine mürrische Stimmung etwas aufgehellt. Wir haben es noch lange nicht hinter uns gebracht, doch mit vereinten Kräften und dem Wissen um die Bemühungen von Emmett und die meiner Mutter brennt in mir weiterhin ein lichter Hoffnungsschimmer.

ELLIE

Die Ansammlung an Kristians Pool verwandelt sich in eine Party, deren Geräuschpegel von den sieben aufgeregten Kindern mächtig in die Höhe getrieben wird. Meine Nichten und Neffen machen mit Logan und Maddie dort weiter, wo sie nach Flynns und Natalies Hochzeit aufgehört haben.

Während Flynn den Bademeister für die Kinder spielt, belagern Marlowe, Natalie, Aileen und Leah mich an einem der Tische. »Was?«, frage ich zwischen zwei Bissen von den Maischips und einer köstlichen Ananassalsa.

»Du hast uns ganz schön hingehalten«, beschwert sich Marlowe. »Du und Jasper? Ihr schmiedet Pläne *und* macht auch noch ein Baby?«

Ich schaue zu ihm hinüber, wie er neben Emmett und Kristian am Pool sitzt. Hayden ist sogar bei den Kindern im Wasser und spielt unter lärmendem Jubel Basketball mit ihnen. Obwohl Jasper bei seinen Freunden weilt, sehe ich, dass er gedanklich ganz weit weg ist, die Last seiner Sorgen wiegt schwer auf seinen Schultern.

»Es ist, ähm, tja, immer noch sehr neu.«

»Laut Flynn nicht«, verrät Natalie. »Er behauptet, dass das schon länger anstand.«

»Und er wird es natürlich viel besser wissen als Jasper und ich.«

Sie lacht. »Er meint, besser Bescheid zu wissen, aber auch ich habe bei euch so ein Gefühl gehabt, wenn dir das so lieber ist … Du kannst mich verrückt nennen …«

»Du bist nicht verrückt.« Ich fühle, wie mein Gesicht vor Verlegenheit warm wird, was lustig ist, weil ich mich sonst nie schäme, mit Freundinnen über Kerle zu reden. Außer bei diesem Kerl. »Er ist mir schon seit einer ganzen Weile nicht egal gewesen.«

»Ich finde es super, dass ihr beide zusammen seid«, meint Marlowe.

»Echt?«

»Gott, ja. Ihr passt perfekt zusammen.«

»Es fühlt sich auch ziemlich perfekt an, zumindest hat es das bis zu dem Treffen mit seinem Vater, und jetzt … Es fühlt sich irgendwie unsicher an.« Mein Magen dreht sich bei dem

Gedanken daran um, was immer noch passieren könnte, wenn sein Vater die Drohungen wahr macht. Ich habe mich schon an die Vorstellung gewöhnt, unser Kind gemeinsam mit Jasper großzuziehen.

»Ihm wird schon etwas einfallen.« Marlowes Zuversicht gibt mir einen bitter nötigen Auftrieb. Sie täuscht sich selten bei irgendetwas. »Da kommt er gerade mit Flynn. Die haben es ja verdammt eilig.«

Während die anderen lachen, bemerke ich einen neuen Elan in Jaspers Gang und eine erneute Entschlossenheit in seiner Haltung.

»Flynn hat eine Idee, die wir euch gern vorstellen möchten«, kündigt er an, als sie vor dem Tisch anhalten, an dem ich mit den Mädels sitze.

»Ich bin ganz Ohr.«

Jaspers Blick schießt zwischen mir und den anderen hin und her.

»Es ist okay«, beruhige ich ihn. »Wir sitzen alle im selben Boot.«

»Darauf kannst du deinen Arsch verwetten«, bekräftigt Marlowe. »Lass hören.«

»Ein Interview mit Carolyn Justice«, schlägt Flynn vor. »Wir machen eine riesige Exklusivstory darüber, weshalb Jasper seine Abstammung all die Jahre geheim gehalten hat, warum niemand es herausgefunden hat, warum sein Vater es verriet und dass Jasper nicht vorhat, jetzt oder zu einem späteren Zeitpunkt nach London zurückzukehren.«

»Klingt nach einer guten Idee.« Ich blicke zu Jasper hoch. »Was meinst du?«

»Es ist eine tolle Idee und würde dem Plan meines Vaters, mich zu erpressen, den Wind aus den Segeln nehmen. Aber Flynn ist der Meinung, dass es eine größere Wirkung hätte, wenn du das Interview mit mir zusammen gäbest. Wie stehst du dazu?«

»Ich sagte dir doch, dass ich alles tun würde, um dir zu helfen, einschließlich eines Interviews im landesweiten Fernsehen.« Als ich es ausspreche, bekomme ich einen Magenkrampf. Ich ins Fernsehen? Natürlich kann ich das.

»Es muss sehr bald passieren«, fügt Flynn hinzu. »Henry will in zwei Tagen aufbrechen. Wenn wir wollen, dass er es noch vor seiner Abfahrt erfährt, müssen wir jetzt handeln.«

»Was ist mit der Deadline?«, frage ich.

»Darüber haben wir gesprochen«, antwortet Jasper. »Ich rufe Nathan an, den Assistenten meines Vaters, und sage, was sie hören wollen, um uns Zeit zu erkaufen, die wir für das Interview und die anschließende Ausstrahlung brauchen.«

»Schaffen sie das in zwei Tagen?«, frage ich.

»Wenn ich es Carolyn anbiete, stelle ich es als Bedingung«, sagt Flynn. An seinem wilden Blick sehe ich, dass mein Bruder komplett auf die Herausforderung fokussiert ist und bereit, alles zu tun, um seinem Freund – und mir – zu helfen. »Soll ich anrufen?« Er hält sein Handy in die Luft.

Jasper schaut mich an, und ich nicke. »Tu es«, fordert er ihn auf.

Ich greife nach seiner Hand und halte mich daran fest, was ich mir genauso sehr wünsche wie das Kind, das wir hoffentlich miteinander gezeugt haben.

»Bevor ihr ins Fernsehen geht«, sagt Flynn zu mir, »musst du Mom und Dad erklären, was vorgeht.« Mit seinem Blick schließt er Jasper mit ein.

»Ich weiß.«

»Sie kommen später hierher. Sie besuchen gerade eine andere Party, wollen aber noch vorbeikommen.«

»Dann spreche ich mit ihnen, wenn sie hier sind.«

»*Wir* sprechen mit ihnen«, korrigiert Jasper und lächelt auf mich hinunter.

Mein Herz gerät ins Flattern von der Art, wie er mich anschaut, mit so viel Wärme, Zuneigung und Liebe. Mein ganzes Leben lang habe ich auf einen Mann gewartet, der mich so ansieht wie er mich jetzt, und ich will, dass dieses erfüllende Hochgefühl der Freude niemals aufhört.

»Ich rufe Carolyn jetzt an«, verkündet Flynn und macht sich in eine ruhige Ecke auf der Dachterrasse auf.

Jasper setzt sich neben mich und legt einen Arm um mich. »Ist bei dir alles okay?«

»Es geht mir gut. Und dir?«

»Es wird mir besser gehen, wenn wir diese Gefahr gebannt haben.«

»Mir gefällt Flynns Idee. Was denkst du darüber?«

»Na ja, ich bin nicht er, deswegen macht mich die Vorstellung davon, im Fernsehen zu sein, nervös.«

Ich lehne mit dem Kopf gegen seine Schulter. »Mich auch.«

»Es tut mir leid, dass ich dir das antun muss, Darling, aber ich halte das für unsere beste Option.«

»Könntest du das wiederholen?«, bittet Leah ihn.

»Was wiederholen?«, fragt Jasper verwirrt nach.

»*Dahhhhling.*« Sie fächert sich Luft zu und schaut zu mir. »Darfst du dir das wirklich jeden Tag anhören?«

»Genauso ist es«, antworte ich und lächle Jasper an, der über uns beide die Augen verdreht.

Flynn kehrt zurück. »Wir haben Glück. Carolyn ist in L.A. Sie kommt mit einem Team um neun hierher.«

Ich blinzele ihn an. »*Heute Abend?*«

»Genau.«

»Bist du bereit, an die Öffentlichkeit zu gehen, *Darling?*« Er betont das letzte Wort extra für Leah, die sich wieder Luft zufächelt.

»So bereit, wie ich nur sein kann.«

KAPITEL 22

ELLIE

Meine Eltern treffen etwa eine halbe Stunde vor Carolyns geplanter Ankunft bei Kristian ein. Nachdem sie alle begrüßt haben, bitten Jasper und ich sie um ein privates Gespräch. Ich sehe, dass meine Mutter verwirrt darüber ist, weshalb wir beide mit ihnen sprechen wollen, aber meinen Vater scheint das weniger zu überraschen, nachdem er uns neulich beinahe erwischt hätte. Sie folgen uns in Kristians Arbeitszimmer.

»Ist alles in Ordnung?«, fragt meine Mutter sofort, als die Tür hinter uns zugeht.

»Alles ist gut. Eigentlich«, sage ich mit einem Blick auf Jasper, »ist alles sogar großartig. Jasper und ich … Wir, also …«

»Wir sind jetzt zusammen.«

Ich will ihn dafür küssen, dass er es für mich ausgesprochen hat.

»Oh, also, das ist eine wunderbare Wendung«, freut sich mein Vater und grinst über das ganze Gesicht. »Wie lange geht das schon so?«

»Seit Jahren.« Jaspers Mund verzieht sich zu einem schlauen Lächeln, als er nach meiner Hand greift. »Wie ihr wisst, sind wir schon eine lange Zeit Freunde, aber erst vor Kurzem haben wir einander gestanden, mehr sein zu wollen als nur Freunde.«

»In Mexiko erzählte ich Jasper, dass ich nicht länger auf den Richtigen warten und ein Kind haben wolle. Er bot mir dafür seine Hilfe an, und eins führte zum anderen, und …«

»Und jetzt sind wir zusammen.«

»Du, du bist … Du bekommst ein Kind?«

Das ungewohnte Stammeln meiner Mutter bringt mich fast zum Kichern. »Das wissen wir noch nicht, hoffen aber darauf.«

»Ich nehme an, das bedeutet, du wirst meine Tochter heiraten«, vermutet mein Vater mit seiner strengsten Vaterstimme.

»Dad! Aufhören. Wir leben im neuen Jahrtausend. Wir müssen nicht heiraten, um ein Kind zu bekommen.«

»Momentchen mal …«

»Max«, schreitet Jasper ein, »ich habe die feste Absicht, deine Tochter zu heiraten, und hätte sehr gern deinen Segen dafür.«

Tut er das? Hätte er das? Das sind ja Neuigkeiten. Keine schlechten, aber trotzdem Neuigkeiten.

»Doch bevor ich mich auf ein Knie fallen lasse, muss ich mich um ein paar Dinge kümmern, damit ich frei bin und derjenige sein kann, den sie braucht.«

»Diese Angelegenheit mit deiner Familie«, nickt mein Vater.

»Ja.« Jaspers sexy Mund verzieht sich zu einem düsteren Ausdruck, den ich hoffentlich nie wiedersehen werde, nachdem wir diese Sache geklärt haben. Ich will ihn lachend, lächelnd, glücklich und voller Hoffnung in die Zukunft blicken sehen, wie er das vor London war.

»Wir waren sehr überrascht, von deiner Abstammung zu erfahren«, gibt meine Mutter zu. »Ausgerechnet ein zukünftiger Herzog!«

»Er ist ein Marquis«, werfe ich ein und ernte damit einen finsteren Blick von meinem Liebsten.

»Sehr beeindruckend«, meint mein Vater.

»Ich bin mir sicher, dass es von außen betrachtet beeindruckend sein muss, doch für mich war es größtenteils *bedrückend*. Ich eigne mich nicht gut für die vor meiner Geburt mir vorbestimmte Rolle. Müsste ich mich nur um den Titel und die damit verbundenen Besitztümer kümmern, würde ich damit fertigwerden. Doch Kingsley Enterprises auch noch zu übernehmen?« Er schüttelt den Kopf. »Das ist einfach nichts für mich.«

»Es lässt sich bestimmt eine Lösung mit deinem Vater finden.«

Natürlich geht mein Vater davon aus. Er hat schließlich die Wünsche und Bestrebungen seiner vier Kinder immer nur aufs Vollste unterstützt. Er kann gar nicht begreifen, wie man als Vater anders sein kann.

»Ich wünschte, das wäre so«, bedauert Jasper. »Doch für ihn hieß es immer nur: ganz oder gar nicht. Keine grauen Bereiche. Mein Vater«, eröffnet er mit einem Blick zu mir, »hat jetzt sogar auf eine Erpressung zurückgegriffen, um mich dazu zu zwingen, nach seiner Pfeife zu tanzen.«

Von dieser Neuigkeit sind meine Eltern sprachlos vor Schock.

»Wir kämpfen auf mehreren Fronten dagegen an«, versichert Jasper ihnen. »Flynn hatte die geniale Idee, dass ich Carolyn Justice ein Interview darüber geben soll, was derzeit abläuft, um meinem Vater den Wind aus den Segeln zu nehmen.« Er legt einen Arm um mich. »Ellie und ich geben noch heute Abend das Interview und wollten euch darüber informieren, bevor wir damit an die Öffentlichkeit treten.«

»Er *erpresst* seinen eigenen *Sohn*?«, fragt mein Vater bestürzt.

»Leider ja.«

»Und das, was auch immer er gegen dich in der Hand hat …«

»Wäre mir und den anderen, die mir sehr wichtig sind, sehr peinlich.«

»Grundgütiger«, spricht meine Mutter für uns alle. »Das ist ja ein Skandal!«

»Willkommen in meiner Welt«, erwidert Jasper reumütig.

»Ich schäme mich fast, zuzugeben, dass ich Henry Kingsley manchmal für seinen wagemutigen Ansatz in Bezug auf das Leben, die Geschäfte und Abenteuer beneidet habe«, räumt mein Vater ein. »Doch nachdem ich das alles erfahren habe, weicht jede Bewunderung, die ich empfunden haben könnte, Abscheu.« Er legt eine Hand auf Jaspers Schulter. »Du warst schon ein ehrbares Mitglied der Godfrey-Familie, lange bevor ich von deiner Liebe zu meiner Tochter wusste, und natürlich bekommst du unseren Segen für deinen Heiratsantrag. Du wirst uneingeschränkt einer von uns sein, Jasper. Und diesen lieblosen, grauenhaften Vater mit allen dir zur Verfügung stehenden Mitteln bekämpfen, hörst du?«

Während ich Tränen wegblinzele, nickt Jasper. »Ich weiß eure Unterstützung zu schätzen, Max«, antwortet er schroff. »Sie bedeutet mir wahnsinnig viel.«

Meine Mutter stellt sich auf Zehenspitzen, um Jasper auf die Wange zu küssen. »Wir lieben dich, und ich freue mich sehr darüber, dass du uns *Als der Nikolaus kam* von nun an jedes Jahr in deinem knackigen Akzent vorlesen wirst.«

Jasper bricht in Gelächter aus. »Das wäre mir eine Ehre, Stella.«

Meine Mutter dreht sich zu mir, lächelt breit und umarmt mich fest. »Jemand hatte hier wohl Geheimnisse vor ihrer Mutter.«

»Ich wollte es dir schon bald erzählen. Ehrenwort.«

»Wie soll ich sechs Monate im Jahr in Vegas verbringen, wenn da ein neues Baby unterwegs sein kann?«

»Das war ein Grund, aus dem ich nichts gesagt habe. Ich wollte deine Entscheidung nicht beeinflussen.«

»Wieso um alles in der Welt hast du so etwas Dummes getan? Max, das ist das Zeichen, auf das ich gewartet habe.«

»Sie hat auf ein Zeichen gewartet«, bestätigt mein Vater.

»Jetzt ist nicht die richtige Zeit für Vegas. Die Zeit dafür kommt noch, wenn die Enkel zu nervigen Teenagern werden und wir uns von ihnen erholen müssen.«

Wir lachen alle und umarmen uns noch einmal, bevor sie mich mit Jasper allein lassen. Er legt die Arme um mich und zieht mich in seine Umarmung. Ich atme den berauschenden Duft seines Rasierwassers ein, während wir einander Trost spenden.

»Das ist doch gut gelaufen, meinst du nicht auch, Darling?«

»Es ist sehr gut gelaufen. Sie haben dich schon als Freund und Flynns Geschäftspartner geliebt.«

»Es ist aber etwas komplett anderes, wenn ein Mann den Eltern seiner Geliebten mitteilt, dass er ihre Tochter heiraten will.«

»Was das angeht …«

Sein Lachen bringt mich zum Lächeln. »Habe ich dich überrascht?«

»So könnte man das sagen.«

»Wie kann es dich überraschen, dass ich mit dir alles teilen will, Estelle Godfrey junior?«

Ich mache ein scherzhaft böses Gesicht. »Nenn mich nicht so.«

»Wie wäre es dann einfach nur mit Junior?«

»Wie wäre es einfach nur mit Ellie?«

»Wie wäre es mit Liebe meines Lebens, Mutter meiner Kinder, mein Lebensinhalt?«

»Jasper«, flüstere ich, »passiert das wirklich? Empfindest du das wirklich alles für mich?«

»Ich liebe dich über alles, Ellie. Ich vermute, dass ich das schon sehr lange tue, lange bevor ich wusste, wie es sich anfühlt, dich in den Armen zu halten, dich zu küssen und Liebe mit dir zu machen. Und jetzt, nachdem ich dich in meinem Leben habe, kann ich mir nicht vorstellen, jemals etwas anderes zu wollen als mehr von dir.«

Ich hebe die Hände zu seinem Gesicht und gebe ihm einen Kuss, der meine überwältigende Liebe für diesen Mann zum Ausdruck bringt, der alles riskiert, nur um mit mir zusammen sein zu können. Im Gegensatz zu allen anderen Männern vor ihm zweifle ich keine Sekunde an seiner Aufrichtigkeit. Dieser hier ist so aufrichtig, wie es nur geht, und ich weiß, dass mein Herz in seinen Händen in Sicherheit ist und mein Leben mit ihm mit Liebe, Familie, Freunden und Aufregung erfüllt sein wird.

Er löst den Kuss langsam, hält seine Lippen aber nah an meinen. »Ich fühle mich schuldig, weil ich über die Zukunft geredet habe, bevor ich mich um die Gegenwart gekümmert habe. Sollte ich dich jemals enttäuschen …«

Ich bedecke seine Lippen mit meinen Fingern. »Du könntest mich nur enttäuschen, wenn du aufhörtest, mich zu lieben.«

»Das wird nicht passieren.«

»Wo auch immer du sein wirst, werde ich bei dir sein, sei es hier, in London, Cornwall oder wo auch immer. Ich bin bei dir, Partner.«

Seine Augen tanzen vor Liebe und Vergnügtheit, als er auf mich hinunterschaut. »Das sagt eine in Los Angeles geborene und aufgewachsene Frau, die noch nie in Cornwall war.«

»Das sagt eine Frau, die dich liebt, ungeachtet dessen, wo in der Welt du dich gerade aufhältst.«

»Danke, Darling«, flüstert er und streift mit den Lippen meinen Hals, was eine Reaktion auslöst, die ich überall spüre.

»Meinst du, man wird uns vermissen, wenn wir ein paar Minuten länger hierbleiben?«

»Ich bin mir sicher, dass man uns vermissen und nach unserer Rückkehr aufziehen wird, aber ich bin bereit, es in Kauf zu nehmen, wenn du das auch bist.«

»Ich bin sehr, sehr gern dazu bereit.« Er packt mich an der Hand, zieht mich hinter sich in das angrenzende Badezimmer, wirft die Tür hinter uns zu und verschließt sie.

Meine Güte …

JASPER

Meine Gefühle sind ganz durcheinander – ungeahnte Höhen, niederschmetternde Tiefen und alles dazwischen. Die überwältigende Unterstützung meiner Geschäftspartner und von Ellies Eltern hat den Entschluss, meinen Vater mit jedem Pfeil in unserem Köcher zu bekämpfen, noch weiter zementiert. Flynns Idee, mit dem Interview meinem Vater die Schau zu stehlen, ist genial.

Wenn Henry etwas mehr hasst als negative Publicity, kenne ich es noch nicht. Na ja, vermutlich hasst er mich gerade am allermeisten, doch damit kann ich leben, wenn es mir im Gegenzug gelingt, mich von den Fesseln zu befreien, in denen er mich mein ganzes Leben hielt.

Doch mit meiner schönen Ellie in den Armen will ich überhaupt nicht an meinen Vater, seine Drohungen oder diese verdammten Fesseln denken. Jetzt denke ich viel lieber an ganz andere Fesseln, etwa von der Art, mit denen Ellie an meinem Bett befestigt ist und sich mir unterwirft. Da dies gerade nicht möglich ist, drehe ich sie zum Spiegel um, halte sie von hinten, fahre mit den Händen über ihren sexy Körper und beobachte ihre Reaktionen in ihrem ausdrucksstarken Gesicht.

Ich umfasse ihre Brüste, fahre mit den Daumen über ihre Nippel und sehe, wie ihr Mund aufgeht und ihre Augen sich vor Verlangen weiten. Ich liebe ihr süßes Gesicht so sehr und wie man dort jeden Gedanken und jedes Gefühl von ihr ablesen kann. Sie verheimlicht mir nichts, wofür ich sie nur noch stärker liebe. Ich hebe ihr Oberteil an, ziehe es ihr aus und fixiere mit dem Blick ihre Brüste im durchsichtigen, sexy BH, der meiner blühenden Fantasie sehr wenig Spielraum lässt.

Ich löse den Vorderverschluss und lasse die Träger ihre Arme hinuntergleiten, sodass sie oben ohne dasteht. Ihre Nippel ziehen sich vor meinen Augen zusammen, was meinen Johannes so hart werden lässt, dass ich mit ihm Nägel einschlagen könnte.

»Stütz dich mit den Händen am Waschtisch ab und beug dich vor.«

Als sie meine Anweisungen befolgt, schaut sie mich im Spiegel an, und der Hauch von Vorahnung in ihren Augen macht mich nur noch steifer. Sie weiß, dass ich sie nie, niemals verletzen würde, aber sie weiß nicht genau, was gleich passieren wird. Ausgehend vom Glühen ihrer Wangen und ihren Nippeln, die sich zu festen Knospen zusammengezogen haben, nährt die Vorahnung ihre Erregung.

Ich lasse mich hinter ihr auf die Knie fallen, fahre mit den Händen die Hinterseite ihrer Beine hoch, hebe ihren Rock an und über ihren Hintern. Ah, Gott, schau sich einer diesen süßen Arsch mit dem String an, der zwischen ihren geschmeidigen Pobacken verschwindet. Ich könnte jetzt an Ort und Stelle sterben und wäre glücklicher als jemals zuvor in meinem Leben. Ich presse die Lippen an die Pobacken, die vom Spanking im Flugzeug immer noch rosa sind, und weide mich an ihrem Aufkeuchen.

»Tut es weh?«, frage ich sie.

»Nein. Die Haut ist nur sehr empfindlich.«

»Das gefällt mir.« Ich fahre mit dem Finger vom Bund ihres Strings hinunter in das Tal zwischen ihren Pobacken und drücke leicht gegen ihren Hintereingang. »Was ist hiermit? Tut es weh?«

»Es schmerzt ein bisschen, aber auf eine gute Weise.«

Ich stöhne vom heiseren Klang ihrer Stimme. »Wir machen das also noch einmal?«

»Mmm, vielleicht nicht jeden Tag, aber ab und zu schon.«

»Damit kann ich leben.« Ich kann mit allem leben, solange ich bei ihr bleiben kann. Meine Finger setzen ihre Reise zu ihrer Vorderseite fort, die heiß, feucht und angeschwollen ist. Ich drücke gegen ihre Klitoris durch das Seidenhöschen, das mit ihrem Verlangen durchtränkt ist. »Was ist hiermit?«

»Zieht auch auf eine angenehme Weise«, antwortet sie atemlos.

Plötzlich heißhungrig auf ihren Geschmack, ziehe ich ihr grob den String aus, den sie Höschen nennt, und vergrabe das Gesicht zwischen ihren Beinen. Ich halte ihre Arschbacken auseinander und lasse kein Teil von ihr von meiner Zunge unerforscht. Sie spielt verrückt, bockt gegen mich und schreit jedes Mal auf, wenn meine Zunge um ihre Klitoris kreist.

»Oh Gott«, stöhnt sie, »ich muss kommen. Bitte, Jasper ...«

Weil es so einen Spaß macht, sie zu quälen, gebe ich nicht nach. Noch nicht. Als ich selbst fast platze, zittern ihre Beine wahnsinnig, und Schweiß läuft ihr den Rücken hinunter. Ich liebe es, wie echt und roh es mit ihr ist. Ich zweifle niemals daran, dass sie genauso auf mich steht wie ich auf sie.

Es ist Zeit, ihr das zu geben, was sie will, damit ich das bekomme, was ich will – meinen Schwanz bis zu den Eiern in ihr. Ich drücke mit der flachen Zunge gegen ihre Klitoris und führe zwei Finger von hinten in sie. Ich lasse meine Zunge gegen ihr pulsierendes Fleisch vibrieren und erlaube ihr zu kommen.

Sie explodiert und schreit so laut, dass ich mich frage, ob man sie auf dem Dach hört. Hoffentlich machen die Kinder so viel Radau und hoffentlich kommt niemand auf die Idee, ausgerechnet jetzt nach uns zu schauen. Ich begleite sie sanft, vorsichtig hinunter und beruhige sie, bis sie auf dem Waschtisch beinahe zusammensackt, da ihre Beine immer noch heftig beben.

»Gott, Jasper«, schnappt sie nach Luft.

Ich lächle sie im Spiegel an, schnappe mir ein Handtuch von der Ablage, wische mir damit das Gesicht ab, werfe es eilig beiseite, um meinen Johannes tief in sie zu schieben und die Spirale von Neuem zu beginnen.

Ich greife um sie, umfasse ihre Brüste und zwicke ihre Nippel mit den Fingern. Ihre inneren Muskeln umschließen meinen Schwanz, und ich muss mir auf die Lippe beißen – fest –, um nicht zu vorschnell zu kommen. Gott, so war das noch nie. Ich musste mich noch nie bei einer anderen Frau so sehr zusammenreißen und um Selbstbeherrschung ringen.

Später können wir immer noch stundenlang im Bett liegen, aber jetzt müssen wir uns an unseren Zeitplan halten. Das ist der einzige Grund, aus dem ich dem mächtigen Verlangen nachgebe und mit ihr einen weiteren explosiven Moment der Einheit erlebe. Unsere Blicke treffen sich im Spiegel eine Sekunde vor unserem gemeinsamen Höhepunkt. Ich habe mich noch nie einem anderen Menschen so verbunden gefühlt wie jetzt ihr.

Ich halte meine Arme um sie geschlungen und mein Gesicht an ihren Rücken gedrückt, während ihre Muskeln sich weiterhin um meinen Schwanz zusammenziehen. Gott, hab Erbarmen … Ich werde sie niemals überleben. Was ich mit einer anderen als Vanillasex bezeichnen würde, ist mit ihr beinahe zu heiß für mich. Ich liebe es, dass es genauso aufregend ist, sie über einen Badezimmerwaschtisch zu beugen wie an ein

Bett zu fesseln. Es spielt keine Rolle, was und wie wir es tun, solange wir es miteinander tun.

»Sie werden erbarmungslos sein«, sagt sie nach einem langen Moment der Stille.

»Das ist mir im Moment ziemlich egal.«

»Mir auch, aber jetzt muss ich einen verdammt guten Job machen und mich fernsehtauglich wiederherrichten.«

»Du könntest barfuß bis zum Hals hier herausgehen und wärst immer noch die schönste Frau, die Carolyn je in ihrer Sendung hatte.«

»*Barfuß bis zum Hals?*«

»Genau.«

»Kommt gar nicht infrage.« Sie stößt mich mit dem Ellbogen an. »Lass mich hochkommen, du sexhungriges Ungeheuer.«

Ich richte mich auf und mache mir die Hose zu. »Autsch. Das verletzt meine Gefühle.«

»Nein, tut es nicht. Mich führst du nicht hinters Licht.«

Sie dreht sich zu mir mit unordentlichen Haaren und von zwei Orgasmen errötetem Gesicht. Ich habe noch nie etwas so Atemberaubendes gesehen wie sie nach unserem Liebemachen. Ich streichele ihr Gesicht mit dem Daumen.

»Hast du irgendwo ein Wörterbuch für mich?«, fragt sie.

»Bitte was?«

»Für all die ungewöhnlichen Begriffe, mit denen du um dich wirfst. Ich brauche eine Übersetzungshilfe.«

»Ich bin dein Übersetzer und Dolmetscher.« Ich küsse sie auf die Nase und dann auf die Lippen. »Wie wäre es, wenn wir die Dusche von Kris benutzen und uns für dieses Interview frisch machen?«

»Ich brauche meine Tasche, um mich frisch machen zu können.«

Ich küsse sie noch einmal. »Ich gehe sie suchen. Komme gleich zurück.« An der Tür drehe ich mich um, sehe sie aus ihrem Rock schlüpfen und muss mich daran erinnern, dass ich ja eine Aufgabe habe. Jetzt, da ich sie jederzeit berühren kann, wann ich es will, möchte ich nichts anderes mehr.

Ich verlasse das Badezimmer, durchquere das Arbeitszimmer von Kris in den Flur, der in die Diele führt, in der Gordon unsere Taschen abgestellt hat. Ich will mit unseren beiden Taschen gerade zurück, als Flynn mir im Flur auflauert. Er starrt mich an, sagt aber nichts, was mich nervös macht.

»Alles in Ordnung, Partner?«

»Sag du es mir. Hast du mit meinen Eltern gesprochen?«

»Das haben wir. Sie waren sehr unterstützend.« Ich halte inne und versuche, seine undurchdringliche Miene zu lesen. »Flynn, es tut mir leid, sollte meine Beziehung mit Ellie dich aufgebracht haben ...«

»Das ist es nicht. Ich glaube sogar, dass ihr ein fantastisches Paar abgeben werdet.«

»Was ist es dann?«

»Der ganze Rest. Hast du gedacht, wir würden es jemandem verraten?«

Ich atme lange aus, als mir klar wird, dass ich durch meine Geheimnisse vor ihm und den anderen seine Gefühle verletzt habe. »Das war es nicht.«

»Was dann? Ich will verstehen, wie ich all diese Zeit Seite an Seite mit dir zusammenarbeiten konnte, ohne zu ahnen, wer du wirklich bist.«

»Das trifft es nicht.« Meine Worte klingen viel schärfer, als ich das wollte. »Der Jasper, den du kennst, ist genau derjenige, der ich wirklich bin. Der Mann, der ich hier mit euch allen war, ist der Einzige, der ich sein wollte. Es tut mir leid, wenn dich meine Geheimnisse verletzt haben, aber ich tat es aus Selbstschutz und nicht, weil ich dir etwas verheimlichen wollte. So war das nie.«

»In Ordnung.« Er blickt zu mir hoch und fragt: »Weiß sie es? Von mir? Und dem Klub ...«

»Nein. Das würde ich ihr niemals verraten. Das obliegt nicht mir, und ich bezweifle auch, dass sie diese Information überhaupt haben will.«

»Du ... du bist vorsichtig mit ihr, ja?«

»Ich liebe sie, Flynn. Ich werde immer vorsichtig mit ihr sein.«

Das scheint ihn zufriedenzustellen. »Ich nehme an, dass das gut genug ist.«

»Ich muss mich für Carolyn fertig machen.«

Er tritt zur Seite, um mich vorbeizulassen. »Du kümmerst dich um sie, ja?«

Ich weiß, dass er nicht Carolyn meint. »Immer.«

Mit einem kurzen Nicken dreht er sich um, geht, und ich fühle mich so, als hätte ich gerade unerwartet eine wichtige Prüfung bestanden, aber vermutlich war diese Unterhaltung seit dem Moment, in dem ich mich für sie interessierte, unumgänglich. Als ich die Badezimmertür aufmache, bin ich sofort von Dampf umgeben.

Ich ziehe mich aus, steige zu ihr in die Dusche, lege einen Arm um ihre Taille und stütze mich mit dem Kinn an ihrer Schulter ab.

»Ich habe mich schon gefragt, wo du bleibst.«

»Flynn hat mich gefunden.«

»Oh Mann. Ich hoffe, er hat sich nicht lächerlich gemacht.«

»Nein, überhaupt nicht. Wir hatten eine gute Unterhaltung.«

»Du würdest es mir schon sagen, wenn er sich wie ein Arsch benehmen würde, oder?«

»Das würde mir das allergrößte Vergnügen bereiten, aber das tat er nicht.«

»Ist alles in Ordnung?«

»Alles ist besser als nur in Ordnung, und wenn wir endlich dieses Interview hinter uns gebracht haben, werde ich mich noch tausend Mal besser fühlen.«

»Dann lass es uns angehen.«

KAPITEL 23

JASPER

Carolyn Justice ist entzückend, liebenswürdig und bodenständig. Nach nur wenigen Minuten in ihrer Gesellschaft verstehe ich, weshalb Flynn sich für ein Interview mit ihr entschieden hatte, als Natalies schmerzvolle Vergangenheit ans Tageslicht kam. Sie sorgt dafür, dass Ellie und ich uns wohlfühlen, indem sie zunächst vor ausgeschalteter Kamera fragt, worüber wir gern sprechen würden und was ein Tabu ist. Natürlich hat sie viele Fragen dazu, wie ein britischer Aristokrat einer von Hollywoods erfolgreichsten Kameramännern werden konnte.

Als ich ihr die Kurzversion meiner Geschichte erzähle, wird mir klar, dass es eine riesige Erleichterung ist, kein Geheimnis mehr darum machen zu müssen. Mein Vater erwies mir einen Gefallen, als er es lüftete, aber das werde ich ihm natürlich nie erzählen.

Und dann heißt es Showtime. Ellie und ich werden nebeneinander hingesetzt, die Kameras sind auf uns gerichtet, und ich entdecke, wie sehr ich es vorziehe, auf der anderen Seite der Kamera zu sein. Interviewt zu werden, fällt mir im Gegensatz zu Flynn, Marlowe und Hayden nicht leicht.

Als wüsste sie, dass ich jetzt eine Bestärkung brauche, greift Ellie nach meiner Hand und hält sie fest. Nach den üblichen Begrüßungs- und Höflichkeitsfloskeln geht Carolyn gleich auf die bombenartige Ankündigung meines Vaters ein.

»Was können Sie uns zu Ihren Beweggründen sagen, aus denen Sie jahrelang Ihren Titel geheim hielten?«

»Am Anfang wollte ich mich vom Kingsley-Namen und allem, wofür er steht, abgrenzen. Ich war achtzehn, wagte mich zum ersten Mal allein in die große, weite Welt hinaus und wollte eine Karriere verfolgen, die nichts mit meinem Titel, Vermächtnis oder Erbe zu tun hatte. Ich wollte einfach nur Filme drehen, was ich in den letzten fünfzehn Jahren auch tat.«

»Sehr erfolgreich noch dazu«, fügt Carolyn hinzu, zählt die Auszeichnungen auf, die ich in all den Jahren gewonnen habe, und endet mit dem aktuellen Oscar für *Camouflage*. »Was meinen Sie, weshalb entschied ihr Vater, dass ausgerechnet jetzt der richtige Zeitpunkt ist, um mit der Wahrheit herauszurücken?«

»Ich will gar nicht erst den Eindruck entstehen lassen, als würde ich viel davon verstehen, was mein Vater sagt oder tut, aber ich vermute, dass der Zeitpunkt etwas mit meinem kürzlichen London-Besuch zu tun hat, bei dem ich ihn wissen ließ, dass ich Kingsley Enterprises nicht übernehmen würde, so wie er das immer geplant hatte.«

»Wie hat er es aufgenommen?«

Ich werfe Ellie einen Blick zu, die mich aufmerksam beobachtet. »Nicht gut. Während meines Fluges von London nach Hause erzählte er der Welt, wer ich wirklich bin, und da haben wir den Salat.«

»Ich verstehe nicht ganz, wie es möglich war, es die ganze Zeit über geheim zu halten, insbesondere im digitalen Zeitalter, wenn doch alles im Internet zu finden ist.«

»Zu Hause ist Jasper Kingsley als exzentrischer Erfinder bekannt, der sich in seiner Werkstatt in Cornwall verschanzt.

Hier bin ich ein kleiner Kameramann, auf den der Erfolg seiner Gesellschaft abfärbte. Ich hatte sehr viel Glück, dass sich nie jemand mit meiner Vergangenheit beschäftigte. Ich vermute, ich bin einfach nicht interessant genug.«

»Dem würde ich widersprechen«, wirft Ellie ein, worüber Carolyn und ich lächeln müssen.

»So, wie ich das verstehe, wollten Sie Ihren Vater sehen, weil Sie hier in L.A. gern heiraten und eine Familie gründen möchten.«

»Genau.« Ich drücke Ellies Hand und schaue zu ihr hinüber. »Ellie und ich schmieden Pläne, die nicht den Plänen meines Vaters für mein Leben entsprechen. Es war Zeit, ihm mitzuteilen, dass ich ihn nicht bei Kingsley Enterprises unterstützen würde. Ich dachte, es wäre nur fair, ihm ausreichend Zeit zu geben, um geschäftlich umzudisponieren.«

»Ellie, wie fühlten Sie sich, als Sie die Wahrheit über Jaspers Vergangenheit erfuhren?«

»Zunächst einmal«, eröffnet sie, »wusste ich es bereits, als es an die Öffentlichkeit kam. Ich respektiere und bewundere Jaspers Familiengeschichte, halte es aber nicht für richtig, wenn er oder irgendjemand sonst dazu gezwungen werden sollte, ein Leben zu führen, das man nicht will. In der heutigen Zeit kann er doch sicherlich den mit seinem Titel verbundenen Verpflichtungen nachkommen und gleichzeitig eine Karriere weiterverfolgen, die ihm so viel bedeutet. Ganz zu schweigen davon, dass er irrsinnig talentiert ist und die Welt des Films ohne seine Beiträge weniger schön wäre.«

»Sie klingen wie eine verliebte Frau, Ellie«, kommentiert Carolyn.

Obwohl mein Herz gerade übervoll ist, entgegne ich: »Ich habe sie dafür bezahlt, dass sie das alles sagt.«

Beide Frauen lachen über meinen Kommentar.

»Was hält Ihr Bruder von Ihrer Beziehung mit seinem Geschäftspartner?«, fragt Carolyn Ellie.

»Er unterstützt uns beide sehr, und etwas anderes hätte ich von ihm auch nicht erwartet. Jasper ist seit vielen Jahren ein enger Freund von uns und alles andere als ein Fremder.«

»Und Ihre Eltern?«

»Bei ihnen ist es das Gleiche. Sie sind große Fans von Jasper und wollten für mich immer nur das Beste. Sie freuen sich sehr, dass ich es bei jemandem gefunden habe, den sie ohnehin schon lieben.«

»Zuerst Flynn, dann Hayden und jetzt Sie, Jasper. Im Quantum-Gebäude hängt wohl Liebe in der Luft.«

»Sieht ganz so aus.«

»Manche von unseren Zuschauern wissen vielleicht nicht genau, was ein Kameramann so macht. Könnten Sie es erklären?«

»Einfach ausgedrückt, bin ich verantwortlich für die Bildgestaltung bei der Produktion von Filmen. Ich arbeite sehr eng mit dem Regisseur zusammen, normalerweise Hayden, dessen Vision ich mithilfe von Licht und Film verwirkliche. Ich kümmere mich um die Kamera und darum, wie eine Szene gedreht wird.«

»Wie wird man Kameramann?«

»Viele von uns fangen zunächst als Fotografen an. Für mich begann alles, als mein Großvater, ironischerweise der Vater meines Vaters, mir eine Leica Rangefinder mit 35 mm schenkte und mir dann in seiner Dunkelkammer beibrachte, wie man den Film entwickelt. Ich war sofort süchtig. Danach quälte ich meine Schwestern mit einer 8-mm-Filmkamera. An der Filmschule des USC aufgenommen zu werden, war einer der besten Tage meines Lebens, und seitdem habe ich nie zurückgeschaut.«

»Nach dem Tod Ihres Vaters werden Sie Herzog, was der höchste Titel nach der königlichen Familie in Großbritannien ist. Wie haben Sie vor, ein Gleichgewicht zwischen Ihren Familienpflichten in Großbritannien und Ihrer Familie hier in L.A. zu finden?«

»Ich werde einen Weg finden, beidem gerecht zu werden, sehe aber keinen Grund, weshalb ich ein Leben und eine Karriere aufgeben sollte, die ich hier liebe, um meinen Verpflichtungen dort nachzukommen. Solange das Unternehmen meines Vaters nicht im Wege ist, verstehe ich nicht, wieso ich nicht beides haben kann.«

»Mögen Sie alles haben«, wünscht Carolyn mir. »Vielen Dank an Sie beide, dass Sie hier waren, und für die exklusive Möglichkeit, Ihre Geschichte zu erfahren. Ich wünsche Ihnen nur das Beste.«

»Danke schön.«

»Und wir sind raus.« Carolyn nimmt sich sofort das Mikrofon vom Revers ab. »Was für eine erstaunliche Geschichte, Jasper. Danke, dass Sie sie mir erzählt haben.«

»Hat Liza gesagt, dass der Zeitpunkt für dieses Interview entscheidend ist?«, frage ich mit Bezug auf unsere Pressesprecherin.

»Hat sie. Wir haben vor, es morgen während meiner Sendung in der Prime Time auszustrahlen. Reicht Ihnen das?«

»Das wäre ideal. Danke nochmals.«

Sie schüttelt zunächst meine und dann Ellies Hand. »Vielen Dank an Sie beide. Ich weiß die Exklusivrechte zu schätzen.«

»Flynn hält sehr viel von Ihnen«, fügt Ellie hinzu.

»Ich auch von ihm.«

Als wir allein sind, schaut Ellie zu mir auf. »Das ist doch gut gelaufen, meinst du nicht auch?«

»Es ist sehr gut gelaufen, und du warst brillant, meine Liebe.«

»Als ich dir so zuhörte, wie du über deine Arbeit sprachst … Es wäre so falsch, wenn du woanders wärst und nicht hier, wo du hingehörst.«

Ich lege die Arme um sie. »Ich weiß, Darling.« Ich halte sie ein paar Minuten lang fest und sauge den bitter nötigen Trost von ihr ein. »Ich muss telefonieren, und dann können wir zu den anderen.«

»Rufst du deinen Vater an?«

Ich schüttele den Kopf. »Nein, seinen Assistenten.«

»Möchtest du, dass ich in der Nähe bleibe?«

»Immer, aber du kannst dir gern einen Drink holen. Ich komme gleich.«

Sie küsst mich, bevor sie mich in dem Zimmer allein lässt, das noch vor wenigen Minuten voller Menschen, Scheinwerfer und geschäftigen Treibens war. Carolyns Crew hat mit einer bewundernswerten Effizienz alles eingeräumt und ist weitergezogen. Mit meinen Gedanken an Ellie, ihren Worten über mich im Interview und dem festen Entschluss, mein eigenes Schicksal in die Hand zu nehmen, allein gelassen, rufe ich Nathan an.

Obwohl es in London noch früher Sonntagmorgen ist, hebt er beim zweiten Klingeln ab. »Jasper.«

»Nathan.«

»Ich habe Ihren Anruf erwartet.«

»Er hat dir also erzählt, dass er mich mit peinlichen Bildern von mir und den Menschen, die ich liebe, erpresst und die Fotos an die Medien schickt, wenn ich nicht nach seiner Pfeife tanze?«

»Ja.«

»Wie kriegst du das hin, Nathan? Wie kannst du für einen Mann arbeiten, der sein eigenes Fleisch und Blut erpresst?«

»Das frage ich mich in der letzten Zeit öfter.«

Das ist der erste Riss in Nathans Loyalität zu meinem Vater, den ich mitbekomme. »Du solltest nach L.A. kommen. Ich könnte dir sofort einen Job besorgen.«

»Führen Sie mich nicht in Versuchung.«

»Bevor er zu seiner Reise aufgebrochen ist, hat er dir die Bilder gegeben und befohlen, sie zu veröffentlichen, nicht wahr?«

»Vielleicht.«

»Nathan, bitte lass das. Du bist doch ein Mann, der großen Wert auf Anstand legt. Wirst du damit leben können, wenn du dich für so etwas benutzen lässt?«

»Sie sollten wissen, dass Ihre Mutter vor seiner Abfahrt hier war. Es wurde eine recht laute Unterhaltung.«

Ich bin immer noch erstaunt, dass sie tatsächlich Cornwall verlassen hat, um nach London zu fahren, eine Stadt, die sie hasst. Aber ich bin noch viel erstaunter, dass mein Vater sie angeschrien hat. Allein dafür möchte ich ihn umbringen.

»Ich habe sie ihn noch nie so anschreien hören.«

»Moment mal … *sie* hat also *ihn* angeschrien?«

»So ist es, und ausgehend davon, was nicht zu überhören war, ließ sie ihn wissen, dass es böse Folgen haben würde, wenn er Ihnen auf irgendeine Art und Weise schaden sollte.«

»Ist das denn die Möglichkeit?« Ich habe noch nie in meinem ganzen Leben gehört, wie meine wohlerzogene Mutter irgendjemandem gegenüber die Stimme erhob, am allerwenigsten bei ihrem Ehemann, dem Herzog.

»Ungeachtet der besten Bemühungen Ihrer Mutter hat er die Anweisungen, die er mir vor seiner Abreise gegeben hatte, nicht zurückgenommen.«

»Ich kann dich nur bitten, auf dein Herz zu hören und darüber nachzudenken, ob du in seinem Namen so eine Linie überschreiten möchtest. Was auch immer er dir zahlt, werde ich dein Gehalt verdoppeln, wenn du für mich arbeitest. Als mein Assistent könntest du mich ganz wesentlich und mit großer Verantwortung dabei unterstützen, neben meiner Filmkarriere das Herzogtum zu verwalten und damit eine hervorragende Antwort auf meine Gebete sein. Derartige ›Dienste‹, wie sie mein Vater dir auferlegt, würde ich mit Sicherheit nie von dir verlangen – niemals.«

»Ich bin in größter Versuchung. Diese besondere Anweisung Ihres Vaters hat mich mehr als beunruhigt.«

»Wag den Sprung, Nathan. Ich sorge dafür, dass du es nie bereust.«

»Ihr Vertrauen in mich macht mich demütig, Eure Lordschaft.«

»Nenn mich Jasper.«

»Erlauben Sie mir, über Ihr großzügiges Angebot nachzudenken?«

»Nimm dir alle Zeit, die du brauchst, aber veröffentliche nicht die Bilder. Bitte nicht.«

»Ich habe mich bereits entschieden, sie nicht zu veröffentlichen, Ihr Anruf hat meinen Entschluss nur noch weiter gefestigt. Ihr Vater wollte alleinig im Besitz dieser Fotografien sein, deswegen existieren sie nur auf dem einzigen USB-Stick, den er mir gegeben hat. Ich versichere Ihnen, dass er komplett zerstört wird.«

»Danke, Nathan.« Von der plötzlichen Erleichterung wird mir schwindelig. »Und jetzt erzähl mir, was du über die Person weißt, die in mein Leben eingedrungen ist, um diese Bilder zu machen.«

ELLIE

Ich war noch nie so nervös. Darauf zu warten, was mit Jaspers Vater, den Fotos, dem möglichen Skandal, dem Interview passiert … Ich kann das kaum verarbeiten, und das Einzige, was ich gerade will – komplett allein mit Jasper zu sein –, ist jetzt nicht möglich. Das Quantum-Team hat sich zurückgezogen und setzt sich mit der Information auseinander, die Nathan zum Maulwurf geliefert hat.

Devon Black kam vor einer Stunde in Begleitung seiner Freundin Tenley, einer der Topstylistinnen in Hollywood und unserer Freundin. Nach einem Blick auf Devons hitzigen Ausdruck bin ich dankbar, auf seiner Seite zu sein. Möge Gott demjenigen beistehen, der in seinen Klub eingedrungen ist, um schmutzige Details über Jasper aufzuspüren.

Allein der Gedanke an eine Veröffentlichung dieses Fotos von uns im Black Vice macht mich krank, aber nur, weil es meine Eltern in Verlegenheit bringen würde, nicht weil ich mich schäme, dort gewesen zu sein. Das stört mich überhaupt nicht. Dennoch geht es absolut niemanden etwas an, und zu wissen, dass wir dort fotografiert wurden, um später damit erpresst zu werden, ist äußerst ärgerlich.

Jasper kommt von hinten auf mich zu und massiert meine Schultern. »Ich sehe vom anderen Ende des Raums, wie angespannt du bist, Darling.«

»Ich will einfach nur gute Neuigkeiten hören.«

»Wir haben schon die beste Neuigkeit gehört – Nathan wird die Bilder nicht veröffentlichen.«

»Stimmt, aber ich kann mich erst komplett entspannen, wenn wir wissen, woher sie kamen und dass sie zerstört wurden.«

»Mach dir keine Sorgen – wir gehen der Sache auf den Grund.«

Ich schaue hinüber zum Esszimmer, in dem Hayden, Kristian, Marlowe, Flynn, Sebastian, Gordon und Devon sich beraten. »Es ist ganz wunderbar von ihnen, wie sie sich für uns einsetzen.«

»Es geht nicht nur um uns, Liebes.« Mehr sagt er nicht, aber es reicht bereits aus, um mir die Augen dafür zu öffnen, dass nicht nur wir auf den Bildern zu sehen sind. Grundgütiger … So viele Informationen zu meinen Freunden wollte ich gar nicht haben, aber das erklärt Jaspers Panik über die bloße Existenz der Bilder.

»Ich habe so viele Fragen.«

»Das glaube ich gern, aber du musst verstehen, dass ich über bestimmte Dinge nicht reden kann und will, selbst mit dir nicht.«

»Das verstehe ich schon, und ein Teil von mir will es auch gar nicht wissen.«

Wir werden von Devons Aufschrei unterbrochen. »Ich bringe ihn um, verdammt!« Er springt auf und stürmt zur Eingangstür, mit Tenley dicht auf den Fersen.

Hayden rennt ihm hinterher. »Ich sorge dafür, dass er keinen Mord begeht.«

»Ich komme mit dir«, ruft Addie, ebenfalls bereits auf dem Weg zur Tür.

Jasper und ich gehen zum Tisch, an dem die Übrigen erschöpft in ihren Stühlen zusammensacken. »Was habt ihr herausgefunden?« Nathan sagte uns nur, dass wir den Fotografen im Black Vice finden würden.

Flynn fährt sich mit den Fingern durchs Haar, bis es absteht. »Devons Sicherheitschef Greg Thompson, auch ein häufiger Gast im Quantum-Klub, hat sich von Kingsley kaufen lassen. Auf seinem Konto gingen mehrere Einzahlungen ein mit Beträgen in der Höhe von fünfundzwanzigtausend bis zu einer halben Million. Thompson besitzt das Know-how und die Ausrüstung, um verdeckte Überwachung anstellen zu können.«

»Offensichtlich machte er eine schlimme Scheidung durch und brauchte das Geld«, fügt Kristian hinzu.

»Gott sei Dank war es niemand von unseren Leuten«, sagt Sebastian.

»Aber echt.« Gordon steht auf und streckt sich, bevor er seinen Laptop einpackt. »Ich bin froh, dass ich nicht kündigen muss.«

»Tausend Dank an euch alle«, sagt Jasper.

Ich höre die Erschöpfung in seiner Stimme und sehe sie auch an seinen zusammengesackten Schultern.

»Es tut mir so leid, dass ich uns das eingebrockt habe.«

»Wag es ja nicht, dich zu entschuldigen«, entgegnet Marlowe scharf. »Es wurde *dir* angetan. Es ist nicht deine Schuld.«

Jasper lächelt sie schwach an, aber ich weiß, dass es lange dauern wird, bis er sich verzeihen kann, was sein Vater *allen* angetan hat.

»Das Ziel jetzt«, fügt Gordon hinzu, »besteht darin, an die Quelle der Fotos zu kommen und sie zu zerstören.«

»Ich habe vollstes Vertrauen in Devon, dass er das schafft«, antwortet Flynn. »In der Zwischenzeit versuche ich, etwas zu schlafen, und das solltet ihr auch alle.«

Da alle unsere Häuser derzeit von Fotografen umzingelt sind, hat Kristian Jasper und mich, Flynn und Natalie, Aileen und ihre Kinder sowie meine Nichten und Neffen, die mit Aileens Kindern auf Luftmatratzen im Spielzimmer schlafen, bei sich aufgenommen.

»Flynn!«, ruft Jasper ihm nach.

Mein Bruder dreht sich um.

»Vielen Dank noch mal für deine Unterstützung.«

»Das ist selbstverständlich. Versuch, dir keine Sorgen zu machen. Ich denke, wir haben das Schlimmste überstanden.«

»Ich hoffe wirklich, dass du recht hast.«

»Wann hatte ich das jemals nicht?« Er zeigt uns sein freches Grinsen, das ihn zum internationalen Superstar gemacht hat, und schickt sich an, nach oben zu seiner schlafenden Frau zu gehen.

»Diese Antwort hätte ich erahnen können, oder?«, fragt Jasper mich.

»Und wie.« Ich nehme seine Hand. »Lass uns ins Bett gehen.« Ich will, dass er seine Arme um mich legt und mir das Gefühl gibt, das ich nur bei ihm habe.

»Gehst du auch schlafen, Kris?«, fragt er.

»Ich nehme noch einen Drink mit Aileen.« Er nickt in Richtung der riesigen Terrasse, wo sie mit Blick auf die Stadt auf einem der Liegestühle sitzt.

Mir ist gar nicht aufgefallen, dass sie immer noch auf ist.

Jasper schüttelt die Hand seines Freundes. »Vielen Dank für das alles heute. Ich weiß es sehr zu schätzen, dass du uns bei dir aufgenommen und mit Essen versorgt hast, und alles andere auch.«

»Es ist nichts, was du nicht auch für mich getan hättest. Habe ich recht, Kumpel?«

Jasper lächelt ihm zu. »Das hast du in der Tat. Wir sehen uns am Morgen.«

»In aller Frühe«, füge ich hinzu. »Die Rabauken schlafen nicht aus.«

Kristian zuckt zusammen. »Besser ihr als ich.«

Als wir nach oben gehen, sehe ich, wie Kristian eine Weinflasche und zwei Gläser auf die Terrasse trägt. Es macht mich sehr glücklich, sein offensichtliches Interesse an Aileen zu sehen, die nach allem, was sie durchmachen musste, eine Liebesgeschichte mit Happy End verdient.

»Worüber lächelst du so, meine Liebe?«

»Kristian und Aileen.«

»Er scheint schon ziemlich vernarrt zu sein.«

»Stell dir das vor … Eine alleinerziehende Mutter mit zwei Kindern, die so einen schwierigen und heldenhaften Kampf gegen den Brustkrebs geführt hat, fällt einem der besten Männer Hollywoods auf. Es ist eine Geschichte wie im Film.«

»Mein Liebling ist im Herzen ja ganz romantisch.«

»Das war ich früher nie, aber jetzt will ich, dass alle so glücklich sind wie ich.«

Er führt mich in unser Zimmer und schließt die Tür hinter uns. »Bist du glücklich, Darling? Selbst mit dem ganzen Wahnsinn …«

Ich unterbreche ihn mit einem Kuss. »Ich freue mich sehr. Ich bin ekstatisch. Im siebten Himmel.«

Sein Telefon klingelt, und er stöhnt. »Ich fürchte, da muss ich rangehen, auch wenn ich das nicht will.«

»Mach ruhig.«

Er zieht das Telefon aus seiner Tasche und schaut auf den Bildschirm. »Es ist meine Mutter.« Er nimmt den Anruf entgegen und stellt ihn auf Lautsprecher, damit ich mithören kann. »Hallo, Mutter.«

»Jasper, ich habe soeben deinen Vater verlassen.«

»Für immer?«

»Natürlich nicht. In ein paar Stunden macht er sich nach Grönland auf, wo sein Flug startet. Nach seiner Rückkehr wird er bekanntgeben, dass Gwendolyn die Erbin seiner Geschäfte sein wird.«

Jasper setzt sich aufs Bett. »Er hat wirklich eingewilligt?«

»Das hat er wirklich. Er war jedoch nicht ein bisschen flexibel, was die Nachfolge seines Titels anbelangt. Ich fürchte, das bleibt alles nach wie vor ganz dir, mein Lieber.«

»Das ist in Ordnung. Das ist … das ist mehr als nur in Ordnung. Wie kann ich dir jemals danken, Mutter?«

»Das musst du nicht. Das ist für alle das Beste.«

»Und Gwen hat dem zugestimmt?«

»Sie hat sich sehr gefreut, dass man sie fragte. Offensichtlich hat sie sich das schon die ganze Zeit gewünscht.«

»Ich fühle mich auf einmal, als wäre ich jetzt frei.«

»Das bist du auch, und du solltest deine Freiheit dazu nutzen, um ein Leben nach deinen Vorstellungen zu führen, Jasper.«

Ich lege den Arm um ihn und stütze den Kopf auf seiner Schulter ab, weil ich diesen besonderen Moment mit ihm teilen will.

»Und bitte bring deine Ellie bald mit nach Cornwall mit, ja?«

»Das werde ich«, antwortet er leise. »Danke, Mum.«

»Mach's gut, Jasper.«

Die Leitung ist tot, und er sackt in meinen Armen zusammen. »Ist es eben gerade wirklich passiert?«

»Ist es. Wie fühlst du dich?«

»Erstaunt. Ich kann nicht fassen, dass er mich hat gehen lassen. Das hätte ich nie für möglich gehalten.«

»Du hast ihm auch keine andere Wahl gelassen. Du hast für deine Belange gekämpft und klargemacht, dass du dich weder erpressen noch sonstwie unter Druck setzen lässt.«

»Es hat wohl auch nicht geschadet, dass meine Mutter sich einschaltete und vermutlich mit der Scheidung gedroht hat, sollte er mir irgendwie schaden.«

»Wahrscheinlich nicht, aber du hast den ersten Schritt gemacht, und ich bin so stolz auf dich, dass du dich für ein Leben eingesetzt hast, das du willst.«

»Ja, das hier an deiner Seite ist das Leben, das ich will. Es ist das Einzige, das ich will.« Er küsst mich und verändert seine Haltung, um mich direkt anzuschauen. »Du wolltest wissen, wie ich mich fühle. Was ist mit dir?«

»Ich fühle mich erleichtert, mir ist schwindelig, ich kann die Zukunft kaum erwarten und freue mich wahnsinnig für dich.«

»Für *uns*.«

»Für uns.«

»Und wie würdest du es finden, wenn dein Sohn der elfte Duke of Wethersby wäre?«

»Bekommt er die Liebe und Unterstützung seines Vaters, wenn er lernt, seine Familiengeschichte zu pflegen, während er auch seine eigenen Träume verfolgt?«

»Ihm werden das ganze Herz, die Seele und jegliche Unterstützung seines Vaters gehören, die er braucht, um alles zu werden, was er möchte.«

»In diesem Fall wäre es mir eine Ehre, den elften Duke of Wethersby großzuziehen.«

Mit einem Lächeln schaut er mir in die Augen und tippt mich am Kinn an, damit ich seinen Kuss empfangen kann. Es ist ein sanfter, süßer Kuss voller Liebe und Hoffnung. Das Verlangen lodert wie immer heiß zwischen uns, aber wir gehen es langsam an, ziehen einander mit ungewohnter Geduld aus und berühren uns gegenseitig mit Ehrerbietung. Jetzt, da sich der Weg in die Ewigkeit für uns geöffnet hat, haben wir die Freiheit, uns Zeit zu lassen und jeden Augenblick zu genießen.

Er streckt sich auf mir aus und schaut mich mit Ehrfurcht und Erstaunen in seinen Zügen an, als würde er sich auch fragen, womit er sich dieses Glück verdient hat. Dann nimmt er meine Hände und legt sie über meinem Kopf ab. »Behalt sie dort«, befiehlt er schroff.

»Warum?«

Er schaut mich an und hebt fragend eine Augenbraue.

»Warum räumst du immer meine Hände aus dem Weg? Ich will dich berühren.«

»Ich, ähm … ich räume sie nicht immer aus dem Weg.«

»Doch, tust du. Fast jedes Mal.«

»Oh, ah, okay, du musst das nicht machen, wenn du nicht willst.«

Ich führe eine Hand an sein Gesicht und streichele seine Wange. »Erzähl mir, warum es dir wichtig ist.«

Er seufzt abgehackt und lässt den Kopf auf meinen Oberkörper fallen. »Er hat mich früher immer geschlagen. Jedes Mal, wenn ich seine Fragen nicht richtig beantwortet habe, jedes Mal, wenn es mir nicht gelang, Enthusiasmus für die Dinge, die er mir beibringen wollte, vorzutäuschen, jedes Mal, wenn ich seiner Vorstellung von einem Sohn nicht gerecht wurde.«

Ich lege die Arme um ihn und presse seinen Kopf an meine Brust, während ich die ganze Zeit über Tränen wegen eines Jungen wegblinzele, der sich so große Mühe gegeben hat, so zu sein, wie sein Vater es wollte.

»Am schlimmsten war es, als ich ihm sagte, ich hätte bei allen Hochschulen abgesagt, bei denen ich mich bewerben musste, und dass die einzige noch verbleibende die USC-Filmakademie war. An dem Tag brach er mir den Kiefer.«

»Mein Gott, Jasper.« Ein jäher Schluchzer entweicht mir, und Tränen strömen aus meinen Augen. »Was ist mit deiner Mutter? Wo war sie?«

»Sie hat nie davon erfahren. Sie war in Cornwall, als das passierte. Ich erschien in der Schule mit verdrahtetem Kiefer und einem Gesicht mit so schweren Blutergüssen, dass ich kaum wiederzuerkennen war. Doch ich ließ nicht zu, dass er mir das nimmt. Ich sagte allen, ich hätte einen Autounfall gehabt. Bis jetzt konnte ich mit einer Frau beim Sex nur dann komplett loslassen, wenn ihre Hände nicht im Spiel waren.«

Ich kämme mit den Fingern durch sein Haar und wünsche mir, ich könnte in ihn kriechen und persönlich jede Narbe in seiner Seele auslöschen. »Es tut mir so leid.«

»Ich möchte nicht, dass du Mitleid mit mir hast, Ellie. Das würde ich nicht ertragen.«

»Mitleid ist das Letzte, das ich für dich empfinde. Ich bin so verdammt stolz auf dich, dass du dich ihm widersetzt hast, als du noch so jung warst, dass du deine Träume verfolgt hast, was es auch gekostet hat. Schau, wohin dich dieser Traum geführt hat – an die Spitze deines Berufs.«

»Und er führte mich direkt zu dir.«

»Das auch. Ich werde dich nie mit etwas anderem im Sinn berühren als mit meiner Liebe.«

Er hebt den Kopf von meiner Brust, rückt ein wenig nach oben und küsst meine Tränen weg. »Weine nicht um mich, süße Ellie.«

»Von jetzt an nur noch Freudentränen.« Ich halte die Arme um ihn gelegt, als er sich zwischen meine Beine schiebt, seinen steifen Schwanz heiß am Eingang zu meinem Innersten.

»Erinnerst du dich noch an das Projekt, das uns überhaupt erst zusammengebracht hat?«

»Wie könnte ich das vergessen?«

»In den letzten Tagen haben wir uns etwas ablenken lassen, und ich glaube, wir müssen uns an den Zeitplan halten.«

»Ich fühle mich *sehr* schlecht und *sehr* fruchtbar.«

»Mmm, ich liebe es so sehr, wenn du schmutzig mit mir redest, Darling.«

Entsprechend unserer beschaulichen, romantischen Stimmung dringt er in neckenden Zügen nur langsam und schrittweise in mich ein, stößt tief vor, bevor er sich immer und immer wieder zurückzieht und in mir das Verlangen nach mehr weckt, was vermutlich auch seine Absicht ist. Beim nächsten Mal schlinge ich die Beine um ihn und halte ihn so davon ab zu entwischen.

Er lacht leise und streift mit seinen Lippen meine. »Es sieht ganz so aus, als hättest du mich komplett gefangen, meine Liebe.«

Ich lächle ihn an. »Das war die ganze Zeit über mein teuflischer Plan gewesen.«

»Ich habe mich noch nie in meinem ganzen Leben so darüber gefreut, gefangen zu sein.«

EPILOG

ELLIE

Jasper und ich stehen im Badezimmer und schauen auf die Ansammlung von Plastikstäbchen auf dem Waschtisch. Mein Herz schlägt so heftig und so schnell, dass ich befürchte zu hyperventilieren. Auf Dr. Breslows Anraten hin haben wir extra darauf gewartet, bis meine Periode eine Woche in Verzug war, bevor wir den Test gemacht haben, und jetzt, da der Moment gekommen ist, kann ich gar nicht hinschauen.

Ich schließe die Augen und stoße ein stummes Gebet aus. Ich habe mit dem Kinderwunsch zu lange gewartet. Es wäre leichter gewesen, als ich noch jünger war. Doch damals stand Jasper nicht an meiner Seite mit dem Arm um meine Schultern gelegt, während die Wärme seines Körpers den Schüttelfrost vertreibt, der mich erfasst hat und mit jeder Sekunde ansteigt, die die Tests brauchen, um das Ergebnis anzuzeigen.

Ich drehe mich mit dem Gesicht zu seiner Brust hin. »Ich halte es nicht aus.«

»Mein armer Darling.« Ich will, dass diese Stimme das Letzte ist, das ich höre, bevor ich aus diesem Leben scheide. »Wie könntest du denn *nicht* schwanger sein nach den ganzen

Bemühungen, die wir in den letzten Wochen unternommen haben?«

Wie könnte ich den Mann nicht lieben, der mich zum Lachen bringt, wenn ich nervöser bin als jemals zuvor in meinem Leben? Doch so ist es mit Jasper. Er weiß genau, was ich hören muss, damit meine Ängste schwinden, meine Wunden heilen und in mir ein Feuer des Verlangens brennt, das ich vor ihm nie kannte.

Wir sind für eine Woche in Cornwall, besuchen seine Mutter, hatten im Haus seiner Kindheit eine fantastische Zeit, haben lange Wanderungen gemacht und in den entlegensten Winkeln der Ländereien gepicknickt, wo wir auch unter freiem Himmel öfter Liebe gemacht haben, als ich zählen kann. Es war eine friedvolle, erholsame Pause von dem Wahnsinn in L.A. nach der Ausstrahlung unseres Interviews mit Carolyn.

Die Enthüllungen zu Jaspers Abstammung, seine neue Beziehung mit der Schwester von Flynn Godfrey und der Zeitpunkt der neuesten Verrücktheit seines Vaters haben zusammen in einer ansonsten nachrichtenarmen Woche einen Medienrummel ausgelöst. Ich verstehe jetzt viel besser, womit sich Flynn regelmäßig herumschlagen muss, obwohl es mir ein Rätsel bleibt, wie er es aushält.

Jasper schlug eine Flucht nach Cornwall vor, und da sind wir also. Ich wurde von seiner Mutter so warm empfangen, wie es nur möglich war, und habe außerdem zwei seiner Schwestern und ihre Familien kennengelernt. Ich fühle mich jetzt schon wie zu Hause mit den Kingsleys. Von Jaspers Vater haben wir kein Wort gehört, und Jasper sagte, er erwarte auch nicht, von ihm zu hören, ganz besonders, nachdem es ihm gelungen ist, Nathan abzuwerben. Es ist vermutlich besser, wenn ich Henry nicht kennenlerne, da ich wahrscheinlich eine Szene machen und ihm erklären würde, was ich von einem Mann halte, der seinen eigenen Sohn so misshandelt und bedroht, wie er das bei Jasper getan hat. Greg Thompson hat sämtliche Daten der Bilder und Videos aus den Klubs Devon Black überreicht, der seinen ehemaligen Sicherheitschef angeklagt hat.

Als Devon uns Bescheid sagte, dass die Bilder vernichtet wurden, konnten wir uns endlich ein wenig entspannen. Wir versuchen immer noch, den Privatdetektiv ausfindig zu machen, der Jasper verfolgte, und Gordon erzielt auch hier Fortschritte. Wir werden uns aber erst komplett entspannen können, wenn wirklich *alle* Bilder von Jasper in kompromittierenden Situationen lokalisiert und vernichtet wurden.

»Lass uns über etwas anderes reden, während wir warten«, schlägt Jasper vor. »Zum Beispiel über die Nachricht von zu Hause, dass Aileen und die Kinder nach L.A. ziehen. Wie findest du das?«

»Ich freue mich sehr über ihre Ankunft.«

»Ich habe Kris noch nie so aufgeregt über irgendetwas erlebt.«

»Hast du eine Ahnung, wie das zustande kam?«

»Er erzählte, dass Maddie und Logan weinten, weil sie nach Hause mussten, und Nat daraufhin vorschlug, Aileen solle doch einfach nach L.A. ziehen. Die Kinder haben sie sofort darum angefleht, und Hayden bot ihr den Job als Rezeptionistin an, der bei Quantum offen ist. Flynn hat versprochen, eine Wohnung für sie zu finden, und Kris meinte, alles in seiner Macht Stehende zu tun, um ihnen beim Eingewöhnen zu helfen.«

»Sie haben also das volle Programm aufgefahren, was?«

»Auf jeden Fall, und es hat funktioniert. Sie lässt die Kinder das Schuljahr in New York beenden, und dann ziehen sie um.«

»Das sind wirklich tolle Neuigkeiten.«

»Kris ist verrückt nach ihr; nicht, dass er es mir gegenüber zugeben würde, aber es ist für jeden glasklar, der ihn kennt.«

»Ich würde behaupten, das beruht ganz auf Gegenseitigkeit. In seiner Anwesenheit blüht sie auf.«

»Ich kann kaum erwarten, zu erfahren, wie es mit ihnen weitergeht«, sagt Jasper. »Weißt du, wer noch in der Gegenwart eines Mannes aufblüht?«

»Wer?«

»Leah, und zwar immer, wenn Emmett im selben Raum ist.«

»Das wäre ein interessantes Paar. Sie würde ihn auf Trab halten.«

»Das würde sie in der Tat«, lacht er leise. »Sollen wir nachschauen, meine Liebe?«

Ich stöhne und drücke mein Gesicht fester gegen seine Brust. »Mach du es. Ich kann nicht.«

»Wir wollen zwei Striche sehen, oder?«

»Mmm.« Sein Shirt erstickt meine Stimme. Ich schließe die Augen so fest, wie ich kann, und halte die Luft an.

»Darling … schau mal.«

»Ich kann nicht.«

»Das wirst du sehen wollen.«

Mit immer noch angehaltenem Atem drehe ich mich langsam um und bereite mich auf jede Eventualität vor. Ich öffne die Augen und blinzele, um die Striche scharf zu erkennen. Wie auch immer ich darauf schaue, sehe ich zwei Striche. »Oh mein Gott! *Oh mein Gott, Jasper!* Wir haben es geschafft! *Wir haben es wirklich geschafft!«*

»Wir haben es geschafft, wir haben es geschafft, wir haben es noch ein bisschen mehr geschafft, und du hast wahrlich einen Braten in der Röhre, meine Liebe.«

Ich bedecke den Mund mit beiden Händen, als könnte das den Schluchzer unterdrücken, der aus der Tiefe meiner Seele kommt. Wir haben es geschafft.

Er hält mich fest, während die Emotionen in Form von Tränen, Schluchzern und vermutlich nicht ganz so attraktivem

Schnodder aus mir quellen. Ich war noch nie so glücklich. Niemals.

Dann lässt er sich vor mir auf die Knie fallen, und ich schnappe nach Luft.

»Mein teurer Schatz Ellie, die du mir Mut gabst, um für das Leben zu kämpfen, das ich mehr will als alles andere, erweist du mir bitte die Ehre und wirst meine Frau, jetzt, da ich dich ganz und gar geschwängert habe?«

Ich lache. Ich weine. Ich bin ganz neben mir vor Freude, während ich nicke und flüstere: »Ja«, als Antwort auf seinen hinreißenden Antrag. Dann übertrifft er sich noch, indem er einen lila Schnuller auf meinen linken Mittelfinger streift, und ich verliere wieder komplett die Fassung, als mir klar wird, dass er es bis ins kleinste Detail geplant hat.

Er erhebt sich und umarmt das feuchte Chaos, zu dem ich geworden bin. »Mutter gab mir den Ring meiner Großmutter für dich. Ich hoffe, er wird dir gefallen, aber wenn nicht, besorgen wir dir jeden, den du willst.«

»Das ist so lieb von deiner Mutter, aber der Ring ist mir egal. Das spielt keine Rolle. Das … *wir* … Nur das zählt.«

Er verstärkt seinen Griff um mich. »Ich liebe dich unsterblich, Estelle Godfrey junior. Nur dich. Für immer.«

»Ich liebe dich auch, mein Lord.« Ich necke ihn gern damit. »Danke, dass du alle meine Träume wahr gemacht hast.«

»Glaub mir, mein *dahling*. Das Vergnügen war ganz meinerseits.«

Danksagung

Danke, dass Sie »Verlockend« gelesen haben! Ich hoffe, Ihnen hat das Lesen der Geschichte von Jasper und Ellie genauso gefallen wie mir das Schreiben. Wenn ja, helfen Sie doch gern anderen Leserinnen und Lesern dabei, dieses Buch auch für sich zu entdecken, indem Sie eine Rezension bei dem Händler Ihrer Wahl oder auf Goodreads verfassen. Treten Sie nach dem Lesen der »Verlockend«-Lesergruppe bei, um sich über Jasper und Ellie auszutauschen. Spoiler sind erlaubt! Treten Sie auch der Lesergruppe zu der Quantum-Reihe bei, um als Erste über neue Bücher, andere Neuigkeiten zu der Reihe und weiteren Erscheinungen der Quantum-Reihe 2018 zu erfahren.

Ein besonderer Dank geht an meine Schriftstellerfreundin Victoria Connelly für ihre Hilfe bei allen britischen Details sowie an Michelle Farrell, die einst in London lebte. Beide gaben mir Feedback, das dazu beigetragen hat, Jaspers Charakter so real wie möglich darzustellen. Danke an meine Autorenfreundin Sarah Mayberry für ihre klugen Anmerkungen und an meine Betaleserinnen Anne Woodall, Ronlyn Howe und Kara Conrad für ihre Vorschläge.

Wie immer möchte ich an dieser Stelle auch meinem großartigen Team danken: Julie Cupp, CMP, Lisa Cafferty, Certified Public Accountant, Holly Sullivan, Isabel Sullivan, Nikki

Colquhoun, Cheryl Serra sowie unseren Designing Women Courtney Lopes und Ashley Lopez, die für das wunderbare neue Quantum-Cover der Originalausgabe verantwortlich sind. Mein aufrichtiger Dank geht an Gregg, Caroline und Kelsea bei Sullivan&Partners für ihre fantastische Unterstützung beim Marketing und der Publicity.

Vielen Dank an alle meine Leserinnen und Leser, die die Quantum-Charaktere in den vergangenen zwei Jahren so warm aufgenommen haben. Es kommen noch mehr!

xoxo

Marie

Zeitfracht Medien GmbH
Ferdinand-Jühlke-Straße 7
99095 Erfurt, Deutschland
produktsicherheit@kolibri360.de

Druck:
CPI Druckdienstleistungen GmbH
im Auftrag der
Zeitfracht Medien GmbH
Ein Unternehmen der Zeitfracht - Gruppe
Ferdinand-Jühlke-Str. 7
99095 Erfurt